SERIE DELLA MALEDIZIONE DEGLI IMMORTALI

LEGAMI MALVAGI

SERIE DELLA MALEDIZIONE DEGLI IMMORTALI

TRADUZIONE DALL'INGLESE
A CURA DI
WELL READ TRANSLATIONS

AUTRICE DI BESTSELLER PER USA TODAY

LEXI C. FOSS

Questa è un'opera di finzione. Nomi, personaggi, luoghi ed eventi sono frutto dell'immaginazione dell'autrice o usati in modo fittizio. Ogni riferimento a fatti reali, a luoghi o persone, in vita o defunte, è puramente casuale.

Legami Malvagi

Copyright © 2022 Lexi C. Foss

Tutti i diritti sono riservati.

Nessuna parte di questo libro può essere riprodotta in qualsiasi forma senza aver ricevuto il previo consenso scritto dell'editore, fatta eccezione per brevi citazioni utilizzate nelle recensioni. Questo libro non deve essere redistribuito per scopi commerciali o non.

Editing a cura di: Outthink Edits, LLC

Proofreading a cura di: Katie Schmahl e Jean Bachen

Design di copertina: Manuela Serra

Fotografia di copertina: CJC Photography

Modelli in copertina: Daniel Rengering & Lauren Summers

Pubblicato da: Ninja Newt Publishing, LLC

Traduzione dall'inglese di Well Read Translations

Edizione digitale

ISBN eBook: 978-1-68530-132-3

ISBN Stampa: 978-1-68530-133-0

Creato con Vellum

A Bella e Lola, spero che stiate inseguendo delle palline e giocando con gli angeli. A quando ci incontreremo di nuovo, al di là del ponte arcobaleno...

Ai miei lettori, per il vostro amore e sostegno. Grazie per avermi aiutata a realizzare i miei sogni. <3

LEGAMI MALVAGI

SERIE DELLA MALEDIZIONE DEGLI IMMORTALI LIBRO OTTO

LEGAMI MALVAGI

Continua la serie della Maledizione degli Immortali con l'avventura di Balthazar e Leela in Legami Malvagi...

Benvenuti nel mondo della Maledizione degli Immortali, dove angeli e vampiri esistono in segreto... per il momento.

Una storia appassionante e bollente.
Dimenticata e sepolta.
Perché quello che succede in Brasile, rimane in Brasile.

O almeno quello era il piano, fino a quando Balthazar non ha cominciato a ricordare tutto. Ora sta costringendo Leela a pagare il prezzo più caro: dovrà *implorarlo* in ginocchio.

Ogni caldo tocco le accende l'animo. Ogni sguardo ardente le fa stringere le cosce. E come se non bastasse, Leela sa che non può sfuggirgli.

Stanno scappando da un'orda di angeli guerrieri, proteggono un'innocente da un destino peggiore della morte.

L'Alto Consiglio di Seraph ha emesso un editto.
Obbedisci o muori.
Cosa faranno Leela e Balthazar per sopravvivere?

GLOSSARIO

ESSERI SOPRANNATURALI

Neonato (sostantivo): Il figlio di un maschio Ichoriano e di una donna umana, non è ancora rinato come Hydraiano; solitamente non hanno poteri soprannaturali o psichici fino alla loro rinascita immortale.

Hydraiano (sostantivo): Discendente immortale di un maschio Ichoriano e una donna umana, possiede due poteri soprannaturali o psichici e non ha bisogno di sangue umano per sopravvivere.

Ichoriano (sostantivo): Un essere immortale dalla discendenza sconosciuta che possiede un potere soprannaturale o psichico e necessita di sangue umano per sopravvivere.

Immortale (sostantivo): Sostantivo generale che definisce un essere che non invecchia ed è immune alla naturale morte umana.

Progenie (sostantivo): Termine che gli Ichoriani utilizzano per riferirsi a coloro che hanno creato attraverso il processo di trasformazione.

Seraphim (sostantivo): Un essere appartenente all'ordine più alto della gerarchia angelica.

PAROLE CHIAVE

Arcadia: Famoso bar per Ichoriani a New York, utilizzato anche come luogo di incontro primario per il governo Ichoriano.

Leggi del Sangue: Serie di ordinanze redatte dal consiglio amministrativo Ichoriano in risposta al Trattato del 1747.

Fondazione Assistenza Catastrofi (FAC): Organizzazione umanitaria con sede a New York, dotata di un'unità paramilitare segreta incaricata di annientare gli esseri soprannaturali ribelli e sovversivi.

Conclave: Il consiglio amministrativo Ichoriano.

Editto: Legge o Regolamento emanati dall'Alto Consiglio di Seraph.

Anziani: Gli Hydraiani originari, compongono il consiglio amministrativo Hydraiano.

Destinati: Seraphim in grado di prevedere il futuro.

Alto Consiglio di Seraph: Consiglio amministrativo dei Seraphim.

Nizari: Antichi assassini Ichoriani che cacciano e uccidono i Neonati.

Veleno Nizari: Sostanza verde nota per uccidere i Neonati e impedire la loro rinascita.

Sentinella: Soldato del FAC incaricato di massacrare e uccidere gli esseri immortali ribelli e sovversivi.

Trattato del 1747: Armistizio tra Hydraiani e Ichoriani che si impegnano a cessare il fuoco e vivere nelle rispettive aree delimitate. Coloro che decidono di oltrepassare suddetti limiti lo fanno a proprio rischio e pericolo.

Un messaggio da parte di Lexi

La Serie della Maledizione degli Immortali può essere apprezzata al meglio se letta in ordine, a partire da *Le leggi del sangue*. A ogni modo, cerco di scrivere queste storie in modo da catturare l'attenzione dei lettori, vecchi e nuovi, includendo avvenimenti attuali e concentrandosi su una relazione amorosa per libro, quindi, in teoria, ogni romanzo può essere letto a sé stante. Tuttavia, io non lo consiglio.

L'ordine raccomandato per la Serie della Maledizione degli Immortali è il seguente:

Le leggi del sangue
Legami proibiti
Cuore di sangue
Legami di sangue
Legami angelici
Cercatore di sangue
Fardello di sangue (novella della Serie della Maledizione degli Immortali)
Legami malvagi

Ci saranno apparizioni e capitoli con protagonisti altri personaggi della storia. In più, *Legami malvagi* e *Cercatore di sangue* inizialmente si sovrappongono... Potete dare la colpa a B, voleva la sua scena nella doccia.

Parlando di docce, vi lascio con un piccolo messaggio di avvertimento: questo libro è più piccante degli altri. Di nuovo, potete incolpare B e, forse, anche Leela.

Buona lettura!

Un abbraccio,
Lexi.

PROLOGO

LEELA

LA GUERRA È ALLE PORTE.

Riesco a sentirne la violenza che mi ronza lungo la schiena, il bisogno selvaggio di uccidere è un solletico contro le mie piume eteree.

Abbiamo raggiunto il punto di non ritorno. Presto la profezia si realizzerà, e tutti noi saremo costretti a scegliere da che parte schierarci.

Io sono una Seraphim, la mia lealtà dovrebbe essere chiara a tutti, ma quello che ho passato, nella mia lunga esistenza, mi ha fatto venire dei dubbi.

La mia specie non prova sentimenti. Siamo esseri stoici che prendono decisioni pratiche, non dettate dalle emozioni. L'umanità non significa molto, per noi. Gli esseri umani sono più un peso, che un dono. Giocattoli che muoiono troppo facilmente, esseri molto al di sotto dei loro superiori.

In quanto figlia della stirpe della fertilità, mi ritrovo spesso immersa nel mondo mortale. Il sesso mi affascina, così come l'amore. Inoltre, amo vedere gli umani realizzare i loro sogni.

È in parte questo il motivo per cui mi sono trovata in questo casinò, a scegliere di stare dalla parte che nessuno si aspettava. A ogni modo, la tendenza del Consiglio dei Seraphim alla distruzione mi terrorizza.

Vogliono sterminare tutti i membri della specie Ichoriana e Hydraiana. Gli esseri immortali sono visti come degli abomini, perché Osiris, il Seraphim della resurrezione, li ha creati per mezzo dei suoi poteri, in grado di riprodurre la vita.

Osiris è un fuorilegge.

È stato bandito dal popolo dei Seraphim, mandato a vivere tra gli umani come punizione per un motivo che nemmeno io capisco bene.

Così, lui ha costruito un esercito. Uno che intende usare contro i Seraphim. È il motivo per cui ha passato gli ultimi quattromila anni ad assicurarsi che le sue creazioni avessero la miglior combinazione di poteri esistente.

La vita umana deriva dall'esistenza dei Seraphim.

Significa che ogni mortale nasce con un'abilità naturale, capacità che viene potenziata grazie alla rinascita in una vita Ichoriana.

Quando un Ichoriano si accoppia con un'umana, danno vita agli Hydraiani, che avranno così due abilità.

Oltre all'immortalità.

Certo, gli Ichoriani hanno bisogno di sangue umano per sopravvivere, e questo li rende meno resilienti della loro prole Hydraiana. Il sangue Hydraiano è tossico anche per gli Ichoriani, un altro difetto nella loro creazione. Tuttavia, gli Ichoriani prevalgono grazie alla loro forza, all'età e alla conoscenza, oltre al mero fatto che sono i genitori degli Hydraiani.

Per anni, Osiris li ha messi gli uni contro gli altri, assicurandosi che solo i più forti di entrambe le specie sopravvivessero.

Nel 1747, un Trattato ha messo fine ai conflitti.

Tuttavia, i sentimenti di rabbia sono rimasti.

Ciò vuol dire che dobbiamo lottare per salvarci la pelle, perché nessuna delle due parti ha intenzione di cooperare con l'altra, ma gli Hydraiani e gli Ichoriani stanno per affrontare un nemico comune, i Seraphim, che vorrebbero ucciderli tutti.

Ragion per cui, mi trovo dalla parte sbagliata.

Dovrei combattere per il mio Consiglio, cercare di annientare le creature abominevoli di Osiris.

Solo che alcuni di quegli abomini sono diventati miei amici. Sono diventati famiglia.

Ho passato gli ultimi vent'anni a proteggere una profezia. A salvaguardare la figlia di Caro e Sethios, *Astasiya*, o Stas, come preferisce essere chiamata lei.

Stas è la nostra salvezza, la nostra speranza, il nostro futuro. È la reincarnazione del potere, la figlia di due stirpi Seraphim molto potenti, in più, la sua vita è stata governata dall'umanità.

Lei non si piegherà davanti al Consiglio.

Non si piegherà nemmeno davanti a Osiris.

Le nostre vite sono fatte di decisioni, ognuna detta il percorso verso il nostro futuro.

Io ho scelto di percorrere il mio fianco a fianco con gli abomini che dovrei odiare.

Tuttavia, ciò non significa che sopravvivrò a questo destino. Sarebbe molto facile farsi prendere dal Consiglio dei Seraphim e venire sottoposti alla famigerata riforma. Senza un vero legame che mi tiene unita agli abomini, verrei sicuramente riprogrammata, così come è successo ad altri Seraphim, prima di me.

Questo percorso non è privo di rischi. È terrificante, pericoloso, letale.

Ed è ufficialmente intrecciato con un uomo che non dovrei amare.

Lui è un Hydraiano. È potente, un Anziano della sua specie.

Una volta abbiamo giocato su una spiaggia, ci siamo divertiti in una danza sensuale. Abbiamo passato ore a letto, ad assaggiarci, leccarci, scoparci. In quel momento gli ho dato un pezzo del mio cuore, forse anche tutto l'organo.

Però mi sono presa i suoi ricordi.

La mia migliore amica, Vera, è una Seraphim conosciuta per le sue abilità di manipolazione dei ricordi e della mente, così gli ha rimosso ogni traccia di me dai ricordi.

Andava bene, *noi* stavamo bene.

Fino a quando quella stessa amica ha creato una runa in grado di indebolire la mia naturale resistenza verso i doni degli Hydraiani. L'ha fatto per permettermi di guarire dopo un attacco.

L'alterazione mi ha aperto la mente, proprio davanti all'uomo da cui stavo cercando di nascondermi.

Balthazar.

Ora lui dice di sapere tutto quanto, compresi i miei segreti più oscuri.

Non sono sicura se voglia uccidermi, scoparmi, o entrambe le cose.

A ogni modo, i nostri destini saranno per sempre intrecciati, di questo ne sono sicura. La domanda in questione è se saremo in grado di sopravvivere.

Non siamo fatti l'uno per l'altra, non siamo fatti per amare. Siamo fatti solo e soltanto per distruggere.

Eppure, una parte di me spera che troveremo un modo per far funzionare il nostro legame.

Per costruirlo e celebrarlo.
In salute e in malattia.
Finché morte non ci separi...

CAPITOLO 1

BALTHAZAR

IN CAMERA DA LETTO ERA SCOPPIATO IL CAOS.

Urla.

Grida.

E un silenzio assordante, alle orecchie di Balthazar.

Niente battito cardiaco. Niente respiro. Niente segni di vita.

La bambina… era morta.

L'agonia squarciò l'aria, l'onda emotiva era così inebriante che fece quasi inginocchiare Balthazar. La sua capacità di sentire e controllare le emozioni, oltre a percepire le menti di coloro che lo circondavano, era debilitante, in momenti come quello. Inspirare, provare a pensare, a concentrarsi, era doloroso, accidenti.

Tuttavia, una voce raggiunse le orecchie dell'Hydraiano.

Una più forte delle altre.

Piena di speranza, vita e conoscenza.

Leela.

B si aggrappò ai pensieri di lei, ingoiò la sensazione sottostante d'attesa e si aggrappò a Leela come se fosse un'ancora di salvezza.

Oltre tremila anni di esperienza gli avevano insegnato come entrare e uscire dalla mente delle persone, come ignorare alcune emozioni, come esistere in un mondo di caos perpetuo causato dalle sue capacità soprannaturali.

Balthazar prese un respiro profondo.

Poi esalò.

Inspirò di nuovo.

E chiuse gli occhi.

L'angoscia di Lizzie e la preoccupazione di Jayson avevano creato una forte ondata di energia che Balthazar combatté per contenere i danni e calmare le acque. Aveva assistito il suo migliore amico, Jayson, durante la nascita della piccola, aiutandolo a rimanere calmo mentre teneva in braccio la moglie, Lizzie. Tuttavia, quando la bambina era uscita senza dare alcun segno di vita, la disperazione schiacciante dei genitori aveva schiacciato le intenzioni di Balthazar sotto una valanga di emozioni incontrollabili.

La mente di Leela lo ancorò, i pensieri della donna erano gli unici promettenti all'interno della stanza.

Leela cercò di calmare gli altri, di dire loro di lasciarla concentrare, ma erano troppo consumati dal dolore per ascoltarla. La frenesia peggiorò appena arrivò Stas, con Issac al seguito, e trovò Lizzie in preda a una crisi isterica.

Dietro di loro c'erano anche Sethios e Caro.

C'erano troppe voci. Nell'aria aleggiava troppo dolore.

Tuttavia, la certezza di Leela travolse gli altri, fornendo a Balthazar la leva di cui aveva bisogno per riprendere il controllo.

Il potere di lui si scatenò, avvolse le aure di coloro che lo circondavano in un'ondata di calma, chiedendo loro di rilassarsi.

Respira. Presta attenzione. Pensa.

Leela aveva bisogno che si calmassero, per salvare la bambina che teneva tra le braccia.

Strinse la piccola al petto e le sue iridi blu verdastre, nelle quali vorticava il potere, incontrarono lo sguardo di Balthazar. Lui annuì una volta, confermandole senza parole di aver capito.

Leela si accigliò in risposta.

Lui lo sa, pensò Leela, le parole erano cristalline nella mente di B. *Ma come è possibile?*

Il lampo di un ricordo le vorticò nella mente, uno che aveva cercato di decifrare per quella che le era sembrata un'eternità, ma in verità erano solo giorni.

Dal momento in cui Leela si era nebulizzata nella sua vita, Balthazar aveva saputo che si erano già incontrati. Tuttavia, non riusciva a ricordare dove. Da quel momento cruciale, alcune informazioni si erano infiltrate nella sua mente, ricordandogli del Brasile.

Era stato un viaggio di pochi mesi prima.

Il risultato di una sfida tra Balthazar e Luc. Erano costantemente in guerra, quando si trattava di cosa mangiare a colazione: per il gruppo era diventato ormai uno scambio di battute umoristiche, ma tra lui e il collega e Anziano Hydraiano, era un dibattito molto serio.

Waffle o pancake?

Balthazar sceglieva sempre i pancake, perché erano superiori in ogni aspetto, e aveva progettato un gioco con Luc per testare la loro piccola scommessa.

Aveva a che fare con delle donne, una spiaggia in Brasile, shottini al sapore di sciroppo d'acero, e la Seraphim in piedi davanti a lui in quel momento.

Balthazar ne era sicuro. *Lei era lì.*

Eppure la mente si rifiutava di fornirgli i dettagli che desiderava. Riusciva a vedere solo qualche flash, un ricordo chiaramente alterato, con il compito di dipingere la donna nei suoi sogni in maniera diversa.

Quando B aveva scoperto che Vera, un'altra Seraphim,

era in grado di manipolare i ricordi, aveva capito che lei aveva giocato con la sua mente.

Invece di insistere, aspettò che la stessa Seraphim disegnasse una nuova runa sul braccio di Leela, una che la rendesse suscettibile ai poteri Hydraiani. Aveva bisogno di un guaritore che l'aiutasse a tornare in vita, dopo essere stata colpita alla testa. Lara aveva fatto il suo lavoro, aiutando Leela a tornare in piena salute, appena in tempo perché Lizzie entrasse in travaglio.

Da allora, Balthazar stava giocando sul confine dei pensieri di Leela, alla ricerca di quel filo che sapeva esistere.

Lo vide mentre Leela lottava per concentrarsi sulla bambina, invece che sulla sorprendente consapevolezza che lui la capisse meglio di quanto avrebbe dovuto.

Piccola furbetta, non hai idea di quanto bene ti capisco, pensò lui, mentre con lo sguardo tracciava ogni squisito centimetro della splendida forma di Leela. *Ti ho già assaggiata.*

Non sapere quando, o come, lo uccideva.

Non aveva spinto troppo forte nella mente di lei, non voleva influenzare le attuali responsabilità della donna. Tuttavia, si era nascosto nei suoi pensieri, ascoltando attentamente, alla ricerca di ulteriori informazioni.

Leela pensò al fatto che lui l'avesse chiamata Lee, a Rio de Janeiro, confermando ciò che B già sapeva, ovvero di averla incontrata in Brasile. Anche il drink che lui le aveva preparato, quello che in qualche modo sapeva avrebbe gradito, si ricollegava a quel ricordo.

Tuttavia, prima che i pensieri della donna potessero dirgli di più, lei si scosse e si concentrò sulla bambina.

Tu e io faremo una bella chiacchierata, piccolina, pensò Leela, diretta al fagottino che teneva tra le braccia.

Anche noi, pensò Balthazar, consapevole che Leela non potesse sentirlo.

B incrociò le braccia, aspettando di ricevere altre informazioni.

A partire da come non spaventare i tuoi genitori, concluse Leela.

Balthazar l'ascoltò gestire il tipico processo di nascita di un Seraphim. Anche se Lizzie era tecnicamente un esperimento di laboratorio, un essere creato per assomigliare a un Seraphim in ogni aspetto, inclusa l'immortalità, non ne aveva il sangue puro. Leela sembrava certa che la figlia avrebbe seguito il consueto lineare processo, che includeva non piangere come un bambino umano, possedere una quantità insormontabile di intelligenza fin dalla nascita e avere una forte volontà di vivere.

La mente di Leela spiegò a Balthazar che la bambina non era affatto morta; la sua anima si era semplicemente allontanata nell'abisso, per evitare l'agonia di una nascita piuttosto dolorosa. La piccolina si era rotta alcune ossa, durante il parto. La nascita immortale era più veloce e più straziante di quella mortale.

Tutta l'esperienza di Balthazar era fondata sulla biologia umana, non su quella Seraphim o dei mezzi immortali. Gli Hydraiani non potevano procreare.

Tranne, a quanto pareva, con un Seraphim geneticamente modificato, come Jayson aveva appena dimostrato con Lizzie.

In ogni caso, la nascita era stata diversa da qualsiasi altra Balthazar avesse mai visto, e aveva lasciato la bambina in seria difficoltà. Ciò aveva fatto sì che la sua anima fuggisse, mentre il suo corpo si adoperava per guarire.

Affascinante, pensò Balthazar, la sua attenzione si divise tra il mantenere tutti calmi e guardare Leela lavorare.

"Starà bene," affermò Balthazar, il suo controllo emotivo si stava focalizzando su Lizzie e Jayson, mentre cercava di calmarli con le parole. "Leela è sicura di sé, il che mi rende sicuro di me."

Non era una bugia.

La fiducia di B in Leela era fondamentale, e la mente di lei gli aveva concesso la sicurezza di esprimere la sua opinione ad alta voce.

Quel fatto turbava un po' la Seraphim, perché dimostrava ulteriormente che lui potesse leggerle nei pensieri.

Ciò la spaventava, confermando a lui che la sua dolce furbetta aveva qualcosa da nascondere.

Il Brasile, lo sapeva. *Sai cos'è successo davvero in Brasile.*

Si era sempre sentito a disagio, dopo quel viaggio, come se ci fosse qualcosa che non andava.

In quel momento capì il perché.

Hai giocato con il mio...

Il parlottare di Lizzie lo distrasse dal finire il pensiero, il picco di paura lo costrinse a spingere un'altra ondata di calma su di lei. Lei inspirò bruscamente, mentre le lacrime le scorrevano giù per le guance. Il battito cardiaco rallentò ancora una volta, evitandole una vera e propria crisi isterica.

"A me è successo?" chiese Stas ai genitori.

"No," mormorò il padre, Sethios. "Ma la situazione era diversa."

"Le anime dei Seraphim non possono morire," disse Caro, facendo eco a ciò che Balthazar aveva già scoperto dalla mente di Leela. "Il corpo sì, ma si rigenera."

Un processo che Balthazar aveva visto svilupparsi proprio in quell'istante, tra le braccia di Leela.

Gettò un vortice di rassicurazione sul migliore amico, esortandolo a confortare la moglie e come risultato, Jayson iniziò a sussurrare parole dolci a Lizzie. Probabilmente Jayson sapeva che fosse opera di Balthazar, un atto che avrebbe potuto commentare in seguito, ma non poteva far altro che obbedire al controllo emotivo dell'Hydraiano.

Era ciò che lo rendeva così letale: poteva leggere le menti e manipolare i sentimenti degli altri. Una combinazione di doni che poteva produrre risultati mortali, ma Balthazar raramente impiegava la sua abilità secondaria. Leggere le menti gli veniva naturale e non era facile spegnere l'interruttore, mentre giocare con le emozioni degli altri richiedeva sia il pensiero che l'intento.

Smettila di esplorare, piccola. È ora che tu conosca i tuoi genitori in uno stato corporeo.

Balthazar combatté l'impulso di sorridere ai toni mentali di Leela. Sembrava così materna, un dettaglio che lui ritenne appropriato, considerata la stirpe della Seraphim.

Dea della fertilità, pensò. *Mi chiedo cos'altro sai fare.*

Ne avrebbero discusso una volta che lei avesse finito di salvare la bambina.

Avrebbero anche avuto una lunga conversazione su ciò che era realmente accaduto in Brasile. Balthazar voleva sapere quante volte l'aveva fatta venire.

Di cosa sapesse.

Quali posizioni aveva preferito.

Che versi faceva in preda alla passione.

Com'erano i suoi occhi durante l'orgasmo.

Quanto era stretta intorno alla sua asta.

C'erano tante incognite, al contempo eccitanti e irritanti. Leela gli aveva incasinato la mente, e lui non l'avrebbe mai perdonata.

A meno che non si fosse scusata e gli avesse spiegato il perché.

Avrebbe potuto anche essere persuaso dalla sua bocca carnosa avvolta intorno…

Andiamo, piccolina, tubò lei, distraendo la mente sensuale di lui. *Ti sento vicina. Trova te stessa e mostrami quei begli occhi marroni.*

Apparentemente, Leela aveva visto lo sguardo della bambina prima che l'anima lasciasse il corpo. Balthazar lo prese come un segno che la piccola sarebbe tornata.

Incorporò quella rassicurazione attraverso i suoi doni, toccando Lizzie e Jayson con una carezza rilassante. I due si abbracciarono sul letto, i capelli rosso scuro di Lizzie somigliavano alle macchie di sangue sparse per la stanza.

Balthazar aveva quasi chiesto agli altri di aiutare a pulire, ma aveva percepito nei pensieri di Jayson e Lizzie che non gli importasse del disordine. Volevano solo la loro bambina.

Eccoti qui, sussurrò Leela, pochi minuti dopo. *Mostrami quegli occhi, dolcezza.*

Sembrava che la piccola non potesse sentire del tutto Leela, ma che percepisse il suo conforto e il calore della sua essenza fertile. B prese nota di quel fatto nella mente di Leela, seguita dai suoi pensieri intimi relativi alla specializzazione nelle nascite, la fecondazione... e il *sesso*.

Dimmi di più, quasi pronunciò ad alta voce lui, ma lei stava già pensando alla soddisfazione e al fatto che non ne avesse bisogno per sopravvivere (ciò voleva dire che poteva essere paragonata a una succube); le piaceva solo scopare.

Quel pensiero fece sogghignare Balthazar.

A chi non piaceva una bella scopata?

Beh, ai Seraphim, a quanto pareva. Erano notoriamente stoici e conosciuti per la loro mancanza di emozioni.

Tuttavia, Leela andava chiaramente contro quelle aspettative.

B le si avvicinò e, con il palmo della mano, le toccò il fianco mentre le premeva le labbra sull'orecchio. "Una volta finito, tu e io ci faremo una lunga chiacchierata, Lee," le disse dolcemente, le parole rivolte solo a lei. Poi, ad alta voce, cosicché tutti gli altri potessero sentire, chiese: "Come sta?"

Leela rabbrividì, mentre ponderava se commentare o meno la dichiarazione precedente di Balthazar. Lui le mordicchiò l'orecchio, decidendo per lei.

Perché lo pensava davvero.

Ne avrebbero *decisamente* discusso più tardi.

In grande dettaglio.

Da nudi.

A letto.

La mente di lei gli mostrò dei ricordi con lui, a cavalcioni su uno sgabello, e in risposta il suo corpo si riscaldò contro quello di Balthazar. L'immagine si dissipò troppo velocemente affinché lui potesse apprezzare l'incontro.

Tuttavia, era stato sufficiente a sapere che era stato dentro di lei.

E anche a lei era piaciuto molto.

Leela scosse la testa, voltandosi verso di lui e togliendogli la mano dal fianco. B la guardò semplicemente, permettendole di vedere che sapeva. Ma non voleva dirle quanto.

No, non avrebbero giocato in quel modo.

Se lei avesse voluto incasinargli la testa, lui l'avrebbe ripagata con la stessa moneta.

Tuttavia, c'erano altre priorità più urgenti, al momento, tra cui il fascio di energia che lei teneva tra le braccia. *Bellissimo scricciolo*, pensò Balthazar appena incontrò un paio di splendidi occhi marroni. Erano esattamente come li aveva descritti Leela.

"Beh, ciao, piccola LJ," le mormorò. "Vedo che hai gli occhi di tua madre."

La bambina li strizzò, l'intelligenza nella loro profondità confermò ciò che Leela gli aveva sussurrato nella mente, riguardo le nascite dei Seraphim.

B le premette un dito sul nasino. "Questo è tutto di Jay," decise ad alta voce, ammirando il mix di tratti della madre e del padre. "Ma gli zigomi sono sicuramente di Lizzie."

Non poteva fare a meno di sorridere, la vista della piccola gli scaldava il cuore.

La peluria di capelli ramati sembrava un po' più bruna di quella di Lizzie, probabilmente a causa delle caratteristiche più scure del padre, che si fondevano con la genetica della madre.

"Sei incredibile, piccola meraviglia," disse alla bambina. *Davvero mozzafiato.*

La piccola LJ, un soprannome che Balthazar aveva deciso prima della nascita, lo studiò per un momento prima di schioccare le labbra.

Leela ridacchiò. "Sì, sì. Devi legare." I suoi occhi blu-verdi incontrarono di nuovo quelli di lui, prima di voltarsi verso Lizzie e Jayson, che erano sul letto.

"Oh, è viva!" esclamò Lizzie dopo aver preso la bambina da Leela. La sua sorpresa ricordò a Balthazar di allentare il controllo emotivo, perché la madre avrebbe dovuto accorgersene alcuni minuti prima.

"Te l'ho detto, aveva solo bisogno di guarire un po'," le rispose Leela. "Ma sì, è decisamente viva, e proprio una bella sopravvissuta, se vuoi un mio parere. È anche impaziente. C'è già stato uno scambio di potere durante la nascita, ma gliene serve ancora un po'."

Balthazar si ricordò dello scambio di potere, un'altra grande differenza con il parto dei mortali. In verità, nulla di quell'esperienza avrebbe potuto essere considerato umano.

Il che aveva senso, dato che tutti i presenti nella stanza erano immortali.

"Come faccio a dargliene di più?" chiese Lizzie.

Leela la guidò e disse a Jayson di aiutare la neo madre a sedersi. Balthazar continuò a dissipare il controllo emotivo mentre lavoravano, e notò che anche Lizzie era già in gran parte guarita.

C'erano state preoccupazioni, prima della nascita, su cosa aspettarsi, dal momento che Lizzie non era una purosangue Seraphim, ma sembrava che avesse abbastanza essenza in lei per garantirsi la sopravvivenza.

Jayson ne sarebbe stato contento.

Perché significava che la figlia sarebbe stata allo stesso modo.

Lizzie e Jayson mormorarono alcune parole sulla bellezza della loro bambina, dando un implicito segnale a Leela di allontanarsi.

Balthazar le si avvicinò casualmente, assicurandosi che lei gli finisse addosso. Le prese i fianchi, poi la strinse di nuovo al petto.

Un altro brivido le attraversò la pelle, la facilità con cui i loro corpi sembravano muoversi insieme suggeriva un passato intimo tra di loro.

Perché era così.

Il loro era un passato di cui B voleva sapere ogni dettaglio.

Sono in un mare di guai, pensò Leela, facendolo sorridere contro il suo orecchio.

"Sì, lo sei," concordò lui, assicurandosi di farle sapere che fosse in grado di leggerle la mente. Non sembrava che lei l'avesse ancora capito, era stata troppo presa dalla guarigione. Tuttavia, la runa che Vera le aveva inciso sul braccio permetteva a *tutti* i doni Hydraiani di funzionare sulla Seraphim.

L'ho detto ad alta voce? O mi ha appena letto nel pensiero? Si chiese Leela.

Balthazar aspettò, godendosi il momento in cui lei finalmente metteva insieme tutti i pezzi.

Dopodiché, appena si rese conto di ciò che lui già sapeva sulla runa, Leela prese a scuotersi in tutto il corpo.

"So tutto," le confermò dolcemente, facendole scivolare le braccia intorno alla vita mentre le poggiava la testa su una spalla. Era un modo per confermare che non l'avrebbe lasciata andare facilmente. "Parleremo più tardi, Lee. Per ora, ammiriamo la vita che abbiamo contribuito a far venire al mondo."

Balthazar aveva assistito alla maggior parte della preparazione iniziale per la nascita, la sua formazione medica lo classificava come un aiutante qualificato. Leela aveva preso il sopravvento una volta che la bambina era arrivata.

Insieme, erano una grande squadra.

Leela non lo contraddisse, i suoi occhi vagarono per la stanza e pensò che aveva passato qualcosa di simile, venticinque anni prima, quando aveva aiutato a far nascere Stas.

Caro sembrava star pensando allo stesso ricordo, ma Balthazar non riusciva a leggere i pensieri della donna. Colse il bagliore nebbioso dei suoi occhi azzurri mentre guardava il compagno, Sethios, e la loro figlia.

Issac era lì vicino, con l'espressione più emotiva del solito.

Balthazar non riusciva a sentire l'ex Ichoriano come faceva di solito, grazie al recente legame che aveva stabilito con la Seraphim Stas. I pensieri di Issac si erano fatti confusi e incoerenti, un fatto che deliziava l'ex Ichoriano a non finire.

Tuttavia, Balthazar era in grado di raccogliere abbastanza emozioni nell'aura di Issac, da sapere che, anche se l'amico probabilmente non voleva un bambino in quel momento, avrebbe potuto cambiare idea in futuro.

Balthazar vide quella verità nello sguardo zaffiro di Issac, mentre guardava adorante Stas.

Quegli occhi divennero più morbidi quando Stas chiese alla migliore amica il nome della bambina, che Balthazar aveva già sentito sussurrare tra le menti di Jayson e Lizzie.

"Aidyn Lee," le rispose Lizzie. "Aidan ci ha salvati entrambi. È giusto che porti il suo nome, in memoria del suo sacrificio. E Lee per Leela, per aver assicurato la nostra sopravvivenza."

Balthazar rimase tranquillo, ma sentì l'amore travolgente che aleggiava nella stanza.

Luc avrebbe apprezzato che il padre venisse onorato in quel modo.

E Leela… era sbalordita dal gesto.

Al contrario, Balthazar non lo era. Aveva sentito il suo legame con la bambina durante la nascita, poi l'aveva percepita approfondire quella connessione quando aveva convinto il piccolo spirito a tornare nel corpo di Aidyn.

Un voto tacito tra la bambina e Leela, basato sulla protezione.

Balthazar capiva, perché si sentiva allo stesso modo nei confronti della piccola meraviglia. Avrebbe vegliato per sempre su di lei, proprio come aveva passato millenni a sorvegliare il padre e i fratelli immortali.

Gli Anziani della sua specie avevano un legame tacito, che includeva tutti coloro che amavano.

Il che significava che anche la piccola LJ avrebbe dovuto essere protetta da Balthazar.

"È un nome adatto," commentò Balthazar, dopo che Leela aveva confessato che mai nessuno aveva chiamato un bambino come lei, prima di allora. Era appropriato, non solo per via di Leela, ma anche per l'uomo che aveva salvato la vita della piccola mentre cresceva nel grembo della madre. "Aidan ne sarebbe onorato."

"È vero," concordò Issac, mentre l'emozione gli addensava la voce. "Grazie per aver onorato la sua memoria."

"Non saremmo qui, senza di lui," rispose dolcemente Lizzie. "È il modo migliore per ricordarlo. È anche un nome forte, che si addice al nostro miracolo. La nostra piccola Aidyn."

Sulla stanza cadde un altro pesante silenzio, erano tutti più rilassati, dal momento che la crisi era stata evitata.

Tutto grazie a Leela, e alla sua capacità serafica di connettersi all'anima della bambina.

Balthazar continuò a trattenerla, pensando al potere di lei, a cosa significasse e a come avrebbe potuto averlo usato su di lui, prima di allora. In modo sensuale. *La Seraphim della fertilità.* Le labbra di B quasi si arricciarono. *È un vero piacere.* Uno che avrebbe esplorato a lungo, appena avute le risposte che cercava.

Se qualcuno degli altri aveva notato il suo stare in piedi con le braccia intorno a Leela, tenendola prigioniera, non lo commentò. Al contrario, Issac e Stas se ne andarono rivolgendo grandi sorrisi a Lizzie, Jayson e l'ultima arrivata. Sethios e Caro seguirono presto l'esempio, lasciando lì in piedi solo Leela e Balthazar.

"Chiamate, se avete bisogno di qualcosa," disse loro Leela.

"Lo faremo," cantilenò Lizzie, tutta la sua attenzione

era sulla bambina cullata tra le braccia. Qualsiasi fosse lo scambio di potere che stava accadendo tra di loro, sembrava andare in profondo nell'anima ed essere intangibile.

Jay guardò in su, verso Balthazar, con un'espressione riconoscente. *Grazie.*

Balthazar annuì. Avrebbe fatto qualsiasi cosa per il migliore amico e la sua nuova famiglia, Jayson lo sapeva.

Leela tentò di muoversi, ma Balthazar non glielo permise. L'aveva lasciata prendere il comando durante la crisi, ma in quel momento aveva affermato la sua posizione in cima alla scala di potere, una posizione che avrebbero potuto negoziare una volta che lei gli avesse fornito i dettagli che B desiderava.

"Non saremo lontani," promise lui. "Sai come attirare la mia attenzione."

"Grazie per avermi calmato," disse Jay, sorprendendo Balthazar. *Però non farlo mai più.*

Balthazar quasi sorrise, ma annuì di nuovo, per dire all'amico che aveva capito, non che fosse d'accordo. Rifiutava di impegnarsi in una tale promessa, soprattutto quando non avevano idea di ciò che il futuro aveva in serbo per loro.

Si raddrizzò e lasciò cadere la presa sulla vita di Leela. Non si fidava del fatto che non si sarebbe nebulizzata, così le afferrò la mano e la tirò fuori dalla stanza.

Nel momento in cui raggiunsero il corridoio, Leela pensò di nebulizzarsi, proprio come lui si era aspettato.

Le fece capire con lo sguardo che non sarebbe stata una buona idea, poi la trascinò giù per il corridoio, in una stanza con un balcone aperto sul retro.

Dovrà bastare, decise B, chiudendo la porta e ignorando il letto di seta blu al centro del grande spazio aperto. La condusse in bagno e ammirò la doccia di marmo gigante. *Sì, basterà sicuramente.*

"Spogliati," le disse, decidendo di andare dritto al punto.

"Non mi intimidisci," gli rispose lei, dolcemente, mentre seguiva il comando alla lettera. Niente esitazioni o preoccupazioni. Solo una donna bella e sicura di sé che si strappava di dosso i vestiti insanguinati, come se le avessero bruciato la pelle.

"Non voglio intimidirti. Voglio prendermi cura di te e dimostrare la mia gratitudine per quello che hai fatto per il mio migliore amico. Poi prenderò in considerazione l'idea di scoparti. E dopo, parleremo. A meno che tu non voglia che Vera alteri di nuovo la mia mente…" Era un modo per confermare che sapeva tutto.

Anche se non era così.

Tuttavia, voleva che lei lo credesse, in modo che fosse più propensa a pensare e parlare liberamente con lui.

Leela lo fissò. "Non ho bisogno che tu ti prenda cura di me."

"Lo so, ma lo farò comunque." Leela si era guadagnata il conforto di B, dopo tutto quello che aveva fatto per i suoi amici. Balthazar sospettava anche che le servissero un po' di coccole, dato che le avevano sparato in testa poco prima che aiutasse Lizzie a partorire.

"E non c'è niente da considerare, quando si tratta di scoparmi," aggiunse lei, ignorando la risposta di lui. "Se voglio scopare, scoperemo."

B arricciò le labbra. "Posso farti implorare."

"Puoi provarci."

"Oh, Leela," disse lui, entrando nello spazio personale di lei e prendendo a calci i suoi vestiti insanguinati. "Ti farò gattonare, piccola." Sarebbe stato un bel modo di chiedere scusa, dopo che lei gli aveva tolto i ricordi.

"Non succederà mai." Le parole che pronunciò ad alta voce non corrispondevano a quelle nella sua testa, che sembravano dire: *Sì, per favore.*

Leela partì per una tangente mentale sul fatto che Vera non avesse svolto un lavoro abbastanza approfondito, confermando ulteriormente a B che le aveva chiesto di cancellargli i ricordi.

"Pensi che quello che è successo in Brasile sia stato il meglio che io possa fare?" le chiese, sperando di innescare un altro bagliore di un ricordo. "Quella era solo un'introduzione. Quando avremo finito, non saprai nemmeno muoverti, senza sentirmi tra le tue cosce."

La mente di Leela evocò un ricordo che li vedeva danzare e scopare di fronte a una folla, rivaleggiando con una reminiscenza che tormentava i pensieri di B. Lui aveva sognato quella scena, in cui una donna lo cavalcava su uno sgabello e glielo leccava dopo averlo fatto venire.

Merda, quel pensiero l'aveva fatto eccitare.

Il modo in cui la mente di Leela si fuse in un susseguirsi di pensieri su Balthazar che la prendeva per ore in una camera da letto, gli fece solo venire ancora più voglia di lei.

Il calore che emanava il corpo della donna, insieme ai capezzoli inturgiditi, gli disse che anche Leela si sentiva allo stesso modo.

Lo confermò quando sospirò: "Dimostramelo," in risposta alla promessa di B di annientare la sua capacità di muoversi.

"Lo farò," le rispose lui. "Dopo che ti avrò fatta gattonare."

Leela sbuffò. "Allora sono solo chiacchiere, tesoro, perché non gattonerò mai per te."

Balthazar sentì l'inguine tendersi, la sua anticipazione aumentava ogni secondo. Le lasciò un bacio morbido e provocante sulla bocca, l'elettricità tra di loro era come un ronzio di attesa. "Grazie, Leela."

Lei si accigliò. "Per cosa?"

"Per avermi fornito una nuova sfida," la informò lui con un mormorio. *Una che intendo vincere a tempo record.* "Ora porta il tuo bel culetto sotto la doccia. Mi unirò a te tra poco… e vedremo per quanto tempo riuscirai a resistere."

CAPITOLO 2

BALTHAZAR

NUDA. UMIDA. DONNA.

Tre delle parole preferite di Balthazar.

Peccato che non potesse crogiolarsi nello spettacolo mozzafiato che aveva davanti in quel momento. Aveva bisogno di risposte, e voleva davvero che quella donna strisciasse, prima di farla sua.

Leela aveva tentato un gioco pericoloso, nella mente di Balthazar.

Gli aveva rubato i ricordi. Aveva stravolto i fatti, giocato con la sua esperienza sensuale. Gli aveva fatto dimenticare uno dei weekend più strabilianti della sua vita.

B non aveva ancora recuperato tutti i dettagli, ma aveva capito, dai pensieri nascosti di lei, che Leela aveva alterato un gran bel ricordo.

La sensazione di avere qualcun altro che giocava nella sua testa lo innervosiva. Lui era uno che leggeva la mente, un essere di immenso potere emotivo, e non sopportava l'idea che la sua stessa psiche fosse stata manipolata attraverso la magia Seraphim.

"Mmmh," mormorò, facendo scivolare lo sguardo sulla

forma perfetta di lei. Era squisita in ogni dettaglio, fatta eccezione per gli inganni mentali, ovviamente. Tuttavia, Balthazar si sarebbe volentieri accontentato dello splendido corpo in piedi sotto il soffione della doccia.

L'acqua le aveva scurito i lunghi capelli biondi, fino a farli diventare castano chiaro, le goccioline le stuzzicavano le punte prima di scorrere lungo i bei seni e scivolare sullo stomaco piatto. Balthazar avrebbe voluto seguire con la lingua quel percorso allettante, inginocchiarsi davanti a lei e adorare la dea tra le sue cosce da ballerina.

Le iridi verde-blu di Leela emisero un bagliore, come fiamme accese, comunicando a B di essere consapevole del proprio fascino e potere sugli uomini. Era una Seraphim con abilità riguardanti la fertilità, un fatto che lei aveva ammesso ad alta voce e confermato con i pensieri.

Oh, Balthazar se la ricordava eccome.

Non poteva dire come o perché, ma aveva avuto un sentore di familiarità fin dal primo momento in cui lei era tornata nella sua vita. Un presentimento che gli diceva di conoscerla. Intimamente, per giunta. Solo, non era in grado di determinare quando si fossero incontrati. Le diverse migliaia di anni di esistenza rendevano fin troppo facile dimenticare le conoscenze, ma l'anima di B l'aveva riconosciuta immediatamente.

Aveva finalmente capito il perché.

"Sono tentato di farti ricreare quei ricordi con me," la informò, con la voce bassa, ma comunque in grado di attraversare l'acqua che scorreva intorno a loro. B fece un passo avanti e circondò la gola di Leela con un palmo, costringendola a guardarlo negli occhi. "Fino a ogni minimo dettaglio."

Non sarebbe lo stesso, pensò lei. *Ora sa chi sono.*

Balthazar chinò la testa, incuriosito. "Semmai, non farebbe che intensificare la nostra connessione."

"Tieniti alla larga dalla mia testa."

"Neanche per sogno, Lee," le mormorò lui. "È giusto che ti legga nel pensiero e recuperi ciò che tu mi hai rubato."

Leela pensò di nebulizzarsi (era un pensiero ricorrente, ormai), ma rimase come intrappolata dalla presenza di Balthazar.

Lui le rivolse uno sguardo simile a quello che le aveva appena lanciato in corridoio per sconsigliarle di portare avanti quel piano. Leela avrebbe anche potuto teletrasportarsi fuori di lì, ma lui l'avrebbe trovata e l'avrebbe fatta parlare. Meglio affrontare la verità subito, invece di prolungare l'inevitabile.

"Perché?" le chiese lui. "Perché ti sei presa i ricordi che riguardavano te?"

"Perché non era ancora il momento di conoscermi. Non dovrei... Non *dovremmo*..." Leela si interruppe e si schiarì la voce. "Sono qui per proteggere Stas. Nient'altro."

La sua mente la contraddisse immediatamente.

Lui la studiò e il ricordo fece capolino, rammentandogli un giorno che non avrebbe dimenticato tanto presto.

Il ricevimento di nozze di Lizzie e Jayson, sulla spiaggia. L'attacco degli uomini di Jonathan. Un enigma, che danza tra Balthazar e i proiettili letali destinati a ucciderlo.

L'Hydraiano inarcò un sopracciglio. "Capisco." Quello non era sicuramente un ricordo che gli interessava replicare, ma gli diceva molto riguardo le intenzioni di Leela. Forse era lì per Stas, ma quel giorno aveva salvato lui. La capacità di B di manipolare le emozioni, inoltre, gli fece capire come Leela si sentisse a riguardo.

Protettiva.

Come se lui le appartenesse.

E fosse suo dovere tenerlo in vita.

Per Stas, aggiunse lei. *È un buon guardiano per Stas.*

Balthazar arricciò le labbra. "Questa è l'unica ragione, eh?"

"Ciò che conta è Stas," ribadì lei. "La sua eredità batte tutto il resto."

Delle voci sulla profezia le ronzarono tra i pensieri, attirando l'attenzione di B. *Un nuovo potere sta nascendo. Lei avrà la forza e la volontà necessaria per distruggerci tutti, a meno che non vengano messe in pratica delle misure atte a frenare le sue inclinazioni.*

Balthazar non aveva mai sentito la formulazione esatta della premonizione della profetessa Skye, ma da quel momento in poi l'avrebbe ricordata.

Essere un lettore della mente aveva sicuramente dei vantaggi, come la possibilità di interrogare qualcuno nudo sotto la doccia, e ottenere tutte le risposte di cui aveva bisogno senza spargere una sola goccia di sangue. Era per quello che credeva nel fare l'amore, invece che fare del male agli altri.

C'era un tempo e un luogo preciso per la violenza.

Ma tutta quell'aggressività repressa avrebbe potuto essere usata per altri scopi.

E lui preferiva certamente altri metodi.

Le passò le dita tra i capelli umidi e la portò contro il muro piastrellato che aveva alle spalle. Lei gli afferrò i fianchi, le unghie gli si conficcarono nella pelle mentre lui le premeva l'inguine sulla pancia piatta.

"Ho promesso di prendermi cura di te," le ricordò dolcemente.

Leela aveva appena finito di aiutare a partorire e salvare la figlia del migliore amico di Balthazar. Era uno dei motivi principali per cui lui aveva scelto quel metodo di interrogatorio. Non aveva solo bisogno di una doccia per rimuovere il sangue del parto, ma meritava anche la sua gratitudine, dopo tutto ciò che aveva sacrificato.

Non solo per proteggere Stas, o salvare la vita di Balthazar in spiaggia, quel giorno.

Ma durante tutto quello che aveva appena passato per convincere la figlia di Jayson e Lizzie a tornare in vita.

Balthazar aveva sentito ogni parola, ogni sussurro e pensiero, e poi aveva sentito l'energia fertile riportare l'anima Seraphim alla forma corporea infantile. Era stato magnifico, straziante e bellissimo allo stesso tempo.

Tuttavia, Leela aveva lasciato che la sua mente rimanesse vulnerabile per tutta l'esperienza.

E B ne aveva approfittato appieno.

Ciò avrebbe potuto fare di lui uno stronzo, ma lei gli aveva rubato i ricordi. A Balthazar sembrava giusto poterli recuperare allo stesso modo.

Semplicemente, non si aspettava di trovare così tanti ricordi che coinvolgevano il suo nome.

Non erano per niente chiari, si trattava solo di dettagli di alto livello che Leela aveva memorizzato negli strati esterni della mente, suggerendo così di aver pensato spesso a lui.

A B piacque molto quello sviluppo. Lo aiutava a sentirsi a proprio agio, in un certo senso, perché lei aveva catturato la sua attenzione appena era arrivata, poco dopo la morte di Stas.

Leela rabbrividì mentre si spostava per recuperare una bottiglia di shampoo, le sue iridi vorticavano in una raffica di emozioni.

Libidine. Paura. Accettazione. Desiderio.

Era una miscela inebriante che gli stuzzicava i sensi, alimentando una fiamma dentro di lui che bruciava interamente per lei. B non riusciva a ricordare l'ultima volta che una donna gli aveva fatto un effetto simile.

Amava le donne, gli uomini, il sesso, la vita. Era tutto naturale per lui.

Ma qualcosa, in Leela, lo affascinava in un modo diverso rispetto a molti altri.

Un'impresa colossale, considerando le sue diverse migliaia di anni di esistenza.

Forse sta nascondendo altro, si domandò implicitamente mentre le distribuiva lo shampoo tra i capelli. Aveva scoperto il Brasile dai pensieri di lei, ma forse i due si erano già incontrati prima, il che avrebbe spiegato il bizzarro legame che provava per la donna.

"Quando ci siamo incontrati, la prima volta?" le chiese, ascoltando attentamente la risposta nella sua mente, invece di quella che le abbellì le labbra.

"La prima volta che ti ho parlato è stata in Brasile," gli rispose lei.

La sua mente confermò che era vero. Tuttavia, lo informò anche di un altro segreto. "Ma non era la prima volta che mi vedevi."

"No. Ti conosco da... un po' di tempo."

"Ah, sì?" B inarcò un sopracciglio, divertito. "Sei una fan del mio lavoro, Leela? È per questo che mi hai cercato?"

Lei ridacchiò. "Non ti ho cercato," gli disse. I suoi pensieri verificarono immediatamente che l'affermazione fosse vera. "E poi, essere una fan suggerisce che io invidi qualcosa di te, e non è così."

"Essere fan non equivale a essere invidiosi. Suggerisce eccitazione. Intrigo. Desiderio di saperne di più, forse." La tirò indietro sotto l'acqua mentre parlava, aspettando che i suoi pensieri confermassero il sospetto.

Ma non lo fecero.

Sì, c'era un certo interesse, abbastanza da far sì che lei

lo avesse assecondato, in Brasile. Ma non perché avesse desiderato sperimentare la sua abilità.

No.

Gli aveva permesso di divertirsi con lei solo perché voleva vedere se riusciva a stare al passo.

Affascinante.

Balthazar non aveva mai incontrato una donna che si considerasse sua pari, figuriamoci migliore.

"Ti farò davvero ricreare quei ricordi con me," decise lui ad alta voce.

"Forse non voglio ricrearli."

Lui si limitò a guardarla. I pensieri di lei gli suggerirono che era una bugia prima ancora che Leela finisse di parlare, e il bel rossore sulle guance gli disse che lo sapeva anche lei.

Invece di insistere, B si concentrò sul risciacquarle i capelli, poi ripeté l'azione con il balsamo, prima di afferrare una saponetta. Forse lei aveva tradito la mente di Balthazar, ma si meritava comunque quella dimostrazione di affetto.

B percepì la confusione di Leela.

La donna sapeva che lui non era felice con lei.

Balthazar non provava mai davvero rabbia, anche se avrebbe potuto ammettere di voler punire quella femmina per la violazione compiuta nella sua mente. Gli aveva rubato i ricordi, li aveva manipolati, e non gli aveva confessato la verità quando si erano visti una seconda volta.

"Avevi intenzione di dirmelo?" si chiese B ad alta voce.

Gli occhi di Leela gli comunicarono la risposta prima della bocca. *No.* "Perché avrei dovuto?" gli chiese lei.

"Perché è sbagliato rubare i ricordi di qualcuno, Leela."

"L'ho fatto per proteggerti."

"Bugia. L'hai fatto per proteggere te stessa." Avrebbe almeno potuto ammetterlo. B lo aveva sentito, nella mente di lei.

"L'ho fatto per proteggere *entrambi*," rettificò Leela. "Non potevi sapere di me. Non ancora."

"Cosa sarebbe cambiato?"

"Potenzialmente tutto."

Balthazar considerò l'idea, iniziando a insaponare ogni centimetro del corpo di lei. La maggior parte delle donne si sarebbe eccitata con il semplice tocco della sua carezza, ma Leela si rivelò più impegnativa. Oh, era eccitata eccome. B riuscì praticamente a sentirne il sapore, mentre si inginocchiava per lavorare sulle gambe.

Tuttavia, non lo stava implorando.

Né sembrava essere in attesa di qualcosa.

Leela sapeva che lui avrebbe voluto che lei lo supplicasse, e B percepiva, dalla mente di lei, che non aveva nemmeno alcuna intenzione di scusarsi per ciò che aveva fatto.

La sua mancanza di rimorso lo infastidiva immensamente. Gli aveva incasinato la mente, distorto i ricordi, e non si era nemmeno preoccupata di porgergli delle scuse. Balthazar lo sentiva nei pensieri di lei che non se ne pentisse, che sapeva fosse la cosa giusta da fare, ma Leela non pensò nemmeno una volta di parlargli o di lasciare che lui facesse le proprie scelte.

Lei aveva scelto *per* lui.

Perché chiaramente non si fidava di lui.

Era un modo efficace per uccidere la lussuria che bruciava tra di loro, perché Balthazar non giocava con le donne che avevano un'opinione così infima di lui.

Forse non avrebbero ricreato quei ricordi, dopotutto.

B si alzò e mise da parte il sapone prima di passare ai propri capelli.

La maggior parte delle sue conquiste, in una situazione simile, avrebbe fantasticato apertamente su di lui.

Leela no.

La sua mente si spostava tra il passato e il futuro, mescolandosi un po' con il presente, e ciò che sarebbe successo dopo.

C'erano sfumature di interesse, i suoi occhi seguivano naturalmente le mani di lui mentre prendevano di nuovo il sapone per insaponarsi, ma non fantasticava di assumere il controllo e di leccarlo fino a ripulirlo. Al contrario, si limitò ad ammirare la visuale, mentre studiava il modo migliore per proteggere il figlio di Lizzie e Jayson.

L'Alto Consiglio di Seraph starà arrivando, pensò. *Non possiamo nasconderci qui per sempre.*

"Dove vuoi andare?" le chiese Balthazar, senza preoccuparsi di nascondere la capacità di leggerle i pensieri. Spesso infastidiva coloro che lo circondavano, in genere ispirava commenti o pensieri sarcastici. Balthazar non si sarebbe scusato per quel talento, né lo avrebbe nascosto.

"Non lo so," rispose lei, con voce e pensieri privi di irritazione. Al contrario, sembrava accettare la sua abilità come una normalità. Forse perché era stata cresciuta tra esseri potenti, il che rendeva la lettura della mente da parte di lui un'esperienza naturale.

Se è così, probabilmente anche lei ha adottato alcuni trucchi per nascondersi, rifletté B, permettendosi di passare ancora una volta in rassegna lo splendido corpo di Leela.

Finora, non sono impressionata, la sentì dire; il luccichio nel suo sguardo, appena incontrò quello di lui, suggerì che volesse far sentire quel commento a B. *Il Brasile sembra essere il meglio che tu possa fare.*

Lui canticchiò divertito, avvicinandosi a lei e sospingendola di nuovo contro il muro. Lei rabbrividì, i capezzoli le si irrigidirono come piccoli picchi, che provocarono il petto di lui mentre allineava i loro corpi in un bacio intimo. "Non puoi distrarmi con il sesso, Lee."

Lei gli fece risalire le unghie lungo i lati delle cosce, il suo era un tocco consapevole. "Sappiamo entrambi che non è vero." Leela si spostò sulla parte bassa della schiena di Balthazar, e sul sedere, che strinse sfacciatamente. "Volevi ricreare i ricordi, giusto? Avremo bisogno di una pista da ballo e di uno sgabello, per farlo."

Leela iniziò a descrivere la scena nella mente, dipingendo un quadro della prima volta che si erano incontrati, sulla spiaggia. Balthazar l'ascoltò; ricordava quella conversazione, ma non era stata con Leela. Aveva parlato con un'altra donna, un enigma che aveva sognato per mesi.

Una donna senza volto.

Una fantasia che si era semplicemente goduto senza pensarci troppo.

Tuttavia Leela ripercorse la loro conversazione, raccontandogli come ciò li aveva portati a unirsi a Luc, per osservare la sfida con gli shottini allo sciroppo d'acero. "Me lo ricordo..." Anche se era stato proprio come lo stava descrivendo lei in quel momento. "Ho portato una di quelle brunette nella mia stanza, nel pomeriggio."

Leela scosse la testa. "No. Non è vero." Sembrava quasi triste. Tuttavia, B sentì la convinzione nella mente della donna, quella che le aveva detto di aver rimosso i ricordi per un motivo.

Per proteggerlo.

Per proteggere noi.

Per proteggere Stas.

Balthazar le accarezzò la guancia, con il pollice le tracciò una linea sensuale sul labbro inferiore. "Ti sbagli, Lee," sussurrò.

"No, invece."

"Sì, invece," ribatté lui. "Avresti potuto fidarti di me."

Lei scosse la testa, le sue labbra si aprirono per iniziare una discussione che lui non avrebbe voluto sentire. *Ti conoscevo a malapena. Non eravamo destinati a stare insieme. È stato un errore.*

Tutti quei pensieri combattevano per prevalere uno sull'altro nella mente di lei, ogni affermazione era vera, in una certa misura.

Eppure... "Non hai dato nemmeno una possibilità a noi, Lee."

"Una possibilità?" ripeté lei, incredula. "Non insultare la mia intelligenza. Non siamo tipi da relazione, Balthazar."

"Intendevo noi, gli Anziani," la corresse lui con le labbra arricciate. "Ma è bello sapere come la pensi."

Lei alzò gli occhi al cielo. "Lo sai già, *mi leggi la mente.*"

"Mmmh, vero," concordò, appoggiandosi ancora di più a lei e assicurandosi che potesse sentire premuto sul proprio corpo ogni centimetro del suo interesse. "E sai anche come la penso io."

Delle fiamme blu lambirono un percorso pericoloso intorno alle pupille di Leela, superando il verde nelle iridi. "Mi aspettavo che fossi arrabbiato."

"*Sono* arrabbiato," ammise B, piano. "Molto, molto arrabbiato."

Lei gli aveva incasinato la mente. Balthazar non l'aveva presa bene.

Tuttavia, avere accesso ai pensieri di Leela lo aiutava a capire perché lo avesse fatto.

Ciò non significava che fosse d'accordo con le sue azioni. No, intendeva fargliela pagare in un modo che li avrebbe gratificati entrambi.

Tuttavia, voleva comunque che lei ammettesse di aver avuto torto a cancellare il ricordo del loro tempo insieme.

Poi avrebbe voluto che lei lo implorasse.

Implorarlo di creare nuovi ricordi.

Scusarsi con quelle belle labbra avvolte intorno al suo uccello.

Lui inclinò il viso verso l'alto, la bocca a pochi centimetri da quella di lei. "Striscerai per me, Lee," le promise lui, ripetendo le parole che le aveva rivolto prima di trascinarla nella doccia. "Striscerai e mi supplicherai di scoparti, ma io non mi arrenderò finché lo vorrai davvero. E allora, vedremo."

"Non striscerò per te," ribatté lei, con un tono convinto che non fece che aumentare la posta in gioco tra di loro. "Io non striscio per nessuno."

"Lo farai per me," le intimò lui.

"Non mi scuserò, Balthazar."

"Non stavo chiedendo delle scuse, Leela," ribatté lui, con le labbra che sfioravano quelle di lei. "Ti stavo solo promettendo di farti implorare per un'altra notte nel mio letto."

Leela sorrise. "Cosa ti fa pensare che ne voglia un'altra?" gli chiese lei. "Ricordo ogni minuto della nostra ultima sessione."

Balthazar arricciò le labbra in risposta. "È per questo che so che mi implorerai di averne ancora." Perché anche se non riusciva a ricordare i dettagli, sentiva la schiacciante soddisfazione nella mente della donna. Quei ricordi l'avevano tenuta sveglia fino a tarda notte, il suo corpo non vedeva l'ora di essere saziato da un altro, abile come quello di lui.

"Solo nei tuoi sogni," gli rispose lei, dolcemente.

"Beh, sai già come sarebbe," ribatté lui.

Le catturò la bocca prima che lei potesse rispondere, la

lingua gli scivolò con facilità tra le belle labbra, immergendosi e fornendole un ricordo sensuale della sua abilità.

Lei gli conficcò le unghie nel sedere, tenendolo stretto a sé, mentre lui la divorava in un modo che gli sembrava fin troppo familiare. L'aveva *sicuramente* già baciata, prima di allora. Poteva sentirlo fino dentro l'anima. Proprio come l'aveva riconosciuta, nell'istante in cui era ricomparsa nella sua vita.

Tanti piccoli frammenti erano andati al loro posto.

Un sorriso che Balthazar aveva visto in sogno.

Una voce che lo aveva reso duro senza alcun preliminare.

Un corpo fatto per il peccato.

L'istinto di B prese il sopravvento, guidando le sue azioni, dominando i sensi di Leela e consumando i propri allo stesso tempo. Il calore gli sfrigolava nelle vene, il suo desiderio aumentava ogni secondo che passava.

Tuttavia, non era solo *il suo* bisogno che sentiva, ma anche quello di Leela.

La capacità di percepire e manipolare le emozioni dell'Hydraiano andò in fiamme appena la lussuria di Leela lo colpì all'inguine.

B riusciva a percepire le intenzioni della donna.

Voleva infrangere la sua convinzione prima ancora che la partita iniziasse.

Piccola furbetta, pensò, divertito dalle buffonate di lei.

La Seraphim era nata per quell'incontro, era più che preparata a combattere la sensualità di lui con una sana dose della propria.

Balthazar gemette, la pura ebbrezza di quel momento lo affogò in un mare di desiderio, diverso da qualsiasi altra sensazione avesse mai provato prima.

Quella femmina trasudava sesso.

Era una maestra di sensualità e grazia.

E sapeva esattamente come ingannarlo.

Le unghie lo dimostrarono, mentre tracciavano una linea sensuale attraverso il sedere, fino al fianco; l'intento era evidente, nella traiettoria del percorso. Tuttavia, lui le prese il polso prima che lei potesse raggiungere l'obiettivo. Le permise di sfiorargli il membro con un dito, poi le bloccò una mano sopra la testa, per immobilizzarla al muro.

Ripeté l'azione con il polso opposto, catturandola con successo davanti a sé, i loro corpi bagnati, lisci, e pronti l'uno contro l'altro.

"Non sono così facile, piccola," le disse lui, sfiorandole la bocca. "Prendo molto sul serio le mie sfide." Lei avrebbe dovuto saperlo, dopo averlo conosciuto in Brasile.

"Cosa ti fa pensare che voglia giocare?"

"Oh, piccola volpe," mormorò B, sfiorandole le labbra. "Hai iniziato tu questo gioco, quando hai alterato i miei ricordi, e poi hai alzato l'asticella, quando non volevi confessare il momento in cui ci siamo incontrati di nuovo. Quindi non fingere innocenza con me, Lee. Sappiamo entrambi che non è quello il tuo ruolo in questo gioco."

Lei deglutì e le si dilatarono le pupille.

"Non striscerò," ripeté.

"Sì, invece," le promise lui, sorridendole contro la bocca prima di lasciarla andare e fare un passo indietro. "Parlami dell'Alto Consiglio di Seraph. Cosa pensi che faranno, ora?"

CAPITOLO 3

LEELA

Il rapido cambio di argomento di Balthazar fece girare la testa a Leela.

Un minuto prima l'aveva spinta al muro della doccia con una promessa bollente premuta contro la parte inferiore del ventre, quello dopo la osservò con un'espressione distaccata. Lei sbatté le palpebre, sorpresa. Poi abbassò lo sguardo e vide che era ancora duro e del tutto pronto per qualcosa in più.

Il che voleva dire che quella di Balthazar era una dimostrazione di restrizione.

Perché voleva che lei lo implorasse.

Bene.

Leela avrebbe semplicemente dovuto mostrargli cosa si stesse perdendo.

Tranne per il fatto che il commento di B le era rimasto impresso nella mente. *"Cosa pensi che faranno, ora?"*

"I Destinati avranno predetto la nascita di Aidyn," disse Leela, pensando ad alta voce. "Il Consiglio probabilmente si sta riunendo per determinare il destino della piccola. Potrebbe..." Si interruppe, poi deglutì.

"Potrebbe essere sufficiente a spingerli finalmente oltre il limite."

"Oltre il limite?" ripeté lui.

"In guerra," sussurrò Leela, l'eccitazione si dissipava sempre più ogni secondo che passava. "Hydraiani e Ichoriani sono esseri abominevoli, creati tramite un abuso di potere da parte del Seraphim della risurrezione. Il Consiglio vi vuole tutti morti."

Semplicemente, non avevano ancora agito, aspettavano il momento giusto per intervenire.

L'Alto Consiglio di Seraph non si muoveva mai rapidamente quando si trattava di prendere delle decisioni. Erano pratici fino in fondo, attendevano sempre il momento preciso nella storia in cui inserirsi in una situazione.

Erano soliti affidarsi ai Destinati per sapere quando.

"Tutto ciò che fanno è guidato dai veggenti della mia specie," continuò Leela. "Se i Destinati prevedono qualcosa di nefasto riguardante Aidyn, come la capacità di creare altri Seraphim in un laboratorio, così com'è successo a Lizzie, il Consiglio potrebbe decidere che è finalmente arrivato il momento di ripulire il disastro causato da Osiris."

Ripulire, il che significava *ucciderli tutti*. Perché l'Alto Consiglio di Seraph non avrebbe cercato di riformare nessuno; avrebbero solo massacrato gli abomini e voltato pagina.

L'unico motivo per cui non erano ancora intervenuti, era per via dei Destinati.

Non è ancora il momento.

Venire coinvolti ora è prematuro.

C'è ancora speranza che Osiride si riformerà.

Leela aveva sentito i sussurri di quelle profezie fuori dalle mura della Camera. Lei e Vera si erano alternate a spiare le riunioni del Consiglio, nascondendosi in un angolo, alla periferia dell'anfiteatro dove le voci viaggiavano nell'aria e nessuno si guardava mai intorno.

I Seraphim non considererebbero mai pratico l'atto di spiare una riunione del Consiglio.

Dopotutto, l'idea che un Seraphim andasse contro la sua stessa specie era inconcepibile.

Perché qualcuno avrebbe dovuto mettere in dubbio il Consiglio? Erano stati fondati nella logica e nello scopo. Naturalmente, nelle decisioni mettevano al primo posto l'interesse dei Seraphim. Fare altrimenti sarebbe stato irragionevole, e non avrebbe servito uno scopo più grande.

Ma quello era proprio il tipo di logica radicata che aveva fatto sì che la specie di Leela chiudesse un occhio sulla verità.

L'Alto Consiglio di Seraph è corrotto.

Leela riusciva ancora a ricordare la prima volta che se n'era resa conto. Era stato dopo aver trascorso diversi secoli in mezzo agli umani, imparando a conoscere le loro propensioni alla guerra, al sesso e alla violenza. Osservando lo svolgersi della politica nel corso degli anni, aveva capito che lo stesso concetto si applicava alla sua patria. Come, per esempio, il fatto che il Consiglio dei Seraphim usava la logica e la praticità come modo per tenere gli angeli in riga.

Era una strategia. Bellissima. Astuta. E pericolosa.

Più Leela capiva, più temeva per la propria esistenza.

Era già monitorata pesantemente per vedere se presentasse segni di umanità, a causa dei suoi legami con la stirpe della fertilità dei Seraphim. L'intero scopo della sua esistenza ruotava intorno alla cura degli altri, rischiando costantemente di provare emozioni.

Il Consiglio aveva in atto programmi per frenare quelle inclinazioni tanto sensibili.

La riforma.

Da cui Caro era appena scappata.

Leela non sapeva molto dei requisiti o in cosa consistesse il processo, perché non l'aveva mai sperimentato di persona. Tuttavia, aveva visto cosa aveva provocato agli altri.

No, grazie, pensò.

Era parte della ragione per cui teneva segreto il proprio lato emotivo. Tuttavia, sospettava che il Consiglio lo sapesse già. Avevano una squadra di veggenti (*i Destinati*) e Leela notoriamente preferiva vivere tra i mortali. Ciò spiegava bene il suo stato emozionale.

Fortunatamente, avevano scelto di non cercare di correggere la questione.

Forse perché i Destinati non avevano previsto alcuna minaccia legata a Leela.

Oppure, più probabilmente, perché il Consiglio non era riuscito a rintracciarla.

"Perché non possono individuarti?" le chiese Balthazar, il suo sguardo era impenitente. Aveva chiaramente ascoltato tutto ciò che Leela aveva pensato, incluse le informazioni sul Consiglio e su come lei preferisse gli umani alla compagnia dei Seraphim.

Piuttosto che rispondere ad alta voce, la donna si voltò per mostrargli la runa sul sedere. Era un cuore, proprio come quello che Caro aveva disegnato alla figlia. Aiutava a nascondere la posizione di Leela, permettendole di essere un vero e proprio guardiano per Stas.

Ricevetti il marchio quando giurai fedeltà a Stas, spiegò Leela, senza preoccuparsi di rifuggire dalla naturale capacità di Balthazar di leggere la mente. Avrebbe risolto il problema non appena avesse rimosso la runa che Vera le aveva inciso sulla pelle.

"Oppure potresti tenerla," suggerì Balthazar,

afferrandole i fianchi per impedirle di ruotare di nuovo verso di lui. "Mi piace la tua mente," le sussurrò, le labbra contro l'orecchio. "È affascinante, Lee."

Il calore di B l'avvolse mentre lui le premeva il petto sulla schiena e l'inguine sul sedere.

Mmmh, mugolò lei tra sé e sé, crogiolandosi nel modo in cui i due corpi si adattavano naturalmente l'uno all'altra. La forza di lui sposò le curve di lei in una sensuale armonia che le fece infuocare il sangue.

B le sfiorò il collo con le labbra, fermandosi quando sentì il battito cardiaco. Leela sapeva cosa avrebbe provato Balthazar, l'aumento dei bisogni di lei, il desiderio che le scorreva nelle vene, la brama di finire ciò che avevano iniziato tutti quei mesi prima.

Quell'esperienza era stata memorabile in più modi di quanti potesse immaginare.

"Non dirlo a me," mormorò lui, il suo respiro era un bacio sensuale ai sensi di Leela. "Quante volte ti ho fatto venire, Lee?"

La donna rabbrividì in risposta, le cosce le si strinsero mentre ricordava come si era sentita ad averlo dentro di lei. Bollente. Massiccio. Perfetto.

Un gemito le si impigliò in gola, il ricordo del loro primo bacio le assalì la mente. L'aveva stretta tra le braccia con una sicurezza che le aveva parlato fino all'anima.

"No, tesoro," aveva detto lui, rispondendo alle sue prese in giro per il tipico approccio al corteggiamento. "Io non ho un approccio."

"Ah, no?" gli aveva risposto Leela, afferrandolo per le spalle nude e incontrando direttamente il suo sguardo. "E perché?

Lui le aveva palpato il fondoschiena e le aveva cullato la nuca prima di rispondere: "Perché non ne ho bisogno."

Poi le aveva preso la bocca con un'audacia che lei riuscì

a sentire nel tocco di lui; la sicurezza di sé di B era uno dei tratti preferiti da Leela.

Balthazar sapeva come stuzzicare, come scopare, come garantire gratificazione per tutte le parti coinvolte, più e più volte. Leela lo aveva visto esibirsi in diverse occasioni, negli ultimi mesi.

E ogni volta, si era abbandonata al ricordo della loro esperienza condivisa, provando piacere al solo pensiero del tocco e della lingua di lui.

Lui le sorrise sul collo, il tono morbido mentre diceva: "Guardona."

Leela sentì ciò che quella confessione gli aveva provocato. Percepì l'asta dura sul sedere e seppe che *gli piaceva* che lei lo guardasse.

Leela sospettava che fosse così, aveva fantasticato su cosa avrebbe fatto, una volta scoperto. Quelle fantasie l'avevano portata all'estasi, a un maggiore bisogno. Tuttavia, non c'era stato tempo per saziarsi adeguatamente.

Gli ultimi mesi erano stati dedicati interamente a proteggere Stas.

"Eppure, hai trovato il tempo per spiarmi." Balthazar pronunciò le parole con una voce che prometteva sesso, la presa sui fianchi di Leela si fece più stretta. "Affascinante."

Leela avrebbe voluto davvero scacciarlo dalla testa, impedirgli di sentire quei segreti.

"Bugiarda," l'accusò lui, con la lingua che le tracciava il contorno dell'orecchio. "Penso che avresti voluto farmi ascoltare i tuoi pensieri, mentre mi guardavi."

Leela deglutì, rifiutandosi di ammetterlo ad alta voce.

Tuttavia, non era necessario.

B poteva sentire la verità nella mente di lei.

"Avresti voluto unirti a me?" le chiese piano. "O la

fantasia era vedermi raggiungere l'orgasmo, venire a trovarti e concedermi un nuovo round?"

Entrambe le cose, pensò lei, contorcendosi. Aveva immaginato le diverse possibilità di quella fantasia, preferendo la seconda alla prima. Perché la prodezza di Balthazar vinceva sempre, le avrebbe dato il meglio di sé, dopo essersi riscaldato con gli altri.

Le sfiorò la gola con i denti, la sua eccitazione era come un palo nella schiena, che lei desiderava toccare. Tuttavia, lui la tenne ferma senza sforzo, costringendola a mantenere la concentrazione sul muro.

Gli uomini spesso cercavano di dominarla, di prendere il controllo, di dimostrare il loro valore sessuale su di lei. Era solita riderci su, permetteva a loro di provare e poi gli dava una bella lezioncina a letto.

Solo che Balthazar era diverso. La sua sicurezza di sé proveniva dal valore, cementato nell'esperienza e rafforzato dalla compassione.

Balthazar intendeva ogni sua minaccia sensuale.

Arrivava sempre in fondo.

Possedeva anche la capacità di stare a quel gioco altrettanto bene come faceva lei.

Il che lo rendeva ancora più divertente. E anche pericoloso.

"Metti i palmi delle mani sul muro," le ordinò. "Sopra la testa."

Leela pensò di disobbedirgli, solo per vedere cosa avrebbe fatto. Tuttavia, non lo fece, perché era esattamente quello che lui desiderava… Come avrebbe giocato con lei. L'avrebbe convinta. Sottomesso i suoi istinti.

Leela sapeva tutto di Balthazar: i suoi gusti, i suoi metodi, la sua tecnica seducente, *la sua resistenza...* Ciò le forniva il massimo vantaggio in quella situazione.

La sua conoscenza le permetteva di stuzzicarlo tanto a

fondo quanto lui faceva con lei. Perché lei poteva anticipare ogni sua mossa.

"Da quanto tempo mi tieni d'occhio?" le chiese lui, un accenno di meraviglia nel tono.

"Abbastanza," ammise lei. Era a conoscenza dell'esistenza di Balthazar da millenni, ma si era concessa di conoscerlo solo in Brasile.

Lui le canticchiò contro il collo, i palmi le scivolarono lungo i fianchi con un movimento lento. "Quando sei diventata la mia voyeur personale, Leela? Prima o dopo il Brasile?"

Dopo.

Ma tecnicamente anche prima.

Lo aveva già osservato, era rimasta colpita dal suo gioco, e poi aveva voltato pagina.

Tuttavia, negli ultimi mesi, aveva fatto più che guardare. Si era... *concessa* il piacere, successivamente.

"In che modo ti sei concessa il piacere?" Una certa sensualità gli attraversò il tono e le fece venire la pelle d'oca lungo le braccia. Con le dita le sfiorò i seni, facendola inspirare bruscamente, il bisogno dentro di lei implorava di avere di più.

La toccò ripercorrendo il loro passato, facendole domandare cosa lui ricordasse davvero.

O forse era tutto nella testa di Leela. Risposte a una brama infinita, una speranza, un *desiderio,* che lei aveva negato per troppi mesi.

Perché non era suo diritto desiderarlo.

Il suo lavoro era proteggere Stas, non giocare con Balthazar.

B fece scivolare la mano verso il basso, sfiorandole l'addome piatto, sulla strada verso la pelle liscia tra le cosce.

Tuttavia, non la toccò dove lei voleva. Tornò sul fianco,

con il pollice che le disegnava cerchi ipnotici sulla pelle.

"Se mi hai davvero osservato solo negli ultimi mesi, allora non hai idea di cosa possa fare. Non ancora." Le sfiorò il collo con i denti, la sua eccitazione calda era come una promessa e una minaccia contro la schiena di Leela. "Ma lo farai, Lee. Presto. Molto, molto presto."

Le mordicchiò il collo pulsante, fece un passo indietro con le mani, ancora una volta sui fianchi, e la tirò a sé.

Lei lo assecondò, perché era troppo stanca per combatterlo, troppo esausta per declinare, troppo emotivamente prosciugata per fare altro che seguire il suo esempio.

"Ci penso io, a te," le promise Balthazar, con voce bassa, mentre sciacquava entrambi un'ultima volta.

Leela sentì il doppio senso nelle sue parole. Ci avrebbe pensato lui a lei, nel senso che l'avrebbe tenuta al sicuro. Ma l'aveva detto anche in un modo che implicava un intento sensuale.

Leela accettava entrambe le definizioni della frase.

Ma comunque, non striscerò, giurò.

Balthazar ridacchiò. "Lo farai," ribatté mentre si allungava intorno a lei per spegnere l'acqua della doccia. "E amerai ogni minuto che ne seguirà."

Leela lasciò che i propri pensieri rispondessero alla dichiarazione di Balthazar, quelli che gli dicevano che non aveva mai strisciato per nessuno, e che non avrebbe iniziato con lui.

Ma mentre lui la girava, affinché lo osservasse, lei colse la sfida nel suo sguardo, quello che diceva che gli piacesse la sua resilienza.

Balthazar lasciò che fosse quella la sua risposta, simile a quella che lei gli aveva fornito con la mente.

Invece di commentare, Leela si limitò a sorridere. Non aveva ancora idea con chi avesse a che fare. E una volta aggiustata la runa, lui avrebbe perso la capacità di leggerle la mente.

B socchiuse gli occhi. "Mi sembra corretto mantenere una linea di comunicazione aperta, considerando i vantaggi che hai auto espresso."

"Linea di comunicazione aperta?" ripeté lei. "La definiresti così?"

B aprì la porta della doccia per tirare fuori un asciugamano dallo scaffale. Invece di avvolgerselo intorno alla vita per ostacolarle la vista della sua forma, più che impressionante, lo usò per asciugarla a fondo. Poi l'avvolse nel cotone e la trascinò in avanti, in un bacio inaspettato.

Niente lingua.

Solo la pressione delle labbra.

Il sussurro di una promessa malvagia.

Leela rabbrividì, nonostante il calore, il desiderio tornò a vendicarsi proprio mentre lui si tirava indietro per fissarla. "Comunicazione, Leela. È così che funzionano le relazioni."

"Relazioni?" ripeté lei, senza fiato. Non era così che era solito operare Balthazar. Accidenti, non era così *che era solita operare lei.* "Definisci la parola *relazione*."

Lui non rispose. Al contrario, afferrò un asciugamano e se lo avvolse intorno ai fianchi senza asciugarsi. Poi le porse la mano, la sua espressione la sfidò a rifiutarlo.

Leela lo fece quasi per principio.

Ma era troppo incuriosita per dire di no: un fatto che le fece guadagnare un sorriso consapevole.

Ciò non significa che io voglia una relazione, gli disse.

"È troppo tardi per cambiare idea, tesoro," le disse lui, mentre la portava fuori dal bagno. "La nostra storia è solo all'inizio." B la guardò, nelle sue iridi di cioccolato danzava un certo intento. "Ora sali su quel letto e allarga le gambe. Voglio sentirti urlare il mio nome."

"Pensavo che volessi farmi strisciare, prima..."

"Oh, lo farai," le rispose, con un'intenzione subdola che si irradiava dalla sua espressione. "E quando…"

Un luccichio di potere serafico le fece alzare i peli lungo le braccia, interrompendo le parole di Balthazar.

Perché lui aveva sentito la reazione nella sua mente; un problema che lei aveva disperatamente bisogno di risolvere.

Apparvero delle piume color blu marino, seguite dall'energia familiare di Vera. Divenne subito corporea, facendo sorridere Balthazar. "Proprio la Seraphim che volevo vedere. Io e te dobbiamo fare una chiacchierata sui miei ricordi."

Vera sbatté le palpebre nella direzione dell'Hydraiano. Poi scosse la testa, come per schiarirla, e spostò la sua attenzione su Leela. "Leek e Kital stanno venendo qui. Dobbiamo muoverci. *Subito*."

CAPITOLO 4

LEELA

LEELA RIMASE A BOCCA APERTA VERSO LA MIGLIORE AMICA. "Cosa? Come?"

Leek e Kital erano guerrieri Seraphim, proprio come Gabe. Tranne che, a differenza di Gabe, gli altri due non erano dalla parte di Stas, ma da quella del Consiglio.

Fortunatamente, Gabe era il più forte dei tre, nonostante fosse più giovane di diversi secoli. In realtà aveva battuto il fratellastro, Leek, qualche decennio prima dimostrando, così, che l'età non aveva importanza, quando si trattava di potere e abilità.

Ciò non significava che Leek o Kital fossero deboli.

No, erano assolutamente una minaccia.

Tuttavia, delle rune di protezione circondavano la proprietà, un dettaglio che Gabe aveva menzionato prima dell'arrivo di Balthazar e Leela. Perfino la Seraphim stessa ne aveva controllate alcune, prendendo nota dei loro legami con l'essenza di Lizzie.

"C'è una runa di occultamento, fuori," aggiunse, ricordando il disegno magico che rendeva la terra invisibile a chiunque cercasse di fare del male a Lizzie. "Non possono trovarci qui."

"Patreel e Arvane sono con loro," rispose Vera, i due nomi erano stranamente familiari a Leela. *Tracciatori.* "Gli è stato ordinato di cercare di prendere Elizabeth e la figlia vive, ma hanno anche il permesso di sterminarle."

Certo che sì, pensò Leela. Il Consiglio non avrebbe voluto processare Lizzie, ma solo sperimentare su di lei e poi ucciderla.

"Hai informato Gabe?" Avrebbe voluto saperlo, dato che probabilmente era stato il padre, Adriel, a emettere l'ordine.

"Non gli parlo da quando ho alterato i suoi ricordi," rispose Vera. "Pensavo che sarebbe stato qui."

"No..." Leela si accigliò. "Dov'è Gabe?" Non aveva pensato di chiederlo, visto tutto quello che stava succedendo, ma capiva perché Vera aveva pensato che potesse essere lì. Era il posto più logico, per lui.

"È ancora a casa di Ezekiel?" tirò a indovinare Vera.

"No, l'ultimo posto in cui l'ho visto era a Hydria, ma pensavo che intendesse incontrarci qui." A meno che non riuscisse a trovare l'isola.

Il che sembrava improbabile, considerando quanto facilmente l'avesse trovata lei.

Anche Vera ci era riuscita.

Perché sapevano tutti dove guardare. *Tuttavia...* "Come ci ha trovato il Consiglio?" si chiese Leela ad alta voce. "Siamo nel bel mezzo del Mar dei Caraibi, per niente vicini a Hydria."

Balthazar socchiuse lo sguardo, la sua espressione suggeriva che avesse un'idea, ma non la espresse ad alta voce.

Vera non fece altro che alzare le spalle. "Non lo so, ma dobbiamo muoverci. Suggerisco l'Islanda, Ezekiel e Skye hanno già disegnato delle rune. Possiamo riunirci a casa di lui e decidere come muoverci."

Leela annuì. "Va bene. Avrò bisogno di dir..."

Vera allungò la mano verso il polso dell'amica e il suo potere prese vita nel momento in cui infilò un falso ricordo nella testa di Leela. Lei rabbrividì in risposta, l'inesattezza del pensiero le attraversò la mente con rapidità. Poi si fermò, fondendosi con gli altri ricordi e facendole sbattere le palpebre.

Sembrava così reale che quasi Leela ne mise in dubbio la falsità.

Ci sono già stata? si chiese Leela. *O è solo uno dei trucchi mentali di Vera?* Era davvero difficile sapere cosa Vera avesse alterato nel suo passato, quanto fosse reale rispetto alla fabbricazione.

Appena Vera raggiunse Balthazar, lui fece un passo indietro. "Non toccarmi, a meno che tu non abbia intenzione di sistemare i ricordi che hai già alterato."

Lei sospirò e scosse la testa. "Non è che mi piaccia."

"Non sembrerebbe," ribatté lui, la rabbia nella sua voce sorprese Leela. Non l'aveva mai sentito usare quel tono, prima di allora. Anche se, di solito, lo osservava solo in situazioni intime. Nonostante avessero entrambi addosso solo un asciugamano, la sensualità ardente tra loro era diminuita molto all'arrivo di Vera.

Il che affascinava Leela.

Balthazar aveva sempre permesso a chiunque di entrare nella sua camera da letto.

Quando incontrò lo sguardo di Leela, i suoi occhi marroni erano un turbinio di oscurità.

Lei deglutì, l'intensità che si irradiava da lui era soffocante, ma allo stesso tempo affascinante.

"Rivoglio i miei ricordi," disse B. "Fino a quel momento, la mente di Leela rimarrà aperta."

Lei schiuse le labbra. "Non è..."

"Va bene," concordò Vera. "Qualunque cosa serva per farvi *muovere* entrambi. Il tempo sta finendo." Detto ciò, scomparve.

Balthazar fissò lo spazio che la donna aveva appena liberato, gli occhi socchiusi. "Come pensi che ci abbiano trovato?" chiese a voce bassa.

"Non lo so," ammise Leela. "È per questo che ho fatto la stessa domanda."

B rimase in silenzio per un momento, poi annuì, come se avesse accettato quella spiegazione. Tuttavia, la sua espressione mentre la guardava suggeriva che avesse una teoria.

Lei lo osservò corrucciata. *Tu come pensi che ci abbiano trovato?* pensò lei, inarcando un sopracciglio.

B scosse la testa in risposta prima di dire: "Vestiti."

Una parte di lei avrebbe voluto protestare per il comando, ma un sentore di disagio le corse lungo la schiena. Si irradiava dalla runa, quella che l'avvertiva del pericolo quando si avvicinava.

Tracciatori.

Deglutì, la paura di essere trovata era come una lama di ghiaccio per i suoi sensi. Si era nascosta per secoli, sfuggendo alla stirpe di localizzatori più antica con una facilità di cui si vantava.

Eppure, li avevano trovati.

Come? si chiese di nuovo.

Un paio di jeans e una canotta le apparvero davanti agli occhi, entrambi sorretti da Balthazar. Non erano i vestiti di Leela, B. li aveva recuperati dalla cassettiera accanto a loro.

"Questi sembrano della tua taglia, quasi come se qualcuno sapesse che saremmo stati in questa stanza, in questo preciso momento." Poi le porse un maglione. "Anche questo è della tua taglia."

Leela sbirciò dietro di lui e vide un altro look completo nel cassetto, che sembrava essere lì apposta per lui.

Skye, pensò.

Lui grugnì; Leela non era sicura se fosse d'accordo o meno. Non aveva mai visto quel lato di lui, la parte che lo rendeva un leader della sua specie.

La politica Hydraiana era molto più informale rispetto a quella dei Seraphim, e persino degli Ichoriani.

Gli Hydraiani apprezzavano il potere e l'età, chiamavano i più antichi della loro razza 'Anziani'. Balthazar faceva parte di quel gruppo, le sue diverse migliaia di anni di esistenza facevano sì che fosse riverito e ben rispettato. Eppure, aveva sempre mantenuto un'aria rilassata e gestiva delicatamente le controversie con un tocco amorevole, invece che di rimprovero.

Balthazar sbuffò, interrompendo la valutazione mentale di Leela. "Ci sono diversi tipi di disciplina, Lee. Non tutti sono violenti."

B le invase lo spazio personale, rendendola profondamente consapevole del fatto che non si fosse ancora messa i vestiti, mentre lui aveva trascorso il minuto precedente indossando un paio di jeans.

"Alcune punizioni richiedono un approccio sensuale," la informò dolcemente. "E non tutti vogliono essere guidati. Alcuni hanno bisogno di essere persuasi a comportarsi bene." Dal suo petto nudo si irradiava del calore, lo sguardo di cioccolato vorticava con intento bollente. "Vestiti! Subito."

Il tono dominante che si celava alla base della sua voce le fece venir voglia di ribellarsi. Non perché le dispiacesse la dimostrazione di potere di lui, ma perché voleva scoprire cosa avrebbe fatto se lei avesse rifiutato.

Tuttavia, il formicolio contro la spina dorsale le ricordò la minaccia persistente all'esterno e la costrinse a obbedire.

Balthazar si infilò un paio di calzini spessi e degli stivali neri, presi dall'armadio, prima di portarne un paio coordinato anche a lei. Leela non ebbe bisogno di chiedere per sapere che anche quelli le si adattavano perfettamente; proprio come i jeans, la canotta e il maglione blu che B le aveva consegnato.

Lanciò uno sguardo verso il busto di lui, ormai vestito, e vide che anche i suoi abiti erano della taglia giusta. Il maglioncino nero a collo alto sembrava essergli stato dipinto addosso, accentuando così il fisico impeccabile.

Leela sospettava che qualcuno l'avesse fatto per lei.

Grazie, Skye, pensò quando Balthazar si voltò per mostrare il bel fondoschiena nei jeans attillati.

Trovò due giubbotti nell'armadio e le porse un piumino bianco prima di infilarsi la giacca di pelle nera sulle spalle.

Qualcuno si aspettava che andassero in Islanda, perché quello non era sicuramente un abbigliamento adatto alle Bahamas.

C'era solo una persona che avrebbe potuto prevedere chi avrebbe avuto bisogno di vestiti proprio in quella stanza.

Il che significava che l'Islanda era la loro prossima tappa, per una moltitudine di motivi.

"Andiamo a incontrare gli altri," disse Leela. Vera aveva già riferito loro del viaggio, oppure si aspettava che Leela e Balthazar recapitassero il messaggio.

Anche Stas avrebbe probabilmente percepito la minaccia persistente all'esterno. Persino Sethios e Caro.

Leela si avviò verso la porta, solo per ritrovarsi incastrata nella presa di Balthazar. "Portaci in Islanda."

"Cosa?" Vera sbatté le palpebre in direzione dell'Hydraiano. "Dobbiamo dirlo agli altri."

"No. Dobbiamo prima assicurarci di non cadere in una trappola, poi torneremo per gli altri," la corresse B.

Lei lo guardò a bocca aperta. "Riesco a percepire il pericolo."

"Da una runa creata da Vera, giusto?"

"No, Caro..." Leela si interruppe, aggrottando la fronte. "Più o meno."

Le rune erano complicate. Tutti i Seraphim sapevano come crearle, tuttavia, marchiarsi era un po' un tabù.

Soprattutto perché era rischioso disegnare il bordo o l'angolo sbagliato.

Quindi i Seraphim si aiutavano sempre a vicenda.

Tuttavia, il venire aiutati era un'arma a doppio taglio: solo il creatore della runa avrebbe potuto alterarla, una volta incisa nella carne.

Protezioni e rune su oggetti inanimati potevano essere cambiate da chiunque, ma qualsiasi segno su una creatura vivente richiedeva il Seraphim originale.

Oppure, nel caso di Leela, più di uno.

Perché Vera e Caro avevano lavorato insieme per collegare la runa di Leela a Stas, durante il giuramento di fedeltà.

"Non vedo cosa abbia a che fare con tutto questo," dichiarò Leela, alla fine. "Dobbiamo dirlo agli altri."

Balthazar scosse la testa. "Dobbiamo controllare la posizione, per assicurarci che sia sicura, prima che tutti si nebulizzino lì. Non metterò in pericolo la piccola LJ o i genitori."

Balthazar ronzava di energia protettiva, lo avvolgeva in un mantello di sicurezza e controllo necessari. Pensava davvero quello che aveva detto: aveva bisogno di garantire la sicurezza della situazione per il migliore amico e la sua famiglia.

Perché erano anche la famiglia di Balthazar.

Leela deglutì, poi annuì. "Va bene, ma almeno lascia che lo dica a Caro, così potranno reagire in modo appropriato a qualsiasi cosa stia succedendo qui, in caso non tornassimo."

Sarebbero tornati, Leela ne era certa. Vera non aveva motivo di tradirli.

Ma Balthazar non conosceva la Seraphim manipolatrice della memoria come Leela.

"Ho già condiviso l'immagine con Issac," le disse lui. "È al corrente."

"Pensavo che non potessi sentirlo," rispose Leela, aggrottando la fronte.

Il legame di sangue di Issac con Stas aveva messo l'Ichoriano nelle condizioni di diventare un Seraphim. Il che lo rendeva per lo più immune ai doni Ichoriani e Hydraiani.

Passati venticinque anni, avrebbe sviluppato le ali e una sana dose di immortalità indistruttibile.

"La sua mente non è limpida, è come una radio non sintonizzata," confermò Balthazar. "Ma mi ha inviato una risposta visiva. Sa quali sono le nostre intenzioni e sta informando gli altri."

Gli balzò nella mente un'immagine di Issac e Stas che trovavano abiti pensati per loro in modo simile a B e Leela.

La Seraphim scosse la testa, cercando di liberarsi dell'immagine, che si era trasformata per mostrarle Issac e Stas che camminavano lungo il corridoio per trovare Caro e Sethios.

Poi Issac guardò direttamente Leela e mormorò: *Vai*.

Appena l'immagine si dissolse nell'espressione divertita

di Balthazar, Leela spalancò gli occhi. "Gli hai detto tu di farlo?"

"No, ma immagino che abbia percepito che stavi temporeggiando e abbia deciso di prendere in mano la situazione. Non è uno che perde tempo."

"Neanch'io."

"Allora perché siamo ancora qui?" Le strinse il polso per l'enfasi, facendole socchiudere gli occhi.

Va bene. Vuoi andare in Islanda? Andremo in Islanda. Leela innescò le abilità di nebulizzazione con un movimento del pensiero, gli afferrò la parte posteriore del collo e fece vorticare entrambi nel tempo e nello spazio.

A Balthazar, probabilmente sembrava di attraversare un tunnel a tutta velocità. Per Leela non era affatto così.

Per lei, nebulizzarsi somigliava alla libertà.

Era uno stato in cui nessuno poteva toccarla, le permetteva di allontanarsi con grazia dalle Bahamas e di teletrasportarsi più o meno direttamente a nord, verso un clima molto più freddo.

Senza che nessuno sospettasse della sua presenza.

Grazie alla runa.

Avrebbero potuto percepire Balthazar, ma solo per una frazione di secondo. Non sarebbe stato abbastanza per permettere a Patreel o Arvane di aggrapparsi e seguirli, il che l'aiutò a reprimere il subbuglio nello stomaco.

Odiava l'idea che qualcuno la seguisse. Solo il solo pensiero la soffocava.

Se qualcuno avesse scoperto le fratture nel suo condizionamento, sarebbe stata sottoposta a una riforma emotiva.

Non sarebbe mai sopravvissuta.

Non era legata a nessuno, al contrario di Caro. Non aveva un'ancora per mantenersi sana di mente... Solo un profondo amore per l'umanità: la stessa debolezza che l'Alto Consiglio di Seraph cercava di distruggere.

Il freddo che la travolse non aveva nulla a che fare con l'aria gelida che le baciò le piume, al loro arrivo.

Tuttavia, non era solo il concetto di riforma a farle gelare il sangue nelle vene.

No. Era il ricordo di *lui* e di ciò che le avrebbe fatto quando l'avrebbe trovata. Non si era preoccupato di inseguirla. Ma se Patreel o Arvane gli avessero riferito della sua presenza, avrebbe potuto cambiare idea e perseguirla.

La sola idea di essere catturata le fece venire un violento brivido lungo la schiena, un brivido che di solito attribuiva al cambiamento di temperatura all'esterno e che menzionava a malapena. Perché quello era il suo segreto, la paura che nascondeva dentro e di cui nessuno era a conoscenza.

Fino a ora, si rese conto, guardando il telepatico accanto a lei. Leela poteva anche essere invisibile per lui, eppure riusciva a *sentirla*.

Balthazar la scrutò mentre tornava allo stato corporeo: nonostante l'incapacità di vederla durante la forma eterea, i suoi occhi trovarono infallibilmente quelli di lei.

La mente di B conosceva quella di Leela, poteva immaginare ogni dettaglio senza vederla.

E ciò la terrorizzava davvero.

Perché lui sapeva esattamente qual era la cosa che lei temeva di più al mondo. *Essere catturata, e gli atti che avrebbero seguito la cattura.*

La riforma le avrebbe distrutto la mente e l'anima.

Il fatto che la spaventasse rivelava tutto quello che c'era da sapere sulla sua condizione attuale. Un Seraphim stoico non avrebbe mai temuto la capsula stordente, perché non aveva nulla da perdere.

Nessuna gioia. Niente bei ricordi. Niente *vita*.

Leela avrebbe preferito morire, piuttosto che essere sottoposta a quel tormento.

Ed era proprio quello il problema.

I Seraphim non morivano.

Quindi, se mai fosse stata catturata, avrebbe vissuto lì, nel tortuoso limbo, per l'eternità. E *lui si* sarebbe limitato a guardarla soffrire. Strafottente. Insensibile. Aspettando che lei venisse 'corretta', in modo da poter completare ciò che i Destinati gli avevano ordinato di fare con lei.

Procreare.

Il che non sarebbe avvenuto prima di un altro secolo.

Un vantaggio della stirpe della fertilità: Leela conosceva il proprio ciclo.

Qualcosa che le aveva permesso di sfuggire al destino più di una volta. Tuttavia, significava anche che se fosse stata catturata, avrebbe potuto soffrire per un centinaio di anni, mentre cercavano di guarirla.

Il tutto mentre *lui* osservava la "correzione."

Balthazar non commentò. Non fece domande. La studiò per un altro istante, prima di guardarsi intorno per l'abbondanza di neve.

Gennaio in Islanda significava freddo e buio. *Proprio come una camera di riformazione.*

Leela deglutì, scacciando il concetto dalla mente, poi notò la casa a circa venti metri di fronte a loro. Il luccichio di energia all'esterno confermò che era protetta, ma il fatto che potessero vederla significava che potessero entrare.

Balthazar non sembrava alquanto convinto.

"Non ho vissuto così a lungo fidandomi di tutto ciò che vedo," disse, tornando a concentrarsi su Leela. "Come faceva Vera a sapere della casa alle Bahamas? Si è nebulizzata all'interno con la facilità di qualcuno che era già stato lì. Eppure non c'era durante il parto."

"Gabe deve averglielo riferito." Tuttavia, Vera aveva

dichiarato che l'ultima volta che avevano parlato era stato *dopo* che lei gli aveva alterato i ricordi. Oppure aveva detto *visto*?

"Ha detto *parlato*," confermò Balthazar. "Allora come faceva a sapere della casa di Osiris?" domandò poi.

"Io..." Leela si interruppe. "Onestamente, non ho idea di come Vera abbia imparato metà delle cose che sa." Era sempre diversi passi avanti e al cento per cento preparata. "È un genio."

"Che può manipolare i ricordi a suo piacimento."

"È dalla nostra parte," insistette Leela.

"Vedremo."

"Certo," concordò lei, sicura. Vera era la sua migliore amica; si fidava ciecamente di lei.

Balthazar canticchiò qualcosa di incomprensibile sottovoce e si avviò verso la casa.

"Dobbiamo tornare indietro, per gli altri."

"Non finché non scopriamo chi c'è qui e tu non controlli le rune," rispose Balthazar. "Allora, una volta che abbiamo deciso che è sicuro, possiamo tornare a prenderli."

Lei rimase nella neve, mentre lui continuava verso la casa, a passo sicuro.

Quel lato protettore di Balthazar piaceva molto a Leela.

Come il suo sedere in quei jeans.

"Tieni le tue fantasie per dopo, tesoro," la richiamò lui. "Ora abbiamo da fare."

"E tu non sei uno che lavora e gioca contemporaneamente?" lo schernì lei, nebulizzandoglisi al fianco.

Lui la afferrò per la nuca prima ancora che lei finisse di trasformarsi in forma corporea: i riflessi di B erano impressionanti.

"Io gioco sempre," le rispose, la voce ingannevolmente bassa mentre l'attirava a sé in un bacio. Fu veloce e inaspettato, la lasciò andare un respiro dopo, facendola rimanere un po' stordita.

Niente lingua.

Ancora una volta.

Solo le labbra.

Come...?

"Ti ho detto che qualche mese di osservazione non è niente," sussurrò lui, cupo. "Striscerai."

La fiducia nel suo tono rivaleggiava i suoi passi mentre continuava verso la casa.

Lei lo fissò, inspirando impotente sulla sua scia.

Quella versione di Balthazar non assomigliava affatto a quella che Leela aveva incontrato in Brasile. Eppure era esattamente lo stesso, in quanto continuava a farla impazzire a ogni mossa.

Leela arricciò le labbra.

Gli uomini così suadenti erano comuni, persino sexy. Ma Balthazar elevava alla potenza quegli aggettivi e li sottolineava con intelligenza e strategia, con un pizzico di protezione a completare il quadro.

Vedremo, decise lei, usando le stesse parole pronunciate da lui in precedenza, mentre lo seguiva ancora una volta.

Leela capì finalmente il senso della sfida di B. Non si trattava di essere difficile o di rifiutarlo. Si trattava di farle *venire voglia* di strisciare.

Per lui.

Verso di lui.

Guidata dal proprio piacere.

Voleva essere all'altezza delle scuse sensuali di lei. E aveva intenzione di assecondarli entrambi in una serie di giochi erotici.

La sua espressione non fece trapelare nulla, mentre

raggiungevano la porta d'ingresso, ma lei sapeva che lui stava ascoltando attivamente la sua mente mentre deduceva le vere intenzioni di B nei suoi riguardi.

"Beh?" La voce di Ezechiele deliziò l'aria di mezzanotte, il suo divertimento palpabile anche attraverso il legno fitto della porta.

Leela si scambiò un'occhiata con Balthazar, inarcando le sopracciglia. Ezekiel sembrava ugualmente incuriosito da qualsiasi cosa stesse accadendo dentro. Non era necessariamente raro per lui trovare divertimento nelle situazioni, ma aiutava sapere cosa lo intrigasse.

La propensione di Ezekiel per la volatilità e la violenza lo rendevano un degno avversario. Leela si fidava di lui, in una certa misura. Tuttavia, l'assassino 'in pensione' avrebbe sempre messo i propri interessi prima di quelli degli altri.

"Cos'altro ha preso in prestito?" chiese Ezekiel.

"Dovrai chiederglielo," rispose una femmina con un tono più morbido.

Balthazar spalancò gli occhi impugnando la maniglia della porta, la sua espressione e le sue azioni confermarono che aveva riconosciuto la voce della donna.

"Mmmh," mormorò Ezekiel in risposta. "Aspetterò e vedrò come andrà a finire."

"Che cosa?" chiese Balthazar, entrando senza bussare o annunciarsi. Vide Ezekiel parlare con una donna bionda e inarcò un sopracciglio. "Tu che ci fai qui?"

Capitolo 5

Issac

Diversi minuti prima

Il palmo di Issac poggiava sull'addome piatto di Astasiya, la pelle della ragazza era calda sotto il tocco di lui. Entrambi si crogiolavano in un silenzio pigro, pieno di una miriade di parole non dette che capivano al volo, senza bisogno di pronunciarle ad alta voce.

Naturalmente, il fatto che potessero parlare attraverso il loro legame aiutava.

Entrambi rimasero silenziosi, godendosi semplicemente il piacere della presenza dell'altro.

Era un bel momento di beatitudine e armonia.

Avevano appena assistito alla creazione di una vita, qualcosa che Issac non aveva mai desiderato vedere, prima. Tuttavia, l'esperienza lo aveva cambiato in modo irrevocabile.

Si chiese come sarebbe stato il futuro figlio o la futura figlia, se mai lui e Astasiya avessero scelto quella strada. Non sarebbe successo tanto presto. Tre ore prima, Issac avrebbe aggiunto un 'mai' a quel pensiero.

Eppure, vedere la gioia nei lineamenti di Jayson ed Elizabeth lo aveva... incuriosito.

Un piccolo Seraphim.

Avrebbe avuto il mento elfico della madre? Quelle belle, lunghe ciocche bionde? O forse sarebbe stato un maschietto con gli occhi zaffiro e una folta criniera di capelli scuri? Magari una combinazione stupefacente di entrambi.

Issac ridacchiò un po' tra sé e sé e pensò a quello che avrebbe detto la sorella se avesse potuto sentire quei pensieri, in quel momento. Amelia sarebbe stata felicissima della prospettiva, e forse un po' colpita dall'idea che lui avrebbe potuto prendere in considerazione una tale strada.

Aya si sollevò sul gomito accanto a lui, i capelli morbidi le ricadevano sulle spalle nude mentre lo guardava.

Non parlò.

Non ne aveva bisogno.

Lui la capiva sotto tutti i punti di vista, e così seppe esattamente cosa lei volesse fare.

Issac le fece scivolare una mano sul fianco, il suo corpo reagiva automaticamente a ogni mossa di lei. Stas si piegò per baciarlo e fece scivolare una coscia tra quelle di Issac, sussurrandogli promesse di un'eternità insieme a fior di labbra.

Intuitiva e perfetta.

La sua dolce Seraphim.

La sua compagna.

La sua Aya.

Le tracciò un fianco con le dita, sfiorando il gonfiore dei seni, fino alla gola. Lei sorrise quando Issac le afferrò con una mano la parte posteriore del collo, poi gemette mentre lui assumeva il controllo e approfondiva il bacio.

A ogni tocco, leccata e colpo sembrava come la prima volta, tra loro. Una passione bollente e inebriante, una promessa di intensità, la base di un per sempre. Stas gli apparteneva in ogni modo, proprio come lui apparteneva a lei. Ciò lo soddisfaceva fino all'inverosimile, nient'altro reggeva il confronto. La loro relazione aveva spezzato ogni confine, infranto ogni regola e sfidato tutte le aspettative.

Lui adorava Stas.

L'amava.

La venerava.

Glielo disse anche in quel preciso momento, con la lingua, giurando di essere sempre lì per lei, non importava ciò che il futuro avesse in serbo per loro. Sarebbe morto per quella donna. Le avrebbe dato la propria anima, se avesse significato ottenere un altro respiro.

Stas rispose ricambiando la stessa promessa, che gli sussurrò con abilità sensuale attraverso le labbra.

Lui sorrise e strinse la presa, mentre lei gli scivolava sopra, cavalcandogli i fianchi e posizionandolo proprio dove avrebbe dovuto essere.

Finché rabbrividì per un'intrusione inaspettata.

Stas alzò immediatamente lo sguardo verso il soffitto, poi andò alla porta.

Issac non aveva bisogno di chiedere per capire che lei aveva percepito un qualche disturbo, la pelle della ragazza vibrava sotto il tocco dell'Ichoriano. Stas aggrottò le sopracciglia. *La mia runa sta formicolando.*

Issac rimuginò su quelle parole, la sua affinità per la manipolazione visiva si era innescata senza che ci pensasse. Perquisì il complesso, sfogliando le visioni di tutti. Era come fare zapping tra più canali televisivi contemporaneamente, solo che c'erano meno frequenze, dal momento che si trovavano in mezzo al nulla.

Il che rese facile trovare quello che cercava. "Vera è qui," disse, vedendola attraverso lo sguardo di Balthazar.

Astasiya si rilassò.

Al contrario di Issac.

Perché aveva percepito la tensione di Leela in risposta a quello che Vera aveva appena detto loro.

Issac catturò la visione di Balthazar, manipolandola per mostrarsi su un lato, in una sorta di forma spettrale. Era il suo modo discreto di dire: *Ti vedo. Cosa sta succedendo?*

Il telepatico una volta era in grado di ascoltare quei pensieri, ma non più ormai, e ciò rendeva il processo un po' più difficile del solito. Tuttavia, l'Anziano Hydraiano non perse un colpo, la sua mente si stava già immergendo nell'immaginazione, mentre vedeva angeli vestiti da guerrieri che brulicavano dall'alto.

"Balthazar dice che abbiamo compagnia," disse Issac ad alta voce.

Questo spiega il formicolio, mormorò Aya, che si portò la mano alla schiena per toccare la runa a forma di cuore vicino alla spina dorsale. *Di solito non succede, con Vera.*

Issac non rispose, si concentrò su Balthazar, mentre lui continuava a disegnargli immagini di fantasia nella mente. Stava immaginando un campo di ghiaccio e neve.

"Credo che Vera stia dicendo a lui e a Leela di andare in Islanda." Era una supposizione basata sul fatto che Sethios e Caro erano stati lì, prima di nebulizzarsi alle Bahamas.

Balthazar immaginò Ezekiel nel minuto successivo, poi lanciò lo sguardo verso il cielo.

Issac gli inviò un'immagine del volto della Seraphim Skye, chiedendogli se fosse colei che B aveva incontrato. Poi si rese conto che gli Anziani non l'avevano mai vista prima. Era sempre stata nascosta nella morsa di Osiris, finché lui le aveva recentemente permesso di essere liberata da Ezekiel.

Almeno, quella era stata la versione dei fatti di Osiris.

Aveva descritto l'intera missione per salvare Sethios e Skye come un grande allenamento per Astasiya.

L'antico Seraphim della resurrezione aveva una visione contorta di come si insegna correttamente a qualcuno come usare i propri poteri.

L'immagine mentale di Balthazar cambiò di nuovo, in quell'istante si era inginocchiato per scrivere delle parole nella neve. *Andiamo in Islanda a controllare le rune. Non fidatevi di Vera.*

Issac inarcò le sopracciglia leggendo l'ultima parte. Avrebbe voluto chiedere perché, ma sospettava che non ci fosse molto tempo, dato che tramite lo sguardo del telepatico aveva visto Balthazar alla ricerca di vestiti.

Vera era già scomparsa.

E Leela sembrava poco convinta.

Issac trasmise i dettagli ad Astasiya, mentre lei andava a controllare il comò accanto al letto. "Anche noi abbiamo degli abiti, qui."

"È sicuramente opera di Skye," affermò Issac, notando le giacche invernali che Balthazar vedeva nell'armadio.

Aya controllò nel proprio appena Issac ne fece menzione: anche loro avevano giubbotti da esterno simili.

"Quindi lei è già stata qui," mormorò Issac. "Ma quando?"

"Oppure ha condiviso questi dettagli con Osiris," gli rispose Aya, la sua espressione diceva che non era entusiasta di nessuna di quelle possibilità.

La visione di Balthazar attirò di nuovo l'attenzione di Issac, mentre l'amico scriveva un altro messaggio nella neve. *Partiamo. Dillo agli altri.*

"Giusto," disse Issac, rotolando giù dal letto per iniziare a infilarsi i vestiti. Mandò a Balthazar un'immagine ingrandita di loro già pronti, per dire che avrebbe gestito la situazione lì. Avrebbero informato gli altri e preparato le mosse successive, mentre Leela e Balthazar controllavano la pista dell'Islanda.

Conoscendo Balthazar, si sarebbe rifiutato di far spostare Jayson, Elizabeth e la piccola Aidyn finché non avesse saputo con certezza che il luogo era sicuro.

Si poteva contare sul telepatico in molte occasioni, come quella di trasformare qualsiasi potenziale situazione in un incontro sessuale, oppure insinuarsi nei pensieri di tutti senza invito, ma anche garantire la sicurezza di coloro a cui teneva.

La connessione mentale scomparve, confermando che l'Anziano Hydraiano era partito con Leela.

L'altro anziano Hydraiano, Jayson, sembrava essere perso in un momento felice di famiglia insieme a Elizabeth, dal momento che lei e la bambina erano tutto ciò che stava immaginando.

Issac si lasciò alle spalle la visuale mentre cercava Caro e Sethios. Li aveva già sfiorati, evitando qualsiasi atto intimo stessero vivendo, ma li trovò entrambi alle prese con gli abiti che Skye aveva lasciato per loro.

"Vera deve aver fatto visita ai tuoi genitori, oppure hanno sentito il disturbo nell'atmosfera," disse Issac.

Aya si grattò di nuovo la parte bassa della schiena, stringendo le labbra. "Sicuramente la seconda, ma forse anche la prima. Perché non è venuta a parlare con noi?"

"Perché ero occupata a parlare con Osiris," rispose una voce femminile, mentre una raffica di piume color blu scuro appariva nella visione periferica di Issac.

Vera le increspò infastidita, dopodiché prese forma corporea.

"Ci sta fornendo una distrazione, in modo da farci fuggire," continuò. "Ma prima ho bisogno di controllare che Caro non abbia rune di tracciamento. È l'unica spiegazione del perché vi abbiano trovati così in fretta."

Balthazar ha detto che non si fida di Vera, pensò Issac, diretto ad Aya. *Tuttavia, non so perché.*

Forse perché si era presentata lì senza alcuna spiegazione? Probabilmente Gabriel le aveva dato delle indicazioni, ma anche la sua chiacchierata con Osiris sembrava un po' sospetta.

Astasiya non gli rispose, ma disse: "Dovremmo andare a cercare i miei genitori."

Issac era d'accordo. "Ci stanno aspettando in sala."

Li avevano sentiti parlare, oppure avevano percepito Issac in qualche modo, mentre lui controllava la loro visione.

L'Ichoriano non era sicuro di come funzionassero le rune per bloccare l'energia, ma pensava che potessero permettere l'accesso in base alla fiducia. O forse tenevano solo lontana l'energia soprannaturale di Ichoriani e Hydraiani.

Dato che Issac non era più un Ichoriano, i suoi doni avevano cominciato a funzionare sui Seraphim.

Per lo meno quelli che aveva conosciuto.

Tranne Sethios, la sua mente sembrava scura. Pochi minuti prima erano stati gli occhi di Caro, quelli a cui aveva avuto accesso. Persino la visione di lei era stata un po' sfocata.

Forse Issac non aveva ancora preso pieno possesso dei poteri, perché Sethios appariva suscettibile ad altre capacità Seraphim, come la persuasione del padre e la manipolazione dei ricordi di Vera.

Issac prese nota mentale di chiedere riguardo alle rune successivamente, e anche di come le sue abilità di Seraphim si sarebbero sviluppate nei successivi venticinque anni, ovvero il tempo necessario a un Seraphim per far crescere finalmente le ali, dopo la nascita o la creazione di un legame di sangue.

Era stato per quello che Astasiya, una Seraphim nata, non era stata in grado di nebulizzarsi fino a dopo il venticinquesimo compleanno.

La ragazza premette il palmo della mano su quello di lui, distogliendolo dai pensieri mentre intrecciava le loro dita per tirarlo verso la porta.

Vera fece loro strada, aveva il passo sicuro.

Non si comportava in modo colpevole.

Forse Balthazar si era...

Le fondamenta della casa vibrarono sotto di loro, spingendo Aya contro il petto di Issac. Lui la prese, le ginocchia per poco gli si piegarono all'impatto. Lei si nebulizzò quasi istintivamente, scavando con le dita nella giacca di camoscio marrone di lui.

"Eccole qui, le rune," disse Vera a denti stretti, nebulizzandosi alla porta per aprirla.

All'altro capo c'erano Caro e Sethios. "Cosa sta succedendo?" chiese Sethios, mentre Aya riprendeva la forma corporea. Non lasciò andare Issac, dettaglio che il padre di lei notò, strizzando leggermente gli occhi.

"Il Consiglio ha inviato due guerrieri e due tracciatori. Gli ordini sono di catturare le creature vive, ma è stato anche dato loro il permesso di uccidere a vista," riassunse sbrigativamente Vera. "L'ho detto a Leela, ma lei e Balthazar si sono già nascosti in Islanda."

Caro aveva la fronte aggrottata. "Senza di noi?"

"Balthazar voleva controllare la proprietà per assicurarsi che fosse sicura per Jayson, Elizabeth e Aidyn," le spiegò Issac.

"Perché non dovrebbe essere sicura?" gli chiese Caro, con il tono piatto che ricordò a Issac il caratteristico stoicismo di Gabriel.

L'ex Ichoriano alzò le spalle. Non poteva dire che il

telepatico non si fidasse di Vera; avrebbe sollevato altre domande a cui non poteva rispondere.

Così gli rispose vago. "Dovresti chiederlo a Balthazar."

Sethios gli lanciò uno sguardo che sembrò dire: *non ci stai dicendo tutto*. Seguito immediatamente da: *immagino ci sia una buona ragione*.

"Andrò con Astasiya e Issac a parlare con Jayson, sono sicuro che il piccolo terremoto lo abbia messo in guardia. Voi due determinerete la nostra uscita." Sethios incrociò lo sguardo di Caro.

Lei annuì, accettando il piano e probabilmente anche qualsiasi cosa le avesse appena detto tramite il loro legame.

"Prima devo controllare se hai un localizzatore," disse Vera, concentrandosi su Caro.

"Un localizzatore?" ripeté Sethios. "Perché?"

"Perché è l'unica spiegazione che mi viene in mente di come il Consiglio vi abbia trovati così in fretta."

"Se fosse vero, allora avrebbero già saputo dell'Islanda," disse Sethios. "Ed è lì che hai mandato Balthazar e Leela."

Vera aggrottò le sopracciglia. "Vero."

Il che significava che potevano essere in pericolo, lì. Issac si avvicinò ai vestiti di cui si era liberato e cercò il telefono. "Nessun servizio."

"Probabilmente per via della guerra…"

"Qualcuno può dirmi perché il terreno sta tremando?" vociò Jayson dal corridoio, interrompendo Vera.

"I Seraphim guerrieri stanno attaccando i confini," gli rispose Sethios, senza perdere un colpo. "A quanto pare stanno manomettendo anche la rete di comunicazione."

"Osiris li sta distraendo," aggiunse Vera. "Sta lavorando a un diversivo per permetterci di fuggire."

"In un posto di cui sono potenzialmente già a conoscenza," ribatté Sethios, serio. "Che piano fantastico."

"Ne hai uno migliore?" scattò Vera.

"Certo che sì."

La donna inarcò la fronte. "E sarebbe?"

"Andiamo ad annientare gli stronzi lassù per guadagnare un po' di tempo e trovare un nuovo posto dove nasconderci," disse lui, indicando il soffitto. "Ho delle ali nuove e mi farebbe bene un po' di esercizio."

"Non sai ancora come usarle," gli fece notare Vera.

"A volte il modo migliore per imparare è la prova del fuoco," le rispose lui.

Vera gemette. "Santi dèi, sei davvero il figlio di tuo padre."

"Purtroppo," rispose Sethios, con lo sguardo rivolto verso Caro. "Vuoi giocare con i tuoi nuovi coltelli?"

"Contro i guerrieri Seraphim?" La donna contorse le labbra mentre rifletteva seriamente sulla domanda, la praticità Seraphim in piena mostra. "I miei coltelli non saranno molto utili contro di loro, preferiscono le spade."

Sethios inarcò le sopracciglia. "Spade? Perché non le pistole?"

"Le pistole sono giocattoli mortali," s'intromise Vera. "Stiamo perdendo tempo. Osiris ha detto di andare in Islanda, Skye ed Ezekiel sapranno che cosa fare."

Caro e Sethios la fissarono. "Da quando prendi ordini da mio padre?" le chiese Sethios.

"Da quando ho assistito alla causa del suo esilio," gli rispose Vera.

Cadde il silenzio e Caro e Sethios si scambiarono uno sguardo.

Forse è per questo che Balthazar non si fida di Vera? Tirò a indovinare Aya.

Forse, concordò Issac, ripensando a tutto ciò che aveva appena detto Vera. *Pensi che stia lavorando con Osiris?*

Ciò che aveva detto su Osiris e i suoi ordini riguardo

l'Islanda per incontrare Ezekiel e Skye, suggerivano che Vera stesse prendendo direttive da lui. Tuttavia, si trattava di un nuovo sviluppo, che le aveva comunicato appena arrivata? Oppure era uno dei tanti ordini che aveva deciso di seguire?

Pensi che potrebbe essere lei, la talpa, invece di Mateo? chiese Issac, speranzoso. Non voleva davvero pensare che la sua progenie fosse in grado di tradirli tutti, anche se la tecnologia lo faceva sembrare più che colpevole.

Forse, rispose Aya, con il dubbio che sottolineava quella specifica parola.

"Non eri tra noi quando è stato esiliato," le disse Caro. "Non puoi averlo visto."

"Non di persona, no. Ma l'ho visto nei suoi ricordi." Lo sguardo multicolore della Seraphim atterrò su Issac. "Condividerò il ricordo una volta che saremo al sicuro. Issac potrà trasmetterlo per mio conto."

Issac non era sicuro di aver apprezzato la descrizione rozza dei propri poteri, ma non commentò. Annuì, perché percepiva la curiosità della sua Aya e voleva anche saperne di più sull'esilio.

"In Islanda," ribadì Vera. "È lì che dobbiamo andare."

"No." Il tono di Sethios era ricco di potenza, le sue parole vibrarono attraverso l'aria con una finalità che tutti dovevano essere in grado di sentire. "Non andrò dove suggerito da mio padre. Soprattutto perché a quanto pare pensi che sia Caro il motivo per cui ci hanno trovati qui. Questo significa che sanno già dell'Islanda."

"Inoltre, il fatto che Balthazar e Leela debbano ancora tornare non promette bene," aggiunse Issac, incontrando lo sguardo di Sethios a testa alta. "Balthazar non è il tipo da perdere tempo, quando i suoi cari sono in pericolo. Dovrebbe già essere tornato."

Il che significava che aveva trovato qualcosa o era stato distratto da uno sviluppo incerto.

Sethios annuì. "Nuovo piano: sottomettere i Seraphim che ci attaccano, poi riorganizzarsi per decidere dove andare in seguito." Guardò Vera. "Controlla Caro per vedere se viene tracciata. Ho intenzione di saperne di più su queste spade e tu," guardò Jayson, "fai mantenere la calma a tua moglie e alla bambina."

Qualche secondo dopo apparvero le ali nere di Sethios, i bordi blu scuro tremolavano alla luce della luna, che filtrava attraverso le finestre. Scomparve nel momento successivo, facendo sospirare Vera. "Probabilmente andrà in Islanda per sbaglio."

Caro sbatté le palpebre, il suo sguardo era instabile, poi arricciò le labbra. "No, in Montana."

Vera alzò gli occhi al cielo. "Stupido."

"Lizzie ha bisogno di vestiti, prima di poter viaggiare," disse Jayson, ignorando gli altri. Aveva addosso un paio di jeans ed era senza maglietta. Issac non si ricordava cosa indossasse, quando Jacque lo aveva teletrasportato lì, ma immaginò che non fosse tanto diverso da come si presentava in quel momento.

"Controlla la tua cassettiera e l'armadio," gli disse Issac. "Skye ci ha lasciato dei regali. O almeno questa è la teoria che circola."

Jayson annuì e scomparve nella sua stanza, mentre il terreno tremava di nuovo.

Dovrei andare ad aiutare Osiris? si chiese Aya.

Magari aspetta, le suggerì Issac.

Non dubitava della capacità di Astasiya di combattere, anche se nessuno di loro aveva esperienza con i Seraphim all'infuori di Osiris, ma semplicemente voleva che lei rimanesse insieme a lui per osservare Vera.

La donna afferrò il braccio di Caro senza preavviso,

ma l'altra non sembrò disturbata o scioccata dal gesto. Si limitò a guardare mentre Vera lavorava.

Come la sta controllando? chiese Aya, la domanda era più una riflessione interna che altro.

Forse sta controllando i suoi ricordi? suggerì Issac.

Forse, mormorò Aya, poi si voltò prima di allungarsi per grattarsi la schiena.

Formicola ancora? tirò a indovinare lui.

Sì. Il tono di Stas esprimeva irritazione.

Issac fece scivolare la mano sotto la giacca per appoggiare il palmo della mano vicino alla spina dorsale di Stas, e iniziò a massaggiare la zona con il pollice. *Meglio?*

Lei si sciolse al suo fianco in una risposta non verbale, e la testa trovò naturalmente la spalla di lui.

Caro li guardò prima di accigliarsi verso Vera. "Non mi sto godendo questi ricordi."

"Neanch'io," ribatté Vera a denti stretti. "Ma se ti hanno messo un localizzatore, è stato durante la riforma."

Alcune delle immagini filtrarono attraverso la mente di Issac, la capsula di isolamento lo fece sentire immediatamente claustrofobico. Rabbrividì in risposta, non godendo della sensazione che aveva evocato a tutti.

Capire il concetto di riforma differiva molto dal vederlo. Caro era rimasta intrappolata in quel piccolo spazio sterile per anni. Era quasi peggio che annegare, uno stato in cui tutti pensavano che fosse stata per quasi vent'anni.

Purtroppo, no.

Era stata dentro una capsula.

Tua madre è piuttosto forte, decretò Issac, le parole rivolte ad Aya. *Ammirevolmente forte.*

Quali ricordi stai vedendo?

Alcuni che riguardano la sua riforma…

Un'altra scossa colpì il complesso, più forte della prima.

Vera imprecò, le brillarono le ali e successivamente scomparve.

"Cosa è appena successo?" chiese Aya, facendo apparire le piume mentre un forte schiocco risuonò nell'aria.

"Hanno appena violato le rune all'ingresso," le spiegò Caro, il tono piatto. Tuttavia, la sua espressione diventò grave quando incontrò lo sguardo della figlia. "I Seraphim stanno arrivando."

CAPITOLO 6

BALTHAZAR

"L'HA PORTATA STARK," DISSE EZEKIEL, RISPONDENDO alla domanda di Balthazar sul perché Clara si trovasse in Islanda.

Dire che la presenza della donna lì avesse scioccato l'Hydraiano sarebbe stato un eufemismo. L'ultima volta che l'aveva sentita, era ancora rinchiusa nella cella di una prigione Hydraiana.

"Poi è sparito per lavorare alle rune," continuò Ezekiel, riferendosi a Stark, altrimenti noto come Gabriel. "O forse aveva un altro *impegno*." L'ultima parola richiedeva una ricchezza di conoscenze che Balthazar aveva a malapena.

Cosa avete combinato, voi due? si chiese, concentrandosi su una Clara stranamente silenziosa. In genere la donna era solita trasudare emozioni intense, poiché possedeva una naturale affinità per la lettura dei sentimenti degli altri. In quanto Ichoriana, aveva solo un'abilità, ma era piuttosto potente.

Eppure, in quel momento, sembrava misteriosamente stoica. Insensibile, come se non fosse nemmeno *lì*. Anche la sua mente era vuota.

Lo scrutinio di Balthazar le fece spostare lo sguardo su di lui: gli occhi azzurri traboccavano di una supplica che B non riusciva a sentire.

Il che era davvero preoccupante.

"Perché Stark l'ha portata qui?" chiese Balthazar lentamente, la domanda rivolta a Ezekiel, mentre continuava a osservare la mente silenziosa di Clara. *Perché non riesco a sentirti?*

"Non ha dato spiegazioni," biascicò Ezekiel.

"Lo fa raramente," aggiunse Leela.

Balthazar li sentì a malapena, la sua attenzione era tutta su Clara e i suoi pensieri nebulosi. Gli ricordò Issac, una realizzazione che gli fece inarcare le sopracciglia verso l'alto.

Clara spalancò gli occhi in risposta, quella supplica si irradiava ancora una volta nelle loro profondità. *Per favore... qualsiasi cosa...* Le parole erano attutite, come se stesse parlando attraverso un vetro spesso o sussurrando da diversi metri di distanza.

Tuttavia, per B fu abbastanza per capire.

Ti prego, non dire niente, intendeva.

Balthazar si schiarì la gola dopo un istante, socchiudendo leggermente gli occhi. "Luc sa che sei qui?"

"Gabriel ha detto che ne è consapevole, sì," gli rispose lei.

Gabriel, ripeté Balthazar. *Non Stark*.

Era davvero significativo.

Lanciò un'occhiata a Leela, curioso di sapere se avesse notato qualcosa di strano in Clara. Lei non pensò né disse nulla, si limitò a incontrare lo sguardo dell'Hydraiano. "Vado a chiedere a Gabriel delle rune, poi tornerò da Jay e Liz."

Perché, ovviamente, questo posto è sicuro, aggiunse mentalmente. *Come sapevo che sarebbe stato.*

L'apparenza inganna, quasi disse lui, ma lei scomparve prima che lui potesse rispondere.

Appena Leela si allontanò, Clara spalancò gli occhi, catturando ancora una volta l'attenzione di B. Il teletrasporto non le era nuovo, il che suggeriva che avesse visto qualcosa di unico in quell'atto di scomparsa.

Le ali? si chiese lui. *Hai visto le ali di Leela?* Perché Balthazar non poteva. Stas, invece, sarebbe stata in grado di farlo. Anche Issac.

Quindi, se Clara aveva visto Leela nebulizzarsi, allora poteva significare solo una cosa: aveva legato con Stark.

Come? avrebbe voluto chiederle B. *Come cazzo hai fatto a legare con Stark?*

Eppure lo sguardo di lei lo aveva implorato, suggerendo che non voleva che lui parlasse della verità ad alta voce. Anche se B avrebbe voluto pretendere delle risposte, scelse di rispettare la richiesta tacita della ragazza.

Era il minimo che potesse fare, dopo il modo in cui lui e gli altri l'avevano trattata, la settimana precedente.

Era stata accusata di essere la talpa, gli Anziani credevano che avesse fornito informazioni a Jonathan, che avevano poi portato a diverse morti. Tuttavia, gli Anziani si erano recentemente resi conto che Clara non era la vera talpa. L'avevano tenuta rinchiusa per non agitare il vero colpevole, in modo da poter raccogliere più informazioni su ciò che la spia stava dicendo a Osiris.

A ogni modo, sembrava che Stark non solo avesse fatto uscire Clara dalla cella, ma che ci si fosse anche *accoppiato.*

Che cazzo sta succedendo qui?

"Cos'altro è stato detto a Luc?" si chiese Balthazar ad alta voce. *Sa che tu e il Seraphim vi siete legati?* era quello che avrebbe davvero voluto sapere.

"Ehm." Clara si schiarì la voce, la domanda l'aveva lasciata chiaramente a disagio. "Io, ehm, non lo so."

Non lo sai? O non vuoi dirmelo? voleva chiederle B.

C'erano modi più semplici per scoprire cosa sapesse Luc.

"Capisco," le disse, tirando fuori il telefono per chiamare il diretto interessato.

Il Re Hydraiano rispose al primo squillo. "B."

Balthazar non si preoccupò delle formalità, andò dritto al punto. "Hai sentito Stark, ultimamente?"

"No, ma Ezekiel mi ha detto che Stark ha portato Clara a New York." Il tono di Luc indicava che non fosse contento di quello sviluppo.

Il che significava che si sarebbe infuriato, quando avrebbe saputo che Stark aveva portato Clara in Islanda.

Invece di informarlo, Balthazar si limitò ad annuire tra sé. Era come sospettava: Stark e Clara stavano sicuramente nascondendo qualcosa.

Il telefono emise un ronzio, seguito da Luc che disse: "Jacque mi ha appena scritto che sei in Islanda."

Balthazar cercò la mente del teletrasportatore, curioso di sapere dove si trovasse, e lo sentì al piano di sopra, insieme a Owen. Minacciò un sorriso, i due Hydraiani si giravano intorno da decenni. A quanto pareva, c'era stato bisogno che Owen morisse e tornasse in vita, per convincere Jacque ad agire secondo l'istinto.

Era ora, pensò Balthazar. Avrebbe dovuto congratularsi con il teletrasportatore più tardi.

"Sei diretto qui anche tu?" chiese a Luc, curioso di sapere se avesse intenzione di unirsi a loro.

La sua domanda servì anche come avvertimento per Clara, poiché Luc probabilmente non sarebbe stato contento di qualsiasi novità tra lei e Stark. Non che fossero davvero affari di Luc, ma da quando era morto Aidan, era diverso. Più rabbioso. Più crudele. E un po'... imprevedibile.

"Sì, Jacque sta arrivando," rispose Luc.

Balthazar incontrò lo sguardo di Clara, assicurandosi che capisse il significato delle parole mentre rispondeva: "A presto."

Lei deglutì: messaggio ricevuto.

"Tra tre minuti," chiarì Luc, poi terminò prontamente la chiamata.

Balthazar si rimise il telefono in tasca, mantenne lo sguardo di Clara per un altro istante e con gli occhi le disse: *questa conversazione non è finita.* Poi si concentrò su Ezekiel.

"Dobbiamo parlare," gli disse Balthazar.

"Dobbiamo sempre parlare." Ezekiel indietreggiò prima di avvicinarsi e crollare su un divano. Una donna slanciata, con lineamenti pallidi e un atteggiamento sottomesso, si mosse accanto a lui come se gli fosse legata attraverso una corda invisibile.

Dev'essere Skye.

Si strinse le piccole mani in grembo e sbatté le palpebre un paio di volte, gli occhi azzurri stranamente annebbiati.

Sì, è sicuramente Skye.

B avrebbe fatto domande su di lei, più tardi.

In quel momento, aveva un'altra preoccupazione che voleva affrontare: aveva bisogno che Ezekiel gli spiegasse la situazione.

"Osiris," disse Balthazar lentamente. "In particolare, il passato con il Consiglio. E quali sono le sue intenzioni ora."

"Dai per scontato che io lo sappia?" gli chiese Ezekiel, inarcando un sopracciglio nero con tanto di piercing. Assomigliava a un rocker in pensione, con i suoi jeans attillati, la maglietta nera, le braccia tatuate e i lunghi capelli scuri. Al contrario, Skye sembrava il ritratto dell'innocenza accanto a lui, con i capelli corvini, gli occhi azzurri, i lineamenti simili a porcellana e il vestito bianco di pizzo.

Balthazar si concentrò su Ezekiel, non era in vena di giochi di parole. Era tardi ed era stanco. Voleva delle risposte. Proprio in quel momento, dannazione.

"Lo so," disse al famigerato assassino mentre incrociava le braccia. "Comincia a parlare."

Ezekiel sorrise. "Beh, c'era una volta..."

Balthazar strizzò gli occhi, non era affatto divertito da quelle buffonate. "Ezekiel."

L'assassino sospirò drammaticamente. "Di solito sei tu quello divertente."

"È stata una lunga giornata e sono stanco di essere preso in giro da Osiris in ogni momento. Ora dimmi perché ha creato un posto sicuro per Lizzie e perché lo sta proteggendo combattendo un paio di Seraphim guerrieri. Voglio anche sapere cosa puoi dirmi di Vera."

"Seraphim guerrieri?" ripeté una voce profonda mentre apparve un maschio dai capelli biondi e gli occhi verde mare. "Non mi avevi detto che ci fossero i Seraphim guerrieri."

"Perché ti sei nebulizzato prima che potessi finire la frase," spiegò Leela, apparendo accanto all'altro Seraphim con un'espressione irritata. "Li ha mandati tuo padre." Scomparve di nuovo senza elaborare.

Gabriel lanciò un'occhiataccia allo spazio vuoto, sorprendendo notevolmente Balthazar. Il Seraphim non mostrava mai alcuna emozione, ma chiaramente non aveva apprezzato che lei si fosse nebulizzata dopo aver sganciato quell'affermazione.

Clara si avvicinò a lui, un'azione che non passò inosservata a nessuno nella stanza, proprio mentre Jacque apparve nel corridoio con Luc.

Le sue iridi color smeraldo si illuminarono appena vide Clara nella zona giorno. "Che diavolo ci fai qui?"

"Oh, bene. Giochiamo a ripeterci," mormorò Ezekiel, passandosi le dita tra i capelli prima di far ricadere la testa sul divano. "Svegliami quando hanno finito, tesoro."

Skye si limitò a sbattere le ciglia in risposta, inclinando un po' la testa su un lato a qualsiasi visione sembrasse osservare.

Balthazar non aveva mai incontrato la profetessa di persona. Tuttavia, aveva sentito parlare un po' di lei dalle menti degli altri, che l'avevano aiutato a sapere cosa aspettarsi dalla donna.

Fino a quel momento, lei era stata all'altezza delle aspettative.

"Clara va dove vado io," dichiarò Stark, in piedi di fronte alla donna in questione e con le braccia incrociate mentre fissava direttamente Luc. "Non ci saranno domande. Niente elaborazioni. Nessuna discussione."

Balthazar inarcò un sopracciglio.

Ma che diavolo? pensò Luc. *La sta proteggendo?*

Balthazar fece un lieve cenno con la testa, rispondendo alla domanda.

Da quando? Perché? Come?! Le domande di Luc arrivarono a raffica, la sua mente complessa cercava di capire la situazione a velocità rapida.

Analizzò i loro manierismi, notò la mano di Clara mentre toccava la parte bassa della schiena di Stark e il modo in cui lei si guardava intorno, da dietro di lui, con sguardo ingenuo. Poi osservò il modo in cui Stark si muoveva quel tanto che bastava per continuare a bloccarla in un movimento, come uno scudo.

Tutto passava attraverso i pensieri di Luc, insieme alla sua onnisciente capacità di conoscere e ricordare ogni dettaglio. Luc concluse quasi immediatamente che i due erano impegnati in una sorta di relazione romantica.

Inaspettato. Strano. Forse la faccenda è collegata al sangue che Stark ha assorbito prima. Simile a Issac con Stas... Si interruppe, le iridi color smeraldo brillavano mentre guardava il collo del Seraphim. *L'ha morso anche lei?* Cercò di trovare delle prove ma non ci riuscì.

Si concentrò su Balthazar. *Sono legati?*

Il telepatico si fermò per un momento, incerto su come rispondere. Non ne era del tutto sicuro, eppure, sembrava relativamente chiaro che avessero intrapreso una sorta di legame. Quindi fece un altro cenno al re Hydraiano.

Affascinante, pensò Luc. "Dove sono Jay e Lizzie?"

Il cambio di conversazione era normale per Luc. La sua mente contemplava costantemente cinquemila strade nello stesso tempo, rendendo impossibile sapere quale avrebbe scelto dopo, fino a quando non l'avesse espresso ad alta voce.

Tuttavia, diversi millenni di conoscenza reciproca permettevano a Balthazar di indovinare meglio di molti altri.

E, naturalmente, il fatto di poter leggere la mente dell'altro uomo aiutava.

"Leela è andata a recuperarli," rispose Stark, aggrottando la fronte. "Sarebbe già dovuta tornare." Tirò fuori il telefono dalla tasca e compose il numero, il volto gli si fece scuro. "C'è qualcosa che non va."

Balthazar non riuscì a sentire come fosse arrivato a quella conclusione (colpa dell'incapacità di leggergli la mente), ma immaginò che fosse il risultato della chiamata che non stava ricevendo risposta.

"Guerra," sussurrò Skye con sguardo ancora lontano. "Ci sarà una guerra. Ora è certo." La donna inclinò di nuovo la testa a un angolo che sembrava preferire. "Morte. Distruzione. *Riforma*." Rabbrividì.

Ezekiel le avvolse immediatamente un braccio intorno, le portò il palmo opposto al mento, mentre le inclinava il viso verso il proprio. "Che cosa vedi, amore mio?"

Era il tono più gentile che Balthazar gli avesse mai sentito usare.

Proprio come non l'aveva mai visto maneggiare qualcuno con tanta cura.

L'assassino preferiva i coltelli e il dolore, non le parole dolci e le carezze tenere. Eppure, era chiaro che con quella donna le usasse.

La mente di Luc faceva a gara con i pensieri di Balthazar, la sua sorpresa affogò nella comprensione. Entrambi sapevano che Ezekiel aveva lavorato con Osiris per un motivo: il suo amore per Skye, ma era un concetto che nessuno dei due aveva mai capito.

Fino a quel momento.

Finché non l'avevano visto con i loro occhi.

Sfortunatamente, la veggente sembrava ignorare quell'affetto. La sua espressione rimase vacua, mentre lui cercava di connettersi con il suo sguardo.

"Sta arrivando," sussurrò Skye. "Il potere sta arrivando. Si è risvegliato. È distruttivo. *Riforma*." Sbatté le palpebre, sorpresa, poi si concentrò su Ezekiel. "Non siamo più al sicuro, qui."

"Dove vuoi andare?" le chiese lui senza perdere un colpo.

Lei scosse la testa. "Dobbiamo dividerci."

Ezekiel strizzò gli occhi, facendo brillare le macchie dorate delle iridi d'ebano alla scarsa illuminazione. "Neanche per sogno."

"Non sono pronti," insistette lei. "I Seraphim hanno

bisogno di una distrazione, o attaccheranno troppo presto."

Balthazar desiderò di poter leggere la mente della donna per capire meglio cosa intendesse, ma lei rimase bloccata davanti a lui come Ezekiel, Gabriel e Clara.

Era irritante. Le sue capacità naturali erano radicate in lui. Lo aiutavano a prosperare ogni giorno. Non essere in grado di usarle lo faceva sentire come se avesse perso uno dei sensi.

"Hydria ha bisogno di confini migliori. Rune, protezione." Skye sbatté di nuovo le palpebre prima di concentrarsi su Luc. "Le tue protezioni falliranno."

"Quali protezioni?" le chiese Luc.

"Quelle create da Osiris," gli rispose. "Sono troppo vecchie. Troppo fragili. Deve... *devi* rafforzarle per sopravvivere."

Luc e Balthazar si scambiarono un'occhiata. Quella era la prima volta che sentivano parlare di rune protettive in giro per l'isola.

"Ne eri a conoscenza?" chiese Luc, spostando l'attenzione su Stark.

"Sì." Una risposta piatta che suggeriva che Stark non avesse intenzione di elaborare. Poi Clara gli premette di nuovo il palmo della mano sulla parte bassa della schiena, le unghie gli scavarono nella camicia e il Seraphim continuò a parlare. "Non sapevo che le avesse create Osiris, poiché mancano di una firma energetica, ma Skye ha ragione. Si stanno deteriorando con il tempo e hanno bisogno di essere fortificate."

"Perché Osiris avrebbe messo delle rune protettive intorno a Hydria?" chiese Clara dolcemente.

"Per proteggere gli Hydraiani," canticchiò Skye, chiudendo gli occhi. "Creazioni preziose. Degne. Lui le apprezza."

Luc non rispose, ma prese attentamente in considerazione i commenti di Skye e iniziò a scorrere mille scenari contemporaneamente nella propria mente.

Balthazar non cercò nemmeno di seguire i pensieri del re. Una volta arrivato a una conclusione, Luc l'avrebbe condivisa.

Skye balzò in piedi, spalancando gli occhi. "Non possiamo restare qui," ribadì, il suo sguardo selvaggio si posò su Jacque. "Teletrasporta il tuo re a casa. *Subito.*"

Il rumore di un tuono squarciò l'esterno, scandendo le parole della donna.

"Vai," disse Balthazar, dando al teletrasportatore il comando di cui aveva bisogno per reagire.

Le labbra di Luc si aprirono per protestare, ma Jacque aveva già una morsa intorno al polso del Re Hydraiano. I due svanirono appena Ezekiel saltò giù dal divano, con una pistola in mano.

Stark estrasse una spada dal nulla, facendo inarcare le sopracciglia a Balthazar. *Impressionante.*

Tuttavia, fu un pensiero veloce che morì quando il terreno sotto di loro iniziò a tremare.

"*Leek,*" disse Stark, poi sparì.

Un fulmine brillò nel cielo, illuminando le finestre della casa. Owen volò giù per le scale con un paio di jeans e una maglietta che aveva infilato solo parzialmente sulla testa scura appena rasata. "Dov'è Jacque?"

"A Hydria," rispose Balthazar. "Con Luc."

Owen annuì, apparentemente sollevato, fino a quando un altro lampo di luce scosse la notte. "Che cazzo sta succedendo là fuori?"

"Hanno portato il combattimento qui," rispose Skye, scivolando dal divano, su un lato. "Arrivano."

Dei corpi cominciarono a materializzarsi mentre lei

pronunciava quella parola. Per primi Jay e Caro. Poi Lizzie e Aidyn, insieme a Leela, seguiti da Stas e Issac.

Altre luci tremolarono, un tuono risuonò dietro di loro.

Balthazar riprese ciò che era successo dalla mente di Leela mentre pensava al suo arrivo alle Bahamas e alla guerra che era esplosa dietro di lei. Il nome *Patreel* le riecheggiò nella mente, seguito da un sussurro di terrore.

Leela temeva il tracciatore e quello che rappresentava.

Ma Balthazar non riusciva esattamente a capire perché o cosa comportasse la loro storia.

Lei stava già pensando alla lotta, a come Sethios fosse apparso e avesse chiesto a Kital di consegnargli la spada, a come si fosse scatenato il caos.

I Seraphim non combattevano con i loro poteri intrinseci. Combattevano con *le rune*. Un errore che Sethios aveva capito subito.

Ma era già troppo tardi.

Le rune protettive si fratturarono e si disintegrarono sotto un'onda di forza di Patreel, che costrinse gli altri a fuggire.

L'Islanda era stata una soluzione immediata, i segni protettivi in quel luogo erano freschi e in grado di tenere fuori coloro che desideravano fare del male. Solo che andarsene nel bel mezzo di una rissa aveva permesso agli altri di seguirli.

E a quel punto era iniziata la vera battaglia.

Nel cielo.

Capitolo 7

Sethios

Gabriel si palesò in un tripudio di piume rosse, le spade che aveva con sé brillavano al chiaro di luna, mentre conficcava la lama nel Seraphim bastardo che stava cercando di fare a pezzi Sethios.

Sethios, da parte sua, aveva quasi disarmato l'infame, ma poi Osiris aveva scatenato un incantesimo di persuasione che aveva costretto Sethios a nebulizzarsi di nuovo in Islanda.

E il guerriero Seraphim lo aveva seguito.

Permettendogli di prendere il sopravvento.

Grazie, papà, pensò Sethios, mortalmente irritato.

Aveva finalmente capito come tornare alle Bahamas in tempo per giocare e il padre, che amava la persuasione, li aveva mandati tutti in Islanda a congelare. Probabilmente doveva essere una specie di elaborato esercizio di addestramento, o forse pensava di essere d'aiuto.

Con Osiris, era difficile dirlo.

Il guerriero con la spada e i capelli corti e scuri si fermò per sbattere le palpebre davanti alla lama che si scontrava con la sua. Poi alzò lo sguardo verso l'angelo dalle ali rosse che teneva l'elsa dell'arma avversaria. Accadde tutto al rallentatore, come se stesse lottando per comprendere ciò che era appena successo.

"Gabriel." La sua voce non trasmetteva alcuna sorpresa o emozione. Solo un commento sterile accompagnato da un'espressione vacante.

"Leek," gli rispose Gabriel. "La tua presenza qui non è necessaria."

"Ci ha mandati Adriel," rispose Leek. "La nostra presenza qui è *obbligatoria*. Siamo venuti per l'abominio e sua figlia."

"Sono sotto la mia protezione," gli rispose Gabriel. "Andatevene."

Leek lo fissò per un attimo. "Il tuo condizionamento è imperfetto."

"Il mio condizionamento è raffinato."

"Lo riferirò ad Adriel," continuò Leek, come se Gabriel non avesse parlato. "Sarai programmato per la riforma."

Gabriel sbuffò, un gesto altamente insolito per i Seraphim. Poi prese un'altra spada e colpì il collo di Leek.

Senza alcuna esitazione.

Alcun ripensamento.

Decapitò l'angelo in una mossa di metallo che fece inarcare bruscamente le sopracciglia a Sethios, che lo guardò stupito. "Beh, questa è una..."

Una luce accecante solcò l'aria, interrompendo le sue parole. Gabriel catturò la luce con la spada, il potere era un suono fragoroso e vibrante. "*Vai*," disse Gabriel con voce rauca. "*Ora.*"

Lanciò l'energia nella notte, provocando un'ondata di elettricità statica che frizzò lungo le nuove ali di Sethios.

Caro apparve un secondo più tardi, la sua mano trovò

quella di Sethios, poi sussurrò nella mente di lui: *lascia che se ne occupi Gabriel.*

Col cavolo, ribatté Sethios, troppo incuriosito dalle armi bizzarre per muoversi. *Voglio vederlo tagliare un'altra testa.*

Caro brontolò qualcosa nella mente di Sethios sull'essere un sadico, il che lo fece solo sorridere.

Perché non si sbagliava.

Volò verso il basso in direzione del corpo di Leek, determinato a trovare la sua spada. Rinvenne solo un mucchio di carne morta che aspettava nella neve sottostante. Si accigliò.

Merda.

Le armi fanno parte del potere di un guerriero Seraphim, gli spiegò Caro, atterrando accanto a lui. "Si manifestano a comando." La donna si guardò intorno con espressione diffidente. "Non gli ci vorrà molto per rigenerarsi, forse trenta minuti, dobbiamo ideare un nuovo piano.

"Trenta minuti? Dopo essere stato decapitato?" Sethios rimase a malincuore impressionato.

"I Seraphim sono resilienti. I guerrieri lo sono ancora di più." Lo sguardo di Caro volò verso l'alto, mentre un'altra luce attraversava il cielo. "Stanno combattendo con le rune delle loro spade. Ecco perché non puoi soggiogarli. È un simbolo difensivo simile a quello che ho inciso sulla pelle di nostra figlia, da bambina."

Caro aggrottò la fronte, suggerendo di star riflettendo su ciò che aveva appena detto.

Sethios aspettò, consapevole che il suo angelo non avesse ancora finito.

"Beh, quello di Stas era anche uno stratagemma per nascondere la sua discendenza, quindi non era esattamente la stessa cosa. Indipendentemente da ciò, se la runa fosse stata progettata per deviare i poteri dei Seraphim, avrebbe dovuto essere riscritta regolarmente per mantenere il blocco, perché i Seraphim sono in continua evoluzione e agiscono aggirando le rune."

Sethios ricordava vagamente di quando Caro gli aveva parlato del modo in cui combattevano i Seraphim, ma non gli era stata data l'opportunità di assistere fino a quel momento.

"Una runa può fermare un proiettile?" si chiese Sethios ad alta voce. Vera aveva definito le armi dei giocattoli mortali, ma forse la sua visione ristretta derivava dall'essere una Seraphim e dal combattere con la magia soprannaturale. Dopotutto, i mortali, i loro prigionieri di guerra e le armi letali non erano poi così male.

Caro scosse la testa. "Più o meno. I Seraphim guerrieri usano le rune per creare scudi che respingerebbero i proiettili." Parlava in modo concreto, facendo trasparire la sua natura Seraphim.

"Perché non mi hai mai insegnato niente su queste rune?" Certo, erano stati occupati a crescere una figlia e a nascondersi da Osiris, ma quell'informazione avrebbe potuto rivelarsi utile contro un attacco di Seraphim.

"I Seraphim sono pratici e dividono le informazioni in base al potere. In quanto figlia della stirpe di messaggeri, sono cresciuta imparando i segni dell'occultamento, non le rune difensive o offensive."

"Vuoi dire che il tuo Consiglio ha diviso le informazioni equamente tra le masse, assicurandosi che ognuna di esse non sapesse troppo?" commentò Sethios. "Sì, più o meno così."

Era una strategia. Un modo per mantenere l'ordine con mezzi poco appariscenti.

E dal momento che i Seraphim erano programmati per fare affidamento sulla logica, non avevano mai messo in discussione il protocollo. Veniva considerato pratico apprendere solo le rune che si abbinavano bene con la loro stripe.

Perché un angelo messaggero dovrebbe imparare dei segnali difensivi?

Per combattere il sistema, pensò Sethios.

Ma un Seraphim medio non prenderebbe mai in considerazione quell'opzione. Non sarebbe servito a nessuno scopo ragionevole, perché vedevano il loro governo come impeccabile e fondato sul loro prezioso principio di praticità.

"I Seraphim sono vittime del lavaggio del cervello del governo, eseguono ordini come delle marionette esaltate," mormorò Sethios, il suo sguardo cadde sul Seraphim decapitato a terra. "Questo lo rende quasi innocente."

Tranne per il fatto che avrebbe dovuto mettere in dubbio tutto.

La mancanza di intelligenza gli aveva fatto guadagnare quella punizione. Era andato lì sperando di rapire o uccidere una neonata e la madre.

Non era per niente un gesto onorevole.

"Quanti altri Seraphim manderanno?" Al momento ce n'erano solo quattro, tre dei quali stavano ancora combattendo da qualche parte nel cielo.

"Non ne invieranno di più, a meno che Leek lo richieda."

"Perché Leek?" le chiese Sethios, studiando i resti defunti. Non sembrava così impressionante, fatta eccezione per le spade affilate. Se l'abilità di Sethios avesse funzionato, quelle lame sarebbero state polvere. E poi dove sarebbe finito?

Morto. A terra. Come lo era in quel momento.

Eppure era lui al comando... perché?

"È quello con il grado più alto di questo gruppo," gli spiegò Caro. "Tecnicamente, Gabriel ha un grado ancora maggiore da quando ha sconfitto il fratellastro, qualche decennio fa." Lo guardò. "Nel mio mondo, il potere non ha nulla a che fare con l'età."

Sethios inarcò un sopracciglio. "Cosa stai insinuando, angelo?" Le invase lo spazio personale e le mise una mano su un fianco. "La mia vecchiaia e la mia esperienza non ti bastano?"

"Sto dicendo che la gerarchia nel mio mondo è diversa da quella del tuo."

"Non è diversa," ribatté lui, abbassando la voce mentre le avvicinava le labbra all'orecchio. "Perché sei *tu* il mio mondo, Caro."

Lei ridacchiò. "Mi stai seducendo? Qui? Nella neve? Accanto a un Seraphim decapitato?" *Sadico.*

Lui sorrise, le sfiorò il collo con le labbra e trovò subito il battito cardiaco.

"Il sangue mi eccita," le ricordò lui. "E io sono sempre seducente, angelo. È parte del mio fascino." Sethios le mordicchiò la pelle tenera prima di tirarsi indietro e fissarla nei begli occhi azzurri. "Ciò non rende meno vero quello che ho detto, angelo."

Caro contrasse le labbra. "Mi sei mancato."

Sethios le cinse la vita con le braccia e fece premere le loro fronti insieme. "Anche tu mi sei mancata." Un'ammissione sommessa, anche se non era esattamente un segreto.

La sua compagna era stata rinchiusa in una capsula di riforma per quasi due decenni. Certo che gli era mancata. E poi, il ricongiungimento non era stato completo, dato tutto quello che stava succedendo intorno a loro.

"Osiris ha costretto tutti a nebulizzarsi qui?" chiese lui. "O solo noi?"

Lei aggrottò la fronte. "Non ci ha soggiogati. Abbiamo scelto di venire qui quando abbiamo sentito le rune disfarsi. Ma i tracciatori l'hanno anticipato e ci hanno seguiti."

Sethios ricambiò l'espressione accigliata di Caro con un'ulteriore smorfia. "No. Osiris ci ha soggiogati a venire qui. L'ho percepito."

"Ti ho soggiogato a contrastare la tua abilità di nebulizzazione non ancora addestrata," lo corresse una voce profonda, appena il padre atterrò vicino al cadavere nella neve.

La sfumatura olivastra della sua testa calva brillava sotto la luce della luna, mentre Osiris guardava i resti dei Seraphim. Analizzò la scena per un momento, la sua espressione non lasciava trapelare nulla.

"Mmmh. Gabriel è molto più utile di quanto avessi mai pensato." Alzò lo sguardo color smeraldo verso Sethios. "È una fortuna che non l'abbia distrutto come avevo previsto di fare quando pensavo che fosse una spia del Consiglio."

La sua affermazione era priva di emozione, come al solito.

"Hai persuaso i Seraphim affinché ci seguissero?" gli chiese Sethios, alzando lo sguardo verso il cielo. Le luci avevano smesso di lampeggiare, suggerendo che la battaglia fosse temporaneamente finita. "A quanto pare sarebbe stato più facile lasciarli alle Bahamas."

"Non era necessario persuadere me, dato che seguivano Caro." Lo sguardo di Osiris si posò sulla donna in questione. "Devono aver preso il tuo sangue durante la riforma. Ora i tracciatori lo stanno usando per seguirti."

"Forse, ma come facevano a sapere che sarei stata con Lizzie?"

"Hanno tirato a indovinare con cognizione di causa, dal momento che sei l'unica Seraphim che poteva aiutarla a far nascere la bambina," disse Osiris. "Oppure sono consapevoli del complesso di lealtà di tua figlia. In tal caso, qualcuno la sta osservando, o sta riportando informazioni su di lei."

A Sethios non importava di nessuna delle due opzioni.

"Come funzionano i poteri dei tracciatori?" chiese lui. "In maniera simile a quelli di Ezekiel?"

Osiris abbassò il mento. "Sì. Una volta che assorbono il sangue, possono risalire per sempre alla fonte. A meno che il collegamento venga alterato in qualche modo." Guardò verso l'alto, mentre Vera si univa a loro con le ali color blu scuro che le rallentavano la discesa dall'alto. "Ed è qui che entri in gioco tu."

La donna sospirò appena gli stivali toccarono il terreno. "Sì, posso spostare i loro ricordi verso un nuovo obiettivo, ma dobbiamo dare loro qualcosa da inseguire, o torneranno al Consiglio, dove scopriranno della mia fedeltà vacillante."

Anche Gabriel si unì a loro, privo di spade. *È un'abilità molto utile.*

Così come il potere di soggiogare, ribatté Caro.

Sì, ma a quanto pare non posso persuadere le spade a comparire. Lo trovo sconfortante. Non era esattamente imbronciato, ma di certo si sentiva un po' irritabile riguardo a quello sviluppo.

Ti comprerò delle spade, gli rispose Caro, il suo tono sottolineato da un intento realistico.

Per fare pendant con i tuoi coltelli? suggerì lui, pensando a come avrebbe potuto usare le lame più lunghe durante il sesso. Certamente si sarebbero rivelate impegnative.

Niente spade in camera da letto. Sembrò così severa che lui quasi scoppiò a ridere.

Oh, angelo. Ci sarà sempre almeno una spada, in camera da letto.

Lei si accigliò, guardandolo. Caro non aveva

chiaramente colto l'allusione nella frase di Sethios, infatti rispose: *ma io preferisco i coltelli.*

Sì, lo so. Sto parlando della mia *spada, tesoro,* la informò, consapevole dell'inclinazione di lei a prendere tutto alla lettera.

Ma hai appena sottolineato che non hai... Esitò. *Oh.*

Lui sorrise. *Sì.* Quella *spada.*

Le si arrossarono le guance mentre si schiariva la gola per concentrarsi ancora una volta su Vera.

Lei e Osiris stavano discutendo varie idee, la loro schiettezza confondeva un po' Sethios. L'ultima volta che quei due si erano visti, Vera aveva praticamente battuto Osiris in un combattimento. Sembrava strano che stessero conversando liberamente.

"Dobbiamo consultarci con gli altri," concluse Vera, aprendo le ali mentre si dirigeva verso la casa in lontananza.

Osiris la osservò per un attimo prima di affrontare Sethios e Caro. "Rimarrò qui, non possiamo permetterci di perdere tempo con le reazioni che la mia presenza scatenerà."

"Beh, forse se tu fossi più simpatico, non sarebbe un problema," contestò Sethios.

"I leader non sono fatti per essere simpatici," ribatté suo padre. "I leader prendono le decisioni che nessun altro può prendere. Ed è per questo che hai bisogno del mio aiuto, per addestrare Astasiya. Sono l'unico in grado di fare ciò che deve essere fatto."

"Non tutti i metodi di allenamento devono comportare crudeltà senza cuore," rispose Sethios, incrociando le braccia.

"No, ma i più efficaci lo fanno."

"Però non puoi saperlo per certo, vero?" ribatté Sethios inarcando un sopracciglio.

"Ho vissuto molto più a lungo di te," gli ricordò Osiris. "Le mie tecniche sono state perfezionate per decine di migliaia di anni e funzionano."

"Non funzioneranno con Stas. Non è come i tuoi soliti soggetti." In altre parole non era come Sethios.

Lui era cresciuto sotto la crudele tutela di Osiris. Suo padre avrebbe potuto sostenere che Stas fosse ancora una bambina, data la giovane età da Seraphim, ma Sethios aveva assistito alla testardaggine della ragazza.

Invece di formarla, l'addestramento di Osiris l'avrebbe fatta infuriare. Perché Stas possedeva il briciolo di umanità che mancava al resto di loro.

"Non hai idea di cosa Stas abbia bisogno per crescere," continuò Sethios. "Costringerla a imparare da te ti farà solo odiare più di quanto non faccia già."

"Lei non mi odia; mi teme," lo corresse Osiris.

"Tu pensi che sia meglio," rispose Sethios. "Ed è proprio per questo che i tuoi metodi la deluderanno." Non che quello fosse oggetto di discussione. Stas aveva già rifiutato l'offerta di Osiris di addestrarla.

"La addestrerà Gabriel," intervenne Caro. "È un guerriero Seraphim e secondo nella stirpe, dietro Adriel. L'hai visto combattere, hai notato la sua utilità. Lascia che addestri lui Stas."

Un suggerimento pratico che poteva provenire solo dall'angelo di Sethios. Inoltre, aveva anche attirato l'attenzione di Osiris, che era rimasto in silenzio a valutare le parole della donna.

Dopo un istante, abbassò il mento. "Va bene. Può fornirle un'adeguata introduzione. Poi, quando finirà l'addestramento elementare e si renderà conto di aver bisogno di più, manda Ezekiel a prendermi. Io aspetterò."

Sethios per poco gli disse che avrebbe aspettato per

molto tempo, ma Caro acconsentì con un morbido "Va bene."

Lo terrà lontano da lei, per ora, aggiunse nella mente di Sethios. *Ci dà il tempo di decidere come gestire al meglio questa situazione in futuro.*

Lui non si arrenderà. Farlo non era nel sangue di suo padre. Sethios lo capiva, perché era fatto allo stesso modo. Sembrava che anche Stas fosse simile a loro.

No, non lo è, mormorò Caro. *Ma almeno Osiris non sta usando la persuasione per forzare il problema.*

È vero. Quando il padre di Sethios voleva qualcosa, se la prendeva. Lasciarli provare a portare avanti il loro piano era quasi come un regalo, da parte dell'antico.

Al contrario di insistere e impuntarsi, Sethios annuì accettando i termini, dopodiché guardò la casa. "Dovremmo unirci agli altri per decidere il nuovo piano," soprattutto perché coinvolgeva Caro e la capacità dei Seraphim di rintracciarla.

Osiris annuì, infilando le mani nelle tasche dei pantaloni grigi. Li aveva abbinati a una camicia bianca slacciata sul collo e arrotolata sui gomiti, che gli conferiva un fascino professionale. Eppure l'aria intorno a lui era rimasta letale, confermando che avesse decisamente tenuto testa ai Seraphim in cielo.

"Perché non mi hai insegnato nulla sulle rune?" gli chiese Sethios, sinceramente curioso.

"Perché non sei mai stato in grado di accedere all'energia eterea," gli rispose il padre. "Pensavo che ci saresti riuscito dopo il tuo venticinquesimo anno mortale, ma non ti sono mai spuntate le ali. Quindi non ho sprecato il mio tempo insegnandoti qualcosa che non avresti potuto usare."

"Perché non mi sono trasformato completamente?" insistette Sethios. "Secondo Leela, la genetica dei

Seraphim prevale sulla metà mortale, quindi sarei dovuto diventare un purosangue Seraphim."

L'espressione del padre rimase stoica. "Intervento divino, immagino. Forse è stata opera di una Seraphim della fertilità." L'attenzione di Osiris tornò sul corpo a terra. "Il processo di rigenerazione è già a buon punto. Se hai intenzione di pensare a un piano, ti suggerisco di farlo ora."

Caro afferrò il polso di Sethios. "Ha ragione. Ci serve un piano, subito."

L'aria della mezzanotte turbinò tutto intorno mentre lei li nebulizzava fino a casa.

Dove sembrava che Jayson e Balthazar fossero impegnati in qualche tipo di discussione.

"No," stava dicendo il neo padre. "Non succederà,"

Balthazar afferrò l'altro per la spalla, stringendolo. "È un buon piano."

"Ti sei perso la parte in cui i Seraphim sono immuni ai nostri poteri?"

"Porterò Leela con me."

"È una Seraphim della fertilità," sbottò Jayson. "Che cosa potrebbe fare? Ingravidarli?"

Leela ridacchiò.

Balthazar ignorò il commento, concentrato. "Ha fatto nascere tua figlia e l'ha riportata in vita. Questo l'ha *legata* ad Aidyn, rendendola la persona perfetta per impersonare Lizzie. Andrò con lei e fingerò di essere te, mentre tu proteggerai Lizzie e Aidyn. Fine della discussione."

"Non dire *fine della discu...*"

Balthazar strinse Jayson in un abbraccio, interrompendo il suo commento. "Ho capito le tue preoccupazioni, fratello, ma questo è il piano migliore."

"Di che piano si tratta?" chiese loro Sethios mentre si appoggiava con disinvoltura al muro vicino alla porta.

"Leela e Balthazar fingeranno di essere Lizzie e Jayson e porteranno i Seraphim in un combattimento in giro per il mondo?" L'ipotesi si basava su ciò che aveva detto Balthazar riguardo a Leela, che avrebbe impersonato Lizzie.

"Qualcosa del genere," confermò Ezekiel. "Nel frattempo, gli altri lavoreranno per migliorare le rune intorno a Hydria."

"E dove saranno i veri Lizzie, Jayson e Aidyn?" insistette Sethios.

"A Hydria," rispose Balthazar, con lo sguardo ancora fisso su Jayson, mentre lo liberava dall'abbraccio.

"Ovvero il primo posto in cui i Seraphim guarderanno," mormorò Ezekiel, leggendo nel pensiero di Sethios. Non letteralmente, anche se era proprio quello che Sethios stava per dire.

"Ed è per questo che daremo loro una falsa pista per inseguirli," disse Balthazar. "Jayson sa che è un buon piano. È solo preoccupato di perdere la sua spalla preferita. Ma chi può impersonarti meglio dell'uomo che ti conosce più di tutti, eh?" B aggiunse quell'ultima parte con una pacca sulla guancia dell'amico.

Jayson non era divertito, così afferrò Balthazar per la nuca. "Se ti fai uccidere per me, ti riporterò indietro solo per ucciderti di nuovo."

L'Hydraiano telepatico sorrise. "Ricevuto."

"Dico sul serio, B. Ti farò a pezzi, cazzo."

Quelle parole non fecero altro che accrescere il sorriso di Balthazar. "Suona come una promessa che mi divertirebbe."

Jayson ringhiò. "Balthazar."

"Starò bene," promise il telepatico. "Leela ha giocato a nascondino con i tracciatori per millenni. Non è vero, tesoro?"

Lei lo ignorò e si concentrò su Vera. "Ho bisogno che tu rimuova questa runa, immediatamente."

"Avrò a malapena il tempo per far funzionare questo piano, Lee," le rispose l'amica, con tono stanco. "I guerrieri hanno poteri di rigenerazione e i tracciatori hanno rune di guarigione per accelerare il processo di recupero. Neanche decapitarli li terrà a bada a lungo, quindi il resto dovrà aspettare."

Sethios si raddrizzò, il suo sguardo trovò la Seraphim che manipolava la memoria. "Cos'hai intenzione di fare, esattamente?"

CAPITOLO 8

LEELA

VERA SPIEGÒ IL PIANO DI ALTO LIVELLO A SETHIOS: alterare gli eventi di quella sera nella mente dei Seraphim che li inseguivano e dare loro un nuovo obiettivo.

Leela e Balthazar.

Tuttavia, avrebbero pensato che la traccia appartenesse a Lizzie e Jayson. Perché era quello che la memoria avrebbe detto loro.

Si sarebbero ricordati anche di Caro e sarebbero stati in grado di rintracciarla, ma a risolvere quel problema avrebbero impiegato una runa accoppiata a una barriera di protezione. Il che significava che i Seraphim avrebbero potuto nebulizzarsi nella direzione generale di Caro, ma la runa avrebbe reso difficile individuare la sua esatta posizione entro un certo raggio e la barriera avrebbe impedito loro di mettere piede sull'isola.

Supponendo che tutto venisse sistemato prima che Patreel e Arvane si rendessero conto di essere stati ingannati.

Leela e Balthazar avevano solo bisogno di nebulizzarsi in giro per il mondo abbastanza a lungo da tenere occupati i Seraphim, mentre gli altri costruivano le mura di sicurezza intorno a Hydria.

Caro, Gabe e Vera erano incaricati di rivitalizzare le rune di barriera. Avrebbero anche insegnato a Sethios e Stas, e speravano di avere abbastanza tempo per creare sufficienti simboli difensivi per tenere lontani i Seraphim.

Era un piano temporaneo, ma valeva la pena tentare.

Anche al telefono, la posizione di Luc era stata chiara: "Dividersi ci indebolisce tutti. Dobbiamo formare un fronte unito e fortificato, e l'unico posto per farlo è Hydria."

Balthazar aveva subito acconsentito, così come Jayson. "Prevediamo un'invasione dal 1747," aveva affermato l'Hydraiano.

"Degli Ichoriani," aveva sottolineato Issac. "Non dei Seraphim."

"Sì. Ed è qui che entrano in gioco le rune di barriera," aveva risposto Luc. "Abbiamo solo bisogno di un po' di tempo per 'rafforzarle', come ha raccomandato di fare Skye."

Ciò aveva portato alla discussione sul diversivo e Leela si era offerta volontariamente per ricoprire il ruolo dell'esca.

Aveva passato millenni a evitare i Seraphim tracciatori.

Perché non approfittare di tutta quell'esperienza? Vera non avrebbe fornito ai Seraphim una fiala del sangue di Leela: ciò avrebbe reso quasi impossibile nascondersi.

Al contrario, aveva suggerito che lasciassero alcune gocce di sangue su un panno. I tracciatori avrebbero potuto usarle per dare il via a un inseguimento, ma non sarebbero state abbastanza per mantenere una connessione stabile. Era richiesto almeno un sorso dell'essenza di un altro, per essere in grado di seguirli completamente.

A ogni modo, Leela si sarebbe lasciata alle spalle solo

poche gocce, abbastanza da stuzzicarli senza impegnarli nella seduzione completa.

Tuttavia, non aveva previsto che Balthazar avrebbe insistito per accompagnarla.

Aveva affermato che avrebbe fornito una distrazione più credibile, perché avrebbe potuto fingersi Jayson. Vera aveva convenuto che avrebbe funzionato meglio, perché Leela aveva un legame con la bambina che i Seraphim avrebbero potuto rilevare nel sangue, e Balthazar avrebbe avuto l'aroma di un abominio.

Insieme, sarebbero stati delle prede intriganti.

Almeno, quello era ciò che aveva detto il gruppo.

Tuttavia, sembrava che Leela non avesse altra scelta che seguire il piano. Non che non fosse d'accordo. Era solo che... non voleva rivelare nient' altro.

Lui sapeva già troppe cose.

E quella situazione avrebbe reso le cose più complicate.

"Al contrario, Lee," mormorò B, le labbra improvvisamente vicine all'orecchio di lei. "Penso che questo renderà tutto più interessante."

Il calore del suo corpo le premette sulla schiena, mentre lui le afferrava delicatamente i fianchi. Non si sentiva forzata e nemmeno a disagio. Era semplicemente naturale. Come se i loro corpi fossero destinati a rilassarsi l'uno con l'altro.

Eppure, Leela sospettava che se qualcun altro fosse entrato nel suo spazio personale in quel modo, avrebbe avuto qualcosa da ridire.

Però Balthazar non era uno qualunque.

Lui era... *suo*.

Una realizzazione rischiosa, e anche falsa. Tuttavia, lei sentiva che fosse un'affermazione corretta.

Lo aveva rivendicato in un modo in cui non aveva mai

reclamato nessun altro. Leela non capiva bene la situazione, ma la vita era così.

B le posò le labbra su una tempia. Un bacio simile al tocco di un pennello morbido. Eppure, era imbevuto di talmente tanta comprensione reciproca che il cuore di Leela prese a battere forte.

Non dovresti venire con me, gli disse lei. *È pericoloso.*

"Ho già deciso," le sussurrò lui, attirando l'attenzione di lei sull'energia nella stanza.

Tutti si stavano preparando a partire.

Anche Ezekiel e Skye.

Lei è d'accordo con questo piano? si chiese Leela. *Qualcuno gliel'ha chiesto?*

Aprì la bocca per farlo, quando Skye si voltò verso di lei come se Leela avesse chiamato la veggente per nome.

L'istante successivo incontrò lo sguardo della Seraphim, i suoi sorprendenti occhi blu erano pieni di incertezze e visioni imperscrutabili. "Non andare in Marocco. Lui lo saprà e la tua vera lealtà sarà svelata."

Ezekiel si accigliò. "Vera lealtà?"

"Al Consiglio," disse Leela, la voce appena udibile. *Ai Destinati. A lui.*

Lei sapeva cosa intendesse Skye. *A chi* si riferiva. E cosa sarebbe successo quando *lui* l'avrebbe trovata.

C'era un motivo se Leela eccelleva nell'evitare i Seraphim tracciatori.

"Non vale la pena rischiare, Leela. Niente vale quel rischio," sottolineò Skye. "È uno di *loro*. Non è vero nella forma, è una maschera. Lo sono *tutti*."

"Chi?" insistette Ezekiel, le mise un palmo sul viso e la fece concentrare su di lui. "Chi sono le maschere, Skye?"

Lei sbatté le palpebre, poi inclinò la testa di lato. "Posso andare a nuotare nel Mar Egeo, ora? Mi piacerebbe molto di più di questa neve gelida."

Ezekiel sospirò, poi sorrise affettuosamente mentre studiava i lineamenti della donna. "Certo, amore."

"Grazie," sussurrò lei, sfiorandogli la mascella con un bacio prima di rannicchiarsi su di lui. "Portami al mare."

Le iridi ebano dell'assassino brillarono di macchie dorate mentre alzava lo sguardo, scusandosi con Leela. Lei annuì in risposta, aveva capito. Le profezie di Skye erano fugaci, i suoi avvertimenti tipicamente criptici e si verificavano solo quando si perdeva in uno stato di trance. Una volta lucida, Skye si concentrava sul presente e, poiché quei momenti erano di breve durata, Ezekiel preferiva onorarli facendo esattamente ciò che lei desiderava.

Come andare a Hydria e lasciarla giocare nell'acqua, nonostante le temperature invernali.

I due scomparvero, lasciando Leela e Balthazar in casa con Gabriel, Clara, Sethios, Issac e Stas.

Caro era andata via con Jayson, Lizzie e Aidyn, poco dopo che Vera aveva spiegato di nuovo il piano. Anche Jacque era tornato, per riportare Owen a Hydria. Il telefono che aveva usato Luc non si vedeva da nessuna parte. Vera era all'esterno a manipolare ricordi.

Ciò voleva dire che l'inseguimento stava per iniziare.

"Dov'è Osiris?" domandò Balthazar, il movimento del suo petto fece vibrare la schiena a Leela.

"Fuori," rispose Sethios. "Ha detto che intendeva aspettare fuori fino a quando i piani fossero stati decisi. Vera potrebbe avergli già comunicato le nostre intenzioni."

"Lo trovi strano?" insistette Balthazar. "Che lei stia conversando così liberamente con Osiris?"

Sethios scrollò le spalle. "Meglio lei di me."

"Cosa ti preoccupa?" intervenne Issac con lo sguardo zaffiro astuto, mentre osservava attentamente l'uomo in piedi dietro Leela.

A Leela era sempre piaciuto l'approccio disinvolto di

Issac Wakefield. Si differenziava molto da quello di Balthazar, amante del divertimento, e ciò li faceva litigare spesso. Tuttavia, erano entrambi ferocemente leali. Pertanto, sebbene discutessero frequentemente, apprezzavano sempre l'input reciproco durante le conversazioni serie.

Un po' come due fratelli.

A eccezione del fatto che Balthazar spesso cercasse di sedurre Issac, dettaglio che rendeva le cose un po' meno *di famiglia*. Leela apprezzava e capiva pienamente.

Tuttavia, le piaceva osservare la loro relazione.

E non le sarebbe dispiaciuto stare in mezzo a loro, a letto. Avrebbe anche invitato Stas a unirsi. *Più siamo, meglio è.*

Balthazar le strinse le braccia intorno alla vita, facendole capire che aveva sentito quella piccola tangente che aveva preso la mente di lei. Tuttavia, le parole e il tono non lasciarono trapelare nulla: "Si è intrufolata nel complesso delle Bahamas senza alcuna esitazione, suggerendo di essere già stata lì, prima. Le hai dato tu delle indicazioni?"

La domanda sembrava essere per Gabriel, anche se Leela non riusciva a vedere la traiettoria dello sguardo di Balthazar, dal momento che era dietro di lei.

"No," rispose Gabriel.

"Allora come faceva a sapere dove andare?" chiese Balthazar. "E perché non esita quando si tratta di Osiris?"

"Perché capisce le mie intenzioni," disse una voce profonda mentre una raffica di piume nere appariva intorno a Osiris. Si materializzò mezzo istante dopo, le ali scomparvero appena assunse uno stato corporeo. "Stas deve capire le rune, le barriere protettive e le manovre difensive. Mi aspetto che tu le dia un'introduzione, poiché non è ancora pronta per allenarsi con me."

"Non sono ancora *disposta* ad allenarmi con te," ribatté subito Stas.

Issac la strinse tra le braccia come per trattenerla, o forse per metterla in guardia dal parlare di nuovo. Osiris avrebbe anche potuto aiutarli tutti, ma ciò non lo rendeva un alleato, o qualcuno che avrebbe tollerato quel tono.

"Anche le sue maniere devono essere migliorate." Aggiunse, come se volesse strappare il pensiero dalla mente di Leela. "Ci penserai tu." Quel commento era per Sethios. "La strategia che avete deciso potrebbe farvi guadagnare qualche giorno, ma non è abbastanza, nel grande disegno del tempo."

"Hai un suggerimento migliore?" gli chiese Issac, con tono educatamente curioso, non sarcastico.

"Sì," rispose Osiris. "Tuttavia, richiede che Astasiya accetti la mia tutela, ma mi è stato detto che non è ancora pronta ad accettare. Pertanto, asseconderò i suoi desideri... Per ora."

"Gentile da parte tua," disse Stas in tono apatico.

Sethios si mise davanti a lei con disinvoltura, il movimento non passò inosservato. Sapeva che l'atteggiamento della figlia avrebbe indisposto Osiris e Sethios stava dicendo al padre, senza mezzi termini, che avrebbe dovuto passare su di lui per toccarla.

Fortunatamente, Osiris non sembrava essere di umore punitivo.

Al contrario, scosse la testa e guardò Leela. "Buona fortuna, Seraphim. Ne avrete bisogno." Il suo sguardo si spostò alle spalle della donna, verso il telepatico. "Sarò profondamente deluso se ti farai uccidere, Balthazar. Cerca di non morire."

Con un fruscio di piume, Osiris scomparve senza aggiungere altro.

"Vera sta lavorando con lui," sentenziò Balthazar un

secondo dopo. "Ecco perché lei capisce le sue motivazioni. È lei la nostra talpa."

"Oltre a Mateo o al suo posto?" gli chiese Issac.

"Questo rimane da vedere," gli rispose Balthazar. "Continua a farlo controllare da Tristan."

Issac annuì. "Consideralo fatto."

"Bene." Le labbra di Balthazar sfiorarono l'orecchio di Leela. "Dovremmo andarcene presto, Lee. Ho un posto a Stoccolma in cui possiamo nasconderci."

Lei scosse la testa. "Non andremo a Stoccolma." Lei aveva case protette in tutto il mondo. Si sarebbero nebulizzati in uno di quei posti. "Vera ha bisogno del mio sangue, prima di andare."

Non abbastanza da ingoiarlo.

Non abbastanza per rintracciarlo davvero.

Appena qualche goccia.

Un assaggio.

Una... una *provocazione*.

Leela deglutì. *Posso farcela. Posso farcela. Posso farcela.*

Andava contro il suo istinto, ma era solo temporaneamente. E avrebbe nascosto la bambina.

Aidyn. È lei la ragione per cui lo sto facendo. Quella povera piccola anima non aveva fatto nulla di male. Non meritava di essere perseguitata. Nemmeno Lizzie o Jayson. Leela sapeva in cosa si stava cacciando con i Seraphim; loro no. Ciò la rendeva la via più logica. Un buon piano.

Temporaneo.

Solo che Balthazar sarebbe andato con lei, e ciò complicava la faccenda. "Dovresti..."

Leela sussultò mentre lui la faceva roteare tra le braccia. "È fatta," ribadì lui. "Dimmi dove tagliarti."

Leela strinse le cosce in risposta al tono dominante alla base di quell'affermazione. *Merda, sono nei guai...*

"Lo sei," concordò lui, la voce un mormorio basso.

Non era la prima volta che aveva avuto quel pensiero, né che lui le rispondeva. La promessa oscura nello sguardo di B le disse che presto avrebbe riscosso anche una punizione.

L'avrebbe fatta strisciare.

Lei scosse la testa, negando l'inclinazione. B avrebbe dovuto lavorare molto più duramente di così, per guadagnarsi un tale comportamento da lei.

Si inginocchiava per gli uomini solo quando se lo meritavano.

B inarcò un sopracciglio.

Lei gli rispose allo stesso modo, sostenendo il suo sguardo.

Sembrava normale. Naturale. La calmava immensamente. Dare del filo da torcere a quel maschio l'aveva fatta rimanere coi piedi per terra, in quella realtà, dissipando le sue paure e permettendole di respirare.

Lui le accarezzò la guancia, con il pollice le sfiorò il labbro inferiore, seguito dallo sguardo.

Audace. Intenso. *Balthazar.*

Lui non chiedeva, prendeva. Perché una parte di lui sapeva che lei gli avrebbe sempre dato il permesso. Forse perché poteva leggerle nel pensiero e conoscere le sue intenzioni. Forse perché quello era il modo in cui funzionavano insieme.

Indipendentemente da ciò, Leela amava il fatto che lui non perdesse tempo con domande o chiedendo il permesso. B conosceva i limiti e faceva del proprio meglio per percorrerli senza attraversare il territorio proibito.

Tuttavia, lei non era sicura che esistesse un territorio proibito, quando si trattava di Balthazar.

Avrebbe potuto lasciare che si prendesse tutto.

Le iridi marroni di lui brillavano intriganti, poi arricciò le labbra in un sorrisetto sensuale.

Aveva sentito ogni pensiero. Ogni considerazione. Ogni desiderio.

E la sua espressione prometteva che li avrebbe esauditi uno a uno, a tempo debito.

Il luccichio di una lama attirò l'attenzione di Leela, mentre il palmo della mano di B le si avvicinava alla nuca. "Dimmi dove tagliarti, Lee," ripeté lui.

Leela comprese improvvisamente la propensione di Sethios e Caro a giocare con i coltelli in camera da letto. Non era mai stata una sua perversione. Corde, bende, dominanza, sì. Far fuoriuscire del sangue o lasciare segni, non tanto.

Ma c'era qualcosa di innegabilmente intimo nel fidarsi abbastanza del proprio partner da giocare con un'arma mortale in camera da letto.

"A te la scelta," gli sussurrò lei.

Lui sorrise mentre sollevava la lama per accarezzarle delicatamente la gola. Leela deglutì mentre il metallo freddo le toccava la pelle, aprì la bocca quando si rese conto che non si trattava dell'estremità affilata, ma del manico.

"Dammi la mano, Lee," le disse lui.

Lei ne sollevò una tra di loro, come se fosse tenuta su da un filo. Sembrava quasi costretta a obbedirgli, una sensazione che tipicamente combatteva. Con lui però, era più divertente sottomettersi.

Anche se vederlo in ginocchio sarebbe stato davvero uno spettacolo allettante.

"Solo se te lo guadagni," mormorò lui, giocando con i pensieri di lei.

Sembra una sfida, pensò Leela.

B incurvò le labbra verso l'alto, ma non rispose al commento. Al contrario, si concentrò sulla mano. "Palmo verso l'alto."

Lei gli obbedì, facendo in modo che la presa di lui le stringesse la nuca, mentre la mano opposta le avvicinava il coltello verso parte carnosa del palmo.

La punta le morse la pelle, suscitandole un sibilo dalle labbra.

B premette il rivestimento metallico contro la piccola lacerazione, immergendo l'estremità della lama nel sangue rosso. Poi la lasciò andare e si avvicinò per prendere un asciugamano dalla mano di Issac. Leela non aveva nemmeno visto l'altro uomo spostarsi in cucina per prenderlo, né sapeva dove Balthazar avesse trovato il coltello.

Era stata troppo distratta da tutto il resto per prestare attenzione.

Ciò non prometteva bene, per la loro caccia.

Aveva bisogno di concentrarsi sul gioco, per sopravvivere.

Balthazar l'aveva tenuta con i piedi per terra, l'aveva allontanata dall'orlo della paura, lasciandola a chiedersi se qualcun altro lo avesse notato. Tuttavia, le loro espressioni non lasciarono trapelare nulla. Sembravano tutti quanti molto determinati.

Funzionerà, si disse Leela, mentre Balthazar puliva la lama sull'asciugamano. *Deve funzionare.*

Strinse la mano a pugno e la sensazione di bruciore le scivolò lungo il braccio. Sarebbe andato via in un minuto, la genetica Seraphim l'avrebbe aiutata a guarire a ritmi disumani. Eppure Balthazar tornò l'istante successivo con un tovagliolo di carta umido che usò per lenirle il taglio lungo il palmo, facendole aggrottare la fronte.

Da dove arriva questo? si domandò Leela.

B le rispose con un occhiolino. "La preparazione è vitale per il successo, Lee." L'allusione nel suo tono non passò inosservata. "Assicura il piacere di tutte le persone coinvolte."

Solo Balthazar avrebbe potuto trasformare una situazione pericolosa in un'opportunità per sedurla.

Beh, anche Leela.

Di solito...

Ma non quel giorno. Non in quel momento. Non con quello che li aspettava.

Balthazar le premette il tovagliolo di carta umido contro la ferita, quanto bastava per esercitare pressione per fermare l'emorragia, ma anche in un modo che attirò l'attenzione di Leela. Allontanandola dalle sue paure e costringendola a concentrarsi. *Ancora una volta.*

Incontrò lo sguardo consapevole di lui e gli fece un piccolo cenno di gratitudine, poiché riconobbe ciò che stava facendo.

Tolse il tovagliolo di carta e lo unì al pezzo di stoffa. "Non so dove voglia metterlo Vera," disse, porgendolo a Issac. "Dipenderà da quale ricordo ha appena creato. Supponendo che ci stesse dicendo la verità."

"Non mentirebbe," intervenne Leela, sicura. "E se sta lavorando con Osiris, ha anche una buona ragione." In precedenza Leela non si era schierata a favore dell'amica, soprattutto perché non ne vedeva il bisogno. Vera aveva più che dimostrato la propria lealtà a Leela, nel corso degli anni. Era la sua migliore amica e confidente.

E l'aveva aiutata in innumerevoli occasioni.

Balthazar studiò Leela per un lungo momento, la sua curiosità era stata chiaramente stuzzicata. Tuttavia, le rispose con un leggero cenno del mento, dandole ragione. Almeno, Leela sperava che intendesse quello.

Forse si riferiva a quando Vera gli aveva manipolato i ricordi per conto di Leela e stava annuendo, in riferimento a una di quelle occasioni in cui Vera aveva aiutato Leela.

Era difficile capire cosa intendesse.

Per quanto l'atteggiamento di Balthazar sembrasse ovvio, Leela lo trovava in realtà piuttosto difficile da interpretare. Il sesso era una chiara motivazione per lui, ma i suoi desideri andavano molto più in profondità di un semplice movimento tra le lenzuola.

Sotto la facciata seducente era un tipo piuttosto complicato.

Le faceva venir voglia di potergli leggere nel pensiero.

Il che sicuramente li avrebbe condotti dritti in camera da letto.

"Sono pronto, quando lo sei tu," le disse Balthazar, tendendole la mano.

Leela strizzò gli occhi nella direzione dell'Hydraiano. "Quello non era un invito."

"Lo era," ribatté lui. "Parlavo della nebulizzazione, tesoro. Vera ha quello che le serve. È tempo di condurre i Seraphim lontano da Hydria."

"Aspetteremo la vostra chiamata, tra ventiquattro ore," disse Issac, con il braccio intorno a Stas.

Balthazar inclinò una volta la testa per confermare. "Avrai nostre notizie."

Issac ricambiò il gesto con un cenno del capo prima di svanire insieme a Stas.

Gabriel incontrò lo sguardo di Leela, il guerriero Seraphim era stato stranamente silenzioso, dopo aver decapitato due dei fratelli. Non sembrava turbato, quanto rassegnato al proprio destino.

Tuttavia, se Vera avesse svolto correttamente il proprio lavoro, i Seraphim fuori non si sarebbero ricordati affatto del suo coinvolgimento. Non avrebbero dovuto nemmeno ricordare che Leela o Vera fossero state lì. Solo Osiris, poiché era stato il suo potere a sottomettere i due guerrieri abbastanza a lungo da permettergli di prendere il sopravvento.

Era stato quello il piano, comunque.

Supponendo che Vera fosse stata in grado di completare la revisione completa della storia.

Aveva dato la priorità a Leela, voleva che la sua presenza lì fosse un segreto per consentire alla distrazione di funzionare.

"Leela," mormorò Balthazar, catturando ancora una volta l'attenzione della donna. "Pronta?"

No, pensò lei. Tuttavia, gli prese comunque la mano e disse: "Tieniti forte." Stavano per partire per un viaggio che nessuno dei due si sarebbe dimenticato tanto presto.

CAPITOLO 9

BALTHAZAR

"MELBOURNE," riflettè BALTHAZAR, osservando il panorama familiare. In quella parte del mondo era piena estate. "Bellissima."

Lui preferiva di gran lunga il sole, alla luna. Per non parlare del clima più caldo. La giacca non sarebbe stata necessaria lì, ma la tenne comunque, aspettando la mossa successiva di Leela.

Lei incurvò le labbra verso il basso, poi aggrottò la fronte. *Come...* Il pensiero si interruppe, stuzzicando la curiosità di B. Aspettò che lei elaborasse, poi capì cosa fosse a perplimerla. Lei voleva nebulizzarli a Sydney, non a Melbourne.

B si guardò di nuovo intorno, aveva visitato molte volte quella zona, prima di allora. "Gli Anziani hanno un appartamento a circa due isolati, da quella parte."

L'appartamento con quattro camere da letto apparteneva tecnicamente ad Alik, ma lo condividevano tutti. Proprio come facevano con le altre proprietà in giro per il mondo. Rendeva facile e confortevole ogni soggiorno.

"Là c'è uno dei miei ristoranti italiani preferiti," aggiunse B, indicando la strada di fronte a loro. "La loro pizza è anche meglio di alcuni dei posti più famosi di Roma."

Era uno degli aspetti che amava di Melbourne: tanta cultura infusa in un unico posto. Peccato che non fossero in vacanza. Altrimenti, avrebbe portato Leela a fare una passeggiata, l'avrebbe fatta mangiare e poi se la sarebbe scopata per dessert.

La preoccupazione emanata dalla mente della donna suggeriva che il menù della serata non prevedesse divertimento. O forse significava semplicemente che B avrebbe dovuto lavorare un po' di più. "Parlami, Lee," le disse lui, stringendole la mano. "Dobbiamo nebulizzarci a Sydney?"

Lei scosse la testa. "No, ho un altro posto. Sono... Sto solo cercando di capire perché siamo finiti qui e non a Sydney." *E perché mi sembra così familiare trovarmi proprio qui, accanto a lui*, aggiunse a se stessa.

Lo pensò per un momento, cercando nei ricordi le volte in cui aveva camminato per quella strada, ma erano troppi per riportarli alla mente contemporaneamente. B non era onnisciente come Luc.

"Forse ci siamo già incrociati in questa strada," le suggerì. "Se anche tu hai casa qui, è possibile che ci siamo già stati."

Soprattutto perché sembravano apprezzare entrambi il sesso occasionale. Forse c'erano state anche altre persone, insieme a loro. O magari era stata un'esperienza di gruppo. Balthazar non si era mai opposto. Secondo lui, più si era più ci si divertiva.

"È solo che..." Lei si accigliò, pizzicandosi la fronte mentre combatteva una sorta di blocco nella mente. Un pensiero che sparì nell'istante successivo, troppo in fretta perché anche lui riuscisse a coglierlo. Era come se Leela stesse cercando di ricordare qualcosa che avrebbe dovuto esistere ma non si trovava da nessuna parte.

Un senso di dejà vu, si rese conto Balthazar. Di tanto in tanto succedeva anche a lui, quando frequentava spesso una zona. Aveva vissuto così a lungo che era piuttosto normale. Tuttavia, qualcosa in quello specifico caso la infastidiva. Come se Leela avesse dovuto essere in grado di ricordare esattamente perché le sembrasse familiare, ma non ci riuscisse.

Balthazar le lasciò andare la mano, poi le sfiorò il braccio con le dita. Indossava ancora quell'adorabile piumino gonfio. B avrebbe voluto toglierglielo per ammirare il maglione, senza reggiseno sotto.

Purtroppo, aveva prima bisogno di liberarle la mente.

"Forse possiamo fare una passeggiata e vedere se qualcosa ti rinfresca la memoria." B mantenne il tono morbido, persuasivo, ma il luccichio nelle iridi blu-verdi di lei gli disse che aveva capito il giochetto.

Lei gli avvolse la mano intorno al polso e attivò di nuovo l'abilità di nebulizzazione, facendoli roteare nel tempo e nello spazio per un lampo di secondo.

L'aria intorno a lui venne sostituita da delle pareti. Una moquette ammortizzò le scarpe, togliendo spazio al cemento. Un mare di finestre che si affacciavano sull'acqua gli impreziosì la visione.

Erano ancora a Melbourne.

B ne era certo, perché l'appartamento di Alik vantava una vista simile.

Ma quella non era casa di Alik.

I mobili erano troppo bianchi, il balcone troppo spoglio e le camere più piccole. La zona giorno si apriva sulla cucina. Niente sala da pranzo, e il corridoio accanto suggeriva che portasse a una sola camera da letto.

Non era un problema per lui. Sarebbe stato felice di dividere il letto con Leela.

Lei lo lasciò andare, ma lui la prese per la nuca, tirandola in avanti. "Puoi nebulizzarti quanto vuoi, tesoro. Questo non mi distrarrà dal voler sapere la verità."

"Su cosa?"

"Tutto," le disse lentamente. "Il Brasile. Quante volte mi hai visto. Come ci si sente a essere dentro di te. Che aspetto hai quando vieni." Avrebbe voluto sapere ogni cosa.

Quasi quanto avrebbe voluto capire meglio le paure di lei verso la riforma e l'allusivo *'lui'* a cui continuava a pensare.

Di chi hai paura, dolce furbetta? avrebbe voluto chiederle. Ma sapeva che non doveva esagerare. Rivelare segreti richiedeva un tocco delicato. Uno in cui lui eccelleva più di molti altri.

Essere in grado di leggere la mente aiutava.

Così come la capacità di manipolare le emozioni.

Tuttavia, a dire il vero, si trattava di buone maniere.

Le sfiorò le labbra, assaggiandola, dietro il suo tocco c'era tutto il peso dell'esperienza. Avere accesso alla mente di Leela gli forniva il permesso che cercava, dicendogli che il bacio era approvato e apprezzato.

Lei non avrebbe mai detto di no.

Rifiutarlo non era nella sua natura.

B lo sapeva, perché provava lo stesso per lei. C'era uno strano senso di intimità tra loro, lui l'aveva provato sin dal momento in cui lei era arrivata a Hydria. Il corpo di Balthazar conosceva quello di Leela. Anche la mente, la bocca... che aveva già baciato quella di lei molte, molte volte.

"Quanti giorni abbiamo trascorso a letto insieme?" le sussurrò.

Perché sembravano centinaia, forse anche migliaia. Avevano un passato consistente, eppure erano stati insieme solo in Brasile. Una parte della mente di Balthazar si chiedeva se fosse vero. Forse lei gli aveva rubato dei ricordi precedenti.

Se Vera fosse stata lì, B avrebbe preteso delle risposte.

Ma c'erano solo lui e Leela.

"Solo due," gli rispose lei contro la bocca.

"Impossibile," le sussurrò lui, aprendole il giubbotto con la mano libera, mentre l'altra rimaneva stretta intorno alla nuca della donna. "Io ti *conosco*, Lee."

"Perché siamo simili, B," mormorò lei. "Sono una dea del sesso, della seduzione, della fertilità. Della *lussuria*."

Lui le tolse il piumino dalle spalle.

Lo lasciò cadere a terra prima di avvolgerla con le braccia.

"Sono la donna destinata a distruggere tutto ciò che pensi di sapere sul sesso," gli intimò lei, con una voce bassa che gli arrivò dritta all'uccello. "Ed è per questo che non striscerò."

B sorrise contro le labbra di lei. "Oh, tesoro, il gioco diventa sempre più interessante ogni volta che parli."

Le fece scivolare la lingua in bocca, impedendole di rispondere, ma ciò non le tranquillizzò la mente.

I pensieri di Leela si ribellarono, ricordando l'abilità di lui. Quanto fosse giusto e sapiente il suo tocco. La loro ardente passione. Il calore che le era bruciato nelle vene per settimane, dopo il Brasile.

Eppure, Balthazar percepì *altro* ai margini della mente di lei. Un vago ricordo che le pulsava nella psiche, senza essere completamente tangibile. B lo punzecchiò, curioso di sapere cosa lei tenesse nascosto. Tuttavia, Leela gli conficcò le unghie nel collo, riportandolo al loro abbraccio.

La mano opposta si avvicinò alla giacca di lui, prima di scivolare sotto il tessuto per accarezzare l'addome piatto.

Audace. Sapiente. Inebriante.

Balthazar mugolò in segno di approvazione: gradiva quando una donna sapeva come prendere il comando. Tuttavia, le strinse la nuca nell'istante successivo, ricordandole che comandare lui non sarebbe stato tanto facile.

Tra di loro corse un senso di sfida. Leela minacciò di morderlo, rosicchiandogli il labbro inferiore con i denti. B aprì gli occhi e vide le iridi di lei che brillavano di un blu luminoso, senza alcun segno di verde, ricordandogli quelli di una succube.

Bellissimi, cazzo. B avrebbe voluto vedere l'effetto di un'estasi intensa su quello sguardo. Quanto ferocemente avrebbe potuto farlo brillare?

Non vincerai questa battaglia, pensò Leela, diretta a lui.

B sorrise, incuriosito. Tranne per il fatto che quelle parole avevano risvegliato qualcosa. Qualche ricordo che non interpretava bene. B non riusciva a capire se si trattasse della mente di Leela o della propria.

C'era una strana connessione tra loro, che lui non riusciva a definire.

Leela aggrottò la fronte, come se la sentisse anche lei. "Me l'hai detto anche in Brasile?" si chiese B ad alta voce.

"Io..." Lei deglutì a fatica. "Non lo so." Leela lasciò andare la presa sul collo e lui le liberò la nuca. La donna fece un passo indietro, inciampando. B le posò una mano sull'anca, solo per stabilizzarla. "Mi sento la testa confusa, forse è perché mi hanno sparato?"

Lui corrugò la fronte. "Dovresti essere completamente guarita."

"Allora forse si tratta della runa?" Si guardò il braccio,

ma il segno era nascosto sotto il maglione. "Potrebbe essere in conflitto con l'altra." Leela scosse la testa, come per schiarirsi le idee. "Forse ho solo bisogno di dormire."

"O di cibo," suggerì lui. "Quando è stata l'ultima volta che hai mangiato?"

"Non ne ho idea," ammise lei, espirando mentre si guardava intorno. "Devo anche mettere in sicurezza le rune di barriera. È passato molto tempo dall'ultima volta che sono stata qui."

"Allora perché non lo fai? Io cucino qualcosa."

"Servirebbe del cibo," mormorò Leela. "Qualcosa da cucinare."

"Potrei andare a fare la spesa," si offrì Balthazar.

Lei scosse di nuovo la testa. "Devi rimanermi vicino, in caso avessi bisogno di nebulizzarmi."

"Possiamo ordinare a domicilio, allora," continuò lui.

"Ti piace sul serio il cibo, vero?" Balthazar sentì che lei stava attingendo a un ricordo del Brasile, perché aveva iniziato a pensare ai pancake.

"Mi piace tutto ciò che dà piacere al corpo," la informò lui, mortalmente serio.

Le si illuminarono gli occhi in risposta. "Come posso darti torto?" Il modo in cui lo disse gli fece pensare che fosse altrettanto seria.

Tuttavia, invece di elaborare, tornò semplicemente all'argomento precedente: "Ci sono alcuni posti, nelle vicinanze, che fanno del cibo decente. Dovrai pagare in contanti."

Leela si avvicinò per aprire un armadietto in cucina, che rivelò una cassaforte. Inserì rapidamente un codice, che le concesse l'accesso.

"Prendi tutto quello che ti serve, ma non lasciare l'appartamento. Io sarò in volo." Leela scomparve nell'istante successivo, lasciando B solo a giocare.

Avrebbe giocato eccome.

———

"La tua collezione di lingerie è impressionante," disse Balthazar, quando Leela era finalmente di ritorno.

B aveva sistemato la cena (cibo italiano dal posto a cui aveva pensato prima) sul tavolino del soggiorno, perché Leela non aveva un tavolo da pranzo più adeguato. Mentre aspettava che lei tornasse, si era messo a proprio agio nello spazio personale della donna.

"Portovinos," mormorò Leela, ignorando il commento sulla lingerie e concentrandosi sul cibo. "Approvo." Si accasciò sul divano accanto a lui. "Quale telefono hai usato per ordinare?"

"Quello usa e getta che ho lasciato sul bancone," le rispose. "Hai una bella scorta." Compresi diversi passaporti e un sacco di soldi. Poteva competere con il caveau di oggetti simili che Jay teneva in serbo per gli Anziani. Aveva un'intera stanza dedicata alla valuta estera.

Proprio accanto all'armeria, qualcosa che B. non aveva trovato nell'appartamento con una sola camera da letto di Leela.

In effetti, lei sembrava completamente priva di armi. Gli unici oggetti appuntiti erano i coltelli da bistecca. Niente pistole. Niente di moderno.

Anche se si sarebbe potuto sostenere che la vestaglia nera nel cassetto in alto della cassettiera fosse un'arma.

Perché lei avrebbe assolutamente ammazzato qualcuno, con quella addosso.

"Hai intenzione di aprirla?" chiese lei, indicando la bottiglia di vino. Era un bianco secco da abbinare al piatto di pasta ai frutti di mare che B aveva ordinato per loro.

L'Hydraiano prese la bottiglia e il cavatappi accanto ad

essa, poi iniziò a lavorare sull'apertura. "Parlami delle barriere." Voleva capire come funzionassero. "Ci avvertiranno dei Seraphim in arrivo?"

"Avvertiranno *me*," gli rispose lei. "Tu non puoi percepire l'energia eterea, quindi non puoi vedere o sentire le barriere."

B finì di stappare la bottiglia e iniziò a versarne una piccola quantità per Leela affinché lo assaggiasse. "Energia eterea, simile a quello che succede quando ci si nebulizza, giusto?" le chiese, porgendole il bicchiere.

Leela inalò gli aromi fruttati del vino, lo fece roteare un po' nel calice, poi ne bevve un sorso. "È buono."

Lui le abbassò la bottiglia sul bicchiere, per riempirglielo adeguatamente.

"Tornando alla tua domanda, è vero," continuò Leela. "Le anime dei Seraphim sono di natura eterea. È da lì che provengono i nostri poteri. Il sangue è ciò che trasporta quell'energia in stato corporeo, motivo per cui le stirpi Ichoriane di Osiris lo richiedono per sopravvivere."

"Ma gli Hydraiani no."

"Giusto, perché siete figli di una creatura simile ai Seraphim… O almeno questa è la teoria. Le vostre stirpi sono in qualche modo più pure e più vicine a quelle della mia specie. Ecco perché i Seraphim hanno sempre considerato gli Hydraiani come la minaccia più grande."

Era un dettaglio interessante che Balthazar avrebbe dovuto condividere con Luc, in seguito. Si riempì il bicchiere mentre rifletteva su ciò che Leela gli aveva detto sull'energia eterea. "Wakefield può vedere le ali di Stas, ora. Significa che può creare una runa o una barriera?"

Leela scosse la testa e appoggiò il bicchiere di vino per spiluccare l'insalata. Balthazar aveva lasciato la lattuga scondita di proposito, poiché non era sicuro di come lei la preferisse. "Vedere l'energia eterea è la prima fase. Essere in grado di accedervi e manipolarla è l'ultima. Devono passare circa venticinque anni prima di poter attingere all'essenza, ma per il momento potrà almeno vedere i segni per impararli."

Balthazar osservò Leela mettere insieme pomodori, cipolle, verdure e un filo d'olio d'oliva e d'aceto. Erano dettagli di cui avrebbe potuto aver bisogno in seguito, poiché gli piaceva cucinare per i propri amanti. Era un'accortezza importante in una relazione, insieme a quella di ascoltare quando parlavano. Le parole erano potenti e trasmettevano molto più di quanto la maggior parte delle persone si rendesse conto.

Proprio come in quel momento: il tono di Leela suggeriva apertura.

Il che significava che fosse in vena di condividere.

E ciò permetteva a B di continuare a fare domande mentre mangiavano.

Chiese del processo di crescita dei Seraphim, curioso di sapere come avrebbe influito su Wakefield. Ciò portò a domande sull'insegnamento delle rune dei Seraphim, e B. scoprì che ogni stirpe imparava la propria versione dei segni.

"È tutta una questione di praticità," continuò Leela, passando al piatto di spaghetti con pomodori, cipolle, e capesante. Balthazar si era appuntato quella preferenza per il futuro, prendendo il piatto di pasta al pesto che lei aveva ignorato a favore dell'altro. "I Seraphim non si preoccupano di imparare informazioni inutili."

"Lo decide il Consiglio, non i Seraphim in questione," intuì Balthazar, deducendo i dettagli da tutto ciò che lei gli aveva detto.

"Esatto. Dicono a ogni stirpe cosa imparare, e nessuno lo mette in discussione."

"Eppure tu l'hai fatto." Non era una domanda, ma

un'affermazione, perché lui aveva sentito il funzionamento interiore della mente della donna mentre lei si era nebulizzata nelle vicinanze per aggiustare le rune eteree. "Tutte le rune che hai appena alterato erano di natura protettiva, e immagino che i Seraphim non la considererebbero un'informazione necessaria."

"Sì, la maggior parte di ciò che ho imparato crescendo riguardava la creazione dell'ambiente perfetto per l'accoppiamento e la garanzia di salute e prosperità alla nascita. Conosco anche alcuni trucchi utili per tenere in riga i bambini."

B rimuginò su quella affermazione mentre arrotolava un po' di pasta intorno alla forchetta. "Allora, cosa ti ha spinto a imparare le rune di protezione?" Sapeva che la risposta avrebbe riguardato *lui*, un'entità sconosciuta del passato, e i Seraphim tracciatori. Cos'era successo? Cosa l'aveva spinta a imparare al di fuori di quanto richiesto?

Era chiaro che non credesse alla divisione del Consiglio riguardo la conoscenza, ciò era evidente nella mente della donna. Tuttavia, i suoi pensieri non chiarivano come fosse diventata chi era o perché. Quali eventi l'avevano portata a quel punto della vita e l'avevano costretta a crescere oltre le norme sociali del suo genere?

Era quello il vero cuore della donna accanto a lui.

Il mistero.

L'attrattiva.

Il fascino che Balthazar non poteva negare.

Avrebbe voluto sapere tutto, bramava le parti di Leela che lei stessa teneva rinchiusi e i ricordi che gli aveva rubato dalla mente.

Chi sei, dolce Leela? Raccontami ogni dettaglio. Fammi sapere chi sei veramente.

"L'Alto Consiglio di Seraph si affida ai Destinati per

dettare il nostro futuro, i nostri usi, ciò che facciamo in questa vita," iniziò Leela con voce bassa e pensierosa, mentre fissava il piatto mezzo consumato. "Mia madre è la Seraphim della fertilità, il che significa che è la più forte della nostra stirpe." Alzò gli occhi su Balthazar. "Tutte le stirpi Seraphim hanno qualcuno in cima, che fa parte del Consiglio."

"In base all'età?" tirò a indovinare B, poi si accigliò, ricordando qualcosa che aveva sentito nella testa di Leela riguardo Stark. "No, al potere."

"Potere," echeggiò lei, annuendo. "L'età può fare la differenza in termini di vita e apprendimento, ma il potere... Il potere non può essere definito dall'età. Stas ne è la prova... e anche Gabe."

Balthazar allungò la mano per rubarle una capasanta dal piatto.

Lei rispose prendendogli un gamberetto, i manierismi tra loro erano naturali e sottolineati da una certa familiarità.

B non commentò la scena.

Al contrario, aspettò che lei continuasse a parlare.

"Quindi, mia madre è la più forte della nostra specie ed emette comandi verso la nostra stirpe. I comandi provengono dal Consiglio, sulla base di ciò che dicono i Destinati. Possono essere ordini semplici, come descrivere in dettaglio gli incarichi della vita di tutti i giorni, i lavori e le mansioni sulle isole, oppure..." Leela si interruppe, poi strizzò gli occhi. "Oppure *unioni* ideali."

Balthazar inghiottì un boccone e inarcò un sopracciglio. "Per procreare? Oppure..."

"Procreare," confermò lei. "Ci dicono chi scopare e quando." Il tono cupo della donna gli disse come si sentisse a riguardo. "I bambini Seraphim sono rari e difficili da mettere al mondo. Nella migliore delle ipotesi abbiamo cicli imprevedibili, ma questo fa parte del mio lavoro, in quanto Seraphim della fertilità: riesco a percepire quando una donna è più vitale per ricevere il seme."

"Il sesso deve essere bellissimo per la tua specie," commentò piatto Balthazar.

Lei ridacchiò. "Il piacere è un'emozione umana, ai Seraphim non piace."

"Eppure, un uomo deve pur sentire qualcosa per essere in grado di svuotare il proprio seme nel cuore di una donna," rispose Balthazar.

"È esattamente quello che dico da tutta la vita." Leela appoggiò il piatto sul tavolo e sollevò il ginocchio sul divano per poi guardare B. "I Seraphim maschi proclamano di non sentire nulla. Non grugniscono nemmeno, quando vengono. A ogni modo, sono una Seraphim della fertilità. Riesco a percepire il loro piacere. Possono nasconderlo quanto vogliono, ma è lì."

"Certo che sì. È naturale."

"Ma non per un Seraphim. Non ci è permesso provare sentimenti." Il tono di Leela aveva una nota sarcastica. "È quello il problema. So che è una bugia, ho sempre saputo che lo fosse. Dicono che è una risposta biologica, eppure le mie abilità provano che è una bugia. Allora perché nasconderlo?"

B rimase in attesa, consapevole dai pensieri e dal tono di lei, che la intendeva come una domanda retorica.

"È lì che è iniziata la mia deviazione. Non capivo il senso di mentire su un'emozione tanto chiara solo per nascondermi. La mia curiosità scaturiva da lì. Ma il problema era che avrei dovuto ancora aiutare ad orchestrare le attività di procreazione tra Seraphim. Era il mio compito. Solo che non mi è mai sembrato giusto, ed è per questo che ho iniziato a cercare il tocco umano." Arricciò un po' le labbra, gli occhi verde-azzurri brillavano di malizia e desiderio.

Balthazar sorrise in risposta; gli piaceva molto quella visuale.

Come una piccola ninfa del sesso, decise, divertito. Aveva già incontrato donne di quel tipo, prima. Eppure Leela era a un livello completamente diverso. Uno che Balthazar avrebbe voluto tanto esplorare.

"I mortali non si tirano indietro da ciò che sentono. Lo abbracciano. Le loro esistenze sono così brevi, che quello è l'unico modo che hanno di vivere. L'ho trovato inebriante, molto diverso dalla mia specie. Il problema è che porta a deviazioni nel processo di pensiero, che il Consiglio disapprova."

L'Hydraiano annuì; aveva capito ciò che la donna intendeva dire. "I Seraphim sono stoici per programmazione, non per natura."

"In un certo senso, sì. Siamo nati senza emozioni. Lo vedo, nei neonati. Le anime hanno bisogno di tempo per crescere, respirare e imparare. Come risultato, la mia specie ha scelto di abbracciare lo stoicismo, tuttavia mi sono chiesta spesso se ciò sia il risultato di una pressione sociale o di un desiderio di vivere senza sentimenti."

"Mi sembra un'esistenza noiosa," ammise Balthazar. "Inoltre, rende una specie potente facile da controllare, se pensa solo in termini di logica e non di emozione." Dal momento che era in grado di manipolare le emozioni degli altri, Balthazar riusciva sicuramente a vedere i benefici di spegnere quei sentimenti.

"Sì," gli sussurrò Leela. "Ed è per questo che esiste la riforma. Lo definiscono un difetto fatale che deve essere risolto, altre volte la chiamano pazzia immortale, ma penso che ci sia dell'altro. Per rispondere alla tua domanda originale, è il motivo per cui ho imparato a disegnare le rune protettive."

Ciò non spiegava i pensieri sui tracciatori o su di 'lui'. Tuttavia, Balthazar sospettava che i due argomenti fossero collegati, in qualche modo.

Quella sera non avrebbe insistito, poiché l'istinto gli diceva che Leela si sarebbe spenta, se le avesse chiesto della paura di essere catturata dai tracciatori. Non voleva che lui sentisse quei pensieri. Quindi l'avrebbe rispettata, non menzionandoli.

Tuttavia, ciò non significava che avrebbe smesso di cercare di capirli.

Qualsiasi cosa lei temesse, era ovviamente importante.

"Allora, come funzionano gli avvisi?" le chiese, tornando all'inizio del discorso. "Quanto tempo ci daranno per fuggire?"

"Forse dieci minuti," gli rispose lei. "Dovranno disabilitare le rune di barriera per entrare, supponendo che intendano causare danni, e questo ci farà guadagnare abbastanza tempo per nebulizzarci altrove."

"Va bene. Quanto ci vorrà, prima che ci trovino di nuovo?"

Lei si strinse nelle spalle. "Dipende dalla quantità di firma energetica che hanno estratto dal mio campione di sangue. Potrebbe volerci qualche giorno, o una settimana, forse... Se siamo fortunati, almeno. Con una connessione diretta, potrebbero nebulizzarsi accanto a una fonte in poche ore. Ma non hanno abbastanza sangue per farlo."

"E questo solo perché sono una stirpe di tracciatori, giusto?"

Leela abbassò il mento in un cenno di conferma. "È la loro abilità naturale, simile a quella di Ezekiel."

Giusto. Balthazar lo sospettava. "I Seraphim hanno due tipi di potere, come gli Hydraiani?"

"Sì e no. Siamo nati con un lato più forte, come il mio legame con la fertilità. Ma molti di noi hanno abilità dormienti, come la capacità di guarire di Caro."

"Qual è la tua?"

Lei lo guardò per un momento e sorrise. "Forse non ne ho una."

"Sembra una sfida a scoprirla." Una che gli sarebbe piaciuta, perché serviva da invito a scavare ancora più a fondo nella mente della Seraphim.

Il che lo incuriosiva davvero.

Soprattutto perché la donna aveva un sacco di aree inesplorate, disseminate di blocchi.

B avrebbe voluto sapere le storie dietro di essi, perché si nascondeva, a quali ricordi si rifiutava di accedere. "Imparerò tutto su di te, Lee."

Le brillarono gli occhi. "Vedremo." Leela tese la mano, sollevando un sopracciglio. Sentendo il desiderio dalla sua mente, B le porse il proprio piatto, poi si chinò per prendere quello di lei. Leela prese la forchetta di lui e fece arrotolare un boccone di pasta, completamente impassibile davanti all'intimità del cibo condiviso.

Perché sembrava normale.

Come se l'avessero già fatto.

Eppure, B non riusciva a trovare un pensiero in tutta la mente per confermarlo.

Non poteva domandare apertamente ciò che avrebbe voluto sapere, perché non voleva che lei si rendesse conto di quanto poco avesse carpito dalla sua mente. Quel gioco avrebbe funzionato meglio, se lei avesse avuto l'impressione che lui sapesse tutto. Così non avrebbe alzato la guardia sui propri pensieri davanti a lui.

Balthazar la assecondò con il silenzio mentre mangiavano.

Anche la mente di lei era tranquilla.

A proprio agio. Stanca. Soddisfatta.

Quando finirono di mangiare, lui pulì i piatti e aspettò l'invito che sapeva sarebbe arrivato. Quello che li avrebbe condotti dritti in camera da letto.

L'invito che intendeva rifiutare.

Non del tutto. Non maleducatamente. Solo discretamente.

La fiducia significava molto per lui, e lei l'aveva tradita manipolandogli i ricordi.

Il che significava che avrebbero dovuto ricominciare tutto da capo.

Era al contempo una benedizione e una maledizione.

Una benedizione perché tutto ciò che era *nuovo* era sempre entusiasmante. Una maledizione per via del come e del perché della loro situazione. Balthazar non serbava rancore, per lo meno non a lungo termine, ma non apprezzava la duplicità.

Ci sarebbe voluto molto più della richiesta di Leela di andare a letto, per ottenere il suo perdono.

"Normalmente, questa è la parte in cui offro il dessert," disse lei, lo sguardo su di lui mentre si alzava dal divano. "Ma non siamo ancora pronti a giocare."

"No, non siamo ancora pronti a giocare," concordò B.

"Questo non significa che non possiamo condividere un letto."

"E dormire?" propose lui.

"Riposare," ribatté lei. "Sognare. Fantasticare. Trarre gratificazione con il pretesto di aver bisogno di te nelle vicinanze, nel caso in cui dovessimo nebulizzarci."

Il divertimento gli scaldò il petto. Quella donna era veramente sua pari, in quasi tutto. "Tu mi inviti in quel letto, e io ti bacerò finché ti addormenti." Non avrebbe fatto di più, né di meno. Quella era una sfida per le loro forze di volontà, una che Balthazar intendeva vincere.

Preferibilmente con lei in ginocchio.

"E poi mi seguirai nei miei sogni," commentò divertita lei.

"Ci sono già," mormorò Balthazar, entrando nello spazio personale di lei per afferrarle un fianco. "Sin dal Brasile."

Leela puntò lo sguardo sulla bocca di lui, prima di alzarlo e incontrare i suoi occhi. Non lo negò.

"Portami a letto, B, e baciami tutta la notte. Fa' che questa sfida ne valga la pena. Mostrami cosa mi sto perdendo e vedi se riesci a convincermi a strisciare."

La voglia originale di dire di *no* scemò, perché l'intento richiesto era assente dai pensieri di Leela e dalle sue emozioni.

Lei voleva solo un po' di conforto.

Per scacciare le proprie paure.

Sentire un senso di sicurezza.

Per pensare.

Baciare.

Ma non per scopare.

Un peccato, davvero. B avrebbe voluto darle una lezione. Tuttavia, sembrava che lei non ne avesse bisogno, perché sapeva già che non erano pronti.

Il passato era ancora in agguato tra di loro.

Un problema da risolvere una volta che entrambi avrebbero recuperato fiato e dormito un po'.

Dopotutto, Leela si era appena ripresa da una ferita da arma da fuoco, dall'aver aiutato Lizzie a partorire ed essersi nebulizzata in giro per il mondo.

Si era guadagnata una tregua temporanea dal gioco.

Per stasera, decise Balthazar.

Premette le loro labbra insieme, lasciando che una mano le carezzasse il fianco, mentre quella opposta si avvicinò alla nuca. Poi la guidò all'indietro, nella sua stanza, e l'accompagnò verso il letto.

Quella notte si sarebbero riposati.

L'indomani avrebbe avuto inizio la vera sfida.

CAPITOLO 10

STAS

STAS FISSÒ IL CIELO SCURO INCRESPANDO LE LABBRA DI lato. "Non vedo altro che la luna e le stelle."

Forse era la stanchezza degli ultimi giorni, ma non riusciva a trovare nulla che somigliasse all'energia eterea, sopra di lei.

Eppure, sua madre Caro era irremovibile sul fatto che esistesse.

Issac era lì in piedi con loro, con una tazza di caffè in mano. Stas ne aveva bevute due, prima di lasciare casa di B, trenta minuti prima.

Al ritorno dall'Islanda, lei e Issac avevano deciso di riposare, nonostante fosse mattina. Non si erano svegliati fino a quasi le sei di sera, influendo sul loro ritmo sonno-veglia.

Fortunatamente, secondo la madre di lei, era più facile lavorare sulle rune di notte.

Perché si presumeva che fossero più facili da vedere.

Il che si stava rivelando una bugia, poiché Stas non riusciva a vedere un accidenti.

Era una serata bellissima.

Solo che non brillava di energia eterea, come lei aveva previsto.

Neanch'io la vedo, mormorò Issac alla mente di Stas. *Ma non significa molto.* Bevve un altro sorso di caffè, con la mano opposta infilata nella tasca dei jeans neri. A Stas piacevano i vestiti casual che il fidanzato sceglieva di indossare a Hydria. Erano comunque costosi e portavano la firma di qualche stilista, ma gli conferivano una sorta di fascino dolce che lo rendeva più accessibile.

Le iridi di zaffiro di Issac lasciarono il cielo per incontrare lo sguardo vagante di lei, poi inarcò un sopracciglio scuro. *Cerchi i segni della mia energia eterea, tesoro?*

No. Ammiro il panorama, rispose Stas.

Lui osservò i jeans e il maglione sottile di lei e arricciò le labbra in segno di apprezzamento. *È piuttosto incantevole, sì.*

Incantevole? Stas quasi ridacchiò a sentire quel termine. *L'età si fa sentire.*

Seducente. Bellissima. Stupefacente.

Stas arrossì mentre lui si avvicinava a ogni parola. Issac tolse la mano dalla tasca per allungarla e sfiorare le nocche contro le guance rosse di lei.

Squisita, aggiunse.

Non hai più bisogno di sangue, gli ricordò Stas.

Ciò non vuol dire che lo desideri di meno.

Qualcuno si schiarì delicatamente la gola e riportò la loro attenzione sul motivo per cui erano lì. Il viso di Stas si fece ancora più bollente appena si rese conto che la madre aveva assistito al loro flirt; Issac ridacchiò tra i pensieri di Stas.

Tuttavia, esteriormente, sembrava del tutto normale, persino colto. "Nemmeno io riesco a vedere i segni eterei. Tutto ciò che vedo è la mia Aya."

La madre di Stas gli sorrise. "Andrai bene."

L'approvazione nel tono della donna scaldò il cuore di Astasiya. Riavere i genitori dopo quasi due decenni passati senza di loro era una sensazione un po' troppo intensa, ma lo preferiva all'alternativa che fossero davvero morti. "Nemmeno io vedo alcuna barriera, da questo punto. Dovremmo provare un'altra spiaggia."

Caro passò alla forma eterea facendo apparire delle morbide piume azzurre, poi scomparve mentre si dirigeva verso un'altra spiaggia.

Stas avvolse le braccia intorno al busto di Issac. "Non rovesciarmi il caffè sulle ali."

Lui ridacchiò di nuovo, mentre con il braccio libero le cingeva la parte bassa della schiena. "Non mi sognerei mai di sporcare tanta bellezza, tesoro."

Stas rise per davvero.

Non c'era niente di bello in quelle ali rosa.

Opale, le sussurrò lui nella mente. Issac non aveva nemmeno bisogno di sentire i pensieri della ragazza per sapere ciò che le stesse passando per la testa. L'opinione che aveva delle piume rosate era ben nota, tra loro.

Invece di rispondere, Stas li nebulizzò alla spiaggia successiva, dove trovò il padre, Sethios, ad aspettarli. Aveva una spada in mano, sembrava che Caro la stesse commentando.

"...da Gabriel," stava dicendo Sethios.

"E lui sa che ce l'hai?"

Il padre di Stas scrollò le spalle. "Sono certo che alla fine se ne renderà conto."

Caro sospirò e scosse la testa. "Sei incorreggibile."

"Lo hai già detto prima," ribatté Sethios, poi alzò gli occhi verdi su Stas. "Come sta andando la lezione sulle rune?"

"Considerando che non ne abbiamo ancora trovata una, direi che non sta andando bene," rispose Stas mentre

Issac si spostava al suo fianco. Prese un altro sorso dalla tazza di caffè, che nel frattempo gli era rimasta salda in mano.

Le capacità di nebulizzazione di Astasiya erano decisamente migliorate.

O forse era tutto merito di Issac.

Probabilmente un mix di entrambi.

A ogni modo, la Seraphim era soddisfatta e tornò allo stato corporeo con un sorriso, rivolgendo lo sguardo verso l'alto, nella notte.

Sempre uguale.

Nessun segno di energia eterea. "Siamo sicuri che queste rune esistano?" domandò Stas, aggrottando la fronte. Non si fidava di nulla che coinvolgesse Osiris, e presumibilmente era stato lui a crearle. Il che, in realtà, poteva significare tutto o niente.

"Potrebbero non essere in cielo," mormorò sua madre, volgendo lo sguardo alla sabbia nera e alle rocce vicine. "Probabilmente ha voluto mascherarle, non per nasconderle agli Hydraiani, visto che non possono vedere le rune, ma ad altri Seraphim."

"Sono in tutta l'isola," li informò una voce nuova, appena il fratellastro di Stas apparve con indosso un paio di jeans e una maglietta nera. Niente scarpe. Era molto trasandato e completamente diverso dall'uomo che Stas aveva conosciuto nei mesi precedenti.

Tese casualmente la mano e la spada scomparve dalla presa di Sethios per riapparire tra le mani di Stark.

"Non giocare con armi che non capisci," disse mentre la lama malvagia scompariva nel nulla. "Non sai mai chi le userà contro di te, Sethios."

Il padre di Stas sorrise. "Mi è sempre piaciuto imparare andando a tentativi e sbagliando."

"Allora è incredibile che tu sia ancora vivo," ribatté Stark, impassibile.

"Non è vero?"

Stark lo ignorò, concentrandosi invece sulla madre sua e di Stas. "Osiris ha mascherato le rune con dei segni mimetici. Ce n'è una a una cinquantina di metri da qui. Vi faccio vedere." Si nebulizzò, seguito dalla madre.

Stas lanciò un'occhiata a Issac. *Vuoi un passaggio?*

Vai tu. La vedrò attraverso i tuoi occhi, tesoro. La capacità di Issac di manipolare la visione era molto utile, soprattutto in situazioni come quella.

Lei annuì e se ne andò dietro alla madre e al fratellastro.

Entrambi fluttuarono nel cielo, le ali li tenevano facilmente in equilibrio. Stas era nuova all'idea di volare, il che le rendeva difficile rimanere accanto agli altri due. Studiò le loro piume, prendendo nota dell'angolazione che usavano per rimanere fermi. Tuttavia, quando provò a imitarli, cominciò a cadere.

"C'è un'arte, dietro," le disse dolcemente la madre mentre l'afferrava per un gomito. "È un po' come stare in piedi. Una volta che imparerai, ti verrà naturale. Tuttavia, richiede pratica."

Stas deglutì, annuendo.

"È simile alla nebulizzazione," aggiunse Caro. "Mi sembra che tu l'abbia già padroneggiata."

"Solo quando si tratta di luoghi che ho già visto o che conosco," ammise Stas. "Altrimenti devo essere guidata."

"È normale. La sicurezza viene dall'esperienza e dall'età." Fece un gesto verso l'oscurità davanti a lei. "O dalla magia, come nel caso di tuo fratello. Perché io non riesco proprio a vedere la runa."

Stas studiò lo spazio vuoto e scosse la testa. "Neanch'io."

"È sui bordi," spiegò loro Stark, indicando una sottile linea nell'aria che non sarebbe dovuta essere lì. Emetteva un luccichio sbiadito, simile a un bagliore della luna su un fiocco di neve. "Osiris le ha nascoste molto bene, ma una volta capita la firma energetica, sono facili da trovare. Secondo i controlli che ho fatto prima, ce ne sono più di quattro dozzine solo su questo lato dell'isola. La maggior parte di loro è deteriorata, proprio come aveva profetizzato Skye."

"Le avevi notate prima che lei lo dicesse?" gli chiese Stas, curiosa.

"Sì, ma non mi ero reso conto che fossero state disegnate da Osiris. Pensavo le avessero fatte Vera o Leela. Nell'ultimo anno anche io ne ho disegnata qualcuna, ma erano progettate per proteggere te, più degli altri."

Gabriel roteò una mano in aria, facendo fuoriuscire una striscia di magia simile a una nebbia con la punta delle dita. Poi disegnò un simbolo che ricordava a Stas un ferro di cavallo capovolto, con una linea diagonale che lo attraversava.

"Osiris maschera la propria firma energetica," disse Stark mentre tracciava un altro taglio attraverso il marchio, in orizzontale. "Quindi ci vuole una runa per rivelare la vera barriera, ma anche in quel caso, è solo temporaneo." Tracciò un'ultima linea verticale attraverso il segno, permettendo all'energia di brillare dietro di esso.

Wow, si meravigliò Stas, osservando l'aria simile a una nuvola che si muoveva in un ballo intricato nella notte. Brillava dolcemente, simile a una luna che si rifletteva sull'acqua. Un trucco della luce.

"Capisco perché hai detto che dovevamo aspettare il buio," sussurrò, parlando con la madre. Avrebbero faticato a vederlo durante il giorno, il segno si sarebbe confuso facilmente con i raggi del sole che inondavano la terra.

"Tutto ciò che serve è un po' di energia in più," continuò Stark, con le dita che passavano sopra i segni. "Sono vecchie, è per questo che stanno svanendo. Ma anche a piena potenza, non sono molto più brillanti." Dimostrò cosa intendeva liberando un filo di energia dall'indice, la magia eterea brillava nella notte con una tinta rossa.

È la sua essenza, si rese conto Stas, aggrottando la fronte. *Significa che la mia sarà rosa?*

La risatina di Issac le scaldò la mente.

Non è divertente.

Invece sì, amore. Lo è davvero.

Spero che le tue ali siano fucsia, gli disse lei. *Rosa fluo. Così brillanti da accecarti.*

Issac stava ridendo a crepapelle, il che le fece mettere il broncio. Poi Stark iniziò a tessere l'incantesimo attraverso la runa di barriera, catturando tutta l'attenzione della ragazza.

È bellissima, rifletté Stas, guardando i fili fondersi insieme per formare un ronzio di magia che sentiva solleticare l'aria notturna. Era diversa da qualsiasi cosa a cui avesse mai assistito. La barriera brillava come mille stelle riunite in una galassia lontana.

È come... come una costellazione...

Solo molto meno brillante.

Riesci a vedere qualcosa, laggiù? domandò a Issac.

Solo le tue favolose ali, tesoro, le rispose lui. *Ma riesco a vedere la visuale attraverso i tuoi occhi.*

"Ecco." Stark lasciò cadere la mano. "È fatta."

Lo strato della nebbia rossa si intrecciò con il nero, formando una corda di potere solido che iniziò a dissolversi lentamente nel cielo, mentre la runa di occultamento prendeva nuovamente il sopravvento.

"Come si crea il filo etereo?" chiese Stas, abbassando lo

sguardo sulla punta delle dita. Sembravano normali, solo un po' traslucide, visto lo stato di nebulizzazione. Le mani le tremavano un po' per via dello sforzo di cercare di rimanere in equilibrio in cielo.

Le ali dietro la schiena non erano esattamente pesanti, solo scomode. Pensò che la madre avesse ragione riguardo lo stare in piedi: Stas si sentiva instabile, come una bambina che aveva appena scoperto di avere le gambe.

Aveva necessitato di tempo anche per padroneggiare il semplice processo di invocare le ali. Tuttavia, ormai le veniva naturale, proprio come muoversi nel tempo e nello spazio. A ogni modo, volare effettivamente con le ali... era tutta un'altra cosa.

"Prova a disegnare una lettera in aria," le disse Stark.

Lei inarcò un sopracciglio, ma fece come lui gli aveva chiesto.

Non successe nulla.

Stark grugnì. "No, Stas. Prova a *disegnare* una lettera in aria. Sposta l'aria intorno alla tua mano per far apparire la lettera nella notte."

"Sei un pessimo insegnante." Stas non lo intendeva come un lamento, era solo un commento. L'approccio disinvolto del fratello lasciava molto a desiderare.

"Eppure sono il migliore disponibile. Ora disegna una cazzo di lettera."

"Gabriel," lo ammonì dolcemente Caro.

Lui la ignorò e incrociò le braccia, concentrandosi interamente su Stas.

La ragazza fece un respiro profondo, consapevole che lui l'avrebbe marcata stretta per tutta la notte, finché non avesse cercato di fare quello che lui voleva. Oppure sarebbe semplicemente tornato da dove era venuto e l'avrebbe ignorata fino a quando lei non avesse deciso di seguire le sue istruzioni.

Per quanto a Stas non piacessero i modi di Gabriel, doveva ammettere che aveva ragione sul fatto che fosse il miglior insegnante disponibile.

Così provò di nuovo.

E ottenne lo stesso risultato.

Stas aggrottò la fronte mentre considerava l'aria intorno a lei. Guardò di nuovo il dolce bagliore vicino ai bordi della runa accanto a loro, notando il modello di energia intorno ad essa.

Come una nuvola, pensò di nuovo. *No, come* la nebbia.

Solo che non era bagnata.

Era *piena di potere*.

Un elemento che solo i Seraphim potevano vedere.

Ed esisteva tutto intorno a lei.

Attingendo a quel dettaglio, tentò un'altra lettera.

Quando l'aria rimase intatta, Stas strinse le labbra su un lato. Sentiva l'energia ronzare sulla pelle, doveva essere liberata in qualche modo. Forse similmente a come Stas faceva apparire le ali.

Mmmh...

Disegnò una *Z* nell'aria.

Poi una *T*.

Poi una *A*.

Prova a visualizzare, le suggerì Issac, sentendo la frustrazione nella mente di lei mentre recitava ogni lettera.

Provò una *W.* Poi *A. K. E. F. E. I. E. L. D.*

Un sospiro le sfuggì dalla bocca mentre scuoteva la testa.

Stark agitò le dita in sua direzione in risposta, mandando una scarica di energia nell'aria. Sfrigolò davanti a lei, dissipandosi. "Dovrai padroneggiare il movimento, prima che io possa insegnarti a combattere un Seraphim guerriero. Le spade sono fatte di energia, non di metallo.

Ecco perché tuo padre non può tenere la mia arma. Fa parte di me."

"Lui vuole che tu gli insegni a crearle," disse Caro nel tono piatto tipico dei Seraphim. "Sarebbe un'abilità utile, considerando cosa sta per succedere. Dovresti addestrarci tutti."

Stark annuì. "Sì."

Stas inarcò un sopracciglio. "Oh? Sai anche essere ragionevole e condividere informazioni? Chi l'avrebbe mai detto?"

Lui si limitò a guardarla, la parola 'mocciosa' fluttuava tra di loro, non detta.

Perché sì, lei era un po' fastidiosa con lui.

Ma il bastardo aveva nascosto una miriade di informazioni utili che avrebbero potuto risparmiare a Stas e Issac un sacco di dolore. La Seraphim non era neanche lontanamente disposta a perdonare Stark, anche se in quel momento era d'aiuto.

Lui agitò di nuovo le dita, mandandole più energia, abbastanza affinché raggiungesse le ali. Lei sussultò al calore, la magia simile a brace brillava contro le sue piume. "Ahia."

"Non è niente in confronto a quello che possono fare Leek e Kital," rispose Gabriel. "Sarà importante per te imparare a usare bene i segni difensivi. Ciò richiede che tu faccia appello all'energia eterea."

La colpì con ancora un po' di quell'energia simile alla polvere, facendola ringhiare.

"I suoni non sono pratici," affermò Stark senza mezzi termini. "Devia la mia energia. O meglio ancora, *assorbila*." Le inviò una sfera più grande, che le sbatté contro una spalla con la forza di una palla da baseball che veniva lanciata a tutta velocità.

Lei strizzò gli occhi. "Stark..."

Ne lanciò un'altra, costringendola ad abbassarsi.

Tuttavia, mezzo secondo dopo le arrivò addosso una terza sfera. Stas alzò istintivamente la mano per afferrarla, e le scintille di Gabriel si scontrarono con le sue.

"Meglio," si complimentò Stark.

Ma non le diede la possibilità di rispondere.

Le lanciò molte altre palle infuocate, ognuna più veloce dell'altra.

Stas ne prese quattro su cinque e sibilò quando la quinta le colpì l'ala. "Ahia!"

"Allora *assorbila*, Stas. Non ti sto colpendo con il fuoco Seraphim."

Stas per poco chiese cosa fosse il fuoco Seraphim, ma l'assalto imminente di sfere magiche le fece deragliare i pensieri e la costrinse a concentrarsi sullo schivare quelle in arrivo.

A quanto pareva, la serata all'insegna dell'ispezione delle barriere con la madre si era rapidamente trasformata in una partita a dodgeball.

Aya ringhiò mentre una sfera le sfiorava le piume. Poi ne afferrò un'altra e la lanciò a Stark con una forza che la sorprese.

Lui la prese e gliela rimandò indietro.

Stas ripeté le stesse mosse.

E la loro partita a dodgeball si trasformò in una di baseball.

O di football.

O come diavolo si chiamava nel mondo Seraphim.

"Prova ad infonderci la tua energia," le disse Gabriel mentre gli lanciava una sfera.

"Al momento, mi sto concentrando sul non farmi bruciare."

"Non ti stavo bruciando. Quella sensazione di formicolio è la tua energia eterea che reagisce alla familiarità della mia. Siamo parenti di sangue, non nemici."

"Ma chi vuoi prendere in giro..." mormorò Stas mentre afferrava la sfera per la decima o l'undicesima volta. Tentò di infondervi la propria essenza.

E imprecò mentre la palla si diffondeva in nient'altro che aria.

Stark non le concesse nemmeno un momento per lamentarsi. Le lanciò semplicemente un'altra sfera in direzione della testa.

Lei si abbassò, poi si contorse per evitare la seconda e gridò mentre la terza le colpiva le scapole. Gabriel gliele stava lanciando sempre più forte, spingendola al limite, come faceva sempre.

Io.

Stas si nebulizzò dietro di lui.

Sto.

Si lanciò verso l'alto per evitare il tiro fin troppo accurato di Stark. Quel bastardo sapeva esattamente come anticiparla.

Per.

Stas si nebulizzò di nuovo, cercando di allontanarlo dal suo gioco.

Ucciderti!

Cazzo! L'energia ardente che lui scatenò le si aggrovigliò nelle piume, spostando l'equilibrio e mandandola verso il basso.

Sua madre Caro fece scattare qualcosa sulla sua scia, ma il vento che le scorreva nelle orecchie soffocò il rumore.

Stas si nebulizzò in risposta, atterrando accanto a Issac con un'imprecazione furiosa. "Io lo ammazzo!" urlò.

"Non in quello stato," le rispose il fratello, apparso davanti a lei.

Stas balzò verso di lui, pronta a scatenare l'inferno con i pugni.

Invece, si formò una sfera di energia scintillante.

E partì in direzione della testa di Gabriel.

Stark si chinò a malapena in tempo, la sorpresa nei suoi lineamenti era quasi esilarante.

Tuttavia, non si prese nemmeno un istante per godersi il momento. Gliene lanciò un'altra. E un'altra. E un'altra ancora. Illuminando l'aria con fiamme furiose, mentre Stas lo inseguiva lungo la spiaggia. "Ti piace?" gli urlò lei, il suo desiderio di ucciderlo era come un marchio sullo spirito.

Ma un luccichio di diamanti ai suoi piedi la fece fermare.

La spiaggia di sabbia nera era disseminata di cristalli traslucidi, che scintillavano di ogni colore al chiaro di luna.

Opali, Issac le sussurrò nella mente.

Stas smise di correre, aprì le labbra davanti alla dimostrazione di energia.

Stark si fermò diversi metri prima di lei, la sua espressione non lasciava trapelare nulla mentre la osservava.

Stas deglutì, sollevò la mano come se fosse sotto una sorta di incantesimo, e cercò di disegnare di nuovo una *W*.

La sua essenza seguì l'ordine, illuminando l'aria con decine di scintille che svanirono rapidamente nella notte. Proprio come le braci residue sulla sabbia sottostante.

"Santo cielo," sussurrò Astasiya, sorpresa e meravigliata dal potere.

"Non c'è di che," le rispose Stark con tono privo di emozione. Tuttavia, lei colse un sottile bagliore di orgoglio nello sguardo del fratello. Sparì in un secondo.

Poi lui le lanciò un'altra sfera in testa.

E l'inseguimento ricominciò.

Capitolo 11

Leela

Una calda sensazione di formicolio solleticò i sensi di Leela, mettendola in allerta.

Un paio di labbra le accarezzarono la pelle.

Il collo.

La spalla.

La clavicola.

Un gemito le stuzzicò la mente mentre il calore le scendeva lungo la schiena. *Quando mi sono addormentata?* si chiese, notando i sensi rivitalizzati. Si sentiva ringiovanita. Viva. *In fiamme.*

"Shhh," le sussurrò una voce profonda all'orecchio. "Rilassati."

Balthazar.

Oh, quante volte aveva sognato di averlo di nuovo nel proprio letto...

In quel momento lui era lì, con una coscia appoggiata a quella di lei e un palmo pesante che le reclamava l'addome.

Leela non indossava più la maglietta.

E nemmeno i jeans.

Ieri sera, mentre baciavo B, ricordò sognante. Lui era rimasto fedele alla parola, le aveva catturato la bocca fino a quando lei si era addormentata.

C'era stata qualche leggera carezza, alcuni tocchi sapienti, ma niente di sopra le righe. Solo un abbraccio sensuale pieno di ricordi inespressi e intenzioni maliziose.

Era esattamente quello di cui avevano bisogno entrambi.

Eppure, non era stato nemmeno lontanamente sufficiente.

Era stato proprio quello il punto.

"B..." Il soprannome le uscì dalla bocca come una supplica inaspettata. Voleva assaggiarlo. Baciarlo. Divorarlo. Fargli ricostruire ogni dettaglio.

Una parte di lei si rese conto che quella debolezza derivava dal fatto che fosse ancora in dormiveglia, persa in quell'ora piacevole in cui le fantasie prosperavano. Sarebbe voluta ricadere in un sogno. Assecondare le voglie della propria anima. Godersi il tocco talentuoso di Balthazar.

"Mi hai rubato i ricordi, Lee," le sussurrò lui. "Li rivoglio indietro."

"Possiamo ricrearli."

"Faremo molto di più," giurò, con il palmo di una mano contro la pelle di lei.

Fiducia e carisma creavano una combinazione inebriante, propria di Balthazar. Leela si perse nell'aura dell'Hydraiano, nel suo tocco, nella sua *esistenza,* e gli permise di trascinarla più a fondo in quel pericoloso gioco.

Prendergli i ricordi era stato più doloroso di quanto lei potesse immaginare.

Ma era stata anche la cosa giusta da fare.

Aveva fatto una promessa per proteggere Stas, aveva giurato un legame di fedeltà che non poteva essere spezzato e aveva messo il destino davanti ai desideri personali.

Ciò non rendeva Leela una cattiva persona. Semmai, faceva di lei una martire.

Balthazar canticchiò in risposta ai pensieri di lei, l'anziano Hydraiano non tentò nemmeno di darle un secondo di privacy.

Supponeva che lui lo vedesse come uno scambio equo, considerando ciò che lei aveva provocato ai suoi ricordi.

O forse B non riusciva a spegnere il potere.

Leggere la mente doveva essere travolgente.

È utile, pensò Leela.

Soprattutto a letto.

Lui le sfiorò il collo con le labbra, la lingua si fermò per tracciarle il battito cardiaco. "Non ho bisogno di accedere ai tuoi pensieri per capire i tuoi desideri, Lee. È il tuo corpo che mi dice quello che ho bisogno di sapere."

Lei rabbrividì mentre lui con un palmo le sfiorava l'addome fino al fianco, con un pollice accarezzò delicatamente l'osso prima di trovare il punto di piacere accanto a esso. Leela schiuse le labbra in un sospiro soddisfatto, sentì le vene scaldarsi per la sensuale abilità di Balthazar.

Indossava ancora i boxer neri, ma nient'altro. All'idea di esplorare il bel fisico di lui e mostrargli cosa sapesse fare con la lingua, le venne l'acquolina in bocca.

Tuttavia, le labbra di lui si stavano già spostando verso la clavicola di lei. La leccavano, mordevano, stuzzicavano. Era davvero allettante e perfetto in maniera delirante.

B evitò le aree che la maggior parte degli uomini avrebbe cercato, scegliendo il percorso tra i seni esposti e poi di lato, per accarezzarle la gabbia toracica.

I capezzoli le si indurirono in risposta, la carezza stuzzicante le accese un fuoco nel profondo.

Lei gli infilò le dita tra i capelli, non per guidarlo ma per trattenerlo. Con la mano opposta strinse il piumone lungo il fianco, mentre lui continuava il percorso tortuoso verso il basso, fino ad appoggiarle un pollice contro il fianco.

"Leggere la mente è il mio ossigeno," le sussurrò contro la pelle. "Per me è naturale quanto respirare. E hai ragione; non posso spegnere il potere."

Le sfiorò la parte bassa dell'addome con il naso, con le labbra le accarezzò impercettibilmente la parte superiore del perizoma di pizzo. Indossava solo quello, era quasi completamente nuda sotto di lui. Tuttavia, Balthazar non era il tipo d'uomo che lasciava che un po' di nudità lo convincesse ad agire. Avrebbe prolungato il momento per tutto il tempo che desiderava, un'intenzione che dimostrò attraverso lo sguardo.

Nelle vorticose profondità color cioccolato brillava una determinazione vivida.

L'avrebbe fatta aspettare per tutto il tempo necessario a dimostrare la propria tesi.

E lei si sarebbe goduta ogni minuto della tortuosa discesa nella beata follia.

Ti farò lavorare per averla, B, pensò diretta a lui.

"Non vorrei altrimenti, tesoro," mormorò, i palmi scivolarono verso il basso per afferrarle le cosce e costringerla ad aprirsi per lui.

Tuttavia, B non si dedicò all'apice tra di loro.

No, si mise in ginocchio e la fissò. In maniera seducente. Intenzionale. Maliziosa.

Lei non si mosse, si limitò a rilassare il braccio dopo avergli mollato i capelli.

Se avesse voluto ammirare il panorama, lei non lo avrebbe fermato. La sicurezza di sé era un tratto che condividevano. Leela sapeva che le sue curve erano fatte apposta per sedurre, proprio come l'addome piatto accentuava la sua figura a clessidra.

Era fatta per scopare.

Come Balthazar.

Più di un metro e ottanta di muscoli sodi, pelle abbronzata e un viso creato per essere venerato. Un vero dio con occhi diabolici, delle fossette sexy e una mascella scolpita nella pietra.

Era il tipo di uomo che attirava l'attenzione ovunque andasse. Era in grado di tentare chiunque desiderasse, affinché si unisse a lui a letto.

Ma la cosa così innatamente fantastica di lui era che non avrebbe mai usato quei tratti per convincere qualcuno a infrangere una convinzione o un voto. Rispettava tutti quelli che lo circondavano. Soddisfazione garantita a tutte le parti coinvolte. Perché ci *teneva* davvero.

Era quella la caratteristica di lui che Leela aveva ammirato di più, nel corso dei secoli passati a osservarlo.

Avrebbe potuto usare il proprio aspetto e i poteri per fare del male, eppure non gli era mai passato per la mente.

Balthazar amava *vivere*. E voleva condividere quella gioia con il mondo.

B arricciò le labbra leggendo i pensieri nella mente di Leela, pienamente consapevole che lei stesse ammettendo di averlo osservato per molto più di qualche mese.

Che importanza aveva, ormai? Leela non sarebbe riuscita a riparare la runa senza l'aiuto di Vera, e l'amica aveva messo abbondantemente in chiaro che non le voleva estromettere Balthazar dalla mente.

Allora perché non fargli vedere tutto?

Sapeva già del Brasile e di quello che lei aveva fatto. Non aveva nient'altro da nascondere.

E lei non voleva davvero nascondersi da lui.

Un dettaglio che Leela sospettava lui sapesse, motivo

per cui B non cercava nemmeno di rimanerle fuori dai pensieri. Inoltre, aveva appena detto che non ci sarebbe riuscito, anche se ci avesse provato.

I pensieri erano il suo ossigeno.

B continuò a studiarla, con i polpastrelli che le sfioravano i lati delle gambe mentre era ancora inginocchiato tra le cosce divaricate di lei.

"Sono consapevole che non tutti i pensieri sono fatti per essere ascoltati," le disse dolcemente. "È per questo che porto dentro molti segreti. Alcuni che non ho mai desiderato sapere. Altri sono utili a comprendere le intenzioni di qualcuno, ma mi mettono pur sempre a disagio. In un certo senso però, mi tengono ancorato a terra. Mi fanno sentire grato per questa vita e per le belle esperienze del mondo."

"Non sei mai stato il tipo da usare i tuoi doni per scopi nefasti." Era un'affermazione che confermava ciò che lei aveva detto tra sé e sé riguardo l'averlo osservato per secoli.

Accidenti, non secoli.

Millenni.

Era consapevole dell'esistenza di Balthazar da tempo immemore. Il suo eguale sensuale. O almeno, così avrebbero pensato in tanti.

Tuttavia, lei lo superava in età ed esperienza, anche se non riusciva a dire di quanti decenni o secoli. Forse anche millenni.

Il tempo era piuttosto irrilevante per la sua specie. Vivevano per sempre, contando i compleanni ogni qualche decennio, a volte secoli, qualcuno millenni.

Osiris aveva più di diecimila anni. Un antico.

Vera ci andava vicino, era più giovane di forse qualche secolo.

Invece Leela era più vicina in età a Balthazar, ma comunque più vecchia.

"Ammiro la tua esperienza," disse B, arricciando di nuovo le labbra per rivelare quelle fossette seducenti. "Regala ulteriore difficoltà alla nostra sfida."

"Non puoi sorprendermi." Bugia. L'aveva sorpresa eccome, in Brasile.

E il luccichio negli occhi marroni le disse che lo sapeva anche lui.

Probabilmente a giudicare dai pensieri di Leela.

O magari perché era talmente sicuro di sé che non credeva potesse essere vero.

Continuò a farle viaggiare le dita su e giù per l'esterno della coscia, dal ginocchio all'anca e viceversa. Era morbida. Liscia. Dolce. Una carezza provvisoria per imparare a conoscere le reazioni di Leela e il suo corpo.

Lei capì l'intento di B, perché anche lei aveva fatto lo stesso con donne e uomini.

Anche se non era abituata a ricevere quelle carezze.

Quel cambiamento le piaceva; soprattutto il modo in cui lui si fermò al ginocchio per immergersi delicatamente sotto e accarezzare la zona delicata dell'articolazione. Non molti si rendevano conto di quanto potesse essere sensibile quel punto, ma lui lo sfruttò, sfiorandola e facendole venire la pelle d'oca

L'impulso di stringere le cosce per generare attrito aumentava a ogni colpo, ma Leela sospettava fosse proprio quello l'obiettivo.

Lui la toccò delicatamente, lo scopo era chiaramente quello di ispirare la lussuria e alimentare il bisogno di un inferno fiammeggiante.

Leela non si oppose, scelse invece di gioire delle attenzioni di lui e permettere al proprio corpo di reagire, ricambiandolo.

I pollici di Balthazar erano magici, le sue dita una benedizione, il suo calore una dipendenza.

Lei chiuse gli occhi e si sciolse sotto di lui.

Persa tra le sensazioni.

Davanti alla sua incantevole esistenza.

Al suo tocco sapiente.

Su e giù, intorno, cerchiando, sfiorando, stuzzicando. Solo con la punta delle dita. Una leggera pressione. Colpi lievi. Carezze calde.

Le raggiunse di nuovo i fianchi, le tracciò la zona del bikini lungo il perizoma e poi le cosce, fino al tenero spazio dietro il ginocchio.

Il calore le inondò la pelle mentre lui si chinava per baciarla sul fianco, poi iniziò a seguire il movimento delle dita anche con la bocca. Fece scivolare la lingua lungo il pizzo tra le cosce di lei, provocantemente delizioso nella sua perfezione.

"Sento l'odore del tuo bisogno, Lee," le sussurrò. "È un sapore nell'aria che mi dice che questo è esattamente ciò che vuoi: essere adorata da un uomo che sa come assecondare correttamente una donna."

Le passò i denti su un punto interno della coscia, sfiorandole l'arteria femorale e mordicchiandola abbastanza da attirare l'attenzione su quella regione del corpo di lei.

"La pelle d'oca e i brividi sono più forti dei pensieri, mi dicono dove andare, come baciarti, dove toccarti..." Si interruppe mentre continuava quel tormento erotico, la bocca le suscitava piacere fino nell'anima.

Talento vero.

Grande pazienza.

Seduzione mozzafiato.

Leela non sarebbe mai più stata la stessa, e le andava bene.

"Questo è il motivo per cui non ho bisogno della tua mente, tesoro." Le sue parole assomigliavano a una promessa oscura contro l'interno coscia di Leela. "Il tuo corpo è un libro aperto, che mi fornisce ogni dettaglio intimo."

La Seraphim strinse di nuovo nel pugno il piumone al suo fianco, soprattutto per evitare di toccarsi. Giocare al gioco di B avrebbe intensificato il proprio piacere. E ciò significava non cedere all'impulso di accarezzare la propria stessa carne fino ad arrivare all'apice.

"Il tuo rossore è stupendo," si complimentò lui. "Una tonalità di rosa lussureggiante. Mi fa venire voglia di spostare quel pizzo di lato e vedere quanto luccichi."

Lei deglutì, le parole di Balthazar erano afrodisiache per la psiche di Leela.

"Sei così bella," aggiunse, con le labbra vicino al ginocchio. "Le tue gambe sono della lunghezza perfetta per tante posizioni intriganti. E il tuo atletismo mi dice che puoi gestirle tutte con la grazia di una ballerina."

Le spinse le cosce, costringendola ad allargarsi ancora di più per lui.

"Mmmh, la tua flessibilità aggiunge ancora più idee alla lista, Lee."

"Posso anche volare," gli disse, con una voce sensuale che non si preoccupò di nascondere. "Qualcosa che so che i tuoi amanti precedenti non erano in grado di fare."

B si fermò, le iridi marroni gli brillavano di eccitazione. "Puoi scopare mentre sei in forma eterea?"

"Sì."

"Bene," rispose lui, il suo tono divenne più profondo con intento malizioso. "Esploreremo anche quello."

"Avremo da fare per decenni, se continui ad aggiungere punti alla tua lista," lo avvertì.

"Non me ne lamenterò mai, piccola furbetta." B le sollevò una gamba per leccarle la parte posteriore della coscia, provocandole formicolii che le scendevano giù, fino al nucleo già pulsante. "Assaggerò ogni centimetro di te. Ti scoperò in ogni modo. Ti farò urlare il mio nome ripetutamente. Ma solo dopo che tu avrai strisciato."

"Un paio di leccate non mi faranno implorare."

"Lo so," le sussurrò lui, con un sorriso che sottolineava il tono sommesso. "Questa è solo un'introduzione a come preferisco svegliare una donna mentre sono nel mio letto."

"Il mio letto," lo corresse lei.

"Ah, davvero?" le chiese lui. "Perché immagino che sappiamo entrambi che potrei facilmente dominarti, qui."

"È una promessa che dovrai mantenere."

"Sì," concordò lui, lasciandole un tenero morso sulla coscia. "Dopo che tu avrai strisciato." Le lasciò la gamba per passare all'altra, la sua bocca ancora più calda contro la pelle inumidita di Leela.

Le stava facendo impazzire tutti i sensi, provocandola in un modo che la costringeva a rimanere concentrata solo su di lui. Da nessun'altra parte. Su nessun altro. Solo su Balthazar e la sua bella lingua.

Accidenti, avrebbe voluto averlo tra le cosce.

A leccarle la fessura.

Il clitoride.

Le pareti interne.

Tutto.

L'aveva sperimentato troppe poche volte in Brasile e desiderava molto di più.

Quei mesi a distanza le erano sembrati un oscuro gioco di gratificazione ritardata. Lui l'aveva inconsapevolmente provocata, andando a letto con gli altri e facendola impazzire nei sogni.

Avrebbe voluto unirsi a loro.

Esplorare.

Godersela.

Giocare.

Moriva dalla voglia di nebulizzarsi lì e prendere il sopravvento, per regalargli uno spettacolo che non avrebbe dimenticato tanto presto. Ma era stata costretta a guardare da lontano, e in quel momento, sotto di lui, non c'era nessun altro posto in cui avrebbe preferito...

Un ronzio le attraversò i sensi, facendole spalancare gli occhi. *No. È impossibile.* Si sedette dritta, l'attenzione le cadde sull'orologio. Erano andati a letto verso le sei o le sette di sera. Era più o meno la stessa ora del mattino, a confermare che avesse dormito per un po', circa dodici ore, per essere precisi.

Il che significava che erano stati a Melbourne solo quindici ore in totale, sedici al massimo.

E ci sarebbe voluta una settimana prima che i Seraphim li trovassero.

"C'è qualcosa che non va," esordì, afferrando le spalle di Balthazar. Anche lui si era seduto, ancora in ginocchio tra le cosce della donna. "Dobbiamo andare."

La sensazione allarmante era aumentata, le diceva che i Seraphim erano già quasi oltre le barriere. Ciò implicava che i primi strati che aveva impiegato non avessero funzionato come previsto.

Forse aveva composto le rune di barriera troppo in fretta.

Leela ne dubitava.

C'era decisamente qualcosa che non andava. Non avevano nemmeno avuto il tempo di trovare i loro vestiti. Di quel passo, il Seraphim alle loro calcagna sarebbe arrivato in pochi secondi, non minuti.

Leela avvolse le braccia intorno alle spalle di Balthazar e fece appello alle ali, nebulizzandoli fuori dalla stanza mezzo istante più tardi.

Le mani di Balthazar trovarono i fianchi di lei in volo, le loro cosce si toccarono mentre entrambi raddrizzarono le gambe in preparazione dell'atterraggio.

Leela non era sicura di dove andare con precisione, l'istinto era troppo veloce perché potesse elaborare ciò che la circondava mentre i loro piedi toccavano terra. Sbatté le palpebre due volte, aspettandosi di vedere le strade familiari di San Francisco, il solito luogo di riferimento, quando fuggiva.

Ma le strutture intorno a lei non ricordavano per niente la collinosa città californiana.

E i cartelli non erano assolutamente in inglese.

"Tokyo," disse Balthazar, aggrottando la fronte mentre guardava le luci della città. Era un paio d'ore indietro rispetto a Melbourne e lì era ancora notte: un vantaggio, considerando che fossero più o meno nudi. "Dov'è il tuo appartamento?"

"Non ne ho uno qui," ammise Leela, la sua voce era appena udibile. Tokyo non era un posto in cui si sarebbe nemmeno aspettata di andare, eppure, stare lì le sembrava... familiare. *Troppo* familiare. Come se lei e Balthazar fossero già stati in quel posto. Ma non riusciva a trovare alcun ricordo nella mente. Neanche un indizio.

Allora perché sto provando uno strano senso di dejà vu? si domandò Leela.

"Non possiamo stare qui," dichiarò Balthazar, interrompendo i pensieri della donna. "Andiamo a sud. Abbiamo un posto a Okinawa, proprio sull'acqua."

Un ricordo provocò la mente di Leela, uno che non riuscì a definire.

Accigliata, seguì le tracce nella propria mente, prima che Balthazar potesse fornirle indicazioni e portò entrambi nel sud del Giappone.

Dritti alla porta di una casa che Leela non aveva mai visto prima.

Eppure la riconobbe come se fosse la sua.

Una casa degli Anziani.

Casa di Luc.

Come faccio a saperlo?

E perché mi sembra di essere già stata qui?

CAPITOLO 12

BALTHAZAR

NELLA MENTE DI LEELA SCORREVANO MILLE DOMANDE, E mentre si guardava intorno nel cortile e tornava alla porta, ogni pensiero indagatore si confrontava con esse.

Non avrebbe dovuto sapere dell'esistenza di quel posto.

Pochissimi Hydraiani ne erano a conoscenza, in più non era una casa che Balthazar frequentava spesso. La tenuta, con cinque camere da letto, era tecnicamente proprietà di Luc, ma come per tutto ciò che riguardava gli Anziani, la condividevano per scopi come quello.

Forse, a un certo punto, Leela aveva seguito Luc fin lì? Jacque vi teletrasportava il Re Hydraiano quando aveva bisogno di pensare. Nell'ultimo periodo era capitato molto più spesso del solito, a causa della morte di Aidan.

Forse era per quello che Leela ne era a conoscenza?

Tuttavia, i blocchi ai margini della psiche della donna suggerivano che non fosse una spiegazione così facile. Balthazar avrebbe voluto punzecchiarli, vedere se sarebbe riuscito a toglierli di mezzo. Ciononostante, in quel momento la loro sicurezza contava di più.

"Leela." Mantenne la voce morbida e bassa nel

tentativo di distrarla dalla confusione dei pensieri. "Puoi creare delle rune di protezione, qui?" A Melbourne non avevano funzionato come previsto (un altro problema che avrebbero dovuto affrontare), ma Balthazar era determinato a compiere un passo alla volta.

Prima le barriere protettive.

Poi i vestiti, o forse il cibo.

Seguiti da una discussione sulla loro posizione attuale e sui passi successivi.

Io... Io... La voce mentale di Leela si spense. Non era tornata in stato corporeo, così era ancora invisibile ai sensi di B.

Non riusciva a sentire le braccia di lei intorno al collo, eppure sapeva che erano lì, perché Leela lo aveva afferrato in quel modo, prima di lasciare Melbourne.

E lui poteva sentire i suoi pensieri.

"Leela," ripeté.

Sì, rispose lei. *Le rune di barriera. Sì.*

Un soffio di vento gli arruffò i capelli e allontanò anche i pensieri di Leela, facendo capire a Balthazar che fosse appena volata sopra le loro teste per lavorare alle rune.

Con un cenno del capo, lui si concentrò sul tastierino elettronico vicino alla porta. Richiedeva un codice di accesso per l'ingresso: un dispositivo che Jay aveva installato al solo scopo di non aver bisogno di una chiave. Possedevano troppe proprietà in tutto il mondo per poter portare in giro le chiavi ovunque andassero; quindi, quel sistema rendeva facile andare e venire a loro piacimento.

Aiutava anche con la manutenzione generale.

Visto che quella era una delle case preferite di Luc, veniva pulita e rifornita regolarmente.

Il che significava che c'era cibo in frigo e biancheria fresca sui letti.

Balthazar inserì il codice necessario sia per disattivare l'allarme che per aprire la porta.

Guardò di nuovo il cancello situato alla fine del vialetto, poi verso il cielo, ancora curioso di sapere come Leela avesse saputo portarli lì.

Balthazar ci era stato forse una volta, nell'ultimo decennio, e solo per vedere quali miglioramenti Luc avesse apportato al posto: il re Hydraiano aggiungeva costantemente nuovi suppellettili alla sua casa preferita. Le donne in genere non venivano invitate lì per principio, la tenuta era troppo preziosa affinché Luc ospitasse le avventure occasionali.

Eppure, Leela aveva saputo esattamente dove si trovasse quella casa. I pensieri nella sua mente avevano confermato che non riuscisse a dire come o perché.

Balthazar continuò a scervellarsi mentre l'ascoltava pensare alle rune di barriera. Erano lontani, ma sicuramente a meno di un chilometro, visto che lui poteva ancora sentirla.

Al momento Leela stava valutando dove posizionare ogni barriera, confermando che prima non ce ne fossero.

Non era una sorpresa, in realtà, ma quando lei era stata in grado di nebulizzarli direttamente lì senza indicazioni, B si era chiesto se fosse possibile.

Chiuse la porta d'ingresso e le serrature tornarono immediatamente in posizione. Leela avrebbe dovuto suonare il campanello o nebulizzarsi all'interno. B presumeva che avrebbe scelto la seconda opzione.

Balthazar attraversò l'atrio a due piani, andò oltre la scala di marmo bianco e oltrepassò l'area salotto sulla sinistra, dirigendosi dritto verso la cucina.

Che era stata del tutto ristrutturata, proprio come si era aspettato.

Un rapido sguardo nel frigo rivestito di legno confermò

che era stata consegnata una recente fornitura di cibo, compresi alcuni pasti preconfezionati.

Quelli sarebbero stati sicuramente utili.

Il personale impiegato da Luc in genere si fermava ogni tre giorni, portava con sé il cibo intatto per nutrirsi e sostituiva i rifornimenti.

Faceva tutto parte della loro manutenzione immobiliare in tutto il mondo. Miglioramenti, pulizia e preparazione generale erano gestiti da un team di Hydraiani che si era specializzato in leggi internazionali e gestione finanziaria. Erano gli unici, oltre agli Anziani e una manciata di Guardiani, a conoscere quelle proprietà.

Beh, loro e alcuni Ichoriani come Wakefield, da quando aveva aiutato a investire in alcune di esse.

Anche Aidan ne era a conoscenza.

Non erano esattamente segreti, ma investimenti, lasciati lì a prosperare e crescere. Tuttavia, molti di loro richiedevano un'attenzione costante, come quella proprietà e la vicinanza alla spiaggia. C'erano anche dei giardini sul retro, che Luc teneva meticolosamente curati.

Al vecchio Hydraiano quella casa ricordava molto la pace.

Almeno, prima della morte di Aidan era stato così.

Balthazar sospirò e chiuse il frigorifero, prima di avventurarsi attraverso un'altra area salotto verso il retro della tenuta. La tana di Luc avrebbe avuto i rifornimenti necessari per entrare in contatto con coloro che erano rimasti a casa.

Attraversò le doppie porte e si fermò ad ammirare i mobili. Erano cambiati, dalla sua ultima visita. Niente più legno e sedie oversize. C'era un tavolo di vetro, una singola seduta professionale e un muro di tecnologia.

"Beh, sei stato occupato," mormorò Balthazar, ammirando il gigantesco touch screen. Era alto più di due metri e occupava l'intero muro alla sua sinistra. La superficie dietro la scrivania era tutta in vetro colorato e si affacciava sul patio, sulla piscina e sulla spiaggia al di là di essa.

Le altre due pareti erano di un bianco noioso, in confronto. Probabilmente Luc le usava per concentrarsi, mentre scavava tra le sue migliaia di anni di conoscenza.

"Dove hai messo i telefoni e i contanti?" si chiese Balthazar ad alta voce, perlustrando l'area alla ricerca di segni di una cassaforte. Una volta si trovava dietro un vecchio dipinto a olio italiano. Tuttavia, in quel momento c'era uno schermo di un computer.

Balthazar ci pensò un attimo prima di avvicinarsi e premere il palmo al centro.

Non successe nulla.

Niente di strano. A differenza di Luc e Jay, a Balthazar non piaceva molto la tecnologia sofisticata.

Sospirò e tornò alla scrivania vuota di Luc. Niente cassetti. Niente penne. Niente telefoni.

"D'accordo." Uscì dall'ufficio per dirigersi verso la scala sul retro e salì gli scalini a due a due, per controllare le camere da letto.

La maggior parte erano simili: stesse decorazioni minimali, letti, comò pieni di vestiti, e bagni completamente riforniti.

Tuttavia, la porta di Luc era chiusa a chiave, il che fece inarcare un sopracciglio a B.

Il suo più vecchio amico non aveva mai chiuso fuori nessuno, eppure, dato il recente comportamento, gli sembrava proprio da lui.

Avrebbero davvero avuto bisogno di fare una chiacchierata al più presto.

Il che richiede l'uso di un telefono, pensò Balthazar, tornando alla terza camera da letto, che apparteneva a Jay.

Se Luc avesse dovuto spostare la cassaforte, sarebbe stato da qualche parte lì dentro, dato che Jay era l'esperto di preparazione alle emergenze.

Proprio come previsto, c'era una cassaforte nascosta nel retro dell'armadio.

Balthazar sorrise mentre digitava il codice che sapeva l'amico avrebbe usato: un numero a sette cifre che solo gli anziani Hydraiani conoscevano.

Risuonò un sibilo, insieme allo sblocco della porta.

"Voilà," disse Balthazar, sorridendo mentre la cassaforte rivelava una sezione estesa dell'armadio, che era essenzialmente delle dimensioni di un'altra stanza.

A differenza della cassaforte di Leela, quella aveva pistole, coltelli e una miriade di passaporti e visti falsi. C'erano anche alcuni tablet carichi. E, ovviamente, anche una serie di telefoni usa e getta.

Proprio accanto allo scaffale di contanti in valute diverse.

Sembrava tutto esattamente uguale a come si era aspettato di trovare lo studio al piano di sotto, il che suggeriva che Jay avesse aiutato Luc a spostare tutto lì.

Nonostante ciò, era strano che non ne avesse parlato con Balthazar. Quindi forse Luc aveva fatto tutto da solo. In realtà aveva soltanto separato la cabina armadio inserendo un muro rinforzato, protetto da un sistema di ingresso altamente tecnologico. Quel tipo di progetto era sicuramente da Luc.

Tuttavia, Balthazar rimase lì, a chiedersi quale fosse lo scopo dello schermo al piano di sotto.

Prese un telefono usa e getta e mandò un messaggio a Luc in una lingua antica che l'amico sarebbe stato in grado di leggere. Si traduceva un qualcosa come: *Sono B, richiamami su questo numero.*

Dopo averla chiusa, si lasciò alle spalle la cassaforte e

portò il telefono con sé nella camera da letto che era solito usare mentre alloggiava lì.

Il telefono iniziò a squillare quasi appena oltrepassò la soglia.

"Luc," esordì Balthazar mentre si avvicinava al letto su cui non dormiva da anni. Probabilmente, a quel punto non aveva più nemmeno lo stesso materasso o telaio. Però andava bene.

"È bello sentire la tua voce," gli rispose il più vecchio amico.

Balthazar sorrise. "Pensavo che potessi essere preoccupato."

"Io? Mai."

Era una bugia, ma Balthazar lasciò correre. Il Re Hydraiano era sempre preoccupato per la sua gente. Era ciò che lo rendeva un buon leader.

"Quand'è che hai trasformato il tuo studio in un computer?" gli chiese Balthazar. La domanda serviva a trasmettere la propria posizione a Luc senza comunicarlo direttamente. Balthazar stava usando un telefono usa e getta criptato, ma ciò non significava che fosse del tutto sicuro parlare apertamente.

Soprattutto perché era probabile che il loro genio della tecnologia, Mateo, lavorasse per Osiris.

A meno che non sia sempre stata solo Vera, pensò Balthazar, riportando alla mente i sospetti sul comportamento della donna. La diffidenza derivava probabilmente da ciò che lei gli aveva fatto ai ricordi.

Era raro che gli istinti di Balthazar fallissero, e in quel momento gli stavano dicendo che Vera nascondeva qualcosa. Qualcosa di importante.

E non solo i dettagli sul lavoro con Osiris.

"Il mio schermo normale consente di aprire solo un certo numero di schede di ricerca alla volta. Quindi ho migliorato il processo, espandendo le dimensioni fino a ricoprire tutto il muro, ma non è ancora abbastanza grande per tenere il passo con la mia elaborazione mentale. È un progetto in via di sviluppo." Luc sembrava un po' frustrato dal suddetto progetto.

Balthazar immaginò che, se avesse potuto vederla, l'espressione di Luc avrebbe rispecchiato il tono. Tuttavia, quel telefono usa e getta non era costruito con quel tipo di tecnologia. Dal momento che in tutto il mondo si usava il riconoscimento facciale, non potevano rischiare di utilizzare una piattaforma aggiornata. In realtà, a Jay ci era voluto un bel po' di sforzo per procurarsi quei vecchi dispositivi per quello scopo.

"Va tutto bene?" insistette Luc, la curiosità gli alleggerì il tono.

"Sì," rispose Balthazar. "Al solito. Staremo qui per qualche giorno." Era un'affermazione importante, perché significava che al momento Luc non potesse recarsi in quella casa, condizione che si sarebbe potuta protrarre nel tempo.

Leela avrebbe dovuto approfondire i protocolli dei Seraphim e cosa avrebbero fatto, una volta scoperto quel luogo. L'avrebbero monitorato? Avrebbero lasciato perdere? L'avrebbero distrutto?

"Ci hanno scovati in fretta," continuò B. "Ma i meccanismi di sicurezza in atto ci hanno dato abbastanza preavviso."

"Ci sono alcune contromisure intorno al mio *computer* che dovrebbero aiutarvi," rispose Luc, facendo riferimento alla *casa*.

"Eccellente." Balthazar sapeva già che Luc avrebbe installato una sorta di sistema di sicurezza per proteggere il suo investimento immobiliare. Ogni proprietà che possedevano aveva un quadro di protezione simile. Non solo per le case stesse, ma per i potenziali occupanti all'interno.

"La situazione qui sta progredendo," gli disse Luc, consapevole che Balthazar avrebbe voluto un aggiornamento. "L'ex Sentinella dice che ci vorranno quattro o cinque giorni per finire la revisione dei piani."

L'ex Sentinella è Gabriel Stark, dedusse Balthazar. Perché Luc non avrebbe usato quel termine per descrivere Tom o Stas.

L'unica altra "ex Sentinella" a Hydria era Blake, e sicuramente lui non era coinvolto. Per quanto ne sapeva Balthazar, l'umano si stava ancora riprendendo da qualsiasi cosa gli avesse fatto John. L'amministratore delegato della Fondazione Assistenza Catastrofi (FAC), ormai scomparso, era un bastardo e aveva sottoposto Blake a una forma di riabilitazione per punirlo per non aver seguito un ordine.

Era un processo simile a come i Seraphim sottoponevano i propri alla riforma appena mostravano sentimenti o emozioni.

"Andrebbe più veloce, se avesse aiuto," aggiunse Luc. "Ma uno dei suoi alleati è disperso."

Balthazar rimuginò per un momento sulle parole di Luc, chiedendosi se stesse parlando di Leela. Tuttavia, non aveva senso. Luc non avrebbe considerato Leela come parte dell'equazione, poiché era impegnata in un'altra missione: distrarre i Seraphim.

Il che significava che si riferiva a coloro che avevano il potere di aiutare Stark a rinforzare le barriere.

Non Osiris. Luc non gli avrebbe mai concesso un passaggio sicuro a Hydria. Quindi si trattava di Stas, Sethios, Caro, oppure... "V?" tirò a indovinare, usando l'iniziale invece del nome intero.

Se Mateo fosse stato in ascolto, allora avrebbe già saputo che la presenza di Vera era stata notata. Sarebbe stato anche a conoscenza dell'attuale compito di Stark di fortificare le barriere. Pertanto, non rischiavano nulla menzionando l'iniziale del nome.

A meno che i Seraphim stessero ascoltando, in quel caso, avrebbero potuto essere in grado di dedurre il significato, alla fine.

Ma quello, per Balthazar, era un rischio accettabile.

"Sì," confermò Luc. "Non si è più vista, dopo l'Islanda."

"Capisco." Balthazar avrebbe dovuto dirlo a Leela. "Controllerò domani, per vedere se è cambiato qualcosa."

"Aggiornamenti ogni dodici ore, non ventiquattro," ribatté Luc. "Puoi usare il mio studio, se vuoi."

"Ciò richiederebbe l'accensione dello schermo."

"Allora digli *ciao*."

Balthazar si accigliò. "Ciao?"

"Esatto. Riconosce la tua voce. Lei ti risponderà." La frustrazione nel tono di Luc era stata sostituita dall'orgoglio; suggeriva che avesse una relazione di amore-odio con il proprio computer.

"Per il resto come va?" tentò Balthazar, chiedendosi se il suo più vecchio amico si sarebbe aperto su qualcosa di utile.

"Siamo al sicuro," gli rispose Luc. "Alcune situazioni sono ancora in fase di valutazione. Altre si stanno sistemando per il meglio."

Balthazar ipotizzò che Luc si riferisse a Mateo nella prima parte della frase, e a Jay, Lizzie e Aidyn nella seconda. Era una stima basata su millenni di conoscenza con Luc e su come funzionasse la sua mente.

"Abbi cura di te, vecchio amico," mormorò Luc, in una lingua morta che pochissimi capivano.

"Lo faccio sempre," rispose Balthazar nella stessa lingua. "Assicurati di seguire il tuo stesso consiglio."

Luc sbuffò. "Io sto bene."

"Davvero?" chiese Balthazar serio, parlando di nuovo nell'antico dialetto.

Tra loro cadde il silenzio.

Dopo diversi istanti, Luc aggiunse: "Ne parleremo presto." Terminò la chiamata.

Balthazar fece una smorfia. Costringere Luc ad aprirsi non sarebbe mai finita bene. Il suo più vecchio amico aveva bisogno di determinare il proprio percorso da solo. Ma ciò non significava che Balthazar non potesse spingerlo un po' nella giusta direzione.

Scosse leggermente la testa, spense il telefono usa e getta e lo mise sul comò. L'avrebbe distrutto più tardi. Per il momento aveva bisogno di vestiti per sé e per la sua Seraphim.

Indossò un paio di pantaloni della tuta grigi e una maglietta bianca, poi prese un paio di pantaloncini e un'altra maglietta bianca per Leela. Sarebbe stato un peccato coprire le sue grazie, ma lui li aveva ben memorizzati.

Almeno finché la migliore amica di lei non aveva deciso di cancellarli di nuovo.

Solo il pensiero gli fece aggrottare la fronte.

Come funzionava? Esisteva un punto oltre cui Vera non poteva più alterare i ricordi perché erano troppo radicati nella psiche dell'altra persona?

Erano domande che avrebbe dovuto fare a Leela.

O forse alla Seraphim che alterava la memoria.

Supponendo che si facesse di nuovo vedere prima o poi.

Dove sei? si chiese mentre tornava al piano di sotto. *Cosa stai combinando veramente?* Leela si fidava di lei, ma Balthazar no. Non dopo quello che lei gli aveva fatto alla testa e l'ovvia alleanza con Osiris.

Leela non aveva pensato molto a Vera o alle sue intenzioni. La dolce furbetta era stata troppo preoccupata dall'inseguimento e da tutto il resto, per interrogare la migliore amica.

In quel momento era concentrata sulle barriere che aveva appena finito di creare in tutta la proprietà. Lui ascoltò mentre lei prendeva in considerazione ogni dettaglio, confermando nella propria mente che fosse tutto preciso.

Il che la portò a mettere in dubbio le rune di barriera di Melbourne e la loro incapacità di notificare l'arrivo dei Seraphim fino all'ultimo secondo.

C'è qualcosa che non va, continuava a ripetersi. *Non avrebbero dovuto trovarci così in fretta. Le mie rune avrebbero dovuto resistere.*

Balthazar la trovò in piedi sul patio, sul retro vicino alla piscina, con lo sguardo al cielo ancora scuro sopra di loro. Dal modo in cui se ne stava in piedi e attraverso la mente, B riusciva a percepire la frustrazione della donna.

Un accenno di preoccupazione sottolineava il tutto.

E se mi trovasse? era una domanda oscura, che le sussurrava in fondo ai pensieri, perseguitandola.

A quanto pareva aveva già trovato una camicia bianca, e dalle dimensioni e il taglio del tessuto, B vide che era una delle *sue* camicie eleganti. Il che suggeriva che lei si fosse nebulizzata nella sua stanza per prenderla mentre lui era in giro per casa.

Il fatto che tra cinque armadi disponibili avesse trovato proprio quello di B era interessante. Quasi come se sapesse esattamente dove cercare.

O forse era stata una coincidenza.

Tuttavia, visto che lei li aveva nebulizzati lì senza indicazioni, Balthazar sospettava che non ci fosse nulla di casuale. C'era qualcos'altro in gioco. Qualcosa che nessuno dei due capiva appieno.

L'Hydraiano posò la maglietta e i pantaloncini sul tavolo da pranzo e aprì le porte scorrevoli in vetro sul retro per raggiungerla sul patio. Leela non lo guardò, la sua attenzione era ancora concentrata sulla luna bassa. Presto sarebbe stato mattina.

Ma a B non importava.

Non con la vista che aveva davanti.

Leela somigliava a una dea, con i capelli dorati raccolti su una spalla e le gambe lunghe e tornite in mostra. La camicia (che era decisamente di lui, dal momento che aveva riconosciuto la marca), flirtava con le cosce, donandole un fascino sexy che parlava direttamente all'anima di B.

È perfetta, pensò, muovendosi per mettersi dietro di lei.

Non era solo la sua bellezza, ma *lei*, la donna che era. Per tanti motivi B la considerava davvero sua eguale.

Il suo unico difetto era stata la decisione di alterargli i ricordi, ma sentire le giustificazioni che le attraversavano la mente aveva calmato l'ira di Balthazar. Leela aveva sacrificato il loro legame per uno scopo più grande. Almeno, quella era stata la sua prospettiva a riguardo.

Era stato un errore.

Non avrebbe dovuto farlo.

Ma non aveva avuto modo di sapere come avrebbe reagito Balthazar. Se solo gliene avesse dato la possibilità, lui l'avrebbe aiutata.

Ed era quello ciò che lo infastidiva di più: non si era fidata abbastanza di lui per farsi aiutare nella missione.

Le avrebbe dimostrato di essere degno della sua fede.

E, col tempo, si sperava che anche lui avrebbe ripristinato la propria fede in lei.

Le avvolse le braccia intorno alla vita e le premette le

labbra sulla gola. Lei sospirò, rilassandosi contro di lui, ma la mente continuava a galoppare.

Come ci hanno trovato?

Lui *sa che stanno rintracciando me?*

Sta funzionando, almeno?

Come ci hanno trovati così in fretta?

Le domande vorticavano in sequenza, le risposte erano contorte. Perché Leela non lo sapeva, e ciò la disturbava più di tutto.

"Cosa faranno quando ci troveranno qui?" chiese lui infine, aggiungendo la sua domanda all'insieme. "Distruggeranno la casa di Luc?"

Lei si limitò a scuotere la testa. *Non lo so*, gli rispose più volte attraverso la mente. Seguito da: *non avrebbero nemmeno dovuto trovarci così in fretta.*

"Forse sapevano del tuo appartamento," suggerì lui.

"È impossibile. Solo Vera lo sapeva."

Lui le appoggiò il mento sulla spalla, le braccia ancora intorno alla vita. "Da quanto tempo la conosci?"

"Da tutta la mia vita," sussurrò lei. "È la mia Jay, B. Non mi tradirebbe mai, proprio come lui non tradirebbe mai te."

"Eppure sta lavorando con Osiris," sottolineò Balthazar. "Jay non lo farebbe mai."

"Lo farebbe, se gli venisse data la giusta motivazione," sottolineò Leela. "Se Vera sta davvero lavorando con Osiris, ha una ragione per farlo. O forse la sta soggiogando. Indipendentemente da ciò, so che non è malvagia." Gli si girò tra le braccia, poi gli poggiò le mani sulle spalle. "Vera non rivelerebbe mai la mia posizione ai tracciatori."

La mente di Leela riaffermò quelle dichiarazioni, dicendogli con fermezza che credeva nell'innocenza dell'amica. La loro era un'amicizia datata e fondata sulla fiducia.

Proprio come quella tra Balthazar e Jay.

E se fosse stato Jay, quello di cui parlavano, B si sarebbe sentito allo stesso modo. Anche lui sarebbe stato irremovibile sull'innocenza dell'amico.

"Va bene," mormorò Balthazar, decidendo di rispettare le affermazioni di Leela. Una parte di lui era ancora diffidente, ma per il momento avrebbe tenuto per sé il proprio giudizio. "È possibile che qualche altro Seraphim sapesse del tuo appartamento? I tracciatori ti hanno mai seguita lì, prima d'ora?"

Leela scosse la testa. Poi scrollò le spalle, e scosse di nuovo la testa.

"Non lo so. Non dovrebbero saperne niente. Ma non avrebbero nemmeno dovuto trovarci così in fretta." Si morse il labbro e spostò l'attenzione verso il cielo. "Continuo a chiedermi se ho per caso commesso un errore con le barriere esterne. Ma non credo di averlo fatto."

"Che ne pensi di quelle che hai creato qui?"

Le iridi verde-blu della donna si illuminarono. "Sono perfette. Le ho controllate tre volte."

"Allora possiamo rilassarci un po' e vedere se reggono," mormorò lui.

Balthazar aveva diverse idee su come aiutare Leela a rilassarsi correttamente. Cominciando col darle qualcosa su cui concentrarsi, per aiutarla a calmare la mente.

Perché in quel momento, aveva i pensieri in subbuglio e troppo in disordine per formulare risposte produttive. Tutto ciò di cui aveva bisogno era un po' di tenerezza e un modo per sciogliere i nervi. Dopodiché, il resto sarebbe andato al proprio posto.

Leela fece per protestare, ma lui la zittì premendole un

dito sulla bocca, mentre con il braccio opposto le stringeva la vita.

"Le barriere ci hanno avvertito in tempo, no?" le chiese piano. "Ci hai nebulizzati in un nuovo posto. Ora siamo qui. Siamo al sicuro! Possiamo continuare quello che abbiamo iniziato."

In origine era stato solo un gioco per provocarla finché lei non lo avrebbe implorato di scoparla.

Tuttavia, lo stato mentale di Leela in quel momento richiedeva qualcosa di un po' diverso.

Una specie di pausa.

Fatta di sensualità.

Per aiutarla a ritrovare fiducia e concentrazione.

E Balthazar era assolutamente l'uomo giusto per quel compito.

"Nebulizzaci nella mia camera da letto, Lee," le disse. Quello era un test per confermare ciò che già sospettava, ovvero che lei sapeva già dove andare.

La sua furbetta non lo deluse e gli mise le braccia intorno al collo portandoli al piano di sopra.

Non chiedermi come faccia a sapere che questa è la tua stanza. Lo so e basta, pensò diretta a lui, la voce mentale esausta.

Il che dimostrava ulteriormente quanto avesse bisogno di una valvola di sfogo per tutta quella confusione e frustrazione che le si ribellava nella mente.

"L'unica cosa che voglio da te in questo momento è quel perizoma di pizzo, Lee," le rispose lui. "Toglitelo e passamelo. Poi sali su quel letto e allarga le gambe. Il resto può aspettare."

CAPITOLO 13

LEELA

LEELA SAPEVA COSA STAVA CERCANDO DI FARE BALTHAZAR: riportarla con i piedi per terra. Calmarle la mente. Aumentarle la concentrazione dandole qualcos'altro su cui focalizzarsi. Distrarla dai pensieri.

Divorarla.

In una situazione come quella, rivolgersi al sesso sarebbe potuta essere la decisione peggiore.

Oppure la migliore.

Perché Balthazar aveva ragione... Erano al sicuro. *Per il momento.*

Leela avrebbe potuto soffermarsi su quanto velocemente li avessero trovati i Seraphim e trascorrere la giornata preoccupata riguardo il loro ritorno. Oppure avrebbe potuto lasciare che Balthazar le fornisse la forma più definitiva di distrazione e l'aiutasse a calmare la mente.

L'ultima opzione l'allettava molto.

Soprattutto perché sapeva di essere più utile, quando era calma e tranquilla, e in quel momento non era nessuna delle due cose.

Si sentiva disturbata. Persa. Confusa. *Spaventata.*

Era quello il motivo per cui si era girata tra le braccia di Balthazar. Leela aveva voluto prendere in prestito la forza di lui. E voleva perdersi nel suo tocco.

Ecco perché li aveva nebulizzati al piano di sopra, nella sua camera da letto. Piena di ricordi immateriali che Leela non riusciva a definire. Perché ogni angolo della stanza le era familiare, eppure del tutto estraneo.

"Smettila di pensare," disse Balthazar, stringendole il mento con le dita e costringendola a incontrare il suo sguardo color cioccolato fuso. "Togliti il pizzo per me, tesoro. Voglio assaggiarti come si deve, Lee. Ogni centimetro. Dentro e fuori."

Leela rabbrividì, le parole sensuali di B erano infuse di un accenno di potere che stuzzicava il suo lato deviante interiore.

Balthazar non sapeva solo come toccare una donna, ma anche come accarezzarla con le sole parole. Dolci frasi fatte. Promesse maliziose. Intenzioni oscure. Complimenti sentiti. Balthazar era un maestro in tutto ciò.

Ed era per quello che in quel momento sapeva esattamente come parlarle.

In parte dandole ordini. In parte persuadendola. Era sicuro di sé al cento per cento.

"Ora, Leela," aggiunse, con tono severo.

Lei avrebbe voluto sfidarlo, farlo lavorare per ottenere qualcosa. Ma riconobbe anche il dono nel suo tocco, il fatto che lo stesse facendo per lei, più che per se stesso.

Quella era la ragione principale per cui lei obbediva.

Balthazar la lasciò andare appena Leela si mosse, facendo vagare gli occhi lungo il busto e giù, fino alle gambe, mentre lei afferrava delicatamente i fili di pizzo che le decoravano i fianchi. L'espressione dell'Hydraiano non cambiò, il calore nel suo sguardo era ancora tenue.

Non va bene, pensò diretta a lui, decidendo di dargli spettacolo togliendosi le mutandine di pizzo.

Era facile.

Si voltò per mostrargli il sedere, poi si piegò lentamente mentre si faceva scivolare l'indumento lungo le cosce, sulle ginocchia, i polpacci, fino alle caviglie. La camicia si sollevava a ogni movimento, offrendo a Balthazar una vista allettante del fondoschiena appena il tessuto di pizzo incontrò il polpaccio. Rimase parzialmente esposta mentre si toglieva il resto dell'indumento.

Era una dimostrazione di pazienza, uno spettacolo degno di una regina dello spogliarello, e quando lei lo guardò, capì di esserci riuscita. Quel calore tenue nei suoi occhi si era trasformato in fervore.

Leela si alzò lentamente con il tessuto nel palmo, lasciando che la camicia scivolasse di nuovo verso il basso e le coprisse le curve sinuose. Poi si voltò e porse le mutandine a Balthazar.

Lui sorrise, le fossette fecero capolino divertite ai lati. Poi scomparvero, appena lui chinò la testa per toglierle il pizzo dalla punta delle dita... con i denti.

A Leela prese a battere forte il cuore, il calore tra loro diventava sempre più intenso ogni secondo che passava.

Nelle iridi di lui si poteva leggere una promessa peccaminosa che le fece stringere le cosce per il bisogno, il fuoco dentro di lei la bruciava fino all'anima.

Leela voleva di più.

Molto. Molto. Di più.

In quell'istante B le diede un assaggio delle proprie abilità. Una briciola. Una distrazione. Un modo per Leela per tornare con i piedi per terra e sentirsi di nuovo normale.

Non aveva intenzione di rifiutarlo. No, intendeva abbracciarlo pienamente, per vedere cosa avesse in serbo per lei, e lasciare che fosse lui a comandare mentre lei si rilassava.

Leela si mosse all'indietro, verso il letto, i piedi nudi strisciarono sulla moquette, il suo sguardo reggeva quello di lui a ogni passo. Era una danza intima, piena di una familiarità che Leela non capiva. Perché sapeva esattamente dove fosse il materasso, anche senza guardare.

Sì, l'aveva già visto.

Ma la sua era più di una comprensione visiva della disposizione della stanza. Era un movimento intrinseco, che il suo corpo conosceva a memoria, nonostante i pezzi mancanti che sentiva nella mente.

Lo sguardo affamato di Balthazar le disse di non preoccuparsene, di concentrarsi sul presente, di crogiolarsi in quella lussuria reciproca e basta.

Ciò l'aiutò a calmare il battito accelerato, le diede un punto dove focalizzare l'attenzione e le permise di *respirare*.

Sì. Ne voglio di più, pensò mentre scivolava di nuovo sul letto. *Più intensità. Più calore. Più Balthazar.*

B non si era ancora tolto il pizzo dalla bocca, i suoi occhi marroni si scurivano ogni secondo che passava, finché le sfere non le ricordarono il caffè nero.

Leela avrebbe voluto un drink.

Uno colmo della dolcezza della lingua di B.

E corretto dal sapore del suo tocco inebriante.

Leela si posizionò al centro del letto, i capelli sparpagliati intorno a lei sul cuscino. Era una posa seducente che lei conosceva bene, la accentuava tirando le ginocchia verso l'alto e allargando le cosce in un invito sfacciato.

Invece di far vagare lo sguardo sul premio che lo aspettava, Balthazar mantenne il contatto visivo con lei. Non era il tipo d'uomo che aveva fretta, il che lo rendeva ancora più allettante. Perché sapeva quando e come allungare un momento, come stava facendo in quell'istante, semplicemente guardandola, con le mutandine in bocca.

Leela sapeva che la stava già assaggiando tramite il pizzo.

La lingua di B accarezzava delicatamente il tessuto stretto tra i denti, preparandosi per il pasto che sarebbe arrivato.

Dannazione, quel pensiero la fece quasi venire.

Balthazar era la personificazione della passione. Un dio in camera da letto. *Un dio che sta per reclamare la sua dea*, pensò lei. Non era l'unico abile in quel gioco.

Leela si sfiorò i fianchi con la punta delle dita, tracciando lentamente la propria forma, fino al seno e ai bottoni della camicia che lo copriva.

B non aveva detto di toglierla.

Ma non le aveva nemmeno detto che non poteva farlo.

Slacciò il bottone superiore con un movimento agile, attirando lo sguardo dell'Hydraiano sul petto. Aprì il secondo e il terzo, gli occhi di B rimasero su di lei per tutto il tempo. Nessun commento. Nessun movimento, a parte il leggero spostamento dell'attenzione. Respiravano a malapena.

Leela svincolò il bottone numero quattro dal tessuto.

Seguito dal quinto.

La camicia si scostò man mano, rivelando la pelle cremosa mentre continuava a nascondere i punti più sensuali alla vista di lui.

Almeno finché Leela non raggiunse l'ultimo bottone.

Quello, insieme alle cosce divaricate, fece sì che B potesse vedere ogni parte dell'eccitazione di lei.

Balthazar poteva finalmente ammirare la vista, allargando le narici in segno di apprezzamento. Leela seppe istintivamente cosa avrebbe voluto dopo e obbedì facendosi scivolare le dita attraverso l'umidità delle pieghe, tracciando le linee che desiderava lui leccasse.

Era più che pronta per lui, e glielo mostrò con qualche carezza delicata. Un gemito le fece schiudere le labbra, il suono era come un'altra forma di invito sottolineata dal *bisogno*, che lei gli permise di vedere anche attraverso lo sguardo.

Balthazar osservò il corpo pronto di lei, le iridi gli scintillavano al chiaro di luna che entrava dalle finestre. Assomigliava a un incubo, con i folti capelli castani perfettamente scompigliati e quei pantaloni della tuta grigi abbassati sui fianchi muscolosi. Leela avrebbe voluto esplorare ogni centimetro del suo busto scolpito con la lingua.

Ma sapeva che in quel momento non era sul menù.

Non con il modo in cui la stava studiando e guardando mentre si accarezzava l'eccitazione con le dita.

B si portò lentamente una mano alle labbra, prese il pizzo e se le tolse lentamente dalla bocca. Leela ebbe un assaggio della sua lingua. La stretta della mascella. Quelle labbra piene e maschili destinate ad accarezzare la carne di una donna.

Ohhh... La sola vista le aveva fatto tendere le gambe e aumentato il calore nel basso del ventre, perché, accidenti, era eccitante.

Era un atto così semplice, ma c'era qualcosa di innegabilmente erotico. Come se B. non stesse trattenendo l'istinto più vile, permettendo al maschio selvaggio sotto la facciata di mostrarsi. Per un momento.

La fece sentire... *posseduta*.

Eppure, Leela non riusciva a definire il come o il perché.

Sapeva solo che le piaceva, e avrebbe voluto davvero che lui la possedesse in ogni modo.

B piegò le mutandine di pizzo in un triangolo ordinato e lo posò sul comodino accanto a lei. Poi fece vagare gli occhi su di lei ancora una volta, osservando l'apertura della camicia, i seni parzialmente esposti, l'addome piatto, fino all'apice tra le cosce.

"Quindi è questo l'aspetto di un angelo," rifletté mentre sollevava un ginocchio sul letto accanto a lei. "In qualche modo, sei riuscita a superare ogni mia aspettativa."

Unì anche l'altra gamba sul materasso, mettendosi in posizione inginocchiata accanto a lei.

Leela permise al proprio sguardo di risalire la lunga forma muscolosa di lui, dalle cosce all'imponente rigonfiamento, lungo le valli e i solchi dell'addome, fino ai pettorali forti.

La perfezione fatta uomo, pensò Leela con un sospiro. *Anche tu potresti essere un angelo.*

Tuttavia, era troppo sensuale per esserlo. Sembrava più un angelo caduto, forse. Un diavolo tentatore. *Il mio incubo personale.*

Balthazar incurvò le labbra verso l'alto. "Questo fa di te la mia succube?"

Sì. Leela si passò un dito attraverso le pieghe lisce e alzò la mano verso la bocca di lui. "Sono una tentazione per te, B? Hai paura che possa corromperti l'anima?"

Lui le afferrò il polso, poi si portò le dita alle labbra. "Non puoi corrompermi, tesoro," mormorò, poi con la lingua le leccò la punta. "Ma tentarmi? Mmmh, sì, puoi certamente farlo."

Balthazar le prese il dito indice tra le labbra, succhiandolo in profondità in bocca.

Un fremito le percorse la schiena, facendole contrarre i muscoli dello stomaco al tocco puramente seducente.

Mmmh, mormorò lei, adorava essere già accaldata, grazie all'abilità e alla pazienza di lui.

Quell'uomo capiva i preliminari.

Sapeva come le parole influissero su una donna.

E aveva assolutamente afferrato il concetto di gratificazione ritardata.

Lei ne andava pazza.

Ne voleva di più.

Bramava la lingua di lui su altre parti del corpo.

Ma sapeva che B si sarebbe preso il suo tempo.

Si sarebbe crogiolato nei movimenti. Avrebbe prolungato l'inevitabile. Memorizzato ogni centimetro di lei.

Cosa che continuò a fare, dopo averle succhiato tutte le dita.

Iniziò con il polso, mordicchiandoglielo e applicando una pressione sufficiente a farla impazzire. Poi si spostò verso l'alto, fino al gomito, sollevando la manica della camicia prima di toccare le zone erogene che pochissimi altri conoscevano.

Le fece scivolare il tessuto sui bicipiti, fino alla spalla, prima di strofinarle il collo e inserire una delle proprie cosce tra le gambe di lei.

Le mise le dita tra i capelli, il suo tocco era dominante ma anche rassicurante, mentre la bocca la catturava in un bacio tutto lingua.

Divorante.

Reclamante.

Le incendiò il sangue.

Era inebriante, sbalorditivo e assolutamente perfetto. Leela per poco venne solo grazie a quel bacio, il suo corpo era preparato e pronto senza essere stato veramente ancora toccato.

Balthazar le sfiorò il labbro superiore con i denti,

lasciandole i capelli per accarezzarle una guancia. "Mi tenti un bel po', Lee," le disse contro la bocca. "Sei una volpe destinata a mettere proverbialmente in ginocchio ogni uomo intorno a te."

"Eppure vuoi che strisci," rispose lei senza fiato.

"Sì, e lo farai," le sussurrò lui. "Ma non oggi. Oggi ti venererò. Ti farò urlare il mio nome e venire sulla mia lingua ripetutamente, fino a quando sarai pienamente soddisfatta." B fece scivolare il palmo verso la camicia e la spostò per rivelarle un seno. "Afferra la testiera, piccola. Non voglio che mi voli via."

Lei sorrise. "I migliori orgasmi mi fanno diventare eterea."

La bocca dell'Hydraiano si aprì come quella di lei. "Allora lo prenderò come massimo obiettivo e mi assicurerò di andare oltre." Le mordicchiò il labbro inferiore, poi le baciò la mascella e iniziò a farsi strada lungo la gola.

Altre leccate e morsi morbidi. Mai rude, ma abbastanza da lasciarle un segno sottile a mostrare che avesse reclamato quella parte di pelle.

Scese al centro dello sterno, fino all'ombelico, poi le si avvicinò al fianco e risalì lungo la gabbia toracica, accarezzandola a fondo con la lingua. Aveva i capezzoli talmente turgidi che le facevano quasi male, i picchi tesi bramavano la bocca di Balthazar così ferocemente che la pelle d'oca le sfiorò il seno.

Lui le accarezzò la carne sinuosa con il naso, il suo mugolio le riscaldava la pelle e allungava il momento fino al punto di farle quasi provare dolore.

Lei gemette, poi arricciò le dita intorno ai pali della testiera, proprio come lui le aveva chiesto. Se non l'avesse leccata bene in fretta, lei gli avrebbe preso una manciata di capelli e lo avrebbe diretto in modo appropriato.

"Toccami e ricomincerò da capo," le sussurrò lui, la promessa nella voce le fece irrigidire le gambe. Lui le stava ancora a cavalcioni sulla coscia, con il ginocchio vicino al luogo dove lei lo desiderava di più, senza però toccarla del tutto.

Un'altra provocazione.

Un altro modo per prolungare il momento.

Leela lo amava e lo odiava proprio per quel motivo.

Ed era proprio quello il punto.

Aveva già giocato a quel gioco, ma mai in quel modo. Mai con qualcuno così innegabilmente abile. Quasi pari a lei. O forse proprio pari a lei. Non ne era più particolarmente sicura, perché quell'uomo sapeva certamente assecondare i suoi bisogni in ogni modo.

Quello era esattamente il tipo di tormento di cui aveva bisogno, per assicurarsi che tutta la propria attenzione fosse concentrata su di lui e nient'altro.

Solo su Balthazar.

Le sue mani. La sua lingua. Le sue dita intelligenti.

Le aveva fatto scivolare il tessuto sul lato opposto, esponendole entrambi i seni, e tracciandole la gabbia toracica con il naso. Dolci carezze. Sapienti. Inebrianti. *Travolgenti.*

Il corpo di Leela stava praticamente vibrando per il bisogno, il cuore piangeva per il desiderio, uno che solo Balthazar poteva soddisfare.

Stava cercando di rovinarle l'esperienza con tutti gli altri uomini.

O padroneggiarla completamente.

Leela non ne era sicura, ma avrebbe sicuramente ripagato il favore successivamente.

Nel sentire quella promessa Balthazar le sorrise contro la pelle. "La accolgo con favore," le disse dolcemente, con i denti che le sfioravano il seno. "Vedremo chi di noi può venire più intensamente e più a lungo." Le passò la lingua su un capezzolo, suscitandole un urlo in gola. "Chi di noi sarà il *più rumoroso*," aggiunse, poi le prese il picco rigido nella bocca e succhiò così forte che Leela quasi venne.

Ma non c'era abbastanza attrito.

La gamba di B le sfiorava a malapena l'interno delle cosce, stuzzicandola senza arrivare a completamento.

Avrebbe voluto ucciderlo.

Avrebbe voluto scoparlo.

Avrebbe voluto afferrarlo, abbassargli quei pantaloni della tuta e liberare l'uccello duro come la roccia che stava al di sotto. Perché Leela sapeva che era lì. Ne aveva visto il contorno.

Avrebbe voluto cavalcarlo.

Spingere Balthazar sulla schiena, metterglisi a cavalcioni sui fianchi e farlo immergere in profondità dentro di lei.

Poteva immaginarlo perfettamente, ricordare com'era stato, quanto fossero state potenti, *perfette*, le sue spinte.

Balthazar le prese in bocca l'altro seno, tra lui e Leela pulsava un senso di crescente urgenza, perché lui poteva sentire i pensieri della donna, il desiderio, percepire il bisogno intrinseco che le ribolliva all'interno del basso ventre.

Per colpa sua.

Delle sue provocazioni.

Di quei mesi passati lontani.

Oh, quanto le era mancato.

Balthazar somigliava a un desiderio proibito, a cui lei non avrebbe dovuto abbandonarsi, ma che non era ancora in grado di fermare. Perché la capiva in un modo in cui nessun altro aveva mai fatto. È il *mio vero pari*, decise Leela. Almeno in camera da letto. Forse anche fuori di lì. Forse anche nella vita.

Conficcò le unghie nel palo di metallo, provocandosi dolore lungo le braccia. Tuttavia, lo ignorò, a favore della lingua di Balthazar sulla propria carne.

Poi lui iniziò a muoversi verso il basso, le provocazioni lasciarono il posto all'atto finale.

Quello era ciò che tanti uomini non riuscivano a cogliere. Non si trattava solo del clitoride, ma anche di ogni altra parte del corpo di una donna. La bocca e la lingua erano in grado di suscitare tanto piacere, se si riservava la giusta quantità di tempo.

Balthazar di certo lo sapeva.

Le sue labbra la adorarono, proprio come le aveva promesso, esasperando ogni accenno di gratificazione sensuale prima di scivolare gradualmente verso la fessura tra le cosce.

Era un'esecuzione perfetta e fatta con la sola intenzione di quel momento... quando la lingua di B *finalmente* le accarezzò la pelle umida. In profondità. In maniera scrupolosa. Le penetrò l'ingresso prima di avvicinarsi a quel punto sensibile che l'avrebbe mandata verso le stelle.

L'addome le si contrasse in attesa, le cosce si stiracchiarono per contenere la felicità che sbocciava all'interno.

In un attimo, Balthazar era lì, le prese il clitoride tra le labbra e la succhiò così profondamente che Leela non riuscì a resistere alla caduta.

Giù. Giù. Giù.

Vorticava.

Moriva.

Annegava in un oblio fatto di una sensazione travolgente.

Non cercò di respirare. Non cercò di riemergere.

Lasciò che lui la prendesse più a fondo, sapendo che alla fine l'aspettava una pura estasi.

Balthazar fece scivolare le dita dentro di lei, stimolando quel punto che pochi uomini erano in grado di trovare correttamente e facendola scuotere dalle onde profonde verso il paradiso.

Era un climax continuo che non avrebbe mai voluto finisse, aumentava ogni secondo che passava, fino a quando l'oscurità non le ammantò la vista. Le faceva male la gola per le urla. Leela sentiva la mente completamente vuota, fatta eccezione per l'euforia che la faceva scuotere tutta.

Tuttavia, Balthazar non aveva finito.

Continuò a leccarla e mordicchiarla, esasperandola sempre di più.

Leela aveva perso la sensibilità nelle mani per essersi aggrappata alla testiera con i pugni tanto stretti.

I polmoni le facevano male per il respiro irregolare.

La gola protestava a ogni urlo.

Ma il suo corpo si godeva la lingua di Balthazar, il suo tocco, i suoi mugolii di contentezza mentre gli veniva sul viso.

Lui non si fermò e lei non glielo chiese, nemmeno quando le iniziò a fare male.

Perché era anche maledettamente bello. Mesi. Era stata *mesi* senza tutto ciò. Non perché avesse sentito il bisogno di essere fedele, ma perché nessun altro aveva davvero retto il paragone con quello che era successo in Brasile. Leela non aveva voluto sprecare tempo. Aveva preferito di gran lunga guardare B con altri: il piacere che si era regalata in seguito era stato più che sufficiente.

Eppure il tocco di lui le diceva che era una bugia.

Perché niente era paragonabile all'edonismo di Balthazar.

Averlo nella mente lo rendeva molto più potente.

Poteva sentire l'approvazione di lei, sapeva esattamente cosa volesse e la introdusse a pratiche che lei non si era nemmeno resa conto di desiderare.

Trascorsero le ore.

Gli orgasmi continuarono.

La lingua e la bocca di Balthazar erano di nuovo dappertutto. Non lasciò che un solo centimetro di lei rimanesse intatto. Era la perfetta combinazione di trasporto e riverenza.

Dimostrava la superiorità di B in camera da letto.

Almeno in confronto agli altri.

Ma la volta successiva sarebbe toccato a lei fargli perdere la testa.

"Non vedo l'ora," le sussurrò all'orecchio mentre l'attirava a sé.

Leela aveva iniziato a sonnecchiare, sentiva il corpo esausto, dopo l'assalto di quella bocca.

Balthazar la strinse, invitandola in un sogno.

O forse era una realtà.

Con Balthazar, era difficile dirlo. Perché lui era la fantasia più assoluta.

Un segreto custodito bene.

Una vita che Leela avrebbe potuto davvero godersi.

Un futuro... che non avrebbe mai dovuto essere suo.

CAPITOLO 14

ISSAC

"CAPIRÀ PRESTO COME PRENDERGLI LA SPADA," ESORDÌ Sethios, materializzandosi sulla spiaggia, accanto a Issac. "E io non vedo l'ora di vedere cosa gli farà, con quella."

"Uhm," mormorò Issac in segno di accordo, nemmeno lui vedeva l'ora.

Gabriel aveva tormentato Aya tutta la notte. Prima insegnandole a gestire le rune di barriera (aveva preso il posto di Caro, dal momento che era più esperto di segni protettivi), e poi era passato ai metodi di combattimento in volo.

Anche se aveva funzionato, Aya si era infuriata al punto che la sua mente sembrava essersi concentrata esclusivamente su un compito: mutilare il fratello maggiore.

Sethios e Caro avevano assistito ad alcune lezioni (sempre che si potessero chiamare così) per saperne di più sulle rune di barriera e sugli altri modi per usare l'energia eterea in modo difensivo. Issac era rimasto sulla spiaggia sottostante per tutto il tempo, osservando la lezione attraverso gli occhi di Aya e ascoltandone i commenti strada facendo.

Lo ucciderò, cazzo, era la frase preferita del momento.

Gabriel aveva passato l'ultima ora ad aiutare Aya a perfezionare la mira.

O almeno, quello era ciò che aveva capito Issac degli eventi. Gabriel aveva continuato a lanciarle energia eterea attraverso la spada, che in quel momento era nelle mani di Stas, e lei gli stava ricambiando il favore.

Il fratello le rispose aumentando la velocità e la potenza, spingendo Aya al limite, sia fisicamente che mentalmente.

La ragazza era chiaramente esausta.

Al contrario, Gabriel sembrava essere uscito per una corsetta pomeridiana.

Sethios e Issac continuarono a osservare la coppia nel cielo, mentre il sole cominciava a sorgere su Hydria. Non parlarono, il rombo delle onde era l'unico suono udibile, oltre alle costanti imprecazioni di Aya nella mente di Issac.

Era certamente una donna creativa.

E piena di sfumature.

Issac stava per suggerirle di scendere per fare una pausa, quando un'immagine di Tristan che lo chiamava *Sire* gli balenò nella mente.

L'abilità di Issac di manipolare la visione gli garantiva essenzialmente l'accesso a mille immagini mentali contemporaneamente (un talento che aveva imparato a controllare secoli prima), ma coloro che contavano di più per lui rimanevano sempre relativamente vicini ai suoi pensieri.

I due membri della sua progenie facevano parte di quelle persone.

Anche Luc e Amelia.

E, naturalmente, Aya.

Serviva affinché le persone a lui vicine potessero attirare facilmente la sua attenzione, in genere in modo simile a quello che aveva appena usato Tristan.

Issac rispose accedendo alla visione di Tristan e raffigurando un'immagine di se stesso che inarcava un sopracciglio in maniera inquisitoria. Era il suo modo di dire: *Che c'è?*

Tristan compose un'immagine mentale di Issac che camminava sul limitare degli alberi per unirsi a lui e Mateo.

Mmmh, pensò Issac, poi trasmise lo stesso messaggio ad Aya. *Sembra che la mia progenie mi voglia parlare in privato.*

Presumeva fosse per quello che Tristan si era rivolto a lui mentalmente, invece di chiedergli verbalmente di unirsi a loro. Forse non voleva che Sethios sentisse quello che avevano da dire.

Uno strano sviluppo degli eventi.

Tuttavia, Issac avrebbe sentito cosa avesse da dirgli Tristan. Dopotutto, erano migliori amici. Era il minimo che Issac potesse fare, dopo aver messo temporaneamente in discussione la lealtà di Tristan.

Tesoro, cerca di non uccidere Gabriel, mentre sono via. Mi dispiacerebbe perdermi lo spettacolo.

Non faccio promesse, gli sibilò Astasiya di rimando.

"Vado a preparare qualcosa da mangiare per Aya," disse Issac a Sethios. "Avrà fame, quando avrà finito."

La capacità di Tristan di percepire il suono gli avrebbe permesso di ascoltare la conversazione. Nel caso in cui non avesse ricevuto il messaggio, Issac gli mostrò un'immagine della casa di Balthazar. Non era troppo lontano dalla spiaggia.

L'immagine cambiò, mostrando Tristan che faceva un cenno.

"Continua a prenderti cura di mia figlia e io continuerò a lasciarti vivere," gli intimò Sethios.

Issac contrasse le labbra. "Sappiamo entrambi che ci penserebbe Aya, a uccidermi, se le facessi del male."

"Ti riporterei indietro solo per farlo di nuovo."

"Ricevuto," mormorò Issac, per niente intimidito.

Sethios era sadico e noto per le sue inclinazioni letali. Molti lo temevano, ma Issac si limitava a rispettare il suo potere.

Era grato del fatto che l'antico immortale tenesse ad Aya. Ciò non faceva che aumentare la sicurezza personale della ragazza, una misura che Issac prendeva molto sul serio.

Era anche il motivo principale per cui si sentiva tranquillo a lasciarla per andare a parlare con la propria progenie. Sethios non avrebbe permesso a nessuno di farle del male.

Certo, Stas sapeva badare a se stessa. Ma ciò non gli impediva di preoccuparsi. Soprattutto perché quella era la spiaggia in cui era morta, solo poche settimane prima.

Un evento a cui Issac non avrebbe voluto più assistere.

Mai.

Pancake, tesoro? le chiese mentre si avviava verso la spiaggia. *Visto che siamo ancora a casa di Balthazar, sembra...*

Le urla di Stas gli fecero fare dietrofront, prima di vederla cadere dal cielo in una spirale che gli fece battere all'impazzata il cuore nel petto. "Aya!" gridò, correndo verso di lei. Solo che la ragazza scomparve nell'istante successivo, per poi riapparire in piedi accanto a lui.

L'ala destra era coperta di fiamme.

"Santo cielo!" Issac si allungò verso di lei, ma Caro si materializzò dietro Aya, le mani già alzate per lenire le piume infuocate.

"Un po' esagerato, Gabriel," disse Caro, il cui tono mancava di emozione.

Il figlio della donna le atterrò al lato, le mani lungo i fianchi e l'espressione annoiata. Niente scuse. Solo un barlume negli occhi verde chiaro che suggeriva una lieve delusione, un sottile cambiamento rispetto ai lineamenti solitamente stoici.

Qualcosa in Gabriel era cambiato.

Qualcosa che aveva a che fare con Clara.

Tuttavia, nessuno dei due ne parlava.

E in quel momento, a Issac non importava abbastanza da chiedere. Si concentrò su Aya.

Stai bene, tesoro? Mantenne la domanda tra di loro, consapevole che lei non avrebbe voluto esprimere una debolezza ad alta voce.

Lo ucciderò, disse a Issac per la millesima volta. *Gli brucerò le piume sulla schiena e lo pugnalerò al cuore con quella spada del cazzo.*

Issac contrasse di nuovo le labbra divertito, dopo essersi reso conto che non avrebbe avuto bisogno di preoccuparsi. *Una fantasia piuttosto vivida.* Una che riusciva a vedere chiaramente nella mente della ragazza. Le accarezzò il viso e le sfiorò lo zigomo con il pollice.

"Pancake?" suggerì, tornando alla discussione sul cibo.

Era quasi mattina, quindi una colazione all'americana era del tutto appropriata. Inoltre, come aveva sottolineato, erano a casa di Balthazar, il che significava che avevano accesso a una miriade di elettrodomestici di lusso e ingredienti di alta qualità.

Aya allungò l'ala, l'energia curativa della madre le aveva già riparato le piume e spento le fiamme. "Sì," gli rispose lei, facendo incrociare gli occhi stupendi con quelli di lui. *Ma presumo che prima Tristan voglia parlarti da solo, quindi vai, mentre io do una lezione a mio fratello.*

Uccidendolo?

Sì.

"Una pausa mi sembra una buona idea," disse Caro, ignara della conversazione tra Issac e Aya. "Possiamo riposarci e riprendere tra un paio d'ore."

Gabriel sbuffò, quel suono era insolito per lui. "Sì. Sono sicuro che Leek e Kital saranno più che felici di permettere a Stas di riposare durante un combattimento," commentò apatico.

Aya gli lanciò un'occhiataccia, poi si nebulizzò in cielo e gli sferrò un'altra palla eterea alla testa.

Caro sospirò e scosse la testa. "Cocciuta. Esattamente come suo padre."

"E sua madre," mormorò Sethios, sorridendo. "È anche tenace. E determinata." Alzò lo sguardo per osservarla sfrecciare in cielo, verso Gabriel.

Lui si abbassò e la superò con fluida facilità, fece riapparire la spada e creò ulteriore energia da lanciare verso Aya. Era chiaro che Gabriel non fosse contrario a farle del male, e ciò infastidiva Issac.

Ma ammetteva che fosse necessario.

Per quanto non gli piacessero i metodi di allenamento di Gabriel, Issac riconosceva che fossero utili. Pochissimi altri, lui compreso, sarebbero stati disposti a testare i limiti di Aya in quel modo. Il guerriero Seraphim non ci sarebbe andato piano con lei, il che significava che avrebbe avuto bisogno di quel tipo di allenamento per sopravvivere.

Inoltre, era meglio di far prendere il comando a Osiris.

"Siamo stati bravi, angelo," disse piano Sethios, con il palmo della mano che stringeva la nuca di Caro. "È perfetta."

Lo è davvero, pensò Issac, indietreggiando per concedere loro il momento.

Aveva fatto a malapena tre passi quando Sethios parlò:

"I pancake mi sembrano un'ottima idea, Wakefield. Non dimenticarti di noi."

"Sethios," lo ammonì Caro.

"Che c'è?"

"I pancake erano per Stas, non per noi."

"Sono sicuro che intendeva includerci nei suoi preparativi, angelo." Sethios alzò gli occhi verdi verso Issac. "Giusto, *genero*?"

Issac trasalì al termine, non gli piaceva molto. Ciò che aveva condiviso con Aya superava di gran lunga il contesto matrimoniale. E pensare a Sethios come a un suocero sembrava... *sbagliato*.

A ogni modo, pensò che preparare la colazione al famigerato sadico non sarebbe stata la fine del mondo.

"Pancake per quattro," rispose Issac. "Strepitoso."

"Vero?" Sethios sorrise, tornando a concentrarsi su Caro. "Vedi, angelo? So essere un buon suocero."

Lei sospirò e scosse di nuovo la testa.

"Preferiresti che continuassi a pensare di ucciderlo?" Le domandò Sethios. "Perché a me andrebbe molto bene."

"Bugiardo," lo accusò lei. "Lui ti piace."

Sethios grugnì. "Ho ammesso che è utile."

"E *ti piace*."

Issac sorrise e si allontanò di nuovo, lasciandoli alla loro discussione. *I tuoi genitori parlano di me come se non fossi a tre metri da loro*, disse ad Aya. *Si sono anche invitati a colazione.*

Basta che non ci sia anche Stark, ribatté Aya a denti stretti, la voce mentale aveva ancora un tocco di stanchezza.

Issac guardò le stelle e vide la brillantezza opale di Stas che lampeggiava nel cielo ancora scuro. La seguì un bagliore rosso, a indicare l'inseguimento da parte del fratello. *Non estenderò l'invito a Gabriel. Ma non ho alcun controllo su tuo padre.*

Proprio come lui non aveva alcun controllo su Issac.

Gli veniva naturale rispettare gli Anziani, ma a Issac non piaceva che gli si dicesse cosa fare, né come comportarsi con Aya. Fortunatamente, Sethios non sembrava così incline a dettare regole sulla loro relazione. In realtà era stato piuttosto comprensivo, date le circostanze.

Chiamami, se hai bisogno di me.

Sempre, gli sussurrò lei di rimando.

Sempre, le fece eco lui. Quella era la loro versione di scambio di voti.

Ma non del tipo da matrimonio.

Quelli sembravano inadeguati, rispetto al loro vero legame.

Issac lasciò Aya con la famiglia e si diresse lungo il sentiero che andava dalla spiaggia alle strade acciottolate e poi su per la collina, verso la casa di Balthazar. Era il più vicino a Jayson, le loro case erano di dimensioni pittoresche, con due o tre camere da letto, zone giorno, splendide cucine e piscine private sul retro.

Non erano grandi come le solite proprietà di Issac, ma erano perfettamente in linea con le case a Hydria.

Sua sorella e Tom progettavano di costruirne una nelle vicinanze, e al momento stavano soggiornando nella casa destinata ai Neonati Hydraiani. Esistevano due o tre case costruite a tale scopo, tipicamente utilizzate per proteggere coloro che non si erano ancora trasformati in Hydraiani.

A ogni modo, i Neonati erano rari. Issac era rimasto scioccato quando aveva scoperto Aya, ma lei non era mai stata una vera Neonata, a causa dei legami con i Seraphim.

Tuttavia, la nuova arrivata a Hydria, Eliza, lo era per davvero. Anche se, l'ultima volta che Issac ne aveva sentito parlare, ancora non conoscevano i suoi poteri.

Ormai era sicuramente diventata un'Hydraiana, poiché era stata uccisa sulla spiaggia insieme a Aidan e agli altri. A differenza loro si era svegliata poche ore dopo, immortale e del tutto viva.

Era la prima Neonata a graziare le coste di Hydria in oltre cento anni, per colpa degli Ichoriani che uccidevano i propri figli.

Assassini Nizari.

Il leader di tutti loro risiedeva temporaneamente a Hydria, su una parte dell'isola per lo più disabitata.

Issac dubitava che gli Hydraiani fossero entusiasti di quella novità, poiché Ezekiel aveva trascorso la maggior parte dell'ultimo millennio a dare la caccia e a uccidere i Neonati.

Tuttavia, Luc aveva concesso loro un passaggio sicuro, affermando che le visioni di Skye erano imperative per la sopravvivenza. Alcuni degli Hydraiani stavano mettendo in discussione quella decisione, che al momento stava tenendo il Re Hydraiano piuttosto occupato.

Fortunatamente, anche Jay era d'accordo, il che contribuì a calmare alcune delle preoccupazioni sull'isola.

A ogni modo, il cambio delle. dinamiche era sicuramente percepito da tutti.

Stava per succedere qualcosa di grosso, e tutti lo sapevano.

Purtroppo, Issac aveva i suoi problemi ad aspettarlo, sotto forma di due membri della sua progenie, uno dei quali probabilmente li stava tradendo tutti per Osiris.

Trovò Tristan e Mateo in piedi nel soggiorno di Balthazar, dopo che si erano accomodati all'interno.

Issac chiuse la porta dietro di sé e si avviò verso la cucina. "Possiamo discutere di qualsiasi cosa sia mentre cucino."

Aya aveva bisogno di cibo, e a quanto pareva sarebbero stati presenti anche i "suoceri."

Avevano preso il controllo della stanza degli ospiti di

Jayson ma non avevano dormito molto. Proprio come Aya e Issac. Erano tutti troppo preoccupati a prepararsi per una potenziale invasione.

Tristan e Mateo presero posto sugli sgabelli dell'isola della cucina mentre Issac iniziò a estrarre gli ingredienti dagli stipetti e dal frigorifero di Balthazar. Era una buona distrazione. In caso contrario, Issac sarebbe stato incline a chiedere a Mateo di spiegare le sue azioni, e non aveva ancora abbastanza prove per accusarlo adeguatamente.

I due rimasero in silenzio a guardare Issac mentre sistemava tutto il necessario sul bancone accanto ai fornelli a sei fuochi di Balthazar. C'era anche una piastra al centro, probabilmente creata al solo scopo di fare i pancake.

Lui e Luc litigavano sempre per decidere quale fosse il cibo migliore a colazione, e si impegnavano in sfide senza senso per dimostrare che l'altro si sbagliava.

Quello era stato l'unico caso in cui Issac era effettivamente d'accordo con Balthazar: i pancake erano molto meglio dei waffle.

"Sei tu che volevi parlare," disse Tristan piano, facendo aggrottare la fronte a Issac. "Quindi ti suggerisco di iniziare, amico."

Cosa? Issac si voltò, confuso. "Non sto…"

Mateo si schiarì la voce, interrompendo Issac. "Osiris è venuto da me per la prima volta circa un anno dopo che sei diventato il mio Sire."

Issac si mostrò del tutto sorpreso, inarcando le sopracciglia fino all'attaccatura dei capelli. Non si aspettava una confessione. Fece volare lo sguardo su Tristan, e notò l'espressione rassegnata dell'amico.

"Sa che gli stiamo addosso," disse Tristan, affermando l'ovvio. "Ma ha chiesto la possibilità di spiegare."

Spiegare? Sta scherzando, pensò Issac, la voglia di pancake era volata fuori dalla finestra.

"E perché cazzo dovrei darti questa possibilità?" chiese Issac, concentrandosi di nuovo su Mateo. "Ci hai traditi! Hai tradito *me*. Aidan è morto per colpa tua, cazzo. E tu hai l'audacia di ammetterlo così casualmente? Come se io non volessi tagliarti quella cazzo di gola?"

L'ira di Issac aumentava ogni secondo di più, tutta la rabbia repressa che aveva trattenuto dentro di sé si scatenò in un istante.

Non c'era più alcuna possibilità che Mateo fosse innocente.

Aveva appena ammesso la sua colpa.

E anche in modo del tutto disinvolto, cazzo.

Aveva un bel coraggio a parlare, come se fosse degno di poter dare una spiegazione!

Issac? sussurrò Aya.

Mateo sta confessando, le rispose lui, incapace di trattenere la nota di rabbia nel tono mentale. *È venuto qui per spiegare*. Tuttavia, non lo stava facendo. "Perché dovrebbe importarmi qualcosa delle tue spiegazioni?"

Mateo sussultò. Giustamente. Aveva dato informazioni chiave a Jonathan che gli avevano permesso di attaccare l'isola. "*Aya è morta. Per colpa tua*." Era stato un miracolo che fosse tornata. "Io non..."

"A causa di Jonathan," intervenne Mateo. "L'aggiornamento che ho inviato era per Osiris, ma Jonathan lo ha usato per ottenere la sua vendetta. Non avrei mai potuto prevederlo."

"Non avresti mai dovuto tradirci, tanto per cominciare," ribatté Issac, furioso. "Mi *fidavo* di te, della mia progenie, e tu..."

"Ti stavo proteggendo!" gridò Mateo.

Tristan serrò la mascella in risposta, per il resto la sua espressione non fece trapelare nulla.

"Osiris ha sempre saputo dei tuoi legami con Luc, di

come tu e Aidan vi incontravate segretamente con gli Hydraiani, di come le tue relazioni fossero le stesse di sempre. Temeva che i progressi tecnologici avrebbero reso ovvie le vostre connessioni. Mi ha ordinato di assicurarmi che non accadesse."

Issac rimase a bocca aperta.

"Ora capisci perché ho accettato che fosse lui a spiegarti?" mormorò Tristan.

"La comunicazione riguardo il matrimonio era intesa come un aggiornamento su Elizabeth," continuò Mateo, ignorando il commento di Tristan. "Osiris e Jonathan avevano un'alleanza fondata principalmente sulla ricerca. Elizabeth è stata la prima creazione di laboratorio di successo, e Osiris voleva degli aggiornamenti. Me li ha sempre fatti mandare tramite Jonathan, dato che interessavano anche a lui. Non avevo idea che avrebbe... che avrebbe..." Mateo si interruppe, poi deglutì.

Issac strinse i pugni, nella testa riusciva ancora a vedere il massacro della spiaggia.

Non dalla mente di Mateo, ma dalla propria.

Il cadavere di Aya.

L'ultimo respiro di Aidan.

Le urla.

Il dolore di Issac.

L'agonia di aver perso Aya...

Gli si velò lo sguardo, il ricordo era troppo fresco, troppo nuovo, troppo *reale*.

"Osiris mi ha persuaso a non dirtelo," continuò Mateo in un sussurro. "Ma l'ho aiutato di mia spontanea volontà. Ero... Stavo proteggendo tutti quanti. Tutti *noi*. È così che l'ho giustificato. Per decenni, è stato solo questo. Finché Jonathan..."

"Hai incastrato Clara," sussurrò Issac.

"È stato Osiris," chiarì Mateo. "Ma sì, l'ho aiutato.

Perché mi ha detto che era un test per Stas. Un modo per insegnarle qualcosa sui suoi doni." Deglutì di nuovo, aveva il viso pallido. "Mi ha liberato della persuasione ieri sera. Altrimenti, mi sarei fatto avanti prima."

A Issac cominciavano a far male gli avambracci, per aver stretto i pugni tanto forte. Era combattuto tra il prendere a cazzotti in faccia la progenie o strozzarlo.

Tuttavia, una parte logica di lui voleva anche più risposte.

Qualsiasi dettaglio che lo aiutasse a capire le decisioni di Mateo.

Era pur sempre la sua progenie. Ciò lo rendeva parte della famiglia.

Tranne per il fatto che il tradimento... Il tradimento aveva distrutto tutto. Persino il sangue.

A ogni modo, voleva capire quanto sapesse Osiris e perché l'avesse liberato dalla persuasione proprio allora.

"Comincia dall'inizio," gli intimò Issac. "E non tralasciare nemmeno un dettaglio."

CAPITOLO 15

LEELA

MMMH, CHE BEATITUDINE. CHE. BELLISSIMA. GODURIA.

Leela fece scorrere le dita nell'acqua calda della vasca che Balthazar aveva riempito per lei, crogiolandosi nel fresco profumo di menta e nei sali rilassanti.

Era lì da almeno un'ora, mentre lui preparava la cena al piano di sotto.

Era un'esperienza che avrebbe potuto tranquillamente ripetere più e più volte.

Peccato che la minaccia persistente dei Seraphim tracciatori pendeva sulle loro teste. Nonostante ciò, le attenzioni di Balthazar le avevano calmato la mente abbastanza da permetterle di viversi e godersi il momento, un dono che, a un certo punto, avrebbe dovuto ripagare.

Forse avrebbe strisciato, dopotutto.

Balthazar se l'era guadagnato.

E Leela si sentiva davvero in colpa per avergli cancellato i ricordi.

Ovviamente, doverli ricreare non le dispiaceva.

Sorrise mentre ripensava a tutte le ricostruzioni sensuali a cui avrebbero potuto dedicarsi durante quella fuga in giro per il mondo. Li vide chiari nella mente, alcuni di loro si basavano su ciò che era successo in Brasile, altri erano interamente realizzati a partire dalle fantasie della donna.

Sembravano tutti molto reali.

Allettanti e nuovi.

Era quasi difficile decifrare la realtà dalla finzione, la mente di Leela aveva elaborato diverse situazioni intricatamente intime che sembravano certamente concrete.

Forse in un'altra vita aveva fatto quelle cose con lui.

Chi lo sapeva più, ormai?

La Seraphim sprofondò sott'acqua ed espirò rumorosamente, contenta e viva. Poi si nebulizzò sul tappeto accanto alla vasca e prese un asciugamano. La pelle stava iniziando a raggrinzirsi, suggerendo che fosse stata a mollo troppo a lungo.

In più, gli odori che provenivano dal piano di sotto stavano iniziando a farle brontolare lo stomaco. Era passato un giorno dall'ultimo pasto che aveva consumato. Forse di più. Era difficile da dire, con i vari fusi orari.

Si asciugò, poi trovò i vestiti che Balthazar aveva preparato per lei: un'altra camicia e un paio dei suoi boxer. Le aveva anche trovato una spazzola e qualche altro prodotto per l'igiene. Li usò, si lavò i denti, si vestì e invece di salire le scale si nebulizzò in soggiorno.

"...ha confessato a Issac," stava dicendo una voce profonda in cucina.

Luc, Leela lo riconobbe subito.

"Sta aiutando Osiris da decenni," continuò. "Ha detto che si stava assicurando che la tecnologia non mostrasse le nostre connessioni con le persone sbagliate e che è stato Osiris a persuaderlo a farlo."

Leela girò l'angolo nella zona pranzo e trovò Balthazar

a torso nudo accanto alla stufa. Lui le lanciò uno sguardo, poi tornò a focalizzarsi sull'altra voce, appoggiata al muro.

"Cos'altro gli ha fatto fare?" gli chiese Balthazar, il tono e l'espressione non lasciavano trapelare nulla.

"Poc'altro. Secondo Mateo, Osiris richiedeva occasionalmente un aggiornamento, ma non succedeva spesso. E Mateo non gli ha mai fornito informazioni, a meno che non gliele richiedesse espressamente. Dice che non gli ha mai detto di Stas o della sua relazione con Issac."

"Quindi condivideva i dettagli con John," mormorò Balthazar.

"Non esattamente," gli rispose Luc. "Mateo ha detto che John ha richiesto un aggiornamento su Lizzie per conto di Osiris. Il loro rapporto di lavoro non era un segreto, per Mateo; sapeva che Osiris aveva affidato i propri esperimenti di laboratorio a John, quindi non ci ha pensato due volte e gli ha fornito l'aggiornamento, dicendogli che stava per sposare Jay."

Balthazar tacque, aggrottando la fronte. "Tu gli credi?"

"È stato in grado di fornire prove attraverso la registrazione originale che ha lasciato per John," gli rispose Luc. "Certo, potrebbe averla modificata, proprio come ha fatto con le prove che riguardano Clara. A proposito, dice che sia stata un'idea di Osiris e un modo per testare Stas. Anche Sethios ha confermato che sembra proprio una lezione che potrebbe aver orchestrato il padre."

"E l'esplosione del FAC?"

"Tutta opera di John. Mateo non lo ha avvertito, ma ha detto che John si aspettava la rappresaglia, o forse aveva costruito un sistema di sicurezza che aggirasse le operazioni di hackeraggio di Mateo. Non ne è sicuro, ma giura di non avergli dato lui quell'informazione."

Balthazar rifletté un attimo. "È plausibile, immagino.

Soprattutto se i documenti che Mateo ha tirato fuori all'inizio erano tutti falsi. Non abbiamo modo di saperlo veramente."

"Ha detto che Osiris confermerà tutto ciò che ha detto, che voleva Jonathan morto per quello che ha fatto. Osiris non ha approvato l'attacco a Hydria. In realtà, da quello che ha affermato Mateo, sembra che ci abbia lasciati uccidere John."

"Hai provato a chiedere conferma a Osiris?" Il tono di Balthazar conteneva una nota di disagio, probabilmente perché l'idea di chiedere a Osiris di confermare qualcosa sembrava piuttosto stravagante. Era stato il nemico numero uno per... millenni. Non solo per i Seraphim, ma anche per gli Hydraiani.

"Non ancora." Luc si schiarì la gola e il suono si riverberò attraverso la cucina. "Sfortunatamente, sembra che sia l'unico a poter confermare tutto, inclusa la dichiarazione di Mateo che non sapeva che John ci avrebbe attaccati, sulla spiaggia."

"Suppongo allora che la domanda sia... perché ora? Che cosa ci guadagna Osiris a dirci la verità?" si chiese Balthazar ad alta voce.

Quella era una domanda molto valida, che condivideva anche Leela. *Perché si è fatto avanti in questo momento?*

"Mateo sapeva già che gli stavamo addosso," rispose Luc, non al pensiero di Leela, ma alla domanda di Balthazar. "A quanto pare l'ha sempre saputo, quindi Osiris gli ha tolto il guinzaglio. Presumibilmente era stato costretto a non dire nulla. Una costrizione che Osiris ha rimosso solo ieri sera."

"Capisco." Balthazar lanciò un'occhiata a Leela, forse voleva sapere cosa ne pensasse lei delle azioni di Osiris.

Sembra proprio da lui, ammise la donna. Costringere

Mateo a salvaguardare il segreto rientrava perfettamente nelle metodologie adottate da Osiris. Non l'avrebbe liberato dalla persuasione senza una giusta causa.

"Lacy sta parlando con Mateo proprio ora," aggiunse Luc. Leela non riconobbe il nome della donna. "Vedremo se percepirà qualche bugia nelle sue dichiarazioni, anche se non è neanche lontanamente potente tanto quanto John a rilevare le menzogne."

"Il suo potere si basa più sui sentimenti che sulle dichiarazioni reali," mormorò Balthazar. "Potrebbe essere in grado di captare qualcosa, ma non credo che avrà molta importanza. Sospetti già che Mateo stia dicendo la verità."

"Non vedo come mentire possa aiutarlo," commentò Luc. "Il che mi rende incline a credergli."

"E potresti dover contattare Osiris per la conferma," insistette Balthazar, la cui espressione si indurì.

"Ci sto seriamente pensando," disse Luc.

"Non farlo da solo." La voce di Balthazar conteneva un tono severo che negli ultimi tempi aveva utilizzato molto.

Luc non rispose.

"Luc..." Le parole di Balthazar erano piene di cautela. "Tu..."

"C'è dell'altro," lo interruppe Luc, ignorando completamente il commento di Balthazar. "Mateo ha confermato che anche Vera sta lavorando con Osiris, ma ci ha detto che la loro è un'alleanza abbastanza recente. Ha iniziato ad aiutarli dopo aver liberato Sethios."

Leela spalancò gli occhi. Balthazar le aveva già menzionato quella possibilità, ma lei l'aveva ignorata. Vera faceva tutto per un motivo. Tuttavia, averne la conferma...

"Ha detto perché Vera sta lavorando con Osiris?" chiese Leela, rendendo nota la sua presenza a tutti.

Se Balthazar non avesse voluto che lei sentisse quella conversazione, non avrebbe messo Luc in vivavoce.

Oppure gli avrebbe detto di aspettare, appena lei si era nebulizzata lì. In ogni caso, era chiaro che lui volesse che Leela sentisse.

Luc non rispose, forse colto alla sprovvista dalla voce improvvisa.

"Va tutto bene, Luc. Mi fido di lei," disse Balthazar.

Luc grugnì. "Ci fidavamo anche di Vera e Mateo."

"Leela non lavora per Osiris. Riesco a sentire i suoi pensieri, Luc. È dalla nostra parte. Inoltre, c'è anche un legame di lealtà tra lei e Stas," lo informò Balthazar. "Possiamo fidarci."

"Legame di lealtà?" ripeté Luc, sembrava incuriosito.

"Chiedi a Caro," suggerì Balthazar, lui aveva chiaramente visto quel collegamento nella mente di Leela. Caro era presente quando si era formato il legame di lealtà tra Stas e Leela, il che significava che poteva spiegarlo. "Dicci di più su Vera e le sue alleanze. Dobbiamo saperlo, prima di dover sparire di nuovo."

Luc rimase in silenzio per un altro istante, prima di dire: "Da quello che ha detto Mateo, ha qualcosa a che fare con un ricordo che ha visto nella mente di Osiris. Mateo non conosce i dettagli, ma ha detto che ce lo dirà lei al suo ritorno."

"Lei dov'è, adesso?"

"Mateo non lo sa."

"Comodo," mormorò Balthazar, facendo aggrottare la fronte a Leela.

È dalla nostra parte, gli promise lei.

B non la guardò, ma si concentrò sull'altoparlante. "Ha detto qualcos'altro di utile?"

"No, ha solo chiesto che Clara venisse liberata dalle celle, cosa che è già stata fatta. Lei e Gabriel alloggiano vicino a Ezekiel e Skye, nella parte più tranquilla dell'isola."

Il che significava che erano più vicini alle spiagge rocciose. La maggior parte degli Hydraiani viveva insieme vicino al porto, ma alcuni erano più distanziati, sulle colline. Alcuni avevano scelto di vivere nella parte più fitta dell'isola, circondati da alberi. Poi c'erano le spiagge con più rocce che sabbia: quella era la parte *tranquilla*. Almeno, quello era ciò che aveva imparato Leela per esperienza nebulizzandosi per tutta l'isola.

Balthazar annuì, anche se Luc non poteva vederlo. "Probabilmente è meglio, per Clara. Non riesco a immaginare che voglia stare insieme agli altri, in questo momento."

"No, ce l'ha detto anche quando l'abbiamo rilasciata di nuovo." Luc sembrava un po' più stanco del solito. "L'isola sta diventando inquieta. Ho bisogno di preparare tutti per l'inevitabile."

Un attacco Seraphim, commentò Leela, facendo sì che B annuisse di nuovo, a conferma.

"Tornerò presto ad aiutarti," promise B a Luc. "Appena sapremo che la bambina è al sicuro."

Il che significava che le barriere avrebbero dovuto essere a posto.

Quanto tempo? gli chiese Leela.

Tre giorni, gli mimò lui con le labbra. *Forse di più*.

Hydria non era tanto grande, ma le barriere avrebbero dovuto essere forti per proteggerla. Quindi quella linea temporale aveva senso.

"Aggiornatemi di nuovo, tra qualche ora," disse Luc. "Avrò bisogno del vostro contributo su come gestire Mateo. Gli altri vogliono il suo sangue."

Balthazar inarcò un sopracciglio, qualcosa nella voce di Luc aveva catturato il suo interesse. "E tu? Cos'è che vuoi?"

Luc rimase in silenzio per un po'. "Voglio che sia

l'uomo giusto a pagare per il crimine, e quell'uomo è già morto." Le sue parole erano delicate, a malapena presenti.

Dopodiché la linea cadde.

Balthazar fissò l'altoparlante per un altro momento, chiaramente perso nei pensieri. Poi tornò a concentrarsi sui fornelli e iniziò a mescolare quella che sembrava una zuppa. "Dobbiamo mangiare," le disse. "Siamo stati qui lo stesso tempo che siamo rimasti a Melbourne."

Leela deglutì, alzando automaticamente lo sguardo verso le barriere. Una parte di lei voleva controllarle, giusto per essere sicuri, ma sapeva che erano a posto. Le aveva già ispezionate diverse volte.

Eppure non riusciva a scrollarsi di dosso la sensazione che non fossero abbastanza.

"Prima mangia," le disse Balthazar, prendendo una ciotola dalla credenza e riempiendola di ramen. "Dopo potrai controllare di nuovo." Iniziò ad aggiungere ingredienti alla zuppa, tra cui un uovo sodo e una sorta di insieme di verdure provenienti da un'altra padella. Era un pasto complicato, sicuramente più pesante di un piatto di spaghetti.

B le posò la ciotola davanti con un cucchiaio, poi attraversò la cucina fino al bancone accanto al frigorifero. Leela spalancò gli occhi nel vederlo portare a tavola un vassoio di sushi appena preparato.

"Come...?" La Seraphim si interruppe, incapace di finire la frase, perché il suo stomaco le stava chiedendo di iniziare a mangiare. *Subito.*

"Luc tiene sempre la casa pronta per le sue visite frequenti," le spiegò Balthazar. "Dal momento che non so cosa faranno i tuoi Seraphim quando troveranno questo posto, ho pensato che avremmo potuto assicurarci che la maggior parte del cibo fresco non andasse sprecata."

Lei annuì. Neanche Leela era sicura di cosa avrebbero

fatto. Probabilmente lo avrebbero ignorato e sarebbero andati avanti, ma in realtà dipendeva da ciò che i Destinati avevano visto riguardo a quella casa e dalle direttive dell'Alto Consiglio di Seraph.

B le versò un bicchiere d'acqua per accompagnare il pasto, poi andò a prepararsi una porzione, mentre lei iniziava a mangiare. Indossava ancora i pantaloni grigi della tuta. Leela sperava davvero che i Seraphim non li interrompessero, perché aveva dei piani per quei pantaloni.

Balthazar si voltò verso di lei e le sorrise con gli occhi color cioccolato, le profondità seducenti piene di conoscenza. Leela non si vergognava minimamente. Probabilmente B aveva sentito anche tutte le fantasie a cui aveva pensato al piano di sopra.

"Sì," confermò lui, senza preoccuparsi di fingere. "Non vedo l'ora di ricrearle, più tardi."

Leela arricciò le labbra. "Anche io."

Balthazar finì di mettere insieme il cibo e prese posto sulla sedia accanto a lei. Mangiarono in un silenzio confortevole. B ogni tanto usava le bacchette per imboccare Leela con del sushi, prima di prenderne un boccone a sua volta. Era un piacere condiviso, grazie anche alla capacità di lui di leggere ogni desiderio di Leela.

Forse averlo nella mente non era poi così male.

Le fece l'occhiolino al pensiero, poi le rubò un po' d'acqua, poiché non aveva riempito un bicchiere per sé. Leela si alzò per risolvere il problema e si sentì gli occhi di lui addosso mentre si muoveva in cucina.

Al ritorno, la imboccò con un altro pezzo di sushi, poi accettò il bicchiere che gli stava porgendo e bevve un sorso, grato.

Il loro gioco silenzioso continuò fino a quando finirono, poi Balthazar iniziò a pulire. "Dovrei farlo io," gli fece notare lei.

"Ora che ti sei riposata puoi controllare di nuovo le barriere. Laverò io i piatti."

"So che sono a posto."

"Dimostralo," la sfidò lui. Leela sapeva che non si trattava di dimostrarlo a lui, quanto a se stessa.

Si mordicchiò il labbro per un secondo, poi si nebulizzò tra le nuvole per analizzare il proprio lavoro. Il sole al tramonto rendeva facile vedere il bagliore etereo, permettendole di ispezionare tutte le barriere in una manciata di minuti. Erano tutte a posto.

Allora perché mi sento a disagio? si chiese, incapace di scrollarsi di dosso la sensazione di incertezza mentre tornava in cucina. A quel punto, Balthazar aveva perlopiù finito con i piatti, aveva anche messo la zuppa avanzata in un contenitore a lato del frigorifero. Probabilmente era ancora troppo calda per metterla dentro.

"È Vera a metterti a disagio?" chiese B in tono amichevole. "Il fatto che abbia lavorato con Osiris senza dire nulla... Ti sei fidata di lei con il tuo sangue, eppure i tracciatori ci hanno trovati più velocemente del previsto. Le faccende potrebbe non essere collegate, ma le nostre menti mettono insieme i sospetti per un motivo."

"Io mi fido di lei," sottolineò Leela. Tuttavia, non poteva condannare la logica di lui. Vera sembrava piuttosto sospetta, ma... "È come di famiglia per me, B. Lei... è essenzialmente mia sorella. O quella che avrei voluto, comunque. Invece, condividiamo Melanythos."

Leela rabbrividì a pronunciare quel nome tanto temuto. *Mel*, in breve. Aveva ereditato molto dalla stirpe materna, che era quella che condivideva con Vera. Con Mel, invece, aveva in comune la stirpe paterna.

"Siamo essenzialmente parenti senza essere consanguinee," continuò Leela, rifocalizzandosi su Vera, non sull'orribile sorellastra che condividevano. "Qualsiasi cosa Vera faccia, è per un motivo. Qualsiasi dettaglio abbia visto nel passato di Osiris deve averla convinta ad aiutarlo. Sono sicura che appena potrà, lo spiegherà."

"E allora dove è?"

"Non ne ho idea. Scompare continuamente." Leela non poté fare a meno di sentirsi frustrata. "La conosco da tutta la vita, B. Ti prego, fidati di me. È una di noi. Ne sono sicura. Non ci tradirebbe mai, nemmeno quando sembra che possa averlo fatto. Ha a mente i nostri migliori interessi. Sempre."

"Forse come Mateo," mormorò B, il cui sguardo si restrinse mentre sistemava il panno dei piatti per farlo asciugare. "È giovane e impressionabile, ma non credo ci tradirebbe senza avere delle buone intenzioni. E quello che ha detto Luc implica che Mateo si sia comportato così per proteggerci. Potrebbe essere tutta un'altra bugia, forse inventata da Osiris, questa volta, ma è difficile da dire."

"Ehm, Lacy sarà in grado di dire se Mateo è sincero?" gli chiese Leela. "Presumo che lei sia una specie di macchina della verità."

"In un certo senso," ribatté Balthazar. "Se Mateo è stato costretto a credere alla verità, allora potrebbe non essere in grado di aiutarci."

"È riuscita a leggere Clara?"

"Non le abbiamo chiesto di provarci." L'espressione di Balthazar divenne cupa. "Abbiamo preso le affermazioni di Clara alla lettera, credendo alla sua duplicità senza esaminarla."

Leela sospettò che Balthazar si sarebbe incolpato di quella svista per un bel po' di tempo.

"Non riuscivo a percepire la sua frustrazione," continuò, aggrottando la fronte. "Avrei dovuto scavare più a fondo. I suoi pensieri erano troppo superficiali. Avrei dovuto riconoscere l'errore, ma ero troppo arrabbiato per valutare correttamente la situazione. La mia attenzione era più rivolta a Luc, e a tenerlo calmo."

Si passò le dita tra i capelli e appoggiò il fianco contro il bancone della cucina mentre guardava Leela.

"Non voglio compiere lo stesso errore con Mateo," si confidò con lei. "Sappiamo che è colpevole, ma voglio credere che l'abbia fatto per le giuste ragioni. Almeno nella sua mente."

"Secondo Luc, sembra che non stesse cercando di fare del male a nessuno."

"Eppure delle brave persone sono morte a causa sua."

"Non direttamente," ribatté lei dolcemente. "Non poteva sapere che le informazioni sarebbero state usate in modo tanto orribile. Da quello che ha detto Luc, sembra che Mateo gli stesse solo dando un aggiornamento generale. Non stava fornendo specifiche, né aiutando le Sentinelle a pianificare un attacco."

"No, ma dopo ci ha mentito e ha incastrato Clara."

"Perché l'ha costretto Osiris."

"Non sono sicuro che questo giustifichi tutto quanto." A Balthazar si contrasse l'addome mentre si allontanava dal bancone. "Il tradimento distrugge la fiducia. È difficile uscirne incolumi."

In quelle parole c'era un accenno a qualcos'altro.

Un'affermazione che andava oltre Mateo e si applicava direttamente a Leela.

Perché lei gli aveva alterato i ricordi, in una certa misura tradendolo. Eppure B aveva appena detto a Luc che si fidava di lei.

"Come ho detto, a volte le cose vengono fatte con le giuste intenzioni in mente. Questo non significa che siano corrette. Significa solo che il ragionamento dietro le azioni non era di natura nefasta o crudele." Il suo tono tranquillo la colpì dritta al cuore.

"Dovevo proteggere Stas."

"A spese mie. A spese nostre. A spese di un futuro che potrebbe non essere più lo stesso." Balthazar scosse la testa, la delusione palpabile mentre si avviava verso di lei. "Avresti potuto provare a fidarti di me, invece... Hai scelto una strada per noi senza nemmeno tentare di confidarti con me."

"Balthazar..."

"Shhh," la zittì lui, sfiorandole le labbra con la punta delle dita. "Non sto dicendo che non mi fido di te, Lee. Sto dicendo che ci vuole tempo per riprendersi da un tradimento. Può essere un percorso difficile da intraprendere, ma non impossibile."

Si sporse in avanti per premere delicatamente le labbra contro quelle di lei.

A Leela venne in mente di scusarsi, il cuore le batteva a disagio nel petto.

Perché lui aveva ragione.

Avrebbe potuto provare a parlargli.

Invece, aveva scelto di soffrire da sola e di allontanarsi dalla mente dell'Hydraiano. Lui non avrebbe mai dovuto saperlo. Era un peso che avrebbe dovuto portare lei, non lui.

Eppure, lo era venuto a sapere.

Leela riusciva a sentire la delusione che Balthazar irradiava a ondate, come se la stesse punendo per mezzo dei rimpianti.

"Non è mia intenzione punirti davvero, Lee," le sussurrò. "Capisco perché l'hai fatto, ma ora dobbiamo entrambi convivere con le conseguenze di quella decisione."

"Non volevo farti del male."

"Lo so."

"Io... Non avresti dovuto saperlo."

"Questo peggiora quasi le cose," mormorò lui, con il palmo della mano che le accarezzava la guancia. "Quei ricordi erano fatti per essere goduti da entrambi, non affinché tu potessi riviverli da sola."

La baciò di nuovo, più intensamente, con la lingua che si faceva strada nella sua cavità. Non era un perdono. Né delle scuse. Era qualcosa che stava a metà. Una sensazione intangibile. Un nuovo percorso davanti a loro, creato dal desiderio reciproco e dalla voglia di imparare di più.

L'anima di Leela gioì profondamente, diffondendole un calore estraneo nelle vene e rimembrandole qualcosa di importante. Qualcosa che avrebbe dovuto ricordare. Un momento nel passato. Una connessione impossibile, che lei non capiva.

Sparì in un lampo, il ricordo scomparve nell'abisso e la lasciò a rincorrere il fantasma di una sensazione.

Cos'era? si meravigliò, senza fiato. Le lasciò un campanello d'allarme nella testa, che le colpì le braccia e le gambe. Sembrava davvero reale. Improbabile. Così...

Leela spalancò gli occhi.

Allarmi.

Allarmi veri.

Non provenivano dalle barriere. La casa aveva preso vita intorno a loro e stava lanciando un avvertimento che Leela non capiva.

"Leela, dobbiamo andare!" L'urgenza nel tono di Balthazar suggeriva che si stesse ripetendo, ma lei era la prima volta che lo sentiva.

Le sue mani non le stavano più accarezzando il viso, ma afferrando i fianchi.

"*Leela.*"

Da una sorta di meccanismo difensivo legato alla casa, cominciarono a fuoriuscire dei proiettili.

Leela non ebbe il tempo di chiedere da dove venissero

o come, perché riusciva a sentire i Seraphim all'esterno. Non grazie alle barriere, ma al senso di autoconservazione.

Era già stata in quella posizione.

Eppure non avrebbe saputo dire quando.

Una strana realizzazione, che ignorò mentre gettava le braccia intorno al collo di Balthazar e li nebulizzava nel primo posto a cui potesse pensare: la soglia di una porta qualunque in...

Leela si accigliò mentre tornava allo stato corporeo.

Italia? tirò a indovinare, osservando il canale che aveva alle spalle e la lunga barca che si muoveva lungo di esso. L'architettura gotica, il tocco di influenza bizantina e i famosi corsi d'acqua confermarono rapidamente la loro posizione attuale. *Venezia.*

Tuttavia, Leela non aveva un posto dove stare, lì.

Strano.

Nonostante ciò, mentre alzava lo sguardo per incontrare quello sorpreso di Balthazar, si rese conto che, dopotutto, non era poi così strano.

Un fatto che lui dimostrò aggirandola con una mano...

Per digitare un codice sulla porta alle spalle della donna.

CAPITOLO 16

BALTHAZAR

QUELLA LOCATION SEMBRAVA QUASI APPROPRIATA, DAL momento che era la residenza principale di Jay al di fuori dell'isola di Hydria. Come tutte le altre proprietà degli Anziani, era dotata di sicurezza dell'ultima gamma, un codice di accesso e abbastanza camere da letto per assicurare a ogni individuo il proprio spazio, quando necessario.

Balthazar guidò Leela nell'atrio a doppio piano, poi chiuse e serrò la porta dietro di sé. Un tappeto orientale decorava il pavimento in marmo, conducendoli al salotto con finestre che si affacciavano sulla terrazza anteriore e sul canale.

Sono già stata qui, sussurrò Leela tra sé e sé. *Ma quando?*

B seguì lo sguardo della donna verso un dipinto sul muro, tra le finestre enormi.

Lei si spostò sul pavimento con la grazia di una ballerina, l'attenzione consumata dal dipinto. Era quello il luogo che aveva riconosciuto? O si trattava della residenza in cui si trovavano?

Jay aveva ristrutturato la casa per adattarla ai tempi

moderni per quanto riguardava l'impianto idraulico ed elettrico, ma aveva mantenuto gran parte dell'atmosfera di quando l'aveva acquistata, diversi secoli prima. Era una di quelle residenze che continuavano a essere tramandate di generazione in generazione.

Tutte le pratiche e burocrazie legali erano state gestite dal team immobiliare di Hydria. Balthazar comprendeva la maggior parte di ciò che facevano, ma non tutto, poiché la legge variava da paese a paese e spesso cambiava nel corso dei decenni.

"Quanto spesso vieni in questa casa?" gli chiese Leela, la sua voce sembrava un po' lontana, mentre la mente continuava a vorticare in un ricordo che non riusciva a cogliere. *L'ho già seguito fin qui? No. Forse. Sono* stata *qui. Quando?*

"Più spesso degli altri, ma non abbastanza da dare nell'occhio," rispose. "Questa casa è di Jay."

"Sì," sussurrò Leela. *Lo so, ma come faccio a saperlo?* Si avviò verso la zona pranzo e l'enorme cucina oltre essa. *Forni in pietra. Pizza.* Lanciò un'occhiata al tavolo fatto per accomodare otto persone. *Salame piccante e salsiccia italiana.*

Leela si diresse verso una porta, aprendola per confermare ciò che già sapeva. *Una cantina.* Iniziò a pensare ai nomi dei vini, a come aveva scelto una bottiglia di rosso, uno dei preferiti di Balthazar.

Si accigliò, non capiva come facesse a sapere tutto ciò. Era come se le loro menti si fossero in qualche modo unite, condividendo ricordi di Balthazar, non di Leela.

Mentre lei continuava a esplorare, conducendo B alla scala sul retro, poi al secondo e al terzo piano, l'Hydraiano iniziò a chiedersi se potesse trattarsi dei *loro* ricordi. Perché Leela conosceva ogni stanza, le riconosceva prima di vederle, e lo accompagnò direttamente nello spazio che lui considerava proprio. Al letto in cui lei era sicura di aver dormito.

"Impossibile," le disse lui. "Non portiamo mai le donne, qui."

Non era una regola, ma una cortesia. Balthazar non avrebbe mai portato Leela in quella stanza, anche se si fosse trattato di una divertente settimana di sesso.

Lizzie sarebbe stata un'eccezione per Jay.

Proprio come Jenika lo era stata per Alik.

Ma Balthazar e Luc non avevano mai approfittato di quell'eccezione.

Eppure, una parte della mente di B riconobbe quel momento. *Leela che rideva. I capelli che le ondeggiavano liberamente. Quel sorriso sulle labbra che sembrava dirgli: vieni qui. Tanta vita. Tanto amore.*

Lei si voltò per guardarlo, come se stesse sperimentando gli stessi pensieri, tranne che i suoi riguardavano Balthazar. *Quegli occhi di cioccolato, sorridenti e pieni di intenzioni maliziose. Gli spuntarono le fossette in maniera molto allettante. Si portò le dita al collo e cominciò a togliersi la cravatta.*

Solo che in quel momento non ne indossava una.

Solo un paio di pantaloni della tuta grigi.

Le sue dita sfiorarono comunque la colonna della gola, estasiate dalla descrizione nei pensieri di Leela.

B si tolse la cravatta. Nera. Poi l'appese... Leela andò verso l'armadio di lui, trovandolo esattamente dove si ricordava che fosse, contro il muro. Passò le dita tra la seta, prima di lanciare un'occhiata alla camicia scura che B ci avrebbe abbinato. *Indossava questo...*

"Che ricordo è?" chiese lui.

"È una fantasia," sussurrò lei. "Ma sembra... sembra così reale..." Quando si voltò verso di lui, gli occhi verde-azzurri di Leela presero a brillare. Il sole occupava la posizione di mezzogiorno nel cielo e colpiva le finestre in modo perfetto.

Leela si avvicinò a esse, le dita agili si mossero sui ganci, per aprirli. L'inverno a Venezia era solitamente fresco, e quel giorno non faceva eccezione. Tuttavia, l'aria fredda del pomeriggio le sfiorò a malapena la pelle eccessivamente accaldata. La mente di Balthazar era persa nella memoria di Leela, i movimenti sapienti e decisi attraverso la stanza erano al contempo snervanti e ipnoticamente belli.

Leela uscì sulla terrazza, i pensieri confermavano ogni dettaglio.

Poi si voltò e si fermò, la sua silhouette alla luce del giorno era quasi troppo da affrontare. I capelli biondi le pendevano leggermente umidi sulle spalle, dove la camicia bianca le abbracciava le curve femminili.

È perfetta.

In un'altra vita, indossava un vestitino bianco estivo che le accarezzava la figura a clessidra e metteva in mostra i capezzoli rosa.

B la immaginò per il più breve dei secondi, poi scosse la testa, confuso. "Cosa mi stai facendo?"

"Non lo so," gli rispose lei dolcemente, mordendosi il labbro. "Non capisco niente di tutto questo. Solo che... che ho... *che abbiamo...*"

"Sì," le rispose lui, avvicinandosi. I piedi nudi sentivano a malapena il soffice tappeto sotto le piante. "Sì," ripeté lui, con il palmo della mano che le cingeva la nuca e la tirava a sé. "*Sì.*" Non riusciva a dire nient'altro.

Perché non c'era nient'altro da dire.

Balthazar doveva sapere se tutto ciò fosse vero. Se fosse giusto. Se fosse *reale.* Perché si sentiva perso, in un sogno che non avrebbe dovuto esistere. Una fantasia che non era sua.

Eppure, stava succedendo.

A lui.

A *loro*.

"Baciami," sussurrò lei, le parole provocarono un ricordo estraneo che B non riuscì a cogliere appieno. "Prendimi, B. Fammi volare."

Leela stava recitando qualcosa proveniente dalla propria mente, ma che nessuno dei due capiva.

Tuttavia, Balthazar era ansioso di obbedire.

Devo sapere, pensò, poi spostò la mano opposta verso il fianco di Leela, mentre con quella intorno al collo l'attirava in un bacio.

Tra di loro sfrigolò una vampata di calore, risvegliando nervi che B non aveva mai toccato prima. Nervi che non aveva mai saputo di possedere. *Chi sei tu per me?* si chiese, avvolgendo il braccio intorno alla vita di Leela mentre la tirava a sé.

Consumami. L'appello le ronzò attraverso la mente.

Lui obbedì, le aprì le labbra con la lingua e s'insinuò dentro per ballare intimamente con quella di lei. Era davvero una sensazione familiare. Giusta. *Un sogno pieno di fantasia.*

Balthazar lottò per prendere aria, incerto su come fermarsi, dove andare, da che parte era il sopra o il sotto.

Poi cadde improvvisamente sul materasso, con Leela sotto di lui.

Aveva le mani sulla pelle della donna, sui suoi seni, la camicia giaceva a brandelli sul pavimento. *È un ricordo o realtà?* Non ne era sicuro. Eppure doveva *provare* qualcosa.

"Balthazar," gemette Leela, inarcando il proprio corpo contro quello di lui.

Realtà, decise Balthazar, il corpo caldo e peccaminoso di lei sotto il proprio.

Allontanò la bocca da quella di Leela e trovò la camicia

che le aveva appena strappato di dosso. Continuava a passare dalle tonalità del bianco a quelle del nero. *Realtà e ricordo. Vita e fantasia. Il presente e un sogno.*

Lei gli conficcò le unghie nelle spalle, attirando l'attenzione di B su di sé.

I capelli biondi ricadevano a cascata sulle lenzuola nere di raso. Era un angelo. Il *suo* angelo. Persa in preda alla passione, ma non del tutto.

Perché indossava ancora i boxer di lui.

E B aveva ancora i pantaloni.

Quel sogno richiedeva di più.

"Indossavi un vestito," sussurrò Balthazar. "Bianco e leggero. Di seta, fatto per tentare anche il diavolo in persona."

Leela era bellissima quella notte, aveva passeggiato per le strade di Venezia ridendo, seducendo, provocando ogni uomo e donna sul suo cammino.

Una dea mozzafiato.

La *sua* dea.

Lui aveva indossato un completo nero per contrastare il bianco di lei.

Un gioco fatto di sensualità e grazia.

Insieme, erano dèi, a spasso per le strade... Quanto tempo era passato? Era stato reale? Un sogno?

Leela sfiorò le labbra di Balthazar, trascinandolo di nuovo nel bacio, la mente dell'Hydraiano si sciolse nella contentezza del loro abbraccio.

Cazzo, le sue tette sono perfette.

Sode e della giusta dimensione.

Le baciò un sentiero lungo il collo, fino al capezzolo, prendendolo in bocca proprio come aveva fatto quella notte. Lei gemette, le dita gli scivolarono tra i capelli per tenerlo in posizione, guidandolo nel modo che preferiva.

Non che lui ne avesse bisogno.

Sapeva già cosa desiderava Leela. Proprio come lei conosceva ogni bisogno di lui.

Ma come? si meravigliò B. *L'abbiamo già fatto in Brasile?*

"Di più," supplicò lei, la mente completamente persa in qualsiasi sogno avessero già creato una volta lì.

Oppure in una fantasia, forse concepita proprio da Leela.

Qualunque cosa fosse, lo tirò sotto di lei, affogandolo nei ricordi sensoriali e costringendolo a un percorso lungo l'addome, fino ai boxer fermi sui fianchi.

"Quella notte non indossavi le mutandine, furbetta." Poteva immaginarlo perfettamente, il modo in cui l'eccitazione di lei aveva brillato libera, pronta perché lui la leccasse appena sollevatale la gonna del vestito.

B le tolse i boxer, aveva bisogno di vederla, per *ricordare* quella notte.

Leela spalancò le cosce per lui, la deliziosa carne rosa era bella come...

Come prima, pensò B. *Non quella notte. Quella non era mai esistita.*

Tuttavia quel letto... I capelli di Leela... Le sue cosce aperte proprio in quel modo... Balthazar ci era già passato.

Una volta.

In qualche altra vita.

Leela si mise a sedere, portò le dita sui pantaloni della tuta di lui. Nella sua mente, stava pensando a dei pantaloni eleganti. Neri, da abbinare alla camicia e alla cravatta. Lo stesso colore dei boxer.

Abbassò il tessuto, esponendo Balthazar al proprio sguardo affamato.

Lui non poteva fermarla.

Non ci provò nemmeno.

Era tutto troppo bello per pretendere che mettessero subito fine a quella follia.

Dovevano saperlo entrambi. Dovevano *ricreare* qualsiasi cosa ci fosse tra di loro.

Balthazar si sedette sul letto con la schiena contro la testiera, consapevole di ciò che sarebbe successo, mentre lei gli si mise a cavalcioni.

Avevano fatto l'amore proprio così. Per allentare la tensione. Per iniziare il loro lungo weekend di scopate.

Ore. Giorni. A volte settimane.

A B pulsava la testa per via dell'ondata di ricordi che non gli appartenevano. Di pensieri che non potevano essere reali.

E poi, improvvisamente fu dentro di lei.

In profondità. Bagnata. *Stretta.*

Cazzo, era meglio di una fantasia. I loro corpi si muovevano in un'armonia che non avrebbe dovuto essere reale. Si muovevano sensualmente nella passione più beata.

Lei dettava il ritmo, ma lui andava incontro alla spinta per avanzare con i fianchi e sbattersi più in profondità dentro di lei.

Lei gridò, il nome di Balthazar era come una benedizione nell'aria mentre lui si muoveva in avanti per lasciare che lei gli avvolgesse le gambe intorno alla parte bassa della schiena.

Una posizione intima.

I loro petti si strinsero.

Lei gli cinse il collo con le braccia.

Gli assaporò le labbra.

Lui le mise una mano sul fianco, e con l'altra le strinse i capelli.

Ansimi. Battiti cardiaci impazziti. Calore bollente.

È sempre così. Un'unione impeccabile. Intensa. Inebriante. Pazza. I pensieri di Leela facevano a gara con quelli di lui, solo che lei aveva l'intera esperienza in Brasile da paragonare a quella che stavano vivendo in quel momento.

E ciò rese quello che stava succedendo ancora più potente.

Perché B poteva sentirla fare un confronto, prendere nota della giustezza di entrambe le unioni e la passione oscura alla base di quella presente.

Le afferrò di nuovo la nuca e la baciò come se ne andasse della sua vita, mentre le cosce di Leela tremavano intorno alle proprie. Le portò una mano sulla parte bassa della schiena, per spingerla in avanti, prendendo il controllo del ritmo e aggiungendo alcune variazioni.

Poi la spinse sul letto, sbattendole la schiena contro il materasso e tornò a penetrarla in profondità. Lei urlò gemendo: un suono che B aveva già sentito prima di allora.

Più volte.

In ripetizione.

Sì, esattamente come quello.

Le portò un palmo alla gola, tenendola sotto di sé mentre le dava tutto ciò che possedeva, guidandola verso un oblio che solo il suo corpo sembrava in grado di regalarle.

Lo sapevano entrambi, capivano che quell'accoppiamento superava tutti gli altri e le loro anime si rallegrarono davanti a quel ricongiungimento del destino.

B prese a tremare, le vene gli pulsavano per via del loro inferno appassionato, mentre la scopava fino a farle raggiungere uno stato euforico che poteva sentire sulla lingua.

Leela gemette, lungo le guance le scorrevano delle lacrime, allora come in quel momento, proprio mentre ansimò il nome di lui. "Balthazar."

Non B.

Ma il nome completo.

Ancora e ancora.

Lui mantenne il ritmo punitivo, godendosi il modo in cui il canale stretto di lei gli stringeva l'asta.

Poi si fermò a fissarla, la sua bellissima furbetta, tra le lenzuola, con i capelli dorati che assomigliavano a un'aureola intorno alla testa.

La sola immagine lo spinse oltre il limite, facendogli stringere l'addome mentre l'orgasmo gli rombava attraverso tutto il corpo.

"*Leela,*" gemette B, il cui mondo prese a girare fuori dal proprio asse, mentre la realtà e la fantasia si univano.

Non ci era mai passato, prima.

Eppure l'aveva fatto.

Dentro di lei. Proprio in quel modo. Sentirla urlare, pulsare, guardarla mentre si scioglieva sotto di lui.

Balthazar afferrò il cuscino accanto alla testa di lei, stringendo le piume all'interno mentre le dava una spinta finale, il piacere così intenso che riusciva a malapena a respirare.

Come prima.

E ogni altra volta...

"Non capisco cosa stia succedendo," le sussurrò all'orecchio, accarezzandole l'anca con le dita mentre l'altra mano poggiava sul cuscino accanto alla testa di lei. "L'abbiamo già fatto prima."

"Decisamente," concordò lei, la cui voce era poco più di un sussulto.

L'Hydraiano riuscì a tirarsi indietro quel tanto che bastava per incontrare lo sguardo di Leela. "Quando?"

"Non lo so," ammise lei.

"Nemmeno io." B fece cadere lo sguardo sulla bocca di lei prima di tornare ai suoi occhi scintillanti. "Ma voglio farlo di nuovo."

"Sì," rispose lei. "Assolutamente sì."

Un'altra eco proveniente da un sogno.

Un'altra fantasia da ripetere.

Un'altra vita... dimenticata.

Ma l'anima di Balthazar ricordava. Quella fonte di vita batteva nel profondo, esortandolo a continuare. Esplorare. Per rivivere i momenti.

Quindi baciò Leela.

E la loro fantasia ricominciò.

CAPITOLO 17

BALTHAZAR

Leela non si preoccupò di creare alcuna barriera. Non avevano funzionato in Giappone, quindi presumeva che non l'avrebbero fatto nemmeno lì.

Balthazar non insistette.

Quella proprietà aveva un sistema di sicurezza simile a quello a casa di Luc. Se aveva già funzionato contro i Seraphim, non avrebbero avuto problemi.

Anche se non era del tutto sicuro di *come* avesse funzionato. Erano esseri eterei. Forse avevano preso forma corporea all'esterno, e ciò aveva innescato gli allarmi? Se così fosse stato, non avrebbero commesso di nuovo quell'errore, il che rendeva Leela e Balthazar un po' più vulnerabili.

Leela si chiese se i Seraphim stessero forse tenendo traccia delle barriere, invece che del suo sangue.

Un altro motivo per non crearne di nuove.

Erano abbastanza vicini a Hydria da far sentire Balthazar un po' più al sicuro. Se avessero avuto bisogno di nebulizzarsi, sarebbero stati lì in pochi secondi. Poi avrebbero affrontato le conseguenze.

L'ultimo aggiornamento di Luc, che aveva appena finito di ricevere, diceva che erano al passo coi piani e che avevano bisogno di altri due giorni, forse meno.

Vera era ancora introvabile.

E Luc non aveva deciso che provvedimenti prendere con Mateo.

Balthazar non ne era sorpreso, dato che erano passate solo cinque ore circa dalla loro ultima conversazione.

Aveva anche pensato brevemente di confidare a Luc della strana fusione mentale che stava sperimentando con Leela, ma poi aveva deciso che il Re Hydraiano avesse già abbastanza a cui pensare, al momento. Balthazar e Leela avrebbero capito da soli cosa stesse succedendo.

Dopo che lui l'avrebbe portata a cena.

Era un rischio, ma circondarsi di esseri umani avrebbe potuto effettivamente funzionare in quanto sistema di allarme migliore di quello che si trovava in casa. Secondo Leela, i Seraphim volevano rimanere nascosti. Era per quello che avevano creato innumerevoli barriere per proteggere le loro isole, per stare lontani dalle mappe dei mortali.

Il che significava che sarebbero stati meno inclini ad attaccare Leela e Balthazar mentre erano in pubblico.

Inoltre, probabilmente ancora non sapevano nemmeno dove trovarli. Sembrava che si presentassero a intervalli di dodici o tredici ore, e Leela e B erano a Venezia da meno di sei.

Ciò offriva loro un sacco di tempo per esplorare la fusione mentale e distinguere la verità dalla finzione. Se avessero davvero già camminato insieme per quelle strade, allora presto sarebbero potuti emergere altri ricordi. E loro avrebbero potuto seguirli per ottenere maggiori informazioni.

Balthazar sospettava che Vera avesse qualcosa a che

fare con quella faccenda. Gli aveva manipolato i ricordi del Brasile, ma chi era in grado di dire che quella fosse stata la prima volta? Forse aveva manipolato anche quelli di Leela.

Allora perché stavano cominciando a ricordare? Perché B riusciva a collegarsi alla mente di Leela grazie alla runa disegnata da Vera? Oppure quella era tutta un'altra assurdità, che avrebbe voluto fargli credere che fossero già stati insieme, quando non era mai successo?

Quale sarebbe lo scopo di un giochetto del genere?

Distrarli, forse?

Balthazar non ne era sicuro, ma aveva intenzione di scoprirlo.

Così come Leela.

L'Hydraiano riusciva a sentire la determinazione nei pensieri di lei, mentre finiva di indossare il vestito che lui le aveva fatto consegnare. Non era bianco come quello dei ricordi, ma un completo a maniche lunghe color blu scuro che le arrivava ai polpacci. Un paio di stivali neri al ginocchio avrebbero completato il look.

Niente mutandine.

Niente reggiseno.

Sapevano entrambi che non li avrebbe comunque indossati.

Proprio come lui non indossava nulla sotto i pantaloni neri. Li aveva abbinati a una camicia biancastra, lasciata slacciata sul collo, poi aveva intenzione di completare il tutto una giacca sportiva scura.

Erano appena le otto a Venezia, il momento perfetto per andare a cena.

Non avevano prenotato da nessuna parte, poiché lo scopo di quell'esperienza era vedere dove li avrebbero portati le loro menti.

Balthazar aspettò Leela in fondo alle scale sul retro, i

tacchi degli stivali sbattevano dolcemente contro il legno mentre scendeva.

Appena gli apparve di fronte, B sorrise. I seni sodi erano splendidamente in mostra sotto il tessuto stretto, regalandogli un'allettante vista dei capezzoli. Era un look ancora abbastanza modesto perché potessero avventurarsi fuori, ma la provocazione perfetta per distrarre lui e chiunque altro avrebbe guardato verso di lei quella sera.

È veramente una dea, si meravigliò B, mentre il senso del dejà vu si posava ancora una volta su di lui. Perché l'aveva già pensato innumerevoli volte, e non solo in quell'istante.

Non solo il giorno prima.

Non solo in Brasile.

Anche *prima*.

La domanda era: *quando?*

Anche i pensieri di Leela imitarono quelli di lui, e riconobbe il calore nello sguardo dell'uomo. L'aveva già visto prima. *Molto, molto tempo fa*, sussurrò tra sé e sé.

Lui le porse la mano. Lei l'accettò, mandandogli un'altra ondata di familiarità. Lui non disse nulla, perché lei sentì la stessa elettricità pulsarle nelle vene, provocando un ricordo che non riusciva a cogliere appieno.

Balthazar si portò la mano di lei alle labbra, sfiorandole le nocche con un bacio, poi la prese sotto braccio e la guidò attraverso la casa e verso la porta d'ingresso.

Non sarebbero andati lontano.

Tuttavia, forse era meglio così. Balthazar avrebbe odiato compromettere un'altra delle proprietà degli Anziani per colpa dei Seraphim.

Tuttavia, se avessero visto Leela e Balthazar insieme, avrebbero capito che non si trattava di Jay e Lizzie. Il che avrebbe potuto rovinare l'intero inseguimento.

Fortunatamente, avevano almeno sette ore prima che

ciò accadesse, così c'era tutto il tempo di decidere come procedere.

"Li sentirai, in caso arrivassero prima, giusto?" le chiese Balthazar prima di aprire la porta d'ingresso.

"Dovrei, sì," gli rispose lei. "A dire il vero, onestamente, nulla mi sembra più certo. Hai avvertito Luc?"

"Gli ho detto che ci saremmo dovuti muovere di nuovo prima del previsto, e che il suo sistema di sicurezza ci ha salvati. Questo posto, però, è un po' diverso. Siamo molto più vicini agli umani, qui, vivono tutti intorno a noi. Il posto in Giappone è molto più appartato."

Lei annuì. "Venezia renderà più difficile rintracciarci. Anche se è simile a Melbourne."

"Vero."

B si appoggiò alla porta di fronte a lei. "Dovremmo restare qui? Non voglio rischiare di mettere in pericolo Jay, Lizzie e la piccola LJ." Balthazar avrebbe voluto disperatamente sapere cosa stesse succedendo tra lui e Leela, ma non a spese del migliore amico.

"Sono passate solo poche ore, e nemmeno io sapevo dove stessimo andando, quando ci ho nebulizzati qui. Non c'è modo che ci abbiano seguiti. Non credo che ci troveranno così in fretta, ma nella remota possibilità che lo facciano, cercheranno di catturarci quando saremo soli e lontani dagli umani."

"Non si renderanno conto che è una pista falsa, per poi nebulizzarsi a Hydria?"

"Si renderanno conto che è una pista falsa e chiederanno di avere risposte. Da me. Il che significa che si concentreranno prima su di me, per interrogarmi, poi continueranno la ricerca di Lizzie e della figlia."

Balthazar rifletté per un momento su quelle parole. Significava che se i Seraphim li avessero catturati, avrebbero avuto il tempo di avvertire gli altri, e ciò avrebbe potuto comunque prolungare l'inevitabile, perché i Seraphim guerrieri e tracciatori avrebbero inseguito Leela per ottenere delle risposte, prima di continuare la loro missione di caccia.

"Possono impedirti di nebulizzarti?" si chiese B ad alta voce, considerando la possibilità di prolungare l'inseguimento un altro giorno o due, in caso li catturassero.

"Solo se sono in grado di sottomettermi temporaneamente," gli rispose lei. "Come per esempio sparandomi in testa, o qualcosa del genere."

B si accigliò. Beh, allora al diavolo quel suggerimento. "Dovremmo restare qui."

Balthazar non avrebbe rischiato che le sparassero di nuovo in testa. E non solo perché lei era la sua via di fuga, ma perché gli importava del benessere di Leela.

"No, dovremmo uscire," ribatté lei. "E scoprire cosa sta succedendo tra noi. Divertirci un po'. Se si avvicineranno li percepirò e ci nebulizzerò via da Venezia."

"Le tue barriere hanno fallito in Giappone, li abbiamo percepiti solo grazie agli allarmi di Luc."

"È vero." Leela si mordicchiò il labbro. "Ma non voglio nascondermi qui. Sono... Ho bisogno di capire tutto questo. Seguire la pista nella mia mente. È come se... C'è qualcosa qui, B. Odio non poterlo definire."

"È come se qualcuno ti avesse incasinato la testa, vero?" le domandò lui.

"Sì."

"E tu lo odi, vero?"

"Certo che lo odio," ribatté lei, sembrava frustrata. "Mi sento violata."

"Mmmh." Lui inarcò un sopracciglio, aspettando che lei si rendesse conto di ciò che aveva appena ammesso.

Non le ci volle molto prima di strabuzzare gli occhi.

"Merda. Va bene, lo so. Sì, avrei dovuto almeno provare a parlarti. È stato sbagliato. Io... Ho messo Stas al primo posto. Non avrei dovuto dire a Vera di cancellarti i ricordi, ma non mi sarei mai aspettata che avrebbe portato a questo."

"Non ti saresti mai aspettata che lo scoprissi."

"Esatto."

"Quindi, chiunque ci abbia fatto questo si aspettava lo stesso," le fece notare lui. "Eppure, ora possiamo percepirlo, qualunque cosa sia, ed è frustrante da morire."

Leela strinse i denti. "Sì, lo è. Adesso vuoi che io strisci? Implori il tuo perdono?"

Balthazar curvò le labbra verso l'alto. "Forse dopo cena." Dopo la giornata che avevano passato, doveva darle qualcosa da mangiare. Prendersi cura di un amante era una delle parti che preferiva di tutta l'esperienza. E avrebbe davvero voluto prendersi cura di Leela.

La Seraphim fece un respiro profondo e scosse tristemente la testa. "Mi dispiace, B. Mi dispiace, io..."

Lui l'attirò in un bacio, mettendo a tacere le scuse che sentiva riecheggiare nella mente della donna. Lei continuò a farlo presente nei pensieri, così B le strinse una mano intorno alla nuca.

Non si era mai trattato di serbare rancore o di cercare vendetta, o addirittura di farla strisciare. B voleva semplicemente un modo per andare avanti, una strada da percorrere per navigare verso un futuro reciprocamente vantaggioso.

Perché B non aveva dubbi che lui e Leela fossero destinati a qualcosa. Erano troppo simili perché ci fosse un'altra alternativa.

Con la lingua le sfiorò il labbro inferiore, inumidendolo prima di afferrarlo con i denti. Lei sussultò mentre lui la mordeva, lasciando un segno affinché tutti vedessero.

Almeno finché non si sarebbe riassorbito.

Non ci avrebbe impiegato molto, dato che non era uscito nemmeno un po' di sangue, ma le aggiunse un luccichio sensuale allo sguardo, che avrebbe indossato per la maggior parte della serata.

Perché lei avrebbe voluto fare lo stesso con lui.

Tuttavia, B spostò la bocca prima che lei ne avesse la possibilità.

Il desiderio oscuro le trasformò le iridi in una sfumatura blu sirena, intensificandole i lineamenti e facendola sembrare assolutamente perfetta in quel bel vestito.

"Mmmh, ti porterei di sopra per saziare quel desiderio, ma ci sono altre parti di te che hanno bisogno di essere nutrite, prima, mia dolce furbetta," le sussurrò B.

"Allora forse andrò a letto con il nostro cameriere. Per allentare la tensione."

"Solo se io posso rimanere a guardare," le rispose lui, con un braccio che le scivolava intorno alla vita, mentre la mano opposta le si posò sul mento. "Se hai bisogno di un antipasto, sei più che benvenuta a scivolare sotto il nostro tavolo per un assaggio. A meno che non ti si addica di più assecondare gli altri."

"Approveresti che mi scopassi un altro uomo davanti a te?"

"Approverei qualsiasi cosa soddisfi le tue fantasie, tesoro," mormorò B, convinto di ogni parola. "Finché saprai che sarei io a portarti a casa, dopo. Perché sappiamo entrambi che avresti bisogno del sesso con me, per essere davvero soddisfatta."

"E tu... Di cosa hai bisogno, B?"

Lui la fissò negli occhi, spostò le dita dal mento alla guancia e poi giù, facendole sfiorare le nocche lungo il collo. "Adesso?" le chiese, la voce si addolcì mentre prendeva seriamente in considerazione la domanda. "In questo momento, tutto ciò di cui ho bisogno sei tu." Non stava mentendo.

Non tutte le occasioni richiedevano il coinvolgimento di un gruppo.

A volte era bello giocare uno a uno.

Specialmente con una partner dotata come Leela.

"Allora suppongo che dovrai farmi avere quell'antipasto," sussurrò lei, con le dita che scendevano lungo i bottoni della camicia di lui. "Portami a cena, B. Per favore. Sono stanca di nascondermi. Voglio vedere se riusciamo a innescare altri ricordi andando a spasso. Prometto di nebulizzarci fuori di qui al primo segno di difficoltà."

Anche lui avrebbe voluto vedere se qualcosa fosse stato in grado di suscitare altri ricordi. C'era solo un modo per scoprirlo: esplorare.

Fortunatamente, Leela aveva più che dimostrato di essere capace di nebulizzarsi rapidamente.

Sempre che sia cosciente, pensò B, fissando l'espressione supplichevole della donna.

"Rimarrò più vigile del solito," gli disse. "Riesco a percepire le presenze eteree. Devo solo fare attenzione. In Giappone non l'ho fatto, perché facevo affidamento sulle barriere. Non commetterò di nuovo quell'errore, B. Prometto di poterci proteggere."

Quella era la seconda volta in un minuto che Leela aveva usato la parola *prometto*.

Balthazar non poté fare a meno di rispondere.

"Mi fido di te," le disse, quelle parole significavano più del loro valore di facciata.

Perché le stava essenzialmente dicendo di aver accettato le sue scuse.

Cosa che lei avrebbe capito, visto che lui le aveva

appena detto che ci sarebbe voluto tempo per riprendersi da un tradimento, che non sempre la fiducia era un risultato del tutto naturale.

A volte non c'era modo di riprendersi da una promessa infranta.

Tuttavia, lui e Leela stavano seguendo il percorso della ripresa, ogni passo li indirizzava nella giusta direzione, ogni confessione consolidava il legame tra loro.

Ogni bacio sussurrava la possibilità di sperimentare qualcosa di *più*.

B fece sfiorare le loro labbra, una promessa peccaminosa che ardeva tra di loro. "Fammi strada, furbetta. Stasera sono tuo, puoi fare quello che vuoi."

CAPITOLO 18

STAS

LE MANI DI ISSAC ERANO MAGICHE. MENTRE MASSAGGIAVA le spalle di Stas, i suoi pollici erano in grado di trovare dei punti di pressione che lei non aveva mai nemmeno saputo esistessero.

Dovrei essere immortale. Perché mi fanno male i muscoli? si domandò la ragazza.

Forse perché non ti sei riposata per bene, le suggerì Issac. *I nostri corpi guariscono rapidamente, ma non significa che non soffriamo.*

Astasiya sospirò, sapeva che Issac aveva ragione.

Aveva messo in pausa la sessione giornaliera di addestramento il tempo sufficiente per ascoltare le ragioni di Mateo e per consolare Issac sulla decisione impossibile che avrebbe dovuto prendere, ma che non aveva ancora preso.

Non poteva più fidarsi di Mateo, ma era ancora la sua progenie. Doveva esiliarlo? Ucciderlo? Dargli la possibilità di redimersi?

Quelle erano le domande che vorticavano nella mente di Issac, i pensieri come un libro aperto per Stas, grazie al loro legame mentale. Non poteva aiutarlo, se non offrendogli la propria prospettiva.

In qualche modo, Osiris aveva messo le mani su tutti loro. Ma Mateo aveva affermato di aver monitorato la tecnologia di sua spontanea volontà. L'aveva fatto per tenerli tutti al sicuro.

Il che aggiungeva un velo di stranezza al disastro generale.

Perché voleva dire che Osiris aveva cercato di proteggere i legami di Issac e Aidan con gli Hydraiani, mantenendoli segreti.

"Perché dare vita a un Conclave che regola le interazioni tra Hydraiani e Ichoriani, solo per consentire ad alcuni elettori di infrangere suddette regole e, in più, aiutarli a farlo?" aveva chiesto Issac a Luc.

Il Re Hydraiano non aveva risposto, gli occhi color smeraldo avevano assunto quel bagliore lontano, come ogni volta che si appellava alla capacità di onniscienza.

Tuttavia, proprio in quel momento era arrivato il padre di Stas, per dire la sua sull'argomento. "Mio padre gioca ogni potenziale carta a sua disposizione. Ha mantenuto il potere lungo diversi millenni per un motivo. Se sentisse che la tua è un'alleanza forte, cercherebbe di usarla, non di distruggerla."

"Eppure ha creato regole e punito gli Ichoriani per aver cercato alleanze simili," aveva sottolineato Issac.

Il che aveva spinto Stas a mormorare: "Ha scuoiato viva Sierra, prima di costringere il suo creatore a darle fuoco, solo perché sapeva che Owen era in città e non ne aveva segnalato la presenza a Osiris."

"Perché ciò dimostrava una mancanza di lealtà alla causa," aveva risposto Sethios della ragazza. "Mio padre non prenderebbe un tale comportamento alla leggera."

"Nonostante ciò, abbiamo passato gli ultimi trecento

anni a coltivare quest'alleanza in segreto," aveva commentato Issac, accigliato. "A meno che..."

"A meno che Aidan non glielo avesse già detto." Aveva finito Luc per lui. L'espressione del Re Hydraiano non lasciava trapelare nulla. "Come capo della stirpe, sarebbe stato suo dovere farlo. E non ha mai promesso di smettere di vedermi. A dire il vero, gli ha detto molto tempo fa che non avrebbe preferito la politica al proprio figlio."

Dopodiché, tutti si erano zittiti.

Poi Luc se n'era andato, dicendo di voler parlare con Mateo da solo.

Tutto ciò era successo tre ore prima.

Nessuno sapeva cosa avrebbe fatto. In genere, era solito confrontarsi con gli altri, specialmente con gli Anziani, ma né Jay né Alik avevano avuto sue notizie da quando aveva portato Mateo a casa. Non nelle segrete, come aveva fatto con Clara, ma a casa sua.

Issac sprizzava angoscia da tutti i pori, ma continuò a massaggiare le spalle di Stas invece di esprimere ad alta voce ciò che lo preoccupava. Si fidava che Luc avrebbe fatto la cosa giusta. E comunque, lui stesso non era ancora pronto a prendere una decisione.

Stas riusciva a sentire chiari tutti i pensieri dell'ex Ichoriano, perché lui non si era mai nascosto da lei, nemmeno per un momento. Il monologo interiore di Issac rimaneva leggibile attraverso il loro legame, permettendole di sentire ogni parola.

La fece quasi sorridere, dato che la loro relazione non era sempre stata così. Una volta Issac adorava i propri segreti.

Astasiya sospirò, chinandosi di nuovo su di lui; amava la loro vicinanza e la tregua momentanea che lui le aveva concesso.

I loro momenti di privacy sembravano essere pochi e

distanziati, ma lui l'aveva trattenuta a casa di Balthazar per qualche minuto in più. Poi aveva iniziato a fare magie sulle sue spalle e, beh, lei aveva già dimenticato dove avrebbe dovuto essere.

Beh, non proprio.

La madre e Stark stavano lavorando di nuovo alle barriere, visto che era scesa la notte. Stas aveva intenzione di unirsi a loro.

Tuttavia... Astasiya sbadigliò. *Probabilmente sono troppo esausta per essere utile.* Non sapeva abbastanza sulle rune di barriera o sull'energia eterea per essere davvero d'aiuto. Per lei era più un esercizio di apprendimento, che nello stato attuale in cui si trovava, probabilmente non avrebbe ricordato.

Non dormiva da più di ventiquattro ore ormai, aveva passato tutto il tempo a imparare lezioni sulle rune e le energie eteree. Si sentiva indietro negli studi, ma la madre le aveva assicurato che era normale. La maggior parte dei Seraphim non poteva davvero iniziare le lezioni finché non sviluppava le ali.

Sei magnifica, mormorò Issac nella mente di Stas. *Ma riposare un po' va bene.*

Non sappiamo quando i Seraphim attaccheranno. Ho bisogno di essere pronta.

Non sarai pronta se sei esausta, tesoro, le sussurrò di nuovo lui, sfiorandole il collo con il naso e poi spostandosi fino all'orecchio. "Vieni a letto con me, Aya. Posso mandare un'immagine di te che dormi a Caro... Capirà."

"Sì, tranne per il fatto che gli immortali non hanno bisogno di dormire." Il suo corpo non era assolutamente d'accordo con quell'affermazione. Tuttavia, era così. Essere immortali significava poter sopravvivere senza cibo o sonno. In teoria, almeno.

"Hai ragione, tesoro. Non ne abbiamo bisogno, ma io

non stavo pensando di dormire. Tuttavia, poiché sospetto che tua madre non apprezzerebbe le immagini di ciò che ho intenzione di farti, gliene manderò una di te che dormi."

Issac fece scivolare le mani lungo le spalle di Stas mentre la tirava indietro, verso il proprio petto.

"Vieni a letto con me, Aya," ripeté, quando le sue mani trovarono i fianchi della ragazza e cominciò a far camminare entrambi all'indietro, fuori dal soggiorno. "Mi prenderò cura di ogni tua esigenza, e dopo ti sentirai molto meglio. Te lo prometto."

"Issac..."

"Ti stai prendendo una pausa," le disse, un accenno di dominio a sottolineare il tono. Bastò per farle capire che non era una domanda, ma un ordine. "I tuoi genitori se ne sono presi una. Anche Gabriel. Tu no. È ora di ascoltare il tuo corpo dolorante e lasciare che io mi prenda cura di te."

"Una pausa l'ho fatta," ribatté lei, senza crederci veramente. "Non volo da qualche ora."

Issac le accarezzò il battito cardiaco del collo con le labbra. "Non tutta la stanchezza è nel corpo, Aya. A volte è anche nella mente."

Mmmh, mormorò lei, leggendo tra le righe dell'affermazione di Issac.

Non era solo per lei, ma anche per lui. Aveva bisogno di Stas per un supporto emotivo, un dettaglio che non avrebbe ammesso ad alta voce, eppure lo aveva fatto con quella dichiarazione. Lei non era mentalmente esausta, ma Issac certamente sì. Aveva passato tutto il pomeriggio e la sera a pensare a Mateo e a ciò che implicava la sua confessione.

La sua progenie aveva indirettamente aiutato a uccidere l'equivalente paterno di Issac. Aidan non era solo il suo creatore, ma anche colui che lo aveva più o meno adottato, quando era un ragazzino, e lo aveva essenzialmente cresciuto come se fosse stato un figlio. Era stato innamorato della madre di Issac, aveva dato alla luce Amelia con lei ed era stato la vera famiglia di Issac.

Mateo era una responsabilità di Issac.

La sua progenie.

Colui che aveva trasformato in un Ichoriano.

Le sue azioni erano costate la vita al padre di Issac.

L'ex Ichoriano aveva ragione.

Stas non avrebbe potuto continuare ad allenarsi, in quel momento. La sua anima gemella aveva bisogno di lei, e quello era il suo modo discreto di pregarla a rimanere, con il pretesto di voler prendersi cura di lei. Perché lo avrebbe aiutato a sentirsi meglio.

E, onestamente, avrebbe aiutato anche se stessa.

Stas si voltò tra le braccia di Issac e lui la spinse contro il muro del corridoio, lo sguardo di zaffiro ardeva di passione silenziosa. "Astasiya..."

"Baciami, Issac," gli ordinò, infondendo della persuasione nelle parole.

Le iridi di lui si oscurarono fino a diventare di una tonalità blu notte, le comunicarono che era stata la cosa giusta da dire ed esattamente ciò di cui aveva bisogno. Le labbra di Astasiya formicolavano in attesa, la lingua le martellava di bollente intento.

Solo che Issac non la baciò sulla bocca.

Le si avventò sulla gola, suggellandole il battito in un abbraccio a bocca aperta che le fece incendiare le vene.

Non mi hai detto dove baciarti, tesoro, le sussurrò nella mente, mentre con gli incisivi le pungeva la carne.

Quando lui la morse in profondità, lei sussultò, mentre la gola di Issac si adoperava a succhiare l'essenza di lei nella bocca e deglutire.

In risposta le vene presero a ronzarle euforiche,

suscitando un fuoco profondo dentro di lei che implorava di avere di più.

Isaac continuò a tenerle le mani sui fianchi, intrappolandola contro il muro mentre premeva i loro bacini insieme Entrambi indossavano dei jeans, che acuirono l'attesa, ritardando l'inevitabile connessione.

Perché Issac Wakefield non aveva mai fretta.

No, lui divorava.

Piano. In maniera scrupolosa. *Intenzionalmente.*

E quella sera non avrebbe fatto eccezione.

Stas strinse le cosce mentre lui le rilasciava lentamente il collo per baciarle un sentiero fino all'orecchio. "Ti voglio nuda ad aspettarmi su quel letto, Aya. Hai trenta secondi."

Astasiya non si preoccupò di chiedere cosa le sarebbe stato dato in cambio per aver obbedito. Al contrario, si nebulizzò in camera da letto e si strappò la camicia di dosso. Si passò le dita sulla chiusura del reggiseno e si morse il labbro inferiore mentre rifletteva sulle opzioni a disposizione.

Aveva detto nuda.

Ma la ribellione veniva spesso premiata.

Lasciò stare il reggiseno e si concentrò sui jeans, poi si tolse i calzini e strisciò sul letto che avevano temporaneamente rivendicato come loro.

Senza Balthazar, sembrava quasi che stessero badando alla casa per lui.

Stas si rilassò sui cuscini, lo sguardo sulla porta.

Poi cominciò a contare.

Passati trenta secondi, iniziò ad aggrottare la fronte.

Poi trenta secondi diventarono un minuto.

E un minuto diventarono due.

Issac?

Nessuna risposta.

Non appena iniziò a mettersi seduta, la porta si aprì, e

dall'altra parte apparve il suo demone con in mano un bicchiere di vino rosso.

Stas aggrottò la fronte ricadendo sui gomiti. *Sei andato a prendere da bere?*

Lui non rispose, entrò e chiuse tranquillamente la porta dietro di sé. La serratura scattò con un clic che le si riverberò lungo la schiena. "Non sei nuda, Aya," disse lui con noncuranza, lo sguardo seducente che osservava il pizzo nero che decorava la pelle della bionda.

"È molto più divertente quando me li togli tu, i vestiti," gli disse lei.

"Mmmh," mormorò lui vago, mentre si avvicinava al comodino accanto a lei. Vi posò il bicchiere di vino, mentre faceva vagare ancora gli occhi sul corpo di Stas.

Lei amava quando lui la guardava in quel modo. La faceva sentire potente, come se in quel momento potesse convincerlo a fare qualsiasi cosa, senza nemmeno provarci.

Tuttavia, sapeva anche che lui apprezzava il controllo. Era raro che lo abbandonasse in camera da letto, e la sua espressione le disse che quella sera non avrebbe fatto eccezione.

Era così che Issac trovava l'equilibrio emotivo, che prendeva in mano i propri sentimenti e metteva in pausa la mente dalla decisione che inevitabilmente avrebbe dovuto prendere.

"Ho mandato un messaggio visivo a Caro e ho chiuso tutte le porte esterne. Non dovrebbero disturbarci per un po'."

"È questa la parte in cui mi dici che nessuno mi sentirà urlare?" lo provocò lei.

"Oh, ti sentirà l'intera isola, tesoro. Supponendo che io faccia bene il mio lavoro."

"Ai miei genitori potrebbe non piacere." Quella era una frase che Stas non avrebbe mai pensato di dire.

"Tesoro, in questo momento i tuoi genitori non rappresentano un fattore da prendere in considerazione. Non con te che mi sfidi indossando quel pizzo sexy da morire."

Stas rabbrividì alla nota pericolosa nel suo tono, quella che suggeriva che Isaac stesse per riprendere il controllo della situazione e metterla in ginocchio. "Non mi dispiace per niente."

"So che è così," le mormorò lui, chinandosi per catturarle un capezzolo attraverso il tessuto sottile del reggiseno. *Con i denti.*

Lei si inarcò sul letto, ma il palmo di lui sullo stomaco la spinse immediatamente verso il basso, la mano opposta andò alla spalla per spingerla nei cuscini.

"Issac," sibilò Astasiya, quel piacere doloroso le fece contrarre i muscoli lungo gli arti. Afferrò il piumone, con le unghie che scavavano nel morbido cotone mentre lui le lambiva il picco dolorante con la lingua.

"Porta i palmi della mano alla testiera del letto," le ordinò Issac, raddrizzandosi ancora una volta.

Stas deglutì, ma fece come le aveva chiesto, la superficie piatta del legno era fresca sotto le mani.

"Non muoverti da questa posizione finché non te lo dico io."

A Stas venne la pelle d'oca su tutte le braccia. Sarebbe stato facile disobbedire e vedere cosa avrebbe fatto, ma lei sapeva che Issac ne aveva bisogno per trovare il proprio equilibrio. Inoltre, avrebbe sicuramente tratto beneficio dal suo umore attuale, qualcosa che il subdolo scintillio nello sguardo dell'uomo le confermò.

Se lei avesse voluto lentezza e sensualità, lui avrebbe subito acconsentito.

Tuttavia, si ritrovava sempre più spesso a desiderare l'altro lato di Issac. La sua dominanza. La parte di maschio alfa che la possedeva come nessun altro avrebbe potuto fare.

Più tardi, l'avrebbe massaggiata di nuovo. Preparato un bagno caldo. Si sarebbe preso cura di lei.

Tuttavia, in quel preciso istante, Issac voleva solo passione.

E l'avrebbe evocata in lei con ogni mezzo necessario.

Il demone di Stas sorrise e assunse il ruolo che era destinato a ricoprire nella loro vita: quello del peccato in persona.

"Fantastico," disse lui, accarezzando ogni sillaba con sensualità. "Adesso sei pronta." Non era una domanda, ma un'affermazione.

Tuttavia, Stas si sentì incline a rispondere: "Sì, lo sono."

"Allora cominciamo."

CAPITOLO 19

ISSAC

AYA SCHIUSE LE LABBRA, IL SUO RESPIRO ERA COME IL BACIO di una promessa nell'aria. Issac era in grado di leggerla senza parole, poteva capire le sue esigenze senza toccarle la mente.

Lei era sua.

E Stas si fidava di lui ciecamente, proprio come Issac faceva con lei.

Lei era la sua metà. Il suo cuore. La sua fonte di calma e appagamento dopo una brutta giornata. Anche se Issac stava facendo tutto ciò per lei, in parte lo faceva anche per se stesso.

Stas lo sapeva, ovviamente.

Perché lo conosceva meglio di chiunque altro.

La loro connessione era più profonda del sangue, li sposava sul piano dell'anima, i loro spiriti si erano intrecciati per l'eternità, permettendo a Issac di tenere con sé quella donna per il resto della sua lunghissima vita.

Era un dono che l'ex Ichoriano non meritava, ma che aveva giurato di onorare. Proprio come aveva intenzione di fare in quel momento.

Le mani di Stas erano rimaste appiattite contro il legno scuro della testiera, lasciando che il suo corpo fosse in bella mostra.

Non si era tolta le mutandine e il reggiseno, sapendo benissimo che quel gesto avrebbe portato Issac alla follia. Perché adorava la passione di lei per la lingerie abbinata. Era quasi innocente, eppure sexy da morire. L'amore per il pizzo e la seta era tipico di Astasiya, un interesse che si godeva da prima di incontrare Issac.

Era un capriccio di lei che gli piaceva moltissimo, fin dalla prima volta che l'aveva accarezzata, mentre indossava un tanga nero al Conclave.

Accidenti, era stupenda con quel vestito peccaminosamente corto.

Il solo pensiero gli fece arricciare le labbra.

Aveva avuto bisogno del suo aiuto per toglierselo.

Poi lui si era girato, come un vero gentiluomo, mentre lei si spogliava.

In quel momento non c'era niente di gentile in lui.

"Mmmh," mormorò Issac, tracciandole la pelle dalla clavicola, lungo il centro del petto, fino all'ombelico. "Sono decisamente assetato, Astasiya. Ho bisogno di più sangue."

Era una bugia, ovviamente.

Non aveva più bisogno dell'essenza degli altri per sopravvivere. Il suo legame con Aya lo stava trasformando in un Seraphim, curandolo dalle precedenti esigenze Ichoriane.

Tuttavia, ciò non significava che avesse smesso di goderne il sapore.

Il sangue era un elemento importantissimo della specie dei Seraphim, era ciò che creava i legami tra loro e l'elemento che fungeva da contenitore di potere. Quindi era naturale che gli piacesse ancora mordere Aya, e da come allargava le narici, non era l'unico.

"Apri la bocca, tesoro," mormorò Issac.

Lei obbedì, bellissima, schiudendo le labbra carnose per permettergli di fare tutto ciò che desiderava.

Lui prese il bicchiere di vino e bevve un sorso prima di chinarsi per darle un assaggio. Era un rosso secco dell'Argentina, che avrebbe avuto bisogno di un po' di zucchero.

La lingua di Issac le somministrò il vino, permettendole di familiarizzare con il sapore. Stas gemette, non per il vino, ma per la sensualità erotica di condividere la bevanda.

Issac la baciò, prolungando il momento, mentre teneva con cura in mano il vino accanto alla testa di lei, sul cuscino. "Lo addolcirai per me, Aya," le disse, la voce bassa, sommessa e piena di promesse oscure.

Le passò il naso lungo lo zigomo, amava il modo in cui il rossore delle guance di lei inseguiva il suo tocco. Era bellissima.

Le sfiorò la gola con la bocca, fermandosi a baciare il punto in cui l'aveva morsa nel corridoio, poi scese sulla spalla.

Le prese una spallina del reggiseno tra i denti, portandola con sé lungo la curva atletica del braccio, fino al gomito. Lasciò esposta la parte più carnosa del seno e il pizzo le si impigliò nel capezzolo turgido.

Issac poteva vederlo facilmente attraverso il tessuto, il materiale traforato che nascondeva a malapena il colore rosato e gli regalava una sfumatura leggermente più scura.

"Avresti dovuto toglierlo, tesoro. Mi sarei potuto muovere un po' più velocemente."

"Preferisco prolungare il momento," rispose lei. "Come te."

"Proprio così," concordò Issac, adorava il fatto che lei sapesse esattamente come stare al gioco. Stas rappresentava un enigma che Issac non aveva mai incontrato prima. Perché conosceva le sue preferenze, eppure allo stesso tempo gli faceva sentire ogni abbraccio come se fosse nuovo.

Era inebriante.

Creava dipendenza.

Ed era dannatamente eccitante.

Amava il fatto che lei potesse stare al passo con lui e allo stesso tempo rendere ogni incontro rinnovato.

O forse quella era solo un'interpretazione di Issac.

Non si sarebbe mai stancato di lei. Al contrario, sentiva che l'eternità non sarebbe mai stata sufficiente.

Le sfiorò il seno con le labbra, fino ad arrivare al tessuto che le copriva il capezzolo. Lo prese tra i denti e lo tirò giù per rivelare la montagnola.

Invece di buttarcisi a capofitto, si avvicinò alla spallina opposta e ricominciò il processo da capo. Quando le curve di Astasiya furono completamente esposte, Issac notò la pelle d'oca che le aveva ricoperto tutto il petto, facendole inturgidire i capezzoli in piccoli picchi.

"Sei stupenda," si meravigliò lui, bevendo un altro sorso di vino.

Non si soffermò ai seni, si concentrò invece sul triangolo di pizzo tra le cosce di Stas.

Quello sarebbe stato più difficile da togliere.

Tuttavia, Issac non era uno che rifuggiva le sfide.

Le baciò un sentiero lungo l'addome piatto, fino al bordo delle mutandine che coprivano la collinetta rasata. Poi le immerse la testa tra le gambe, per assaporare la sua dolcezza attraverso il tessuto, il profumo che emanava attirava il predatore dentro di lui.

"Mmmh…" Aveva un sapore assolutamente divino. Issac lo abbinò a un altro sorso di vino e gemette. "Sì, questo è ciò di cui il vino ha bisogno." Più del sangue.

O forse... un mix di entrambi.

Lasciò il dolce calore di Stas e si spostò lungo la coscia, fino all'arteria che preferiva. Le gambe di Astasiya si irrigidirono mentre le baciava la vena pulsante.

Lei sapeva cosa desiderava lui.

Il rossore che le dipingeva il viso e i seni gli disse che lei era più che d'accordo.

Ma prima che potesse morderla, aveva bisogno di toglierle le mutandine.

Fece arrivare lo sguardo su quello di lei, mentre si raddrizzava lentamente, tenendo ancora il vino in una mano. Era rimasto in piedi per tutto il tempo, chinandosi sulla forma seducente adagiata sul letto e usando la mano libera per stare in equilibrio contro il materasso.

Posò di nuovo il bicchiere per concentrarsi su quelle mutandine, la pazienza stava lentamente scivolando via.

Era stata una giornata lunga, accidenti.

Issac voleva bere la sua dose. Sentire Stas urlare. Scoparla fino all'oblio e dimenticare tutte le loro preoccupazioni per un solo e bellissimo momento.

Deciso, le afferrò le mutandine per le sottili fascette lungo i fianchi e gliele strappò.

Astasiya sussultò per lo shock, aggrottando immediatamente la fronte. *Mi devi un nuovo paio di mutande, signor Wakefield.*

Ti comprerò una cazzo di linea di lingerie, le rispose lui mentre si toglieva di dosso la camicia.

Gli occhi di Astasiya si rivolsero immediatamente al fisico di lui, come sempre. Non era stato regolarmente attivo, ultimamente, la sua routine costituita dalle nuotate era stata stravolta dagli eventi. Tuttavia, il modo in cui lei lo guardava gli disse che non faceva molta differenza.

Issac suppose si trattasse dei vantaggi dell'immortalità.

Il che significava che Stas sarebbe stata per sempre

congelata nella forma attuale: un fatto per cui lui avrebbe ringraziato il destino ogni dannato giorno.

Perché con i suoi splendidi capelli biondi, gli occhi verdi scintillanti, il mento elfico, il seno perfetto, la vita snella e le gambe lunghe tutte da scopare, Astasiya aveva ridefinito il significato di bellezza.

Ogni parte di lei era perfetta, come se il destino l'avesse creata apposta per lui.

E il modo in cui Aya lo guardava diceva che provava lo stesso.

Issac si aprì il bottone dei jeans, sospirando di sollievo mentre tirava giù la cerniera. Il suo uccello era maledettamente duro per lei, *sempre dannatamente duro per lei*, che respirare gli provocava dolore.

La gratificazione ritardata aveva i suoi vantaggi.

Ma a volte, avrebbe solo voluto essere dentro la sua donna e non lasciare mai che il piacere finisse.

"Hai ancora intenzione di addolcire il vino?" lo provocò Aya, lo sguardo sapiente.

"Forse dopo che ti avrò scopata," le disse, togliendosi i jeans e i boxer.

Astasiya lo passò in rassegna, fino alla parte di lui che la desiderava di più. "A me sta bene."

Issac curvò le labbra verso l'alto. "Ah, sì?" le chiese, sollevando il ginocchio sul letto per iniziare a strisciare verso di lei.

"Sì," gli sussurrò lei, con le iridi infuocate di approvazione.

Issac si fermò vicino alle cosce, la bocca lo supplicava di assaggiarla.

La guardò negli occhi mentre abbassava la testa per insinuare la lingua lungo le sue pieghe scivolose. Stas piegò le dita contro il legno, il desiderio di afferrare Issac si manifestò sotto forma di tensione nelle braccia.

Lui approfondì il movimento, esercitando una maggiore pressione e facendo scivolare la lingua dentro di lei.

Merda, sussurrò Stas, più per se stessa che per lui. *Merda. Cazzo. Cazzo.*

L'idea è di dartelo, tesoro, la prese in giro lui mentre si spostava verso l'alto per circondarle il clitoride.

Un gemito le fece schiudere le labbra, le pupille della ragazza presero a brillare mentre lottava per mantenere il contatto visivo con Issac.

Le diede un'altra leccata, mettendola alla prova.

Lei non si mosse, il suo sguardo rimase fisso su quello di lui, mentre il respiro si faceva sempre più affannoso. Le prese il bocciolo in bocca per una lunga e sensuale suzione che le fece inarcare il bacino sotto di lui. Tuttavia, le mani sui fianchi la tennero ferma, i gomiti le fissavano le cosce al materasso mentre la costringeva a subire quell'attacco sensuale.

Le imprecazioni nei pensieri della bionda divennero più variopinte, e il nome di Issac venne presto aggiunto al mix.

Stas cominciò a sbattere freneticamente le ciglia, la capacità di sostenere lo sguardo di Issac vacillava ogni secondo che passava. *Issac... Sono... Sto per...*

Issac allontanò la bocca, suscitandole un'altra imprecazione, che arrivò a pronunciare e non solo a pensare. "Stronzo."

"Mi farò perdonare, tesoro," le promise mentre le baciava un sentiero fino al seno. Fece scivolare la mano sotto di lei per sganciare il reggiseno, poi finì di rimuoverlo mentre le succhiava a fondo uno dei capezzoli.

Astasiya gemette in risposta e gli avvinghiò le gambe al busto nel tentativo di spingerlo verso l'alto. Lui la guardò ancora una volta, dicendole di essere paziente mentre passava all'altro seno.

Stas rimase con i palmi contro la testiera per tutto il tempo, il suo essere così obbediente lo faceva eccitare ancora di più. Perché lei avrebbe potuto facilmente sopraffarlo con alcuni comandi. Eppure aveva scelto di sottomettersi. Aveva scelto di lasciar decidere a lui. Aveva scelto di lasciarsi guidare.

E quello era un regalo bellissimo, che Issac non avrebbe mai dato per scontato.

Continuò il percorso verso l'alto, leccando e mordicchiando lungo la strada, poi si fermò sul collo per leccare delicatamente il sangue che era fuoriuscito dalla ferita prima che si chiudesse naturalmente.

Il sapore di Stas gli andò dritto all'inguine, preparandolo ancora di più per lei mentre faceva scivolare l'asta sul suo calore accogliente.

"Sei sempre perfetta, Aya," le sussurrò con riverenza contro un orecchio mentre iniziava lentamente a penetrarla. "Sempre bella. Allettante. Calda e *stretta*." Si spinse fino in fondo, suscitandole un sussulto. "Non mi stancherò mai di questo, di come ci si sente a essere dentro di te."

"Fatti toccare," lo implorò lei. "Ti prego."

Issac si tenne in equilibrio sui gomiti a entrambi i lati della testa di lei, poi allungò una mano per afferrarle un polso e portarle il palmo della mano sulla propria guancia. Astasiya rabbrividì al contatto, per poco non ribaltò gli occhi. Lui sorrise, adorava l'effetto che aveva su di lei.

"Ora puoi muoverti, Aya," le disse dolcemente. "Basta che mi permetti di adorarti."

Lei gli avvolse le gambe più strette intorno alla vita, la mano opposta andò verso la parte posteriore del collo e lo tirò a sé in un bacio.

E poi i loro corpi cominciarono a danzare.

Non era un ritmo dolce, ma raramente i due si muovevano teneramente l'uno con l'altra. Era sempre intenso, il calore passionale tra loro, e in quel momento non era diverso.

Issac si spinse in profondità.

Lei sollevò i fianchi per incontrarlo.

Gli strinse i polpacci intorno al sedere.

Gli conficcò le unghie nella nuca.

E la mano sul viso gli scivolò di nuovo tra i capelli per tenerlo contro di lei.

Le loro lingue erano delicate, il loro bacio nasceva dalla sensualità e dalla grazia, mentre i loro fianchi si sposavano insieme. L'eccitazione ricopriva ogni centimetro di lui, stringendolo con una passione che gli fece contrarre l'inguine.

Issac si voltò sulla schiena, portandola con sé, aveva bisogno di più, aveva bisogno di *lei*.

Aya si mise a sedere e lui la seguì, con le braccia che la avvolgevano mentre le divorava la bocca. Lei gli fece scivolare le gambe intorno alla vita, e lui la fece sedere sulle ginocchia mentre continuavano il loro abbraccio.

Ogni centimetro di uno toccava l'altra.

I seni di Stas sul petto di lui.

La sua eccitazione contro quella di Issac.

Lei gli cinse il collo con le braccia.

Gli mise le dita tra i capelli.

La lingua nella bocca.

Accidenti, Issac era spacciato, ma aveva bisogno che lei venisse. Aveva promesso di prendersi cura di lei, non solo quella sera, ma per sempre, e lo pensava davvero.

Poteva sentirla al limite, il suo corpo aveva bisogno del tocco di lui per spingerla oltre, e forse anche delle sue parole.

"Verrai per me, Aya," le sussurrò, con una mano che scivolava tra di loro per trovare il posto che l'avrebbe spinta oltre il limite. "Verrai per me, proprio *ora*." Colpì nel punto che le avrebbe fatto vedere le stelle mentre le premeva il clitoride, esattamente allo stesso momento.

"*Issac*," sussultò lei, stringendo la presa intorno a lui mentre iniziava a tremare.

Issac le portò le labbra sul collo, l'istinto gli chiese di marchiarla di nuovo.

Quando lui la morse, lei urlò, le endorfine del morso triplicarono l'estasi che sentiva dentro e la costrinsero a un altro orgasmo, ancor prima che il precedente fosse giunto al termine. Sperava che quelle endorfine rimanessero sempre con lui e non fossero solo un tratto Ichoriano. Ma se alla fine lo avessero lasciato, avrebbe trovato altri modi piacevoli per mordere la sua Aya.

Perché *accidenti*, adorava la reazione della bionda alla sua bocca.

La sua fessura stretta lo strinse fino a fargli quasi male, costringendolo a seguirla nell'oblio. Issac non aveva più scelta. Non che ne volesse una.

La rincorse, desiderando ardentemente di volare al suo fianco, sognando il giorno in cui gli sarebbero cresciute le ali.

Ma al momento, si sarebbe accontentato di quegli istanti condivisi di beatitudine, quei baci estasiati tra le loro anime, che li drogavano entrambi di un'inspiegabile euforia.

Quando eruttò dentro di lei, il cuore gli esplose nel petto, rivendicandola dall'interno, mentre lei gli artigliava la schiena in risposta, ancora persa nel suo, di piacere.

Le catturò ancora una volta la bocca, baciandola nella loro unione e promettendole che le avrebbe dato di più con un sussurro contro la lingua.

Stas gemette, i muscoli le si distesero lentamente mentre lui la persuase dolcemente a scendere dalla vetta.

I capelli biondi si sparsero sul cuscino mentre la faceva stendere, l'uccello ancora in profondità dentro Stas, mentre si librava su di lei, i loro corpi si muovevano in colpi lenti e discreti, per prolungare i piccoli istanti residui del loro piacere.

Poi Issac fece incontrare le loro fronti e le sue labbra si arricciarono in un sorriso esausto ma gratificato. "Come ti senti, Aya?"

"Viva," gli sussurrò lei.

"Anch'io." La baciò di nuovo, la lingua l'accarezzò pigramente mentre aspettava che i loro corpi si riprendessero.

Non ci sarebbe voluto molto, le loro anime immortali rinvigorivano rapidamente e ricostituivano in fretta le riserve.

Stas gli faceva scivolare le dita su e giù per la schiena e la sua felicità scaldava il loro legame. *Avevi ragione,* si meravigliò la bionda. *Avevo decisamente bisogno di riposare.*

Lui ridacchiò, allontanandosi dalle labbra di lei per baciarle l'orecchio. "Fa bene al corpo e..."

Una visione del soggiorno di Balthazar lo fece distrarre con un'espressione accigliata. Aveva chiuso a chiave la porta, il che significava che chiunque fosse attualmente in casa si era nebulizzato lì o aveva ignorato di proposito il chiaro segnale di *non entrare.*

"Che c'è?" gli chiese lei.

"C'è qualcuno, qui," mormorò Issac, scivolando fuori da lei. "Me ne occupo io, tu resta qui." Aprì un cassetto vicino per infilarsi un paio di pantaloni di flanella e non si preoccupò di indossare una maglietta. "Non ci metterò molto."

Le ultime parole famose.

Perché nel momento in cui entrò nel corridoio, seppe che non sarebbe stata una cosa veloce.

Vera era lì in piedi, appoggiata al muro, le ali blu le brillavano tutt'intorno. "Dovremmo parlare."

Issac inarcò un sopracciglio. "Chi c'è con te?" Era la visione di quella persona che Issac stava vedendo nella propria mente, non quella di Vera.

Osiris si fece avanti, la sua espressione non lasciava trapelare nulla. "Quindi persuaderti a vedere una certa immagine funziona. Buono a sapersi."

Issac si accigliò, non gradendo affatto quello sviluppo. *Aya, sarà meglio che ti rimetta i vestiti.*

Già fatto, gli rispose lei.

"Perché siete qui?" domandò.

"Io ho solo seguito Vera per un aggiornamento, che mi ha appena fornito. Stas ha riflettuto sulla sua formazione?"

"No," rispose Aya entrando nel corridoio, dietro Issac. Indossava un paio di pantaloncini del pigiama e una canottiera. "Sto ancora lavorando con Stark e mia madre. E poi sono passati solo pochi giorni."

"Ah, sì?" Osiris ci pensò su per un momento. "Beh..." Scrollò le spalle, lanciando un'occhiata a Vera. "Al nostro prossimo aggiornamento, allora." Scomparve in un istante, lasciando gli altri tre nel corridoio.

"Quindi ora gli fornisci aggiornamenti?" Aya sembrava incredula quanto Issac.

"Ci sono molte cose che non sapete," disse loro Vera, sembrava stanca.

"Sì, ci ero arrivata," le rispose Stas. "E il fatto che tu sia sparita, dopo l'Islanda, non ha aiutato."

Vera fece una smorfia. "Stavo seguendo il filo di un ricordo che ho trovato nella mente di Patreel."

"Patreel?" ripeté Aya.

"Uno dei tracciatori Seraphim che insegue Leela e

Balthazar. Ho dovuto modificare il suo ricordo di ciò che è successo in Islanda, e mentre lo facevo, ho... Ho scoperto qualcosa." Vera si massaggiò la nuca, Issac non l'aveva mai vista tanto a disagio.

Non che la conoscesse bene, ma di certo sembrava esausta e forse anche un po' sopraffatta.

"Cos'hai scoperto?" si chiese Issac ad alta voce.

Le ali di Vera scomparvero nell'istante in cui diventò completamente corporea e le sue iridi passarono dal verde-azzurro all'argento.

Sbatté le palpebre una volta. Poi due. Eppure il suo sguardo rimase sfocato, come se non riuscisse a trovare la realtà attuale.

"Balthazar e Leela non si sono incontrati in Brasile per la prima volta," sussurrò, più a se stessa che a loro. "Si conoscono... da molto tempo." Vera si schiarì la voce, incontrando lo sguardo di Issac. "Issac, si conoscono da più di tremila anni."

Capitolo 20

Leela

L'AROMA SAPORITO DELL'AGLIO ALEGGIAVA NELL'ARIA notturna, lasciando dietro di sé una scia di fame palpabile.

Mmmh. Quello era il paradiso.

Ingredienti freschi, tocco mediterraneo e un ristorante un po' fuori dalle solite vie trafficate.

Leela sorseggiò il vino, amava il modo in cui il bianco dolce si abbinava al piatto a base di pomodoro che aveva scelto. Aveva esattamente il sapore che si aspettava.

No.

Che si *ricordava*.

Lo stesso valeva per l'ambiente.

Ma la gente era tutta nuova.

Balthazar chiese al cameriere di raccontare loro la storia del posto, e alla fine incontrarono il proprietario stesso.

Era un uomo di mezza età, altezza media, bellissimi occhi marroni e un bell'accento. Quando si era reso conto che Leela e Balthazar parlassero italiano, aveva felicemente raccontato loro del suo bis-bisnonno, colui che aveva aperto il ristorante.

Il che significava che Balthazar e Leela avrebbero potuto aver fatto visita a quella struttura in qualsiasi momento, negli ultimi cento o duecento anni.

Sicuramente non era stato di recente, dato che l'attuale proprietario non lo conoscevano affatto.

Oltre a essere chiaramente attratto da B e Leela, nemmeno lui aveva mostrato un cenno di riconoscimento, nel guardarli.

Balthazar lo aveva ringraziato di cuore per i dettagli.

Da allora, il proprietario continuava a controllare ogni dieci minuti per vedere se si stessero godendo il pasto.

L'uomo era adorabile, quindi a loro non dispiaceva. E il cibo era davvero divino.

"Si tratta sicuramente di una ricetta di famiglia," decise Leela ad alta voce. "Perché ho già sperimentato questo esatto piatto."

Alcuni potrebbero pensare che il cibo italiano sia tutto uguale, ma Leela sapeva bene che non era così. La vera cucina italiana variava in base alla famiglia, fino all'ultima spezia.

E quel piatto non avrebbe mai potuto essere replicato.

Non esattamente, almeno.

Le sue papille gustative lo confermarono. Aveva già mangiato quel piatto prima, in quello stesso ristorante.

Insieme a Balthazar.

"Te l'ho fatto mangiare imboccandoti, l'ultima volta," le disse piano lui. "Ci siamo seduti uno accanto all'altra e ti ho imboccata, perché la tua mano era occupata in altro modo."

"Ti ricordi?"

"Solo qualche flash dei dettagli." B alzò gli occhi marroni su quelli di Leela. "Come te che mi inghiotti per dessert."

Lei strizzò gli occhi. "Come faccio a sapere che non lo dici solo perché hai voglia di avere la mia bocca su di te?"

"Perché bramerò sempre quelle belle labbra, Lee," mormorò lui. "E non ho bisogno di inventarmi storie per sedurti."

"Vero, non ti serve affatto un approccio, non è così?" domandò lei divertita, ripensando al Brasile e a come lui le avesse detto quelle stesse parole proprio prima di baciarla appassionatamente sulla spiaggia. Aveva dimostrato la giusta quantità di controllo e tenerezza per farla cadere ai suoi piedi. Era stato impressionante e incredibilmente soave.

"Cos'altro ho fatto in Brasile?" le chiese B, con un sorriso nella voce.

"Pensavo che sapessi tutto," mormorò Leela, facendo riferimento all'affermazione fatta da Balthazar in precedenza. Quando era stato? Qualche giorno prima? Settimana? Il tempo si muoveva in maniera strana tra loro. In ogni caso, a un certo punto l'Hydraiano aveva detto di sapere già tutto.

Tuttavia, gli occhi di Leela in quel momento gli dissero che non era così.

Per niente.

L'umore provocante scomparve dietro un cipiglio, che gli fece aggrottare la fronte. "Ricordo la tua mano sull'uccello, che mi accarezzava mentre ti davo da mangiare quella pasta. È più un ricordo sensoriale che una visuale nitida, ma è sicuramente successo. Eppure non riesco a ricordare nulla del Brasile."

"Forse è perché siamo qui e non lì," suggerì Leela.

Balthazar rifletté per un momento su quelle parole. "Forse." Il suo tono implicava che non ci credesse affatto.

Lei prese un'altra forchettata di cibo mentre lui continuava a pensare.

B aveva ordinato un piatto a base di salsa al vino. Dopo aver finito di deglutire, Leela allungò la mano per rubare una penna dal piatto di pasta di Balthazar. Mentre la osservava, le iridi dell'Hydraiano presero a vorticare di ammirazione. Poi la copiò, e anche lui le rubò un po' di pasta.

Era un gesto calorosamente intimo.

Proprio come lo era quella notte.

E tutte le altre, sussurrò l'anima di Leela. La donna cercò di inseguire i ricordi, di definirli, di determinare se fossero veramente reali o una sorta di incantesimo fantasioso destinato a distrarla da qualcosa di ovvio.

"Gli eventi del Brasile sono piuttosto sbiaditi, nella mia testa," disse Balthazar, interrompendo le riflessioni interiori di Leela. "Non hanno alcuna vera importanza, il che significa che non c'è nulla, in quei ricordi, che mi farebbe anche solo pensare a loro. È stata soltanto un'altra esperienza, una che probabilmente non prenderei mai più in considerazione, perché non c'è niente che mi attiri di nuovo lì."

Le parole di B la colpirono dritto al cuore, smorzandole immediatamente l'appetito.

Perché quel fine settimana... quel fine settimana era stato uno dei più memorabili della vita di Leela.

E Balthazar l'aveva appena definito *sbiadito*.

Non era colpa sua. Aveva chiesto lei a Vera di cancellargli quei ricordi. Leela conosceva le conseguenze e aveva accettato di pagarne il prezzo.

Tuttavia, sentirlo parlare della loro profonda connessione come se non importasse affatto aveva messo davvero il dolore nella giusta prospettiva.

Quel fine settimana non significava niente per lui. Non ci aveva mai più pensato, in seguito, e non l'avrebbe più ricordato, mentre lei aveva trascorso gli ultimi mesi a rimuginare costantemente sulla loro intima connessione.

B allungò la mano sul tavolo per prendere il controllo della forchetta di lei, le dita forti la fecero girare nella pasta prima di portarla alle labbra della donna. "Creeremo nuovi ricordi, Lee," le promise. "Ora apri quella bella bocca e ingoia per me. Voglio vedere quanto riesci a prenderne."

Se si fosse ricordato del Brasile, l'avrebbe già saputo.

B socchiuse gli occhi. "Smettila di punirti e deglutisci."

"Alcuni potrebbero sostenere che sia una punizione ideale per il crimine commesso," gli rispose lei, infondendo un doppio significato nelle parole.

Balthazar sorrise. "Un'idea per dopo che avrai strisciato, forse." Le premette la forchetta sulle labbra. "Aprila per me, piccola."

Lei lo fece, solo perché voleva obbedire. Apprezzava ciò che lui stava facendo, distrarla con giochi di parole sensuali e pensieri più leggeri.

Ma ciò non cancellava il senso di colpa che la consumava dentro per quello che aveva fatto.

Forse non era tanto senso di colpa, quanto tristezza.

Leela avrebbe voluto che lui ricordasse, per capire la bellezza di quel fine settimana. Proprio come lei avrebbe voluto rimembrare qualunque cosa fosse quella che stavano vivendo a Venezia, a prescindere da quale ricordo stessero inseguendo.

"Quella è la parte interessante," mormorò Balthazar mentre preparava un altro boccone per lei. "Provo un profondo senso di comprensione e familiarità del nostro tempo qui, insieme. Eppure non provo nulla per il Brasile. Sappiamo che Vera ha cancellato quei ricordi, ma chiunque mi abbia rubato il ricordo del nostro periodo a Venezia chiaramente non è stato così preciso."

Leela si acciglò mentre masticava la pasta che lui le aveva appena messo in bocca.

"È una sensazione troppo diversa perché sia opera della stessa persona," continuò. "Quindi, o qualcun altro ha manomesso i miei ricordi qui, oppure si tratta di qualcuno che sta tessendo un incantesimo molto potente tra di noi, per trarne un qualche beneficio sconosciuto."

Leela deglutì mentre anche B prendeva un morso dal suo piatto. "Non conosco un potere che possa tessere un incantesimo del genere. Una specie di Cupido, forse? Ma si tratta della mia stirpe di esistenza, quella della fertilità, e nessuno di noi ha poteri che facilitino questo tipo di allucinazioni."

B posò la forchetta di lei sul tavolo e prese un sorso del proprio vino. "Allora è più probabile che qualcun altro, oltre a Vera, abbia alterato i nostri ricordi."

Leela si godette un sano sorso di alcol mentre prendeva in considerazione quella possibilità. "Esiste un'intera stirpe di manipolatori della memoria, ma fatta eccezione per la madre di Vera, è lei la migliore."

"Il che non fa che rafforzare la mia teoria, perché chiunque sia stato non era Vera."

"Perché non ricordi nulla del Brasile, ma stai cogliendo frammenti di ricordi qui," commentò Leela, ripetendo ciò che lui aveva già detto. "Perché ora? Perché qui? Perché non prima?" Lei lo seguiva da mesi e non aveva mai colto il minimo accenno di familiarità, oltre al tempo trascorso con lui in Brasile.

B spostò lo sguardo sul braccio di Leela. "La runa mi ha permesso di accedere alla tua mente. Forse ha aperto una sorta di portale sul passato, un effetto collaterale inaspettato." Si rilassò sulla sedia con il bicchiere di vino in mano. "Un'ulteriore prova che suggerisce l'innocenza di Vera."

"Lei è innocente," sottolineò Leela. "Te l'ho già detto."

Balthazar annuì mentre faceva rimescolare il contenuto del proprio calice, lo sguardo su quello di Leela. "Prima hai parlato di una sorellastra. Lei e Vera hanno la madre in comune?"

"Mel," mormorò Leela. Non riusciva a ricordare se avesse parlato a B del loro legame ad alta voce, ma probabilmente ci aveva almeno pensato. "Può manipolare i ricordi, sì."

"Avrebbe qualche motivo per incasinarci le menti?" le chiese con tono leggero.

"Immagino che dipenda da quello che è successo in quei ricordi," commentò Leela lentamente, non apprezzava minimamente quell'idea.

Perché se Mel aveva avuto motivo di alterare i ricordi di Leela, era perché lei e Balthazar avevano infranto una regola di qualche tipo. Oppure l'aveva ordinato l'Alto Consiglio di Seraph.

Eppure... no. Avrebbero mandato Vera a completare il lavoro, non Mel. Vera era la seconda della stirpe, il suo potere era straordinario e molto più appropriato della mediocre presa di Mel sulla stirpe di sangue.

Leela continuò a pensare mentre finiva il vino.

Dopodiché, il proprietario tornò a chiederle se ne volesse ancora. Lei rifiutò educatamente, il che li portò a parlare del dessert.

Balthazar ordinò loro un tiramisù da condividere e due caffè espressi.

Si abbandonarono al dolce in un piacevole silenzio, entrambi prendendo in considerazione tutto ciò di cui avevano discusso mentre Balthazar aveva preso il controllo della forchetta. A Leela piaceva che lui le desse da mangiare. Il luccichio nello sguardo color cioccolato di B diceva che piacesse anche a lui.

"Cosa abbiamo fatto dopo cena?" chiese Leela a bassa voce, lo sguardo su quello di lui, mentre le offriva l'ultimo morso sulla forchetta. "Dopo che ti avrò ingoiato per dessert," chiarì lei prima di prendere il boccone tra i denti.

"Mmmh," mormorò lui, allungandosi in avanti per trascinarle il pollice lungo il labbro inferiore, incorrendo in una briciola che lei aveva lasciato indietro. Se la portò alla bocca per leccarla via, poi posò la forchetta. "Siamo andati a fare una passeggiata."

"E?" incalzò lei, sentendo il battito accelerare.

"Penso che dovremo fare di nuovo quella passeggiata per scoprire cosa è successo dopo." Balthazar le fece l'occhiolino prima di attirare di nuovo l'attenzione del proprietario. Non era difficile. L'uomo li stava osservando entrambi in attesa.

I tre si scambiarono alcuni convenevoli, Leela e Balthazar si complimentarono con lo chef e per l'intera atmosfera della cena. Erano rimasti fino a tardi, ma al proprietario non sembrava importare.

Balthazar si occupò del conto, promettendo di tornare di nuovo, poi prese Leela per un braccio e la guidò lungo il sentiero per lo più vuoto tra gli edifici colorati.

"Adoro la mancanza di auto in città," ammise Leela, inalando l'aria e buttando fuori un respiro spensierato. "Le barche sono molto più romantiche."

"Forse dovresti comprare una casa qui," le suggerì Balthazar.

"Potrei." Ci aveva già pensato, tuttavia, aveva comprato l'appartamento a Melbourne. Forse quello sarebbe stato il suo prossimo investimento. "Dove sono le tue proprietà?"

"A Hydria." Le labbra di B si sollevarono ai lati, mostrandole le fossette sexy. "Gli Anziani hanno case dappertutto, ma nessuna di esse è principalmente mia. Ho contribuito a investire in tutte loro, ma è perché a Hydria condividiamo il denaro."

"Non c'è un posto che consideri tuo, come Venezia appartiene a Jay?" Non aveva menzionato Stoccolma?

B sollevò una spalla. "Ho sempre preferito le attività di gruppo a quelle in solitaria. Quindi, a parte quella a Hydria, non possiedo altre case. E sì, ho un posto in cui mi piace stare a Stoccolma." Il subdolo scintillio nel suo sguardo comunicò a Leela che aveva sentito quel pensiero. "Ma non è mio, è di Wakefield."

"Non gli scoccia che tu stia a casa sua?"

"Sì." Il divertimento di Balthazar era palpabile. "È esattamente per quello che ci sto."

Leela rise e poi scosse la testa. "Mi chiedo cosa stia facendo a casa tua, in questo momento," rifletté lei. "Dal momento che c'è chiaramente rivalità tra voi, e tutto il resto."

"Oh, starà sicuramente scopando Stas," rispose B senza batter ciglio. "Supponendo che Sethios non l'abbia ancora castrato."

Leela rise ancora più forte. "Come se Sethios potesse parlare. Lui e Caro giocano con i coltelli."

"Wakefield è più interessato alla dominanza discreta," disse Balthazar pensieroso. "Un coltello potrebbe rappresentare un limite, per lui."

"È chiaro che tu ci abbia riflettuto molto."

"Parecchie volte." Non c'era un briciolo di vergogna in quell'ammissione. "Ma rispetto le sue preferenze e..." Si interruppe, alzando lo sguardo verso la notte sopra le loro teste. "E mi piace vederlo felice." Parole dolci e pronunciate con un pizzico di adorazione.

"Gli vuoi bene."

"Come un fratello," mormorò B. "Abbiamo le nostre differenze, ma siamo una famiglia."

"Per me è così con Vera." Leela non aveva davvero - nessun altro. I Seraphim non erano tipi orientati alla famiglia. Consideravano l'amore e i legami familiari come punti deboli. Sprechi di tempo. Frivolezze insignificanti fatte per i mortali, non per gli esseri superiori. "Non parlo con i miei genitori da oltre mille anni. Nemmeno con Mel."

"È lo stesso per molti Hydraiani, dal momento che i nostri padri hanno sempre cercato di ucciderci. Così abbiamo creato nuove famiglie."

"È la cosa migliore." Leela si sporse su un fianco mentre lui le faceva scivolare un braccio intorno alla parte bassa della schiena. "Anch' io ho scelto la mia famiglia."

"Vera."

"Vera," ripeté lei, confermandolo. "Anche Gabriel, ma lui è più come uno scontroso fratello maggiore. Ed Ezekiel, un disastro fatto persona. Tuttavia, siamo tutti una famiglia, in un certo senso. Legati da una causa."

Balthazar mormorò in accordo, rallentando il passo mentre raggiungevano un incrocio di viottoli. Uno conduceva di nuovo verso l'acqua, fino a casa di Jay. L'altro li avrebbe portati in un'altra zona della città.

Balthazar prese la seconda direzione.

Leela non chiese perché, lasciò che fosse lui a condurli. Stava seguendo un ricordo, uno che aveva preso a solleticare anche i bordi dei suoi, di pensieri. *Un sorriso. Tocchi caldi. Risate nell'aria.*

A Leela si scaldò il cuore solo a pensarci.

"Dovrei davvero investire in questa città," pensò ad alta voce. "È bellissima." E pacifica, nonostante fosse molto popolata. A Leela piaceva tantissimo l'ambiente generale, l'acqua, gli edifici splendidamente colorati.

Si lasciò a un sospiro, chiudendo quasi gli occhi in un momento di squisita beatitudine.

"Hai bisogno che ti porti in braccio, tesoro?" le sussurrò Balthazar all'orecchio.

Leela curvò le labbra verso l'alto. "Posso sempre librarmi nell'aria accanto a te."

"In forma angelica?"

"Mmmh," mormorò lei, persa nel momento di quella passeggiata romantica con un uomo che era praticamente un dio. Le faceva percepire una sensazione del tutto giusta e perfetta.

"Davvero memorabile," le fece eco lui, guidando di nuovo entrambi per un'altra svolta. Leela si mosse con lui, non prestò alcuna attenzione finché B si spostò per spingerla contro il muro di un edificio. La Seraphim spalancò gli occhi e il suo sguardo balzò su quello di lui.

Quel senso di dejà vu le assalì i sensi, togliendole il respiro.

Abbiamo scopato, qui. Contro questo muro.

Lui non le rispose verbalmente, scelse invece di baciarla.

Tenero e sensuale.

Lento e minuzioso.

Seducente e provocante.

Avvolti in un unico abbraccio esaltato dalla lingua abile di Balthazar.

Le esplorò la bocca come se fosse la loro prima volta, memorizzando e prendendo nota di ogni reazione. Lei gemette, amava quell'attenzione ai dettagli.

I palmi di B erano sui fianchi di Leela, poi sul costato, il pollice le tracciava la parte inferiore dei seni senza reggiseno. *Ohhh.* Era un tocco provocatorio, le fece irrigidire i capezzoli, trasformandoli in appuntiti fari di *bisogno*.

Balthazar suonava il corpo di Leela perfettamente, come se fosse uno strumento.

Lei desiderava ricambiare il favore, facendogli scivolare le mani sul petto per avvolgergli il collo. Lo fece piegare per un bacio più profondo, mostrandogli la propria abilità, mentre lui continuava ad accarezzarla lungo le costole.

La gente avrebbe potuto vederli.

Ed era proprio quello il punto.

Anche la volta precedente avevano attirato un pubblico.

Perché non farlo di nuo...

Una sottile puntura sul collo la fece tornare alla realtà, il cuore le batteva all'impazzata. *Seraphim.*

Leela allontanò la bocca da Balthazar, i suoi occhi volarono verso la fonte della magia che le accarezzava i sensi.

Patreel.

Merda!

Leela non pensò; reagì, avvolse le braccia intorno al collo di Balthazar e si nebulizzò lontano da Venezia. Il mondo intorno a loro si trasformò, gli edifici familiari lasciarono il posto a un'altra città. Una con edifici più piccoli. Trame bianche. Tetti a cupola. Montagne.

La donna aggrottò la fronte, non distingueva il posto. Eppure, come per tutto il resto, lo conosceva.

Un'altra proprietà degli Anziani? si chiese, dando un'occhiata agli alberi nelle vicinanze, che regalavano privacy agli edifici dietro di essi.

Alcuni spruzzi di colore lungo la strada le attirarono l'attenzione, ma l'architettura lì non era sicuramente come quella gotica italiana.

E quello non era un posto in cui Leela era solita nebulizzarsi.

"Balthazar?" lo chiamò, alzando lo sguardo incontrando gli occhi spalancati di lui. "Dove siamo?"

"Bulgaria," sussurrò l'uomo. "Sono cresciuto qui

vicino. Non in uno di questi edifici, né in niente del genere, ma... vicino a questo posto." B osservò l'edificio di fronte a loro prima di guardarsi intorno, con i ricordi a oscurargli lo sguardo. Non erano brutti, solo... vecchi.

"Hai un altro posto qui vicino?"

"No."

Leela si accigliò. "Allora perché ci ho...?" Si interruppe appena sentì di nuovo quella puntura, il suo sguardo volò tutt'intorno per cercare la fonte, quando Patreel apparve in forma Seraphim, le ali dorate che svolazzavano silenziose mentre i lunghi capelli bianchi fluttuavano grazie a una brezza celeste.

"Impossibile," sospirò Leela. Non avrebbe dovuto essere in grado di seguirla così in fretta. *A meno che... A meno che non avesse in qualche modo assorbito altro sangue, che gli aveva permesso di...*

Leela strabuzzò gli occhi, incapace di portare a compimento il pensiero. *Devi scappare,* disse a Balthazar mentre lo liberava. *Corri, subito!*

Non gli diede la possibilità di discutere, nebulizzandosi verso Patreel con una sfera di energia eterea che le si stava formando sul palmo della mano.

I Seraphim non combattevano con armi comuni.

Usavano l'energia.

Nel corso degli anni, Leela aveva imparato bene a difendersi.

"Leela!" gridò Balthazar.

Mi sta rintracciando troppo facilmente, B! Devi scap...

Una corda di energia volò nell'aria, la rete le mancò a malapena l'ala sinistra, mentre volava in l'alto, verso il cielo. Patreel la seguì, permettendole di liberare la sfera che stava creando.

Lui la schivò e l'energia si dissipò nella nebbia, per aver mancato l'obiettivo.

"Leela," esordì il Seraphim, il cui tono mancava di sentimento. "Andia..."

Leela gli lanciò un'altra creazione, più affilata e a forma di lama.

Patreel si abbassò, le iridi dorate gli brillavano di qualcosa che assomigliava molto all'emozione. Leela sbatté le palpebre, sicura di esserselo inventata. Eppure il Seraphim aveva le labbra arricciate.

I Seraphim non provano emozioni.

Allora perché mi guarda accigliato?

Patreel scattò verso l'alto per mettersi allo stesso livello di Leela, le mani aperte davanti a lui. "Voglio solo parlare."

"È per questo che mi hai tirato una rete?"

"Beh, sì. Non volevo litigare, solo soggiogarti abbastanza a lungo da dire quello che ho bisogno di dire." Parlava in maniera diretta, proprio come tutti i Seraphim.

Tuttavia, nella voce aveva una nota di esasperazione.

Una che non apparteneva per niente ai Seraphim.

"Vera mi ha mandato a parlare con te," continuò. "Con entrambi."

L'ha mandato Vera? Come? Quando? E cosa intendeva con... "Entrambi?"

Patreel annuì. "Tu e l'abominio."

"Balthazar," lo corresse immediatamente Leela. Il termine *abominio* non le era mai piaciuto.

"Sì. Balthazar. La tua metà del legame."

"Metà del legame?" ripeté lei, iniziando a sentirsi come una camera d'eco.

Patreel sbatté le palpebre, il manierismo un po' più da Seraphim, vista l'evidente confusione. "Vera ha detto che avresti voluto che fosse coinvolto in questa conversazione."

Leela si raddrizzò, lasciando che l'energia eterea che le

strisciava sulle braccia si placasse. Era per caso una trappola?

Non percepiva nessun'altra presenza.

Ma ciò non significava che non sarebbe apparso qualcuno nei secondi successivi.

Leela strizzò gli occhi. "Perché dovrei crederti?"

"Perché sono io il motivo per cui non vi hanno ancora trovati," rispose Patreel, senza perdere un colpo. "Ho riconosciuto immediatamente il tuo sangue sul panno, poiché ti sono stato assegnato fin dalla prima riforma. Vera mi ha convinto a non dire niente, è il momento di rivelarti perché ho acconsentito."

Capitolo 21

Leela

"Ri... Riforma?" balbettò Leela. *Prima riforma? Cosa... cosa intende... per 'prima'?* Le ali le cedettero intorno, facendola scendere di qualche metro in aria, prima che Patreel la prendesse per il gomito.

Lei si liberò dalla presa, quel tocco le bruciava i sensi nei modi più sbagliati.

"Parte della tua riforma richiede una pulizia obbligatoria della memoria," le disse, con la voce morbida come una piuma. "Di conseguenza, non ricordi il processo."

Leela deglutì, il cuore le batteva forsennatamente nel petto. "È... È impossibile." Si sarebbe ricordata di essersi sottoposta a una riforma.

Più di una volta.

È quello che significa per prima, *giusto?*

Più. Di. Una.

Il mondo cominciò a girarle intorno. Lei lo ignorò. Seguì i fili dei ricordi, alla disperata ricerca della verità nelle parole di Patreel.

Ma non le venne in mente nulla.

Io... Io non...

Delle macchie nere decoravano i lineamenti angelici di Patreel, la sua pelle pallida si stava facendo più scura.

Non... Non può essere vero.

"Ti sono stato assegnato fin dalla prima riforma."

La dichiarazione di Patreel le riecheggiò nella mente. *Prima riforma. Prima riforma. Prima riforma.*

No. No. NO.

Era una trappola. Un modo per sottometterla. Per farla vacillare. Per permetterle di essere catturata. Intrappolata!

No. No. No!

Non ci avrebbe creduto. Non gli avrebbe permesso di imprigionarla così facilmente. Perché ciò l'avrebbe portata alla vera *prima riforma*.

Intorno a lei volarono piume.

Stanno arrivando. I Seraphim guerrieri stanno arrivando. Devo combattere. Devo... Devo...

Tutto si oscurò per troppo tempo, Leela sentì l'aria sibilarle nelle orecchie, le ali faticavano a trovare forza.

È troppo tardi. Sono qui! Sono in trappola.

Dei forti fasci di muscoli la catturarono. Si avvolsero intorno a lei. La strangolarono. Distruggendole la vita. Lo scopo. *Affogandomi nel... nel... nulla.*

Lottò, artigliando l'aria, sentiva i polmoni bruciare mentre cercava di urlare senza alcun accesso all'ossigeno. Una notte buia. Una fetta nera di energia intensa. La costrinse ad andare più a fondo. L'afferrò e le trattenne il respiro.

Non c'è ossigeno, qui.

Non c'è modo di inspirare.

Morirò.

Sola.

In una gabbia di vetro.

Una lacrima le percorse la guancia, ma lei non riuscì a

sentirla. Non c'era altro che il rombo di una macchina e quelle dure fasce d'acciaio.

Qualcuno sussurrò il suo nome nell'abisso. Un gracchiare triste riecheggiò sulla scia.

È questa la morte, pensò. *No, questo è peggio della morte.*

Sbatté le palpebre nella notte senza stelle, aggrottando la fronte.

Perché mi sto arrendendo? Avrebbe dovuto combattere. Gridare. *Nebulizzarsi.*

Ma ciò richiedeva aria.

Vita.

Respiro.

Quindi respira, disse a se stessa. *Respira!*

Leela non si arrese. Non lasciava mai che fossero gli altri a dettarle cosa fare nella vita. Era indipendente. Al comando. *Viva.*

Rifiuto questo destino.

Basta.

Nessuna riforma.

Nessun isolamento.

No a queste stronzate!

Le labbra di Leela si aprirono per negare, ma un afflusso di aria calda le si spinse giù per la gola, fino ai polmoni doloranti. Tossì e soffocò per l'intrusione inaspettata.

Bruciava!

Ansimò, il petto le urlava in agonia, mentre l'ossigeno le rivitalizzava i sensi. Ogni parte di lei tremava e sentiva dei formicolii su e giù per le braccia e le gambe.

Sentimento.

Oh, glorioso sentimento...

Una dura lastra di cemento le punse la schiena, la superficie la fece quasi piangere. Perché riusciva a percepirlo. Capirlo. *Sono viva. Sono libera.*

Tuttavia, aveva ancora la vista oscurata.

Eppure, una calda carezza sulla guancia la fece appoggiare a quel tocco tanto necessario. *Di più*, implorò. *Aiutami a sentire di più.*

Il calore le scorreva lungo la mascella, fino al collo, la carezza delicata delle dita la rilassava nel profondo e la aiutava a respirare. Ogni inspirazione riduceva il dolore dentro di lei, facendola sentire con i piedi per terra e più consapevole.

Un paio di labbra sfiorarono le sue e il bacio le andò dritto al cuore. "Sei al sicuro, Lee," le promise una voce profonda. "Ci penso io a te."

Rabbrividì, quella voce era una droga che Leela non si era resa conto di desiderare.

"Respira e basta," continuò lui, le labbra contro l'orecchio. "Così, Lee. Torna da me, dolce furbetta."

Se quella si fosse rivelata una parte della riforma, una specie di giochetto perverso, si sarebbe messa a urlare.

"Non si tratta della riforma, tesoro," promise la voce. "Siamo ancora in Bulgaria."

Lei aggrottò la fronte. *Davvero?*

"Sei caduta," le disse la voce, spostando di nuovo la bocca dall'orecchio alle labbra. Un altro bacio. Tenero. Perfetto. Tipico di *B*. "Ti ho presa."

Leela cercò di capire come fosse possibile.

I Seraphim non cadevano mai davvero.

A meno che non fossero messi KO da qualcosa.

Leela spalancò gli occhi. *Patreel! Loro sono qui!*

"Shhh," la zittì Balthazar, allontanandola dal cemento e accogliendola tra le braccia. "Sei al sicuro, Lee. Continua a respirare con me, d'accordo?"

Era fuori di testa? *Loro sono qui! Dobbiamo nebulizzarci!*

Tuttavia, non riusciva a trovare le ali.

La sua energia eterea era... *scomparsa.*

Il cuore iniziò a batterle forte, il corpo tremò di nuovo mentre Leela lottava per trovarla...

Balthazar la baciò, suggellandole le labbra mentre le cullava il viso tra i palmi delle mani. Lei lo strinse, cercando di allontanarlo per dirgli che non era il momento, ma la presa di lui era troppo forte.

"Sei al sicuro," le ripeté ancora una volta. "Ti tengo io, Lee. Va tutto bene."

Niente di tutto ciò sembrava sicuro o reale.

Un trucco della riforma. Doveva esserlo.

"Toccami, Lee," le disse Balthazar. "Senti i miei capelli, la barba sulla mascella, le mie spalle. Sono del tutto reale, e noi siamo assolutamente qui, in Bulgaria, seduti su un marciapiede qualunque, a meno di un chilometro da dove sono nato."

Leela deglutì, il battito ancora impetuoso. *Non capisco. Questa... riforma...*

"Hai avuto un attacco di panico," le sussurrò, le mani le tenevano ancora il viso in ostaggio. "Ti stai ancora riprendendo. Guardami negli occhi e cerca di respirare con me, va bene?"

Leela continuò a tremare, incerta. Avrebbe potuto essere tutto un orribile trucco. *Ma... nella remota possibilità che non lo sia...*

Sollevò lo sguardo verso quello di B, lasciandosi andare nei vortici di cioccolato delle sue bellissime iridi. Era davvero un'opera d'arte.

Bellissimo. Gli portò la mano sulla guancia per tracciargli lo zigomo solido con il pollice, fino alla mascella scolpita. *Perfetta.*

"Inspira, Lee."

Lei obbedì al comando delicato della bocca seducente di B, mentre con il pollice si muoveva per tracciargli il labbro inferiore.

"Brava ragazza," la lodò. "Ora espira."

Lo fece lentamente, il battito cardiaco tornò gradualmente alla normalità, calmando il martellare ritmico nelle orecchie.

"Molto bene," continuò lui, esortandola a proseguire. Ogni volta che lei obbediva, lui le dava un bacio. Sulle labbra o sulla guancia, sul pollice e poi sul polso.

Leela si sentiva giovane e vulnerabile. Distrutta e frammentata. Nonostante ciò, il modo in cui lui la guardava, con quel luccichio di apprezzamento in quei bellissimi occhi, la faceva sentire viva e donna.

"Sei la donna più bella che abbia mai incontrato," le disse B.

Non lo diceva per gentilezza.

Perché Balthazar non mentiva mai.

Diceva solo la verità. Era parte di ciò che lo rendeva tanto affascinante. Una persona si sarebbe sempre potuta fidare delle sue parole. Non si tirava indietro, non si nascondeva, e non aveva mai sedotto nessuno usando false banalità.

Il che significava che per lui era davvero la donna più bella che avesse mai incontrato.

Solitamente, Leela avrebbe sorriso e detto che era grazie alla genetica Seraphim.

Tuttavia, quel momento sembrava troppo dolce per rovinarlo con un'osservazione sbrigativa.

Leela desiderava ardentemente il calore di Balthazar, il suo tocco, la sua natura rilassante. Così lo assecondò, permettendogli di tranquillizzarle completamente i nervi che si agitavano dentro di lei.

Le allontanò i capelli dal viso e la mano opposta le raggiunse il collo.

"Sei caduta dal cielo dopo essere diventata corporea,"

le disse dolcemente. "Perché stavi avendo un attacco di panico. Ti ho presa, con l'aiuto di Patreel."

Al solo sentire quel nome, le spalle di Leela si irrigidirono. *Loro sono...*

"Shhh," Balthazar la zittì di nuovo, mentre con la punta delle dita le tracciava la mascella. "Siamo al sicuro, Lee. Patreel vuole soltanto parlare. Ed è davvero da solo."

Tuttavia, lui non poteva saperlo con certezza, perché non poteva vedere i Seraphim.

Leela cercò di distogliere lo sguardo da quello di B per frugare nella notte, ma le dita dell'Hydraiano le afferrarono il mento e la costrinsero a rimanere concentrata su di lui. "Siamo al sicuro, Lee," le ripeté per la millesima volta.

"Smettila di dirmelo. Se Patreel è qui, allora non siamo al sicuro."

"Se avessi voluto riportarti nella tua capsula di riforma, l'avrei già fatto," disse una voce profonda, infiltrandosi nella calma della donna.

Leela s'immobilizzò immediatamente.

Un istante dopo, il tocco di Balthazar la smosse. Le sue braccia la circondavano in modo protettivo, mentre lui le premeva di nuovo le labbra sull'orecchio. "Sono qui, Lee. Ci penso io a te. Fidati di me."

Potrebbe essere una trappola.

"Non lo è," rispose B. "Patreel vuole dirci la verità su questi ricordi. Si è disegnato una runa sul braccio per concedermi accesso temporaneo alla sua mente. Nello stesso modo in cui riesco a leggere la tua. Sta dicendo la verità."

Lei sussultò sgranando gli occhi. *Riesci a leggergli nel pensiero?*

B annuì. "È stato assegnato a te per oltre tremila anni. Fin dal nostro primo incontro. Qui, in Bulgaria."

Che cosa? Leela sbatté le palpebre nella direzione dell'Hydraiano. *Io… Io non…*

"Diglielo," Balthazar esortò Patreel, anche se il suo sguardo non abbandonò quello di Leela. "Ripetile quello che hai detto a me."

"Avevi solo circa cinquecento anni, quando tua madre ti ha mandata a vivere tra gli umani per perfezionare i tuoi poteri legati alla fertilità. È stata lei a mandarti qui, in Bulgaria. Proprio nel bordello in cui era nato Balthazar. È così che vi siete conosciuti."

Leela cercò di guardarlo, ma Balthazar le tenne fermo il mento. Allora la donna deglutì e il cuore iniziò di nuovo a batterle un po' più forte.

"Aveva poco più di vent' anni. Voi… avete fornicato."

Balthazar ridacchiò a sentire quel termine, ma non interruppe Patreel.

"Tua madre mandò Melanythos a monitorare la situazione, poiché sapeva l'impatto che i mortali avrebbero potuto avere sulle tue abilità," continuò il Seraphim. "Non voleva rischiare nulla che compromettesse il tuo appuntamento per la procreazione con Dian."

A Leela gelò il sangue nelle vene.

Dian.

Il Seraphim della morte e della distruzione.

Procreazione.

Un brivido violento le percorse la schiena, ma si sentiva troppo fredda per percepirlo davvero.

Riforma. Riforma. Riforma.

"Leela," la chiamò Balthazar, interrompendo Patreel. Stava ancora parlando, ma le sue parole si erano ridotte a un ronzio nelle orecchie della donna. Non riusciva a sentirle. Non *voleva* sentirle. "Ci penso io a te. Sono proprio qui." Balthazar le accarezzò di nuovo la guancia, con il pollice che le tracciava lo zigomo.

Si sentiva così *infantile*.

Sola.

Immobile.

Riforma.

Fragile...

Balthazar fece sfiorare le loro labbra, riportandola al momento, dando alla mente di Leela una tregua temporanea dal gelido bacio del passato.

O forse si trattava del presente?

Dian perseguitava il suo passato, presente e futuro.

I Destinati avevano predetto un bambino. Era solo questione di *tempo*.

"È già successo," le sussurrò Balthazar. "È questo quello che Patreel sta cercando di dirti."

Lei lo guardò stupita. "Co-cosa?"

"Hai rifiutato Dian," le disse. "Hai rifiutato il Consiglio."

"Per lui," aggiunse Patreel prima che Leela potesse parlare. "Hai morso Balthazar per innescare il legame, sporcando così la tua discendenza. Dian ha ordinato che venissi riformata. Sono stato io a rintracciarti e a darti asilo."

Il cuore le smise di battere. "No..."

"Hanno alterato i tuoi ricordi e rimosso completamente Balthazar dalla tua mente." Patreel parlò come se lei non avesse cercato di negare le sue dichiarazioni. "È stato un suggerimento di Dian. Ha detto al Consiglio che quello era l'unico modo per garantire che la tua riforma avesse successo, ma non è stato così. Da allora sei tornata da Balthazar più volte, hai subito altri due cicli di riforma, ti hanno alterato innumerevoli ricordi, ma sei ancora in grado di trovarlo."

A Leela si offuscò la vista, mentre la veridicità dell'affermazione di Patreel le vibrava attraverso l'anima.

Balthazar continuò a tenerla tra le braccia: nei suoi occhi c'era un accenno di comprensione. Era come se la sua anima avesse percepito lo stesso cambiamento dovuto alla conoscenza, un riverbero di verità che diceva loro che tutto ciò non era una bugia, al contrario, era tutto reale.

Tutti i loro momenti.

Quel viscerale senso di dejà vu.

"Questa era la prima volta che i ricordi sono stati alterati per tuo volere, il che prometteva bene. Agli occhi del Consiglio, almeno," continuò Patreel. "Ma quando ho trovato il tuo sangue su quel panno, sapevo che era una situazione più complicata di così. Tuttavia, Vera mi ha fermato prima che potessi fare qualcosa al riguardo."

"Come?" gli chiese Balthazar. La stessa domanda aveva attraversato anche la mente di Leela. "Che cosa ha fatto per farti desistere?"

"Mi ha detto la verità sulla riforma," rispose Patreel. "La storia di come è nata. In principio. E... quella verità mi fa dubitare di tutto ciò che so. Compreso questo. Compreso quello che ho fatto. Ho rintracciato Leela tantissime volte. Se la prendo ora, andrà di nuovo incontro alla riforma, ma cosa cambierà? Ha dimostrato di essere completamente distrutta."

"Non è distrutta," ribatté Balthazar con un accenno di oscurità nel tono. "Se c'è qualcosa di distrutto in lei, è il risultato di quella tortura che tu chiami *riforma*. Non c'è niente di sbagliato nelle emozioni. Ci rendono superiori, non inferiori."

Patreel non rispose.

Probabilmente non capiva molto il senso di parlare di emozioni. La considerava una discussione frivola e indegna del suo tempo.

"Lei   torna   sempre   da   te," disse   Patreel,

apparentemente pensieroso. "Eppure anche i tuoi ricordi sono stati alterati."

Da Mel, pensò Leela, aggrottando la fronte. "E Vera non lo sapeva?"

"Pochissime persone lo sanno," rispose Patreel. "Succede così con tutti gli incarichi che riguardano la riforma. I membri chiave dell'Alto Consiglio di Seraph sono a conoscenza dei dettagli, ma la popolazione generale non ne ha idea. È così che reintegrano i membri nella società. Altrimenti, sarebbero degli emarginati."

"E cancellano i ricordi delle persone più vicine a loro," commentò Balthazar.

"Da quel poco che so, sì," ammise Patreel. "Leela è il mio caso principale, ma non sono l'unico tracciatore."

No. Ce n'era un esercito. *Sono tutti assegnati a casi come il mio?* si domandò la donna. *È per questo che i Destinati suggeriscono spesso la procreazione all'interno di quella stirpe?*

"Hanno alterato anche i ricordi di Vera?" chiese Balthazar. "Quelli che riguardano Leela, intendo."

"Sì, sua madre ne ha manipolati alcuni. Quanto bastava per nasconderle la verità sulla riforma di Leela."

"Eppure l'ha scoperto da te," ribatté Balthazar.

"Ha scoperto la verità dopo aver cercato di alterare il mio ricordo di ciò che è successo alle Bahamas," confermò Patreel. "Il panno che ha usato con il tuo sangue è entrato immediatamente in conflitto con la mia memoria sensoriale e la mia mente ha rifiutato la manipolazione."

"Così ti ha mandato da me," sussurrò Leela.

"Non proprio. Mi ha portato prima da Osiris per imparare la verità sulla riforma. Per dimostrarmi che tutto ciò che mi è stato detto sullo scopo e la fonte è una bugia."

Balthazar rilasciò il mento di Leela mentre lei alzava lo sguardo su Patreel. Il Seraphim se ne stava in piedi accanto a loro in forma corporea, con indosso un paio di jeans e un maglione. Era l'immagine dell'innocenza più angelica. Tranne per l'antico bagliore sapiente negli occhi.

"Lui cosa ti ha detto?" chiese Leela a voce bassa.

"È stato Osiris a creare la riforma." Patreel strinse i denti. "Ecco perché il Consiglio lo ha esiliato. Non per averla creata, ma per togliergli la capacità di controllarla. Volevano il potere per loro stessi. Per *controllarci*, rimuovendo tutte le emozioni e i sentimenti dal mondo, costringendoci a metterci in riga."

"Vi hanno trasformati in marionette potentissime," commentò Balthazar.

"Sì, in pratica è così. Sono solo una manciata di Seraphim a possedere il vero controllo." Le iridi dorate di Patreel si oscurarono. "E Dian è uno di loro."

CAPITOLO 22

VERA

"LEELA HA INCONTRATO PER LA PRIMA VOLTA BALTHAZAR nell'attuale Bulgaria, nel bordello in cui è cresciuto." Vera camminava avanti e indietro per il soggiorno di Balthazar mentre Stas, Issac e Luc ascoltavano.

Aveva avuto l'intenzione di dirlo prima a Gabriel, ma Osiris l'aveva beccata mentre entrava e le aveva suggerito di andare da Stas e Issac. Si era sentita troppo esausta per mettere in discussione le indicazioni dell'antico.

Poi Issac aveva insistito perché Luc si unisse a loro per quella discussione sulla storia.

Vera si era aspettata che il Re Hydraiano volesse che i compagni Anziani fossero presenti, ma lui si era semplicemente seduto e le aveva fatto cenno di iniziare a parlare.

Così aveva iniziato.

Prima raccontò loro di Patreel e di come fosse stato assegnato a Leela durante la prima riforma della donna, una notizia che aveva saputo quando la sua manipolazione dei ricordi era fallita.

Poi continuò a parlare di come l'avesse sottomesso e portato a Osiris. Il che esortò Luc a chiedere perché.

"Lascia che vi parli prima di Balthazar e Leela. Poi spiegherò tutto quello che volete sapere su Osiris," aveva detto Vera. "Beh, tutto quello che posso, per lo meno."

Luc aveva acconsentito con un cenno del capo.

Così, cominciò a raccontare partendo dal bordello.

Non sapeva molto di ciò che era successo, almeno non nei dettagli, ma sapeva abbastanza per spiegare per bene lo sviluppo degli eventi.

"Leela era stata assegnata lì per saperne di più sui suoi doni riguardo la fertilità," spiegò la Seraphim. "Avrebbe dovuto rafforzarla e indurla a entrare nel proprio ciclo. I Destinati avevano predetto che Leela e Dian sarebbero stati una coppia per la procreazione."

Vera deglutì, non avrebbe voluto menzionare quel nome nella conversazione. L'aura intimidatoria del Seraphim letale era ben nota tra i suoi simili.

"È il Seraphim della morte e della distruzione," aggiunse. "I suoi poteri sono essenzialmente opposti a quelli di Osiris. Osiris risorge, Dian uccide."

"Anche i Seraphim?" le chiese Stas.

"Per quanto ne so, quella teoria non è mai stata messa alla prova." Ciò non significava che non lo fosse stata. Quel pensiero la spaventava ancora di più. "È vecchio tanto quanto Osiris. Fa parte dell'Alto Consiglio di Seraph, non possiede progenie e non nessun altro fa parte della sua stirpe. Perché Leela lo ha rifiutato."

No. Era stato peggio di così.

"Inoltre, Leela ha contaminato la propria stirpe," continuò Vera. "Ciò ha rappresentato un rifiuto ancora più grande, non solo per Dian, ma per l'intero Consiglio. Ha sfidato un editto diretto e ha infranto il decoro."

Luc la fissò. "Come ha fatto, esattamente, a contaminare la propria stirpe di sangue?"

"Leela ha morso Balthazar." Vera diede loro un momento per riprendersi dallo shock, poiché per lei era stata sicuramente una grande sorpresa.

"Lo ha legato," commentò Luc. "Quando?"

"Solo parzialmente," lo corresse Vera. "Lui non l'ha mai morsa." Se l'avesse fatto, la riforma sarebbe stata molto peggio.

O forse le avrebbe fornito un'ancora mentale.

Era difficile da dire, e Vera non voleva perdere tempo con gli 'e se', quando ormai il danno era fatto.

"Riguardo quando è successo... Deve essere stato dopo che ha lasciato il bordello e poco prima di incontrare te per la prima volta," disse rivolta a Luc.

"Come fai a sapere quando ci siamo conosciuti?" Il re non sembrava sospetto, anzi, era sinceramente curioso.

"A causa di tutto questo la tua mente è stata in qualche misura alterata," gli disse. Dal momento che sapeva cosa cercare, avrebbe potuto confermare che Patreel dicesse la verità.

Non che ne avesse davvero dubitato.

La storia sembrava troppo vera per essere falsa.

"La mia sorellastra, Melanythos, ti è entrata nella testa," proseguì Vera, con lo sguardo rivolto a Luc. "Ha stabilito una relazione elaborata con Balthazar per affondare gli artigli mentali nella sua psiche, in modo da alterare tutti i suoi ricordi di Leela. Compreso il loro parziale legame."

Il tutto mentre Leela subiva la riforma.

"Melanythos?" ripeté Luc, aguzzando lo sguardo. "Intendi dire *Nythos*?"

"È il nome che ha usato mentre seduceva Balthazar, sì," gli rispose Vera. "Ha ereditato le capacità di

manipolare i ricordi dal mio lato materno della famiglia.
Significa che condividiamo una madre. E ha preso la
desiderabilità dalla stirpe paterna di Leela, poiché
entrambe condividono il padre."

Non la stirpe della fertilità.

Una diversa.

"Il loro padre è Adonis. C'è un motivo se il suo nome è
diventato popolare nei miti umani. È il Seraphim della
bellezza e del desiderio." Leela attribuiva spesso la propria
sensualità al lato materno della famiglia. Ma Vera sapeva
da dove veniva. Era un mix inebriante di entrambe le stirpi
a renderla irresistibile a tutti coloro che si trovavano sul suo
cammino.

Incluso Dian.

"Patreel ha detto che Dian ha richiesto che Leela
ricordasse la decisione del Consiglio per quanto riguarda la
loro procreazione, facendo tuttavia in modo che la data per
tale evento non fosse ancora stata decisa. Sosteneva che
sarebbe stato un buon modo per mettere alla prova la
riforma. Quando sarebbe andata da lui durante un ciclo di
fertilità per portare a termine l'editto, sarebbe stata
considerata guarita."

Al contrario, Leela era terrorizzata da lui e da ciò che
rappresentava.

"Negli ultimi tremila anni ha subito tre diverse riforme
e le sono stati alterati innumerevoli ricordi. Lo stesso vale
per Balthazar." Solo a pensarci, Vera avrebbe voluto
uccidere tutti quelli coinvolti in quel destino crudele.

Melanythos e Dian erano in cima alla lista.

Perché la riforma e l'alterazione dei ricordi erano state
un'idea di Dian. E la sorellastra di Leela aveva permesso
che accadesse, di sua spontanea volontà.

Per non parlare del coinvolgimento della madre di
Vera. "Il Consiglio ha alterato anche alcuni dei miei

ricordi. Opera di mia madre. Non l'ho mai notato perché non ho l'abitudine di bighellonare nella mente della mia migliore amica."

Non aveva notato neanche le alterazioni nella mente di Balthazar perché era stata super focalizzata sul Brasile e lo aveva manipolato per fare in modo che si ricordasse solo vagamente di Leela.

Vera aveva pensato di stare aiutando la migliore amica: Balthazar e Leela erano chiaramente fatti l'uno per l'altra.

L'ironia era che, se Vera avesse indagato un po' di più, avrebbe potuto scoprire quanto avesse ragione sul loro destino.

L'unico motivo per cui aveva notato tutto ciò nella mente di Patreel era per via del legame di lui con il sangue di Leela. Se Vera non avesse seguito quella pista, non sarebbe venuta a conoscenza di niente.

"Il Consiglio ha fatto del proprio meglio, nel tentativo di riformare Leela," continuò. "Il che mi porta a Osiris."

Quella era la parte che aveva usato per far sì che Patreel passasse al loro lato.

Era anche il motivo per cui, ultimamente, lei stessa si era alleata con Osiris.

Perché sapeva la verità sul suo esilio.

"La mia specie è stata portata a credere che Osiris fosse stato esiliato per aver ucciso un Seraphim," iniziò, andando dritta al punto. "Ed è vero. In un certo senso. Ha creato una forma di rinascita che cancella completamente la psiche dei Seraphim e aiuta l'essere a trovare nuovamente un giusto scopo. Significa che ha riprogrammato la mente dei Seraphim a uno stato pratico, eliminando ogni forma di emozione."

Osiris le aveva spiegato alcuni dettagli, dicendo che non era stato lui a scegliere l'essere in questione. Ma il Consiglio.

Adriel.

Ecco perché Vera si stava dirigendo da Gabriel, a Hydria, e non da Stas e Issac. Tuttavia, sarebbe andata lì dopo, dato che Osiris le aveva suggerito di iniziare dalla coppia.

"La riforma," commentò Luc, il cui sguardo smeraldo brillava di potere onnisciente. Metteva insieme i pezzi più velocemente di chiunque Vera avesse mai incontrato. Il che, pensò la Seraphim, alleviava la situazione, perché lui aveva il potere di annientare ogni insinuazione dalla sua spiegazione.

"Sì, è stato Osiris a creare la riforma," confermò lei. "Sotto ordine dell'Alto Consiglio di Seraph o di coloro che erano al potere, all'epoca." Era una distinzione importante su cui sarebbe tornata successivamente. "Il Consiglio ha ricompensato i suoi sforzi esiliandolo."

Luc la osservò per un momento. "Ci possono essere solo due ragioni: ha usato la tecnica su qualcuno senza la loro approvazione, oppure hanno deciso che la riforma fosse uno strumento troppo potente per essere lasciato nelle sue mani."

"Sono stati loro a fornirgli il primo e unico soggetto su cui praticare la riforma... Questo dovrebbe darti la risposta," commentò Vera.

"Lo hanno esiliato per il potere. E ora usano il suo strumento per tenere tutti i Seraphim in riga."

Luc si ritirò in un silenzio contemplativo.

Vera lanciò un'occhiata a Stas e Issac per vedere se avessero domande, ma entrambi stavano guardando Luc.

Vera tornò a concentrarsi sul re Hydraiano, che stava iniziando ad annuire, come se approvasse.

"È una tattica brillante, in realtà. I Seraphim non dovrebbero provare sentimenti. Almeno, questo è quanto prescritto dal vostro Consiglio," rifletté Luc. "Tuttavia, coloro che provano emozioni sono anche inclini a temere la riforma. Pertanto, la procedura funge da meccanismo per garantire che tutti si comportino come dichiara il Consiglio."

"Stanno usando la riforma per controllare i Seraphim," aggiunse Issac.

"Esattamente," mormorò Luc. "Proprio come Osiris ha creato il Conclave per gestire gli Ichoriani. Ha sempre usato la paura come motivatore."

"A dire il vero, il Conclave è una replica del Consiglio," li informò Vera. "Beh, del concetto, almeno. Osiris ne ha creata una sua versione, ma è fortemente ispirata dall'Alto Consiglio di Seraph. Tranne per il fatto che invita tutti gli Ichoriani a partecipare, non solo i membri più alti in ogni stirpe sanguigna."

La maggior parte delle volte, il Seraphim di grado più alto era l'originale o il primo della stirpe.

Ma non sempre.

Gabriel era un ottimo esempio di qualcuno con il potenziale per prendere il posto di Adriel come capo della stirpe, per via del potere e non dell'età.

Luc annuì di nuovo, suggerendo di conoscere già le informazioni sul Conclave, o almeno di averle sospettate. "Allora, quanti dei vostri membri del Consiglio sanno la verità sulla riforma?" chiese.

"Secondo Osiris, solo cinque Seraphim conoscono la verità. E di loro, solo uno è attualmente nel Consiglio: Dian. È per questo che è stato in grado di coordinare i parametri della riforma di Leela." Quella dichiarazione le fece ribollire il sangue una seconda volta.

Dian meritava un destino peggiore della morte, per quello che aveva fatto a Leela.

"Ha sottoposto Leela alla riforma e alla cancellazione della memoria, inoltre, ha fatto rimuovere i ricordi di

Balthazar dalla sorellastra di lei... Mi sembra certamente un po' *vendicativo*," commentò Issac in tono colloquiale. "Per quanto ne so io, il desiderio di vendetta è spesso caratterizzato da uno stato emotivo."

"Quindi i cinque che controllano la riforma non stanno completamente abbracciando la filosofia insensibile e stoica dei Seraphim," rispose Luc. "Al contrario, costringono le masse a quei requisiti perché le rende più facili da controllare. Non penso che la popolazione Seraphim e l'attuale Consiglio sarebbero troppo entusiasti di queste informazioni."

"Patreel di certo non lo era," ammise Vera. "Sta andando a incontrare Leela e Balthazar per dire loro tutta la verità. Potrebbe già essere con loro. Non ne sono sicura."

Erano giorni, o forse settimane, che Vera era esausta. I Seraphim non avevano bisogno di dormire, ma ciò non impediva alla sua specie di provare stanchezza.

Sia mentale che fisica.

"Hai detto che solo uno di loro è attualmente nel Consiglio. Dove sono gli altri quattro?" chiese Luc.

"Stanno riposando, come la maggior parte degli antichi. Dian è l'unico che al momento è sveglio e conosce la verità. Tuttavia, Osiris ipotizza che anche gli altri siano effettivamente svegli, sebbene si dia per scontato che non lo siano." Per quanto a Vera non importasse davvero di Osiris, lei gli credeva.

Forse perché le aveva permesso di assistere al ricordo del suo esilio senza interferenze.

Oppure, più probabilmente, perché Vera aveva passato gli ultimi mille anni a mettere in discussione i verdetti del Consiglio e i futuri prescritti dai Destinati. Erano un po' troppo convenienti.

"Indipendentemente da ciò, è chiaro che il Consiglio

dei Seraphim sia in qualche modo corrotto. E la verità della riforma potrebbe estendersi oltre i cinque originali. La maggior parte sicuramente crede che Osiris sia malvagio, ma non sarebbe così, se conoscessero la storia."

"Altri dovevano aver visto gli eventi circa il suo esilio o, come minimo, esserne consapevoli." Issac pronunciò quelle parole lentamente, aggrottando la fronte. "Hanno alterato i ricordi di tutti?"

Vera scosse la testa. "Da quello che ho visto nella mente di Osiris, l'Alto Consiglio di Seraph originale era molto più ristretto. E risale a molto prima della nostra esistenza. L'espansione è avvenuta quando si sono formate nuove stirpi sanguigne." *Come* si fossero palesate, era un mistero. Erano semplicemente apparse, le energie eteree si erano combinate per creare entità corporee diventate poi Seraphim.

Vera spiegò alcune di quelle nozioni ad alta voce, dal momento che Luc chiese immediatamente cosa intendesse per 'formate'. Il re incamerò le informazioni con un cenno del capo, poi tornò alla parte politica della discussione. "I Seraphim come pensano che sia nata, la riforma?"

"Siamo stati tutti portati a credere che si tratti di uno strumento creato tramite un intelletto superiore," spiegò Vera. "Il modo in cui si presenta effettivamente è di natura abbastanza scientifica. Ma solo coloro che ci sono passati conoscono la portata di ciò che si prova. Nonostante ciò, non ne comprendono appieno i meccanismi."

"Oppure i loro ricordi vengono alterati perché se ne dimentichino," mormorò Stas. "Come nel caso di Leela, a quanto pare. Ma mia madre ricorda alcune parti della sua esperienza."

"L'ha mai descritta?" le chiese Luc.

Stas scosse la testa. "Non proprio. Ma le interessa parlare con Blake. Clara ha menzionato la sua presenza nelle segrete e mia madre ha chiesto cosa avesse fatto. Issac le ha spiegato che non ci si può ancora fidare di lui, a causa di quello che gli ha fatto John. Lei ha detto che il processo di riabilitazione sembrava simile alla riforma."

Luc si strofinò la mascella, gli brillavano gli occhi. "Considerando l'alleanza di Osiris e John e, in generale, gli esperimenti al FAC, non sarebbe strano presumere che abbiano creato una sorta di riforma per mantenere le Sentinelle in riga. O per fargli il lavaggio del cervello."

"Suggerirei a Mateo di indagare, ma..." Issac si interruppe.

"Gli parlerò io," rispose Luc. "Per vedere cosa sa."

"Oppure chiedi a Osiris," gli suggerì Vera. "I suoi metodi potrebbero non essere tanto piacevoli, ma le sue intenzioni sono per lo più in linea con le nostre."

Stas ridacchiò. "Dillo ai miei genitori."

"È mia intenzione farlo. Anche a Gabriel." Supponendo che Vera avesse ancora energie, dopo quella conversazione.

L'espressione di Luc le disse che forse non sarebbe stato così, poiché aveva chiaramente altre domande per lei. Almeno avrebbe ricordato tutte le risposte. Forse Vera avrebbe potuto chiedere a lui di dirlo agli altri.

"Chi sono gli altri quattro Seraphim che conoscono la verità sulla riforma?" chiese il re Hydraiano.

Quei dettagli non sarebbero davvero interessati a nessun altro, poiché i nomi che Vera stava per pronunciare non avrebbero rivelato nulla.

Ma Luc se li sarebbe ricordati.

E magari li avrebbe inseriti nel suo catalogo intellettuale per trovare potenziali collegamenti.

Ecco perché lei gli rispose per intero, dandogli i nomi di ogni membro del vecchio Consiglio e i dettagli sul loro lignaggio.

Dian, unico e originale Seraphim della morte e della distruzione, quello che già conosceva.

Cassia, la Seraphim originale del destino. Era stata la prima Destinata.

Pakhet, il Seraphim originale della caccia. Le abilità da tracciatori derivavano dalla sua stirpe.

Veles, il Seraphim originale degli elementi. Dalla sua si erano formate diverse stirpi, ognuna rappresentava ogni elemento singolarmente. Tuttavia, lei conservava la capacità di controllarli collettivamente tutti quanti.

Marduk, il Seraphim del giudizio, che differiva da quello della giustizia. Silvia, membro corrente del Consiglio, era l'ultima della lista. I suoi poteri riguardavano l'equilibrio. Quelli di Marduk erano incentrati sulla punizione e il castigo.

"Sono tra i più vecchi della nostra specie," concluse Vera. "Proprio come Osiris."

"Esistevano altri Seraphim, a quel punto della storia?" chiese Luc.

"Qualcuno. Era l'alba della nostra creazione. O almeno, è quando Osiris ha iniziato a lavorare sulla riforma. Cassia aveva previsto che sarebbe arrivato un momento in cui sarebbe stata necessaria. Così Osiris ha passato millenni a perfezionare il processo." Per quanto ne sapesse Vera, Osiris aveva più di diecimila anni. Proprio come gli altri della sua epoca.

Ma le stirpi dei Seraphim avevano continuato a svilupparsi anche dopo il suo esilio. Era come se fossero sbocciate dalle radici originali della vita, creando alberi enormi con diversi rami. Alcuni dei quali si erano intrecciati, mentre altri erano cresciuti in direzioni opposte.

Il risultato era una foresta di potere, con alcuni alberi molto più grandi e robusti di altri.

"Una volta perfezionato il processo, lo hanno esiliato," disse Luc.

"Sì. E lo usano come esempio di cosa non fare per tutti i Seraphim."

"Geniale." Luc sembrava impressionato, probabilmente perché riusciva a capire quella strategia a un livello superiore. "Ciò lo rende un cattivo e, allo stesso tempo, viene utilizzato come l'ennesimo meccanismo di controllo per la popolazione generale."

Vera fece un cenno di assenso. "A noi hanno raccontato che la riforma su di lui non ha funzionato, è una delle molte ragioni per cui, tra i miei simili, è conosciuto come l'Avvelenato. Anche perché il suo creare Ichoriani e Hydraiani è visto come un avvelenamento del sangue umano."

"E per diffamarci, ci chiamano abomini."

Vera annuì di nuovo. "Sì, perché parte della punizione di Osiris consisteva nel divieto di continuare la propria discendenza. I Seraphim vedono gli Hydraiani e gli Ichoriani come una palese mancanza di rispetto nei confronti di un editto conciliare."

"Io e mio padre siamo discendenti diretti della stirpe," sottolineò Stas. "Eppure il Consiglio vuole incontrarmi."

"Perché i Destinati hanno profetizzato che distruggerai Osiris e le sue creazioni. O almeno, questa è l'interpretazione della profezia da parte del Consiglio," rispose Vera. "Resta da vedere se sia vero o no."

"Non distruggerò nessuno," giurò Stas.

Non fare promesse che non puoi mantenere, ragazzina, pensò Vera. Ma quella era una discussione per un altro giorno. Non aveva l'energia per dibattere del destino, quella sera.

"Hanno proibito a Osiris di procreare per garantire che nessun altro potesse prendere il controllo della riforma," disse Luc pensieroso. "O comunque immagino che fosse quello, il motivo. Eppure Stas dovrebbe distruggere le sue creazioni. Pensi che i Destinati si riferiscano alla *riforma*? Che Stas sia destinata a distruggerla?"

Vera non ci aveva ancora pensato.

E nemmeno gli altri, a giudicare dal loro silenzio.

"I miei genitori hanno detto che pensano che i Destinati stiano effettivamente cercando di remare contro il Consiglio, dal momento che è chiaro che siano stati schiavizzati da loro." Stas parlò lentamente, come se metà della sua mente stesse ancora barcollando per via del suggerimento di Luc.

Vera notò che Stas non aveva negato immediatamente quella possibilità. A differenza di come aveva reagito quando Vera aveva commentato che avrebbe distrutto tutte le creature di Osiris.

Il che significava che, forse, quel percorso le sembrava più piacevole.

Poteva essere quello il vero significato della profezia, allora? Oppure è solo la sorpresa scaturita da quel suggerimento a darle da pensare?

Issac allungò il braccio lungo lo schienale del divano dietro Stas, offrendole conforto nel modo in cui un compagno legato dovrebbe. "È abbastanza possibile che i Destinati vedano Aya come una sorta di salvezza che distruggerà il meccanismo che attualmente tiene in ostaggio i Seraphim."

"*Una forza sconosciuta sta emergendo. Lei avrà la forza e la volontà necessaria per distruggerci tutti a meno che non vengano messe in pratica delle misure atte a frenare le sue inclinazioni,*" Luc recitò testualmente ogni parola della profezia originale di Skye senza batter ciglio. "Sappiamo se è la stessa profezia che i Destinati hanno consegnato al Consiglio?"

Vera scosse la testa. "Solo il Consiglio può ascoltare le profezie."

Luc si sporse in avanti per bilanciare gli avambracci sulle cosce divaricate. "Tramite delle registrazioni? Oppure di persona?"

"Echi," confermò Vera. "Simili alle registrazioni, ma non proprio." Venivano acquisite dal Seraphim scriba, che le riproduceva per il Consiglio in forma visiva.

"Il che significa che potrebbero essere manipolate," sottolineò Luc.

"Sì," concordò Vera. "Ma i Seraphim non lo penserebbero mai. Sono troppo pratici."

"Risultato del fatto che il loro Consiglio fa in modo che apprezzino la praticità, piuttosto che l'emotività." Luc si rilassò sulla sedia. "Il tuo Consiglio ha perfezionato l'arte della dittatura, piena di pecore obbedienti."

"Non siamo tutti obbedienti." Forse non era stato naturale per Vera o Leela, Gabriel o Caro, ma erano tutti lì. E con la strategia giusta, avrebbero potuto reclutarne altri, al loro fianco.

Il che portava Vera al punto successivo.

"Ho visto i ricordi di Osiris. Non conosco tutte le sue intenzioni, al di fuori di quello che mi ha detto, ma si trattava di mostrare la verità ai Seraphim, che era già una buona ragione per parlare con lui di mia spontanea volontà. Tutto ciò che ha fatto per Lizzie e Jayson è stato il suo modo di mostrarsi a noi come una fonte degna."

Stas ridacchiò di nuovo. "Capisco. Solo che ha rapito la mia migliore amica perché voleva usarla come incubatrice per suo figlio. Di questo non ha parlato?"

"Per lui era un ricorso pratico, la vedeva come un tramite per far nascere un essere potente che potesse usare nella lotta contro i Seraphim." Vera alzò una mano, zittendo Stas prima che potesse ribattere. "Non ho detto di essere d'accordo con lui. Infatti non lo sono, ma questa sarà la sua spiegazione. È privo di emozioni, in questo è fedele alla forma dei Seraphim. Che le sue azioni siano giuste o sbagliate è irrilevante, per lui. È motivato esclusivamente dal successo."

"Quindi hai iniziato a lavorare per lui dopo aver visto per la prima volta i suoi ricordi," disse Luc, interrompendo qualsiasi cosa Stas stesse per dire in risposta.

"Sono tornata da lui dopo aver liberato Sethios e gli ho chiesto di poter vedere tutto il ricordo di ciò che era successo. Non ho mai accettato di lavorare *per* lui, solo *con* lui, quando si trattava di tenere tutti al sicuro. È stato allora che ho scoperto che anche Mateo lo stava aiutando, almeno in parte." Vera incontrò lo sguardo di Luc. "Presumo che tu l'abbia messo nelle segrete?"

Quella domanda aveva due scopi.

Prima di tutto, farsi dire cosa Luc avesse fatto con Mateo.

In secondo luogo, scoprire cosa intendesse fare a lei. Perché se avesse pensato di imprigionarla, si sarebbe presto reso conto dell'impossibilità di intrappolarla.

"È a casa mia, nella stanza degli ospiti," rispose il re Hydraiano, sorprendendola.

"Eppure hai imprigionato Clara senza alcun rimorso." Il commento le scappò di bocca prima che potesse pensare di ritirarlo. Soprattutto perché, con quell'ammissione, l'aveva del tutto scioccata.

"La spiegazione di Clara alle proprie azioni è stata piuttosto superficiale e debole. Ora mi rendo conto avrebbe dovuto essermi di avvertimento, ma all'epoca, non ero in grado di valutarla correttamente." La voce di Luc non era sulla difensiva, solo piatta e affermativa. Simile a quella di un Seraphim. "La situazione di Mateo è unica e si sta ancora sviluppando."

"Ti consulterai con me, prima di decidere cosa fare con lui," intervenne Issac, il cui tono indicava chiaramente che non fosse una richiesta, ma un ordine.

Luc lo guardò e annuì, poi si concentrò su Vera. "Voglio sapere di più su tua sorella e il casino che ha combinato con B. Non ne sarà contento."

"No, immagino di no," concordò Vera, sospirando.

Aveva camminato avanti e indietro tutto il tempo, mentre gli altri erano rimasti seduti.

Invece di continuare a consumare i pavimenti di Balthazar, scelse l'unica altra sedia nella stanza.

"Potrebbe essere più facile se districassi i ricordi nella tua mente per mostrarti cosa è successo davvero," disse Vera, dopo aver accettato il fatto che non sarebbe andata a dormire tanto presto.

Inoltre, ciò l'avrebbe aiutata a riconquistare un po' di fiducia da parte di Luc e gli altri.

Una mossa necessaria, dopo ciò che era successo con Osiris.

Lei aveva avuto buone intenzioni. E non si sarebbe scusata.

Ma avrebbe mostrato lealtà dove richiesto.

"Chiudi gli occhi," ordinò a Luc. "Farà meno male."

Almeno a lui.

A lei avrebbe fatto un male infernale.

Perché avrebbe fatto affondare maggiormente il coltello del tradimento.

Melanythos aveva distrutto la vita di Leela. Le aveva spezzato il cuore e incasinato un legame che non avrebbe mai dovuto essere toccato.

Quel ricordo, nella testa di Luc, era solo la punta del proverbiale iceberg.

CAPITOLO 23

BALTHAZAR

BALTHAZAR ASCOLTÒ PATREEL SPIEGARE CIÒ CHE AVEVA imparato sulla corruzione del Consiglio.

"*È stato Osiris a creare la riforma.*" Quella dichiarazione continuò a riverberare nei pensieri di B, soprattutto perché Leela continuava a ripeterla.

Patreel disse loro i nomi dei membri originali del Consiglio, i quali avevano incaricato Osiris di sviluppare un processo che potesse riportare l'anima di un Seraphim allo stato stoico di base, e in seguito lo avevano diffamato.

Tutto per ottenere il controllo.

Tutto ciò che era stato detto ai Seraphim era essenzialmente fondato su una menzogna. Almeno per quanto riguardava Osiris. Il che aveva fatto domandare a Patreel su cos'altro avessero mentito.

Balthazar aveva ancora accesso ai pensieri del Seraphim, che gli permettevano di percepire il caos che si svolgeva nella mente dell'uomo.

Non dovremmo provare emozioni, eppure io... Mi sento... fin troppo caldo.

Pieno di energia.

Violento.

Come se volessi... prendere a pugni Dian.

Perché? Che cos'è questa? Rabbia?

Adesso verrò sottoposto alla riforma? È questo il punto di tutto? Temere il meccanismo? Voltarsi l'uno contro l'altro al primo segno di emozione?

Chi sono io?

Cosa mi succederà adesso?

Le cose che ho fatto...

Tutto questo è... È troppo.

Basta.

Come faccio a fermarlo?

Balthazar aveva inviato un bagliore rilassante attraverso la psiche di Patreel, confortandolo abbastanza da assicurargli di mantenere una facciata tranquilla mentre parlava.

B non gli aveva fornito assistenza emotiva come favore; l'aveva fatto per assicurarsi che rimanesse calmo perché in quel momento Leela aveva bisogno di serenità.

La mente della donna vacillava per l'afflusso di informazioni, quell'oscuro senso di panico ancora indugiava all'apice dei suoi pensieri. Tuttavia, si era rilassata abbastanza da elaborare le informazioni senza ricadere in uno stato di panico.

Lui le tenne le braccia intorno, con il palmo che le cullava delicatamente la nuca per dimostrarle sostegno fisico, mentre lei gli appoggiava la testa contro la spalla.

Sembrava ignorare che gli fosse seduta in grembo sul marciapiede; tutta la sua attenzione era rivolta a Patreel e alle sue parole.

Fortunatamente era tardi, il che significava anche meno persone fuori.

Non che a Balthazar importasse di essere visto con una donna bellissima tra le braccia.

Ma sospettava che a Leela sarebbe dispiaciuto.

Il suo attacco di panico era stato un sintomo di debolezza, uno che fino a quella sera lei non sapeva nemmeno di possedere.

Perché il passato della donna era stato riempito di falsi ricordi.

Come il mio, pensò B.

Leela lo aveva morso. Aveva stabilito un legame parziale.

E lui non ne aveva il minimo ricordo.

Eppure era successo lì, in Bulgaria. A pochi isolati da dove si trovavano in quel momento.

La mente di Patreel gli aveva fornito alcuni dettagli, ma Balthazar voleva saperne di più.

Aveva bisogno di riavere i propri ricordi.

Voleva sapere cosa fosse successo tra lui e Leela. Perché Leela lo avesse morso. Si rifiutava di credere alla versione mentale degli eventi da parte di Patreel.

Lo aveva morso per sporcare la propria discendenza, aveva pensato Patreel.

Se fosse stato così, allora perché aveva continuato a ritrovare Balthazar? Per via del legame? O c'era qualcosa di più?

Balthazar aveva assistito all'intensità tra Issac e Stas. Non era solo perché Issac l'aveva morsa per primo. Erano fatti l'uno per l'altra. Tutti quelli che li avevano visti insieme lo sapevano.

Quindi cosa significava ciò, per Leela e Balthazar?

L'Hydraiano capiva il legame di sangue. Una volta stabilito pienamente (dopo che entrambe le parti si erano morse a vicenda) sarebbero rimasti insieme per l'eternità.

Assolutamente fedeli.

Quella era stata la ragione dell'antipatia di Stark verso Issac. Lo aveva avvertito di non portare a termine il legame con Stas a causa della conseguente clausola di fedeltà.

Era automatica e del tutto reale.

Tuttavia, a Issac non era minimamente interessato.

Stas era quella giusta per lui.

Balthazar aveva sentito le promesse d'amore nei pensieri dell'amico poco dopo aver incontrato Stas.

Leela l'aveva morso sapendo perfettamente che lui non avrebbe mai ricambiato? Era quello il punto? Avevano stretto un accordo in cui il loro sarebbe sempre stato un legame parziale?

O una volta Balthazar aveva pensato di dedicarsi alla monogamia?

Se c'era una donna al mondo che gli avrebbe dato motivo di desiderare un tale stato... sarebbe potuta essere proprio lei.

Leela era adatta a lui.

Lo capiva.

La passione tra loro era innegabile, probabilmente una delle più potenti nella vita di Balthazar.

Tra loro prosperava anche una connessione. Per via del legame? Oppure era qualcos'altro?

B aveva bisogno di capire, di vedere di più. Di *ricordare*.

Patreel si era fatto silenzioso dopo aver completato la spiegazione del coinvolgimento di Osiris con la riforma. Osservava Leela con una parvenza di tristezza, che la sua stessa mente stava lottando per comprendere.

Quell'uomo di migliaia di anni non si era mai permesso di provare emozioni.

Tuttavia, ogni regola dentro lui era andata distrutta quando aveva scoperto la verità su Osiris.

Non sapeva più di chi fidarsi, cosa pensare, come *sentirsi*.

Leela si sentiva allo stesso modo di Patreel, il nome

Dian le vorticava tra i pensieri. La parte infantile di lei era terrorizzata... Probabilmente quella che ricordava qualche dettaglio della riforma.

Ciononostante, man mano che passavano i secondi, la parte forte di lei emergeva sempre di più.

Uno spirito combattivo che stuzzicava Balthazar a ogni livello.

Quello spirito era la furia fatta persona.

Leela avrebbe voluto dipingere le stanze del Consiglio di rosso, con il sangue di coloro che le avevano fatto del male. Avrebbe voluto urlare a tutti di ascoltare la verità, e avrebbe voluto indietro i propri ricordi.

È stata Melanythos. Mi ha rubato i ricordi. È stata anche nella mente di Balthazar.

Il desiderio omicida di Leela annegò sotto il fervente bisogno di sapere la verità. Le iridi verde-blu della donna, nelle quali sbocciava un fuoco in profondità, incontrarono quelle di B.

Quella era in parte una fuga dall'agonia che la trafiggeva dentro. Conteneva anche una sorta di antidoto, la conoscenza del balsamo di cui entrambi avevano bisogno per lenire il dolore.

"Dobbiamo andare al bordello," le disse. Non esisteva più, ma forse essere sullo stesso pezzo di terra avrebbe scatenato qualcosa tra loro, proprio come a Venezia.

"Lo so." Lei gli avvolse le braccia intorno al collo e li nebulizzò senza dire un'altra parola.

Patreel avrebbe potuto tracciarla, cosa che fece, seguendoli.

Balthazar toccò il marciapiede mentre Leela li guidava verso una stradina vuota. Anche lei era in piedi, con le braccia ancora intorno a lui. B non riusciva a vederla in quella forma, ma ne sentiva la presenza nella mente.

Era un peccato che il legame parziale non gli garantisse l'accesso alla visione eterea.

Stas gli aveva parlato delle ali viola di Leela. *Di che tonalità sono?* si chiese. *Lilla? Lavanda? Esistono altre sfumature da abbinare all'effetto maculato dei suoi occhi verde-azzurri?*

Leela tornò lentamente corporea, quelle splendide iridi fisse su di lui. Tuttavia, il ricordo del loro passato rimaneva un mistero per entrambe le loro menti. Forse era stato troppo tempo prima o troppo era cambiato.

"Ti ho rintracciata qui più di tremila anni fa," esordì Patreel dolcemente, aggrottando la fronte al ricordo quel giorno. "Non mi era ancora stato dato un campione del tuo sangue, noi non ci conoscevamo affatto, ma tu eri la mia missione. Una che ho portato a termine."

"Chiaramente," rispose lei piatta.

"Se hai assorbito il suo sangue, anche tu sei parzialmente legato a lei?" gli chiese Balthazar, provando uno strano senso di fastidio al solo pensiero. Condividere non lo aveva mai irritato, ma l'idea che Patreel fosse così intimamente legato a Leela...

No. Non mi piace.

In effetti, non apprezzava affatto l'idea di Patreel e Leela insieme.

Anche quello era strano, perché il concetto di stare a guardare un'altra coppia che scopa lo aveva sempre eccitato.

Proprio come gli piaceva unirsi alle unioni di due o più persone.

Tuttavia, Patreel... non meritava Leela.

Pochissimi l'avrebbero meriterebbero davvero.

"Il legame richiede un morso. Quindi, no. Non siamo legati." Patreel sembrava disgustato dalla prospettiva. Balthazar non sapeva se si riferisse all'idea di legare con

Leela o di morderla, ma lo irritava quel tanto che bastava per sottrargli un po' di energia calmante.

L'aiuto emotivo doveva essere guadagnato.

E Patreel non si era certamente guadagnato nulla da Balthazar. Al contrario, B avrebbe dovuto peggiorare la turbolenza emotiva del Seraphim, non calmarla.

Nonostante ciò, mantenne una leggera connessione tra loro, solo per assicurarsi che Patreel non andasse completamente fuori dal seminato.

C'erano ancora domande che richiedevano risposte.

"Raccontaci di quel giorno," disse Balthazar, senza distogliere lo sguardo da Leela.

Patreel apparve nella sua visione periferica, assumendo ancora una volta uno stato corporeo.

"Non c'è molto da dire. Ho rintracciato Leela qui e l'ho portata direttamente da Dian." Si schiarì la voce. "Dian ha portato la questione al Consiglio. Non so chi fosse coinvolto, dato che non ero parte della discussione, ma Dian ha confermato che saresti stata riformata e mi ha detto che si sarebbero occupati di te. Io non ho fatto domande."

Balthazar rintracciò le affermazioni nella mente del Seraphim, cercando qualsiasi indizio di una bugia.

"Vai avanti," disse, quando trovò un persistente cumulo di informazioni nei pensieri di Patreel. Al tempo non sapeva cosa fosse successo, ma più tardi aveva imparato alcuni dettagli chiave.

"Leela ha trascorso un secolo in riforma." La dichiarazione corrispondeva a quella nella mente.

Balthazar fece scorrere il pollice lungo la colonna della gola di Leela, con il palmo ancora intorno alla nuca, proprio come aveva fatto quando erano seduti.

Lei non reagì alla notizia con il panico.

No, il suo spirito combattivo aveva preso il sopravvento.

Voleva vendicarsi.

"Mi è stata data una fiala del suo sangue dopo circa una settimana dalla sentenza. Lo scopo era quello di collegarmi a lei, nel caso in cui fosse sfuggita in qualche modo al processo. Poi, una volta completata la riforma, si è trasformato in un incarico di monitoraggio."

"Significa che mi hai pedinata," mormorò Leela.

"Mi è stato assegnato il compito di *rintracciarti*, sì. Ecco perché sapevo dei ricordi manipolati. Dian mi ha detto che Melanythos si era occupata di entrambe le vostre menti. Gli ho chiesto perché Balthazar non fosse stato semplicemente ucciso e lui ha risposto che era per proteggerti, poiché rompere un legame di sangue parziale avrebbe potuto danneggiare la tua anima."

Leela ridacchiò. "Aveva l'ego ferito e voleva che io e Balthazar soffrissimo." Lo sguardo di Leela fece sì che Balthazar strizzasse gli occhi verso Patreel. "Ho avuto paura di lui per l'eternità. Perché voleva che temessi lui e la nostra profezia della procreazione. Non è stato fatto per aiutare la riforma, ma per torturare me."

Balthazar annuì. Quella era assolutamente la risposta di un uomo che non apprezzava di essere rifiutato. Aveva reso la vita di Leela un inferno per migliaia di anni.

"È stato lui a dare quell'ordine, giusto?" insistette Leela. "Quello grazie al quale non ricordavo di averlo rifiutato e continuavo ad aspettare il temuto giorno in cui i Destinati mi avrebbero chiamata per riprodurmi con lui?"

"Ha detto che faceva parte della tua riforma, che saresti stata considerata guarita quando finalmente saresti andata da lui volontariamente." Il tono di Patreel mancava di emozione, ma la mente elaborava quelle parole attraverso un nuovo filtro. Uno che si era da poco permesso di usare.

Quello dell'emozione.

"Non si è mai trattato di curarmi," sputò Leela. "Si trattava di torturarmi. Ecco perché ha permesso a Balthazar di vivere. Sapeva che i ricordi mi avrebbero perseguitata, e probabilmente intendeva portarmeli via di nuovo. Tu sei qui solo per perdere tempo, finché lui non si farà vedere. Senza dubbio insieme a Melanythos."

Patreel si accigliò, i suoi sensi pratici analizzavano i commenti di Leela, trovandoli cupamente veri.

Perché fare di lui una marionetta sarebbe stato proprio nelle corde del Consiglio. Avevano essenzialmente trasformato tutta la società Seraphim in una produzione teatrale; ognuno di loro svolgeva un ruolo assegnatogli dal Consiglio.

Era un compito facile da portare a termine, quando all'intera popolazione era stato fatto il lavaggio del cervello affinché credessero che le emozioni fossero una debolezza che doveva essere distrutta.

Non c'erano possibilità di ammutinamento, quando i cittadini non potevano provare rabbia o passione.

Esisteva solo un mondo pratico, guidato dalla logica.

Che noia, che grigiore.

Quella non era vita. Era una condanna gloriosa a un'eternità di solitudine e di esistenza insignificante.

I Seraphim non avevano nemmeno delle vere e proprie famiglie.

"Non è un inganno," disse Patreel lentamente. "Vera ha controllato i miei ricordi per manometterli e non ne ha trovati. Non ho mai saputo la verità. Almeno fino a ora."

Leela lo osservò con le labbra socchiuse. Si avvicinò a Balthazar, facendogli scivolare il braccio lungo la vita per tenerlo vicino. Anche se pensava che Patreel avesse detto la verità, Leela non si fidava della situazione.

Balthazar la pensava allo stesso modo. Dian o Melanythos sarebbero potuti apparire da un momento all'altro.

Supponendo che tenessero il tracciatore sotto sorveglianza.

Avrebbero potuto non essersi ancora resi conto di ciò che aveva saputo Patreel. Se così fosse stato, probabilmente non avrebbero nemmeno preso in considerazione l'idea di seguirlo. Dopotutto, il sospetto era un'emozione. Avrebbero avuto bisogno di prove concrete per trovare qualsiasi tipo di logica dietro l'inseguimento del Seraphim tracciatore. Fino ad allora, non avevano avuto motivo di credere che lui non avrebbe fatto il proprio lavoro. Specialmente perché lo faceva da millenni.

I pensieri di Leela rivaleggiavano con la valutazione di Balthazar, ma ciò non la tranquillizzò affatto.

Voleva saperne di più sulla loro storia, su come fosse successo tutto e su quando Melanythos si fosse infiltrata nella testa di Balthazar.

B desiderava le stesse informazioni.

"I miei ricordi dell'essere cresciuto qui sono legati a momenti di allegra sperimentazione, una volta diventato maggiorenne. Inoltre, non ricordo molto della mia immortalità, solo che coinvolgeva un amante geloso. Mi ha ucciso dopo una notte a letto con lui e la moglie. Poi mi sono svegliato immortale."

Non era una grande storia.

Balthazar non era stato molto contento di quell'uomo, ma la sua stessa immortalità lo incuriosiva e aveva scelto di abbracciare quella seconda possibilità di vita, invece di cercare vendetta.

Naturalmente, non era stata l'ultima volta che un

uomo ferito nell'orgoglio lo aveva ucciso per una performance in camera da letto. Fortunatamente, la capacità di Balthazar di controllare le emozioni lo aveva aiutato a perfezionare l'arte di leggere meglio gli amanti, e sapere cosa aspettarsi da loro.

Non andava più a letto con i tipi aggressivi.

A meno che il bisogno non lo richiedesse davvero.

"Non ho nemmeno un ricordo di Leela, qui," continuò, accigliato. "Il che è strano, perché ho percepito dei momenti a Venezia, e anche in Giappone."

"Quelli sono più recenti," rispose Patreel. "I ricordi riguardanti questo posto sono molto più antichi, e da quello che ho capito, Melanythos ha trascorso diversi anni con te, in seguito, per manipolarti completamente i ricordi e seminare una connessione da sfruttare in futuro, se necessario. Ha usato un metodo molto intricato."

"Diversi anni?" ripeté Balthazar.

"Sì. Mentre Leela era in fase di riforma." Patreel la guardò. "La tua mente è stata alterata dopo quella di lui, ma influenzata altrettanto profondamente."

"Chiaramente," commentò lei, impassibile.

Balthazar stava ancora rimuginando sul commento riguardo i *diversi anni*. "Stai dicendo che *conosco* Melanythos?"

Patreel lo osservò per un momento. "Sì, credo proprio di sì. A meno che non abbia alterato anche i tuoi ricordi di se stessa, ma ne dubito. Inserirsi nella tua storia le avrebbe dato accesso immediato alla tua mente, per qualsiasi manipolazione che sarebbe stata necessaria in futuro, la quale, come ho detto, è stata richiesta diverse volte dalla prima istanza."

Balthazar aggrottò la fronte.

Non gli piaceva avere *gente* nella sua mente.

Per giunta la conosceva anche?

Quel dettaglio aggiungeva solo il danno alla beffa.

Ma chi era? si chiese, ripetendo il suo nome e ripensando a quel periodo del...

Inarcò le sopracciglia verso l'alto. "Melanythos." Il nome gli scivolò via dalla lingua... Quel nome... Molto simile a un altro... "*Nythos.*"

No. Impossibile. Non poteva essere.

Ma la linea temporale...

Deglutì e trovò Leela con lo sguardo. "Descrivimi la tua sorellastra." Sapeva già che si trattava di lei. Doveva essere così. Aveva troppo senso.

"Ehm, ha i capelli castani ramati, gli occhi neri, è pallida. È un po' più bassa di me, e anche più formosa. Rispetto a me, ha ereditato più del tocco sensuale derivante da nostro padre..." Si interruppe, la sua espressione si indurì mentre intravedeva un barlume di comprensione negli occhi di Balthazar. "Che succede? Cos'ha fatto?"

Balthazar strinse i denti, un'imprecazione minacciò di sfuggirgli dalla bocca.

L'aveva guardata morire. Aveva pianto la sua morte. Aveva *ucciso* per lei.

Era stata tutta... Era stata una messinscena? Un modo per manipolargli la mente e fargli dimenticare Leela?

Quanto c'era di vero? L'aveva scopata come ricordava? Anche Aidan e Luc erano andati a letto con lei?

B strinse i pugni.

Era già stato ingannato, ma mai in quel modo. Mai da qualcuno che aveva *amato.*

A meno che neanche quelle emozioni fossero mai esistite.

O erano state rivolte a Leela?

"Mi ha manipolato," disse a denti stretti, cercando di rispondere alla domanda di Leela. "Ha persino finto la propria morte. Ci ha insegnato la differenza tra Ichoriani e Hydraiani." In quel momento B si rese conto che l'aveva fatto con uno scopo preciso, che gli fece sprigionare una risata priva di umorismo.

Era stata davvero una mossa brillante.

"Ci ha insegnato come uccidere gli Ichoriani." Probabilmente con la speranza che lui e Luc avrebbero usato quelle informazioni per sterminare alcuni degli *abomini* di Osiris. "Ha calcolato tutto alla perfezione. Mi ha *dimostrato* la differenza mordendomi, da neo Ichoriana, mentre facevamo sesso, e morendo tra le mie braccia, cazzo. Certo, potrebbe trattarsi di un ricordo piantato lì da lei, visto che non può essere morta per quello, in più, mordermi avrebbe creato un legame..." Balthazar si interruppe, lanciando un'occhiata a Leela. "A meno che in quel ricordo non ci fossi tu, e lei ha solo sostituito la tua immagine con la sua..."

Accidenti, gli faceva male la testa solo a pensarci.

Tuttavia, aveva dannatamente senso.

"Poco dopo abbiamo incontrato gli altri Hydraiani, perché Osiris aveva iniziato a radunarli in base alle creazioni Ichoriane." E Nythos *(*Melanythos*)* aveva armato B, Luc e Aidan con le informazioni su come uccidere un Ichoriano poco prima che ciò accadesse.

Forse perché i Destinati avevano avvertito lei o Dian dell'evento imminente.

Indipendentemente da ciò, era stato un lavoro eseguito magnificamente.

E avrebbe potuto portare a un massacro di massa.

Solo che Aidan e Luc erano troppo strategici per un piano così semplicistico. *I Destinati avevano previsto anche quello? Avevano tirato le fila del gioco per tutto quel tempo?*

B scosse la testa. "Devo chiamare Luc e dirglielo."

"Vera è già a Hydria," disse Patreel. "È andata lì quando io sono venuto qui."

Non era sufficiente. Vera avrebbe potuto non sapere di dovergli riferire quei dettagli. Magari non ci avrebbe nemmeno parlato. "Conosco un posto qui vicino. Una locanda." Avevano un telefono da poter usare. In più, B aveva un accordo con la proprietaria.

Non era una discendente diretta della sua stirpe, solo una donna con antenati una volta conosceva. Non dai primi anni. Aveva incontrato quella famiglia qualche secolo prima e, quando poteva, continuava a tornare per porgere i propri rispetti.

"Potremmo non essere al sicuro qui," sottolineò Leela.

"Allora è un bene che tu abbia le ali," le rispose lui, accarezzandole la schiena con un dito, mentre le faceva rilassare le spalle. "Non ci metteremo molto."

Le iridi verde-blu di Leela vorticavano per l'incertezza, ma l'urgenza dell'espressione dell'Hydraiano la fece annuire. *D'accordo*, pensò, il messaggio era chiaramente per B, che si chinò per sfiorarle le labbra. "Non abbiamo finito di parlare del passato, furbetta."

"Lo so."

"Troveremo una soluzione." Era determinato a recuperare i propri ricordi. Fino all'ultimo.

Leela deglutì e abbassò il mento una volta, in cenno di accordo. Tuttavia, i sussurri dell'incertezza le tormentavano la psiche, la sua preoccupazione verso la riforma cominciò a premerle ancora una volta sui pensieri.

"Questa volta non lascerò che ti prendano," le promise Balthazar. Era una parola pericolosa da mantenere, considerando cosa stavano affrontando, ma l'uomo era determinato a porre fine a quei giochetti.

La Seraphim gli aveva incasinato la mente.

Nythos gli aveva distrutto la fiducia.

E la storia di Leela con la riforma gli aveva spezzato il cuore.

Mai più, giurò B. *Non lascerò che ti tocchino mai più.*

Suggellò la promessa non detta con un altro bacio, aggiungendo un colpo appassionato di lingua contro quella di lei.

Non gli importava che Patreel li stesse guardando.

Forse avrebbe imparato qualcosa.

Forse se ne sarebbe andato a quel paese.

Tutto ciò che contava erano Leela e la connessione rombante tra lei e Balthazar.

E il passato che lui desiderava ricordare.

CAPITOLO 24

BALTHAZAR

LUC SAPEVA ESATTAMENTE DI COSA VOLEVA PARLARE B. Lo dimostrò rispondendo al telefono con: "Patreel ti ha detto di Nythos?"

Da lì prese il via la loro discussione, che incluse una lunga visita nel viale dei ricordi.

A quanto pareva, Vera aveva sistemato i ricordi di Luc, permettendogli di raccontare a B la sua versione degli eventi.

Il rapporto sensuale tra Nythos e Balthazar era stato reale.

Ma non la condivisione del sangue.

Quello era stato il piano di fuga di Nythos, un diversivo per darle l'opportunità di tornare dai Seraphim.

Non aveva mai assorbito il sangue di Aidan.

Non era mai morta e tornata in vita.

E Balthazar non l'aveva mai uccisa.

B digrignò forte i denti più volte, durante la conversazione, al punto da farsi male. Luc gli spiegò che Leela e Nythos avevano lo stesso padre, Adonis. Entrambe le donne avevano ereditato il suo dono della sensualità, permettendo così a Nythos di poter gareggiare con la grazia di Leela a letto.

Da ciò che aveva intuito Luc, Nythos aveva probabilmente cancellato i ricordi che B possedeva di Leela e li aveva ricreati o manipolati per inserire se stessa all'interno di molte delle interazioni.

Quindi, anche se Balthazar era davvero andato a letto con Nythos, forse non era successo tante volte quante ne ricordava.

O forse sì, ma le azioni erano tutte basate sul precedente rapporto con Leela.

Entrambe le possibilità gli facevano venire voglia di uccidere Nythos.

Insieme a tutti gli altri coinvolti in quel casino mentale.

"Come sta Leela?" chiese Luc dopo un lungo silenzio di Balthazar.

L'Hydraiano lanciò un'occhiata alla donna in questione. Era seduta nella zona dedicata alle famiglie della locanda, con un paio di cani su entrambi i lati. All'arrivo l'avevano quasi sbranata, tanto era palpabile la loro eccitazione. Leela si era accasciata a terra per salutarli, le sue preoccupazioni svanite sotto il peso soffice di quelle zampe e delle lingue umide.

A quanto pareva, le avevano fornito la terapia emotiva di cui aveva bisogno per allontanare la psiche dal panico provato in precedenza.

"Sta bene," disse Balthazar, avvicinandosi all'uscita posteriore del locale. Patreel aveva scelto di rimanere fuori. O forse si era nebulizzato da qualche altra parte. Era anche quello il motivo per cui Balthazar aveva tenuto Leela sott'occhio, nel caso in cui avessero avuto bisogno di scappare rapidamente.

La donna sorrise appena il cane con il muso più corto tentò di sedersi sul suo grembo. Il boxer adulto (o forse era un mix con uno Staffordshire terrier, visto il pelo bianco e nero), doveva pesare circa trenta chili. Sicuramente non era un cagnolino, ma sembrava deciso a reclamare Leela.

Balthazar ne capì il desiderio.

La Seraphim aveva delle belle gambe.

E anche un odore divino.

"Al momento sta subendo l'attacco d'amore di due cani," aggiunse Balthazar.

"Per strada?" Luc sembrava confuso.

"In una locanda. La famiglia Spriggs ha adottato dei bei bastardini."

"Ah," rispose Luc, decifrando immediatamente la posizione attuale di Balthazar e Leela. *Spriggs* era un nome che tutti gli Anziani conoscevano. Non era il vero cognome della famiglia che possedeva la locanda, ma un soprannome per uno degli antenati.

Il cane nero e marrone al lato opposto di Leela si sdraiò e le mise una zampa sulla coscia, mentre la fissava con graziose iridi color caramello.

Occhi da cucciolo, rifletté B, le labbra contratte in un sorriso, nonostante la rabbia continuasse a tuonargli nelle vene.

Forse un po' di amore peloso l'avrebbe aiutato a calmarsi.

"Dovrei andare," disse B a Luc. "Non rimarremo qui a lungo."

"Scelta saggia. Rapporto tra sei ore. Io ti fornirò un aggiornamento su ciò che succede qui." Luc terminò la chiamata prima che Balthazar potesse dimostrarsi d'accordo.

Gli aggiornamenti ogni dodici ore erano più facili da gestire.

Il fatto che Luc volesse un resoconto dopo sei, significava che erano vicini a finalizzare le rune di barriera.

Un peso scivolò via dalle spalle di Balthazar. Gli mancava Hydria. Casa sua. Il suo *letto*.

Mmmh, avrebbe voluto Leela in quel letto. Legata. Bagnata. Che lo pregava di scoparla.

Avrebbe riportato a galla più ricordi, o semplicemente ne avrebbe creati di nuovi?

Leela si lasciò scappare una risata dalla bocca carnosa, attirando Balthazar e le sue riflessioni erotiche. Il meticcio simile a boxer stava ancora cercando di salirle in grembo, con grande dispiacere di quello dalle orecchie cadenti, che stava usando la coscia di Leela come cuscino per il musetto lungo.

Balthazar si avvicinò a loro, con il telefono ancora in mano. Gli occhi di Leela si mossero con una gioia che le rispecchiava i pensieri, il che fece sorridere B.

La felicità la faceva brillare ancora di più. Era una donna che meritava di sorridere. Di ridere. Di godersi la vita. La sua esistenza era stata oscurata da una serie infinita di manomissioni crudeli.

E quell'oscurità aveva contagiato anche Balthazar, perseguitandogli i ricordi e la mente, e rimuovendogli quella deliziosa creatura dai pensieri.

Chi sarebbero stati, se il Consiglio non li avesse separati?

Compagni legati?

Ancora parzialmente legati?

Per niente legati?

Leela l'aveva morso solo per contaminare la propria discendenza? O erano stati innamorati?

La donna rise di nuovo, mentre il pastore tedesco meticcio dalle orecchie flosce si alzava per darle una leccata inaspettata sul mento.

Il sorriso di Balthazar crebbe alla vista e al suono della sua gioia.

Stupenda, si meravigliò, quasi ipnotizzato dalla sua bellezza. Anche lui avrebbe voluto un bacio tutto suo.

Sulle labbra.

Annullò la distanza tra loro e si chinò per impossessarsi della sua bocca, dicendole con la lingua che non la biasimava per nulla di ciò che era successo, e che in futuro avrebbe voluto solo la sua felicità.

Lei gli si aggrappò alla camicia, come se avesse bisogno di lui per tenersi in equilibrio, ma B si tirò indietro. Il sorriso era scomparso, trasformandosi in un'espressione contenta con un accenno di lussuria.

"Chi sono i tuoi nuovi amici?" le chiese piano, sentendo il naso di uno di loro sulla guancia.

L'annusare dei cuccioli aveva sostituito il felice ansimare, mentre i due cani analizzavano il carattere e le intenzioni di Balthazar.

Le iridi di Leela si illuminarono e le labbra le si incurvarono verso l'alto, in un altro di quei sorrisi mozzafiato.

"Lei è Bella," disse, accarezzando delicatamente il pelo vellutato del boxer meticcio bianco e nero. "E lei è Lola." La mano opposta andò alla testa della cagnolina pelosa dalle orecchie flosce.

"Bella e Lola," ripeté B, accovacciandosi davanti a Leela e mettendosi leggermente più in basso dei cani.

Stare in piedi sarebbe risultato un po' intimidatorio, visto che dall'alto del suo metro e novanta le avrebbe sicuramente sovrastate, nonostante fossero sedute su un divano, che le rialzava un pochino.

Lola gli lanciò uno sguardo esitante, gli occhioni castano chiaro irradiavano una qualche incertezza. Bella, al contrario, si lanciò immediatamente verso di lui, con il muso più corto armato e pronto a reclamargli il volto a suon di leccate entusiaste.

Balthazar catturò la bestiola: era più grande di quanto pensasse, forse vicina a ottanta chili di puro muscolo, e lasciò che lei lo coccolasse per un po'.

Lola era meno impaziente, ma diede a B il permesso di grattarle il pelo morbido dietro le orecchie.

"Ah, eccovi qui," disse una voce femminile in bulgaro. "Smettetela di attaccare i miei ospiti."

"Questi sono i tipi di attacchi che mi piacciono," rispose B nella stessa lingua. "Leccate piene di amore e devozione."

E sì, quella frase aveva un ovvio doppio significato, che lui trasmise con uno sguardo a Leela. L'attenzione di lei, però, rimase concentrata sulla creatura soffice che aveva al fianco.

Nonostante ciò, lo aveva sentito, perché aveva tradotto parte delle parole nei pensieri, suggerendo che conoscesse almeno un po' di bulgaro, o forse una lingua slava simile.

"Signor B," gli si rivolse la signora Spriggs con un sorriso che le raggiunse gli occhi scuri. "La sua stanza è pronta. I piccoli mostri rimangono qui."

"Non sono sicuro che i vostri mostriciattoli lasceranno andare Leela," le rispose divertito mentre Lola baciava la sua furbetta sul naso. Leela rise in risposta e arruffò le orecchie del grazioso animale. Bella colpì la mano di Balthazar, intimandolo di accarezzarla di più. Lui obbedì e disse alla signora Spriggs che sarebbero saliti dopo pochi minuti. Lei lasciò loro la chiave, dicendo che era troppo stanca per rimanere ancora sveglia, e di fare come se fossero a casa loro.

Balthazar la ringraziò di nuovo, poi assecondò Leela in quel paradiso soffice. "Hai un animale domestico?" le chiese dopo diversi minuti di coccole a Bella e Lola.

Leela scosse la testa. "Non rimango mai in un posto abbastanza a lungo per averne uno. Tu?"

"No, ma molti Hydraiani hanno dei cani o dei gatti. Lara aiuta a prolungare la loro longevità. Lei ha un gatto, Pouncer, che ha quasi quarant'anni, ormai." Il gatto domestico tigrato era noto sull'isola per aver rivendicato come suoi vari letti in tutta la zona residenziale, molti dei quali non erano destinati ai gatti. Tutti sapevano che era meglio non scacciarla.

"Lara, la guaritrice?" domandò Leela.

"Proprio lei." Era un'Hydraiana più giovane, ma molto utile. Leela lo sapeva, dal momento che era stata recentemente guarita da lei.

"Avevo il dubbio che ce ne fosse più di una, Lara è un nome popolare."

"Oggigiorno, sì," concordò B. "Non abbiamo molti Hydraiani nati di recente."

"Vero." Leela si chinò per baciare Lola tra le orecchie. "Sei proprio una brava cagnolina," le sussurrò. Poi guardò Bella e disse: "Anche tu sei molto brava." Entrambi gli animali si godettero l'attenzione, ma alla fine si recarono nelle rispettive cucce, posizionate nella zona giorno, per un pisolino.

Balthazar lo prese come un segno per portare via Leela, anche se lei sembrava perfettamente contenta di starle a guardare.

"Ho pagato una stanza per la notte," le disse piano. "Ma non ci resteremo." Era troppo rischioso rimanere lì, ma Balthazar voleva ripagare la signora Spriggs per avergli dato accesso al telefono.

Sfortunatamente, quello era anche il motivo per cui sarebbero dovuti andare via. Perché la linea fissa sarebbe potuta essere rintracciata troppo facilmente.

Patreel era ancora là fuori; Balthazar lo sapeva perché poteva ancora sentire i pensieri dell'uomo. Aveva passato del tempo a volare in forma eterea, rimuginando su tutto ciò che aveva imparato su Osiris, sulle emozioni e sulla riforma.

Leela lanciò un'altra occhiata malinconica alle cagnoline, prima di alzarsi in silenzio e incontrare lo sguardo di B. La sua espressione sognante si trasformò in una dalle linee più dure, mentre una certa determinazione prendeva possesso dei suoi pensieri.

La sessione di coccole le aveva fornito chiarezza, un momento per pensare ed elaborare tutto ciò che avevano imparato. Il che le aveva permesso di giungere a una conclusione.

"Rivoglio i nostri ricordi." Parlò a bassa voce, ma con una convinzione che le risuonò in tutta la mente. "So che probabilmente ciò comporterà anche il ricordare gli orrori della riforma, ma è un prezzo che sono disposta a pagare, per ricordarmi di te."

Una parte di lui avrebbe voluto opporsi a quella decisione, perché si preoccupava di come la mente di Leela avrebbe reagito al trauma del passato.

Tuttavia, non era una scelta di B, ma di Leela, e lui l'avrebbe sempre rispettata, a qualunque costo.

"Va bene. Abbiamo bisogno di Vera," rispose. Perché anche lui voleva indietro i loro ricordi. Leela non avrebbe rivissuto il passato da sola. Balthazar sarebbe stato lì con lei, a ogni passo.

"Oppure potresti morderla," li informò Patreel, apparendo in forma corporea accanto a loro. I cani si svegliarono immediatamente, girarono le orecchie alla ricerca della fonte della voce. Fu Lola a vedere per prima l'angelo, alzò la testa rapidamente, seguita dal corpo, che assunse immediatamente una posizione difensiva.

Balthazar aveva imparato molto tempo prima ad ascoltare gli istinti degli animali. Erano soliti leggere le situazioni in modo accurato ed efficace.

"Se ho imparato qualcosa, è che un legame di sangue è la magia più potente di tutte. Usatela per liberare le vostre menti," suggerì Patreel, facendo ringhiare Lola.

Anche Bella si mise in allerta; aveva notato la posizione dell'angelo, accanto a Leela.

"Penso che sia il mio segnale per andarmene," continuò Patreel. "Farò il possibile per distrarre gli altri, ma non vi suggerisco di rimanere qui a lungo." Scomparve nel secondo successivo, proprio mentre i cani si avviavano verso di lui.

Entrambe si bloccarono, guardandosi intorno, e Leela le calmò rapidamente.

Tuttavia, Balthazar rimase immobile a elaborare ciò che Patreel aveva appena detto. Aveva parlato in modo molto disinvolto, come se il suggerimento che aveva dato loro non avrebbe cambiato per sempre la sua vita e quella di Leela.

"Oppure potresti morderla."

"Un legame di sangue è la magia più potente di tutte. Usatela per liberare le vostre menti."

Era estremamente potente, ma li avrebbe legati insieme per l'eternità. Un dettaglio che Leela sapeva chiaramente, quando lo aveva morso la prima volta.

Balthazar aveva voluto che succedesse? Era qualcosa che entrambi avevano desiderato? Una relazione monogama per... sempre?

Il legame di sangue avrebbe potuto benissimo mostrare loro la verità.

Era un rischio.

Un enorme atto di fede.

Una decisione potenzialmente catastrofica.

E se ci legassimo per poi scoprire che lei mi ha morso solo per nascondersi da Dian?

Balthazar si accigliò. Non sembrava giusto. Leela non

era egocentrica. Non lo avrebbe usato per nascondersi o mascherare la propria discendenza. Combatteva le proprie battaglie a testa alta.

"B?" lo chiamò Leela, il suo tono suggeriva che avesse già pronunciato il nome di lui più di una volta.

L'Hydraiano sbatté le palpebre; l'aura di Leela mostrava preoccupazione, mentre la mente confermava che avesse cercato di parlargli di ciò che aveva detto Patreel. L'incertezza le echeggiava nei pensieri, nella psiche le vorticavano domande simili sul rischio di un legame.

Vale la pena, per i nostri ricordi?

La monogamia forzata porterebbe all'amarezza?

Siamo almeno in grado di stare l'uno con l'altra?

Una parte più tenera della mente di Leela sussurrò un delicato *Sì*, in risposta.

Balthazar percepì un bagliore di comprensione ronzargli nel corpo, irradiandosi da un luogo intangibile dentro di lui.

Si strofinò il petto, incerto se apprezzare o meno la sensazione.

"B?" ripeté Leela.

"Rivoglio i miei ricordi," le rispose lui, facendo eco alla dichiarazione della Seraphim di pochi minuti prima. "Ma non possiamo ancora tornare a Hydria."

Il che significava che avrebbero dovuto aspettare, per parlare con Vera. La sua presenza ed esperienza erano necessarie in città, più che a loro. Una volta che Hydria avesse finito di fortificare le barriere, Leela e B sarebbero potuti tornare. L'Hydraiano avrebbe sempre messo la protezione degli altri al di sopra dei propri desideri e bisogni.

"I nostri ricordi dovranno aspettare," concluse B.

"Non tutti," ribatté Leela, mentre con le dita gli accarezzava il braccio, fino alla mano. "Ne ho alcuni in testa che potrei condividere..." Si interruppe, ma il resto della dichiarazione aleggiò brulicante tra loro.

Il Brasile. I ricordi di Leela di quel periodo erano intatti.

Oppure potremmo ricrearli, aggiunse in un sussurro mentale pensato solo per Balthazar.

Lui intrecciò le dita con quelle di lei, mettendole il braccio opposto intorno alla vita. Aveva già pagato la stanza. La signora Spriggs avrebbe notato che non l'aveva toccata, ma non avrebbe fatto domande. Il che significava che non avevano nient'altro da esplorare, lì.

E tutto da esplorare in Brasile.

"Voglio sapere ogni dettaglio, Lee," mormorò B, le labbra sull'orecchio di lei. "In maniera intima."

Se avessero dovuto distrarsi, l'avrebbero fatto a dovere.

"Nebulizzaci, furbetta." Balthazar strinse la presa su Leela. "Mostrami tutto."

CAPITOLO 25

LEELA

LA LUNA SI RIFLETTEVA SULL'ACQUA CREANDO UN BAGLIORE quasi mistico, mentre le onde si infrangevano sulla sabbia.

Leela intrecciò le dita con quelle di Balthazar, raccontandogli di come lui si era avvicinato a lei, su quella spiaggia. Avevano condiviso una bevanda (un intruglio fruttato che aveva ordinato lui), prima di impegnarsi in un incontro verbale pieno di allusioni.

"Eri molto sicuro di te," gli disse, poi lo portò nel posto in cui l'aveva baciata. "Ti ho chiesto se il tuo approccio fosse quello di fare alcune domande innocenti, fingere interesse e utilizzare le informazioni in seguito, per aumentare il tuo fascino."

"E io ti ho risposto che non ho alcun approccio," continuò lui, avvicinandosi a lei per afferrarle un fianco e fermare la loro passeggiata in modo da poterla guardare.

"Te lo ricordi?"

B scosse la testa, i folti capelli scuri gli caddero sulla fronte in maniera artistica. "No, non mi ricordo. È solo quello che ti risponderei." Piegò la mano opposta intorno alla nuca di lei, mentre con il pollice le sfiorava il battito cardiaco della vena del collo. "Ti direi che non ho bisogno di un approccio."

"Ah, sì?" gli chiese, ripetendo di proposito le parole di quel giorno, curiosa di vedere se avrebbe risposto allo stesso modo. "E perché?"

B fece scivolare il palmo dal fianco sul sedere di lei, poi la strinse a sé. "Perché non ho bisogno di un approccio, tesoro," mormorò, rispondendo con una frase quasi identica a quel giorno.

Lo sguardo di Balthazar ardeva consapevolmente, suggerendole che sapeva già cosa sarebbe successo dopo.

E non la deluse: le prese la bocca tra le labbra con un'audacia quasi superiore a quel giorno e che le sparò scintille di calore nelle vene.

Lei gemette contro di lui, ricambiando sfacciatamente il bacio, mentre la lingua di B le prendeva lentamente il controllo della bocca.

Non andava di fretta.

Non era troppo indulgente.

Era il bacio di un uomo paziente che voleva assicurarsi che la propria amante si godesse ogni secondo dell'incontro.

Balthazar prese tempo per memorizzare ogni reazione di Leela, il pollice appoggiato al collo per decifrare il battito del suo cuore.

Lei si sciolse definitivamente contro di lui, proprio come aveva fatto quel giorno.

Poi gli raccontò cosa era successo dopo tramite il legame tra le loro menti: l'aveva portata in un'altra parte della spiaggia, dove Luc stava giocando con gli shottini allo sciroppo d'acero sul corpo di alcune ragazze.

Leela ne aveva bevuto uno dal corpo di una di loro, di cui non ricordava più il nome, poiché non era stato importante, prima di dire a Balthazar di andarla a cercare più tardi.

Lui aveva esaudito la richiesta, catturando la sua attenzione al bar all'interno dell'hotel. *Mi hai chiesto se volessi invitare l'altro uomo a giocare con noi, più tardi, poi hai continuato a divorarmi davanti a lui.*

Balthazar le sorrise sulla bocca. "Così?" le chiese prima di approfondire il bacio a un livello di follia quasi ustionante, che la lasciò stordita tra le sue braccia.

Non così intensamente, ammise lei. *Ma non osare fermarti.*

Naturalmente, B non prestò attenzione all'avvertimento, scelse invece di tirarsi indietro quel tanto che bastava per sorriderle. "E poi, che cosa è successo?"

Leela quasi non voleva dirglielo.

Anche se avrebbe portato esattamente a quello che lei desiderava.

"Siamo andati a ballare," gli sussurrò. Era stata una delle serate più erotiche dell'esistenza della Seraphim.

Forse la più erotica in assoluto.

E dopo quella notte, l'aveva sognata in dettaglio diverse volte.

"Fammi vedere, Lee." Le parole erano una sorta di delicata seduzione nell'aria notturna, che le mandò un'ondata di eccitazione lungo la schiena.

Perché era esattamente quello che avrebbe voluto fare: dimenticare tutto. Il passato. Il futuro. Godersi solo alcuni bei momenti del presente con l'uomo che le aveva fatto provare sensazioni come nessun altro.

Un breve bacio della vita.

Un'esperienza caratterizzata dal calore e dalla passione.

Una fuga nell'oblio scuro.

Leela premette le labbra sul bordo della bocca di B, poi afferrò la mano che lui le aveva messo sul fondoschiena e si liberò dalle sue braccia. Le permise un movimento fluido, il divertimento di lui era un calore palpabile mentre lei lo guidava verso uno dei bar esterni dell'hotel.

Proprio sulla pista da ballo su cui avevano giocato mesi prima.

Li aspettava una nuova folla, la loro lussuria era una nuvola inebriante che agitava i ricordi bollenti ed eccitava ogni nervo di Leela. *Ci sono più persone qui, stasera,* lo informò. *Fa anche più caldo.* L'ultima volta in quell'emisfero era stato inverno. In quel periodo, invece, il caldo estivo accarezzava l'aria, lasciando dietro di sé un bacio mite sulla pelle di Leela.

Si pentì di aver messo un vestito a maniche lunghe. Quello nero corto che aveva indossato quella notte originale sarebbe stato molto più appropriato.

Leela gli descrisse a lungo l'outfit, raccontandogli anche della combinazione di jeans e camicia elegante che aveva indossato lui.

Balthazar le avvolse un braccio intorno alla vita, trascinandola via dalla pista da ballo, in un'area più buia sotto una palma. La musica lì non era altrettanto forte, ma il ritmo seducente ronzava nell'aria, attirando il cuore danzante della Seraphim.

"Non muoverti," le disse contro l'orecchio, il petto premuto sulla schiena di lei.

Poi quel calore scomparve, la sua mano la lasciò sola.

Lei aggrottò la fronte. *Cosa...*

Si sentì il rumore di uno strappo, mentre B le lacerava l'orlo del vestito su un lato, fino al fianco. Lei guardò indietro e lo trovò in ginocchio alle proprie spalle, con l'attenzione rivolta alla cucitura opposta.

Seguì un altro strappo.

L'aria calda le sfiorò le cosce nude. "Così va meglio?" le chiese, ancora accovacciato dietro di lei.

Sì. Il tessuto le danzava intorno ai polpacci nudi, e si separava in modo provocatorio quando agitava i fianchi.

Aveva perso gli stivali da qualche parte sulla spiaggia, poiché voleva sentire la sabbia tra le dita dei piedi. Proprio come Balthazar si era liberato della propria giacca sportiva, rimanendo in pantaloni e camicia. Aveva arrotolato le maniche ai gomiti, esponendo gli avambracci tonici.

Erano entrambi pronti a ballare.

Quella sera indossavo dei tacchi a spillo, gli disse. *Ma posso muovermi altrettanto bene a piedi nudi.*

Supponendo che non ci fosse niente di appuntito o scivoloso sul pavimento.

Balthazar le afferrò i fianchi prima che potesse spostarsi dalla sabbia, premendo il proprio corpo contro quello di lei mentre si alzava di nuovo.

"Balliamo sulla spiaggia," le suggerì, togliendosi scarpe e calzini. "A meno che tu non riesca a tenermi testa sulla sabbia."

La provocazione le accese un fuoco nell'anima. "Non hai idea di cosa sia in grado di fare, B."

"Allora mostramelo, furbetta." Le morse il lobo dell'orecchio. Non forte, solo quanto bastava per stuzzicarlo. "Fa' del tuo meglio."

Leela arricciò le labbra. Quella notte Balthazar le aveva detto esattamente quella frase. Poco prima che lei se lo scopasse su uno sgabello.

"Mmmh, è questo ciò che succede dopo?" le chiese, la bocca ancora contro l'orecchio della donna. "Dove abbiamo scopato?"

"Prima abbiamo ballato." E lui l'aveva fatta venire di fronte alla folla. "Poi siamo andati a quel bar abbandonato, laggiù. Diverse persone sono rimaste a guardare."

Avere tutti i loro occhi invidiosi addosso era stata una sensazione molto intensa.

L'aria aveva ronzato di sesso e di desiderio, attirando l'animo Seraphim di Leela.

Proprio come in quel momento.

Tuttavia, sembrava molto più intimo di allora. Perché Balthazar le era entrato in testa, e sentiva il desiderio dal profondo dello spirito di lei. Era in grado di anticipare ogni mossa della donna, conoscere tutti i suoi desideri e leggere i segnali del suo corpo quasi quanto quelli della mente.

"Ti piace quando ti guardano." B pronunciò quelle parole come se fossero un'affermazione e non una domanda. Le afferrò i fianchi, facendola voltare prima che lei potesse rispondere.

Non che ne avesse bisogno.

Sapeva già la verità.

L'esibizionismo l'aveva sempre attratta. Anche il voyeurismo. Dipendeva solo dalla situazione. Leela viveva nel momento, godendo di qualsiasi atmosfera l'universo avesse creato per quel preciso minuto di tempo.

B fece sfiorare le loro labbra, lo sguardo pieno di mille promesse peccaminose. Non le chiese se fosse pronta a ballare. Iniziò semplicemente a muoversi.

E lei gli andò dietro passo dopo passo, giro dopo giro, casquè dopo casquè.

Il ritmo sensuale della pista da ballo del bar riecheggiava intorno a loro; la canzone era più dolce di quella che aveva suonato durante il loro ballo originale, ma era altrettanto potente.

I loro movimenti corrispondevano all'intento della canzone e la sensualità ispessiva l'aria calda. Balthazar roteò Leela in una posizione che fece sì che le punte dei suoi lunghi capelli biondi sfiorassero la sabbia. Poi la tirò su di nuovo, afferrandola abilmente per i fianchi.

"Il ballo," mormorò, mentre con le labbra sfiorava quelle di lei, "è il mio preliminare preferito."

I loro fianchi premevano insieme e l'imponente rigonfiamento di lui le toccava la parte inferiore dell'addome. Un momento dopo volavano di nuovo attraverso la spiaggia, i piedi li conducevano con la stessa maestria delle ali di Leela.

La donna gli raccontò che la volta precedente le aveva infilato una mano sotto la gonna, accarezzandola fino a farle raggiungere un orgasmo di fronte alla folla. Tuttavia, piuttosto che ripetere l'atto, Balthazar continuò a ballare con lei, prolungando il momento, l'attesa, e lasciandola a chiedersi quale sarebbe stata la mossa successiva.

Leela aveva condiviso il ricordo.

Lui lo avrebbe ricreato?

O avrebbe dato vita a uno nuovo?

Lo sguardo di B brillava nella notte, i segreti nella sua testa erano un barlume seducente che lei avrebbe voluto esplorare, ma mentre la faceva volteggiare nell'oblio non lasciò trapelare nulla. Il corpo sodo premeva seducente contro quello di lei con una grazia erotica che le infiammava le vene.

Leela si abbandonò al gioco, usando alcune delle proprie mosse per aumentare la connessione. Un movimento dei fianchi. Una carezza contro l'inguine. Le labbra che gli sfioravano la pelle liscia del collo o della mano, a seconda della posizione in cui l'aveva messa.

Intorno a loro aveva iniziato a radunarsi una folla, tutti incuriositi da quegli esseri divini che danzavano nella notte.

Balthazar sollevò Leela in un lancio, poi la riprese con facilità e le fece strusciare di nuovo i capelli sulla sabbia. Appena la raddrizzò, lei gli avvolse le cosce intorno alla vita in una presa che sembrava implorare sesso.

B lasciò che la testa di lei ricadesse all'indietro ancora una volta, i palmi delle mani le sfiorarono i fianchi, poi la tirò bruscamente verso l'alto per premerle il petto contro il proprio. "Sei una dea, Lee," si complimentò. "E sei dannatamente perfetta."

La gonna strappata dava al pubblico una chiara visione delle sue gambe, rendendo anche molto evidente che non indossasse nient'altro sotto il vestito.

La nudità non l'aveva mai turbata.

Il sesso in pubblico la eccitava.

Ed essere tra le braccia di Balthazar... la faceva sentire completa.

Le loro bocche si incontrarono, la lingua di lui si tuffò nella cavità di lei per un duello davanti a tutti i presenti. Lei ricambiò il bacio, aggiungendo i propri colpi di scena, che avrebbero messo in ginocchio un uomo comune.

Ma non B.

Le spinse la propria eccitazione sul ventre e lei gemette, i pantaloni una sottile barriera che Leela desiderava rimuovere.

"Allora fallo," le disse lui contro la bocca. "Allunga la mano e aprimi la cerniera, Lee."

Un brivido le attraversò la spina dorsale, facendo sì che il calore si accumulasse dentro di lei, preparandola a ciò che sarebbe arrivato. Entrambi respiravano affannosamente, il ballo esaltante quasi quanto quell'esatto momento.

C'erano tantissimi occhi su di loro, tutti curiosi di vedere cosa sarebbe successo.

Balthazar aveva appena accettato di fornire loro uno spettacolo unico.

Leela fece scivolare la mano tra di loro, il pollice gli aprì il bottone dei pantaloni con destrezza, prima di abbassare la cerniera per intero.

La pelle liscia e calda di B incontrò la punta delle dita di lei. Leela lo accarezzò in maniera stuzzicante prima di liberarlo completamente dalle restrizioni dei pantaloni.

B fletté i muscoli continuando a tenerla in aria, le cosce ancora avvolte intorno ai fianchi, lasciandola completamente esposta sotto la gonna.

Leela gli fece strofinare la punta dell'asta lungo le proprie pieghe scivolose, conducendolo all'entrata.

Poi lui si spinse dentro, riempiendola fino in fondo e strappandole un gemito acuto dalla bocca.

Seguì un'inebriante ondata di desiderio; la folla era pienamente consapevole di ciò a cui stavano assistendo. Balthazar li ignorò, concentrandosi interamente su di lei, ma Leela sapeva che lui poteva percepire la loro lussuria attraverso la connessione emotiva con gli altri.

Proprio come lei poteva cogliere la loro curiosità e interesse.

Un solo pensiero e sarebbero tutti caduti in ginocchio in preda a una serie di orgasmi che li avrebbero fatti impazzire. Era uno dei doni di Leela, la capacità di evocare piacere senza toccare l'altra persona.

Aveva usato quel talento su Balthazar, in Brasile, ma solo dopo averlo fatto venire alla vecchia maniera.

Era stata una lezione per fargli capire chi fosse, un modo per mostrarglielo senza dirglielo.

Tuttavia, ogni altro orgasmo tra di loro era stato naturale. Perché lui non aveva bisogno dei talenti psichici di lei, proprio come lei non aveva necessità di quelli di lui.

Erano come dinamite insieme, anche senza l'energia mistica.

Invece di scoparla, in quel momento B si limitò a rimanere semplicemente connesso a lei, con la lingua che scivolava sensualmente contro quella della donna, venerandola in un modo che pochi altri avrebbero capito.

L'Hydraiano era solito prendersi il proprio tempo, meticoloso fino alla fine. Quanta moderazione. Sicurezza di sé. Seduzione prolungata.

Leela si perse con lui: il sottile tocco lungo i fianchi, il modo in cui l'uccello le pulsava dentro in profondità, i delicati colpi di lingua, il ronzio di approvazione che si irradiava tra loro.

Erano soli su quella spiaggia.

Gli spettatori non importavano più, i loro desideri collettivi erano solo un'aggiunta atmosferica che aumentava l'intensità e si fondeva con l'ambiente sensuale generale.

Balthazar le fece scivolare le mani sulla schiena, una andò verso il sedere e l'altra salì per avvolgerle la nuca. Poi approfondì il loro bacio, i movimenti ancora lenti e misurati, completi e concisi e, accidenti, perfetti.

Era un uomo che divorava e conquistava attraverso tocchi inaspettati e abbracci pazienti. Capiva che il sesso non riguardava solo il potere, ma anche comprendere ciò di cui l'altra persona aveva bisogno. Aggiunse dell'emozione per creare un miscuglio inebriante di tenerezza e sensualità che le tolse il fiato.

Balthazar sapeva che quella sera lei ne aveva bisogno.

Sapeva che lei voleva che lui facesse l'amore con lei, non che la scopasse.

E stava facendo esattamente quello, con il corpo e la mente.

Si piegò abbassando le ginocchia sulla spiaggia, la sua forza e il suo potere si irradiarono tutt'intorno a loro mentre eseguiva la mossa con grazia impeccabile. La gonna di Leela aveva formato una coperta sotto di lei mentre B le si sistemava tra le cosce, facendo scivolare la mano dalla nuca alla guancia.

Leela lo fissò negli occhi scuri e vide l'emozione che si irradiava verso di lei.

La connessione tra loro pulsava, la luna li dipingeva in un abbraccio romantico destinato al cielo.

B mosse lentamente i fianchi, facendo scivolare la grossa eccitazione attraverso la fessura stretta di lei, penetrandola in profondità prima di tirarsi indietro per ricominciare da capo.

Lei si inarcò su di lui, un lieve gemito di bisogno le fece schiudere le labbra. B non aumentò il ritmo, si assicurò invece che lei sentisse ogni centimetro scivolarle dentro e fuori, a ogni misurato movimento.

Leela gli avvolse la vita con le gambe, stringendolo mentre la riempiva ancora una volta.

La baciò di nuovo, con intento, la lingua che la persuadeva e la esortava a cedere a lui, a concentrarsi esclusivamente su di lui, ad essere una cosa sola con lui.

Non era difficile obbedire, il corpo di Leela era già sotto il comando di Balthazar. Non si era mai sentita tanto a casa, a proprio agio, in sintonia con un'altra persona, in tutta la sua esistenza.

Quello era Balthazar. *Il suo* Balthazar. E sapeva esattamente cosa lei desiderasse.

Il pollice le sfiorò lo zigomo prima di scorrere verso il basso, fino al collo e al seno. Le prese il capezzolo turgido tra le punte delle dita, mandandole vibrazioni attraverso ogni centimetro del corpo. Un tocco tanto semplice, eppure innegabilmente erotico.

Lei sospirò, i fianchi incontrarono quelli di lui, il corpo si fuse nella sabbia sotto l'Hydraiano.

B le diede una spinta improvvisa, colpendo quel punto in profondità dentro di lei e suscitandole un gemito acuto dalla gola. Lo silenziò con la lingua prima di persuaderla in uno stato delirante di oscura sensualità.

Lei gli conficcò le unghie nella schiena, la punta delle dita si godevano i muscoli sotto la camicia e avrebbero voluto accarezzare la pelle setosa al di sotto. Tuttavia, c'era qualcosa di innegabilmente sexy nello scopare vestiti.

Su una spiaggia pubblica.

Con spettatori nelle vicinanze.

Era il momento perfetto. Un ricordo migliore di quello precedente, e Leela si crogiolò nella bellezza di quell'attimo.

"Sei perfetta," le sussurrò Balthazar, e l'elogio le andò dritto al cuore. "Tutto di te è perfetto."

Il bacio si fece incandescente, la passione vibrava tra loro a tutta forza, mentre il ritmo dei loro fianchi aumentava leggermente.

Alcuni degli astanti si erano uniti a loro. L'elettricità nell'aria si era intensificata, mentre si concedevano l'esibizione edonistica sulla spiaggia. Leela gemette, la loro aperta sensualità era un afrodisiaco per i suoi sensi.

Forse Balthazar gli aveva amplificato il tutto con il proprio potere.

O forse era stata l'energia che irradiavano ad aver attirato gli altri a unirsi.

Leela non ci pensò troppo, non analizzò come fosse successo, si limitò ad assaporare il carisma sessuale della notte. "Più forte," gli disse.

Lui obbedì, il corpo trasudante potenza e grazia mentre la penetrava.

Gli altri seguirono l'esempio, la scia di calore era un incentivo palpabile.

Leela non aveva idea di quanti li avessero raggiunti sulla spiaggia. Non le importava. I profumi e i suoni s'infrangevano insieme alle onde: le drogavano i sensi e l'affogavano in un mare di beata ignoranza, con Balthazar come guida.

Lui la baciò tra tutte le sensazioni, con controllo deciso.

E lei cadde a capofitto in ogni vezzo, consegnandogli il proprio corpo affinché ci giocasse e la soddisfasse.

La mano di lui le lasciò il seno, scivolando tra i loro corpi per massaggiarle il clitoride con chiare intenzioni.

Non che lei avesse bisogno del suo permesso o della sua gentile persuasione.

Il corpo della Seraphim era già vicino all'apice, le cosce tese per via dell'assalto dell'oblio orgasmico che li circondava e il potere dei fianchi di lui che cavalcavano i suoi.

Un tremito profondo le crebbe dentro, estendendosi agli arti e toccandole le terminazioni nervose, provocandola con scatti elettrizzanti che la fecero scuotere per l'eccitazione.

"Voglio sentirti urlare il mio nome." Balthazar le sfiorò il labbro inferiore con i denti. "Voglio guardarti venire, ancora e ancora, e sentirti stringere la mia asta. Poi mi svuoterò dentro di te e ricomincerò da zero. Tutta la notte. Sulla spiaggia. In una stanza. Ovunque tu voglia andare, ma non mi fermerò finché non sverrai sul mio uccello."

Il cuore le prese a battere forte, le parole di Balthazar erano l'afrodisiaco che lei desiderava.

"Balthazar." Il nome le sfuggì come una delicata supplica, si era dimenticata come respirare e i polmoni le bruciavano.

Il mondo iniziò a muoversi intorno a lei, si alternava in sfumature di bianco e nero, mentre un bacio entusiasta le scivolava lungo la schiena, fino allo spazio tra le cosce.

Leela sentì la mente vuota.

La vista smise di funzionarle.

L'estasi la inghiottì per intero, trasformandola in un essere fatto di sensazioni e sentimenti, nient'altro.

La attraversò, catturando ogni neurone e rinvigorendole lo spirito.

Solo per spararla in cielo, per farle raggiungere le stelle in un momento cataclismico di completa e totale euforia.

Ogni parte di lei tremava, fino all'anima.

Una *pace* sensuale, intensa, esplosiva.

Le scosse i sensi, mettendola KO per un breve momento, mentre Balthazar continuava a pompare dentro di lei, spingendola in avanti e verso l'alto, e prolungandole l'orgasmo a livelli impossibili.

Con lui, tutto era possibile.

E lo dimostrò facendola precipitare in un secondo orgasmo, quasi intenso come il primo, e annientandole la capacità di concentrarsi su qualcosa di diverso dalle sensazioni che le evocava dal centro sensibile.

La riempì completamente. Perfettamente. Intensamente.

Quel ricordo faceva impallidire quello del Brasile, innalzando ancora di più l'asticella e dando loro un nuovo livello di soddisfazione da raggiungere.

Balthazar si sarebbe sicuramente impegnato a superarlo.

E lei avrebbe accolto ogni sfida che ne sarebbe seguita.

B le coprì la bocca con la propria, la lingua una richiesta che l'attirava di nuovo a lui mentre iniziava a pulsare dentro di lei, il suo seme un marchio caldo che Leela avrebbe posseduto per l'eternità.

Perché lui le apparteneva come nessun altro.

Era la sua anima gemella.

Leela riusciva a percepire il legame, quella potente spinta che la spingeva verso di lui, come se fosse stata legata da una corda eterea. Era una parte profondamente radicata di lei che non aveva mai esplorato, ma dal momento che l'aveva scoperta, non avrebbe potuto lasciarla andare.

Il gemito del godimento di Balthazar le vibrò contro il petto, la sua intensità si irradiava attraverso ogni parte della donna mentre la baciava durante l'orgasmo.

Il piacere echeggiò intorno a loro, altri si lasciarono andare in contemporanea, come costretti a seguire Leela e Balthazar in quell'oblio erotico.

"Nebulizzaci," le disse, la voce un suono profondamente sensuale contro l'orecchio. "Nebulizzaci in una stanza, in modo che possiamo finire nel modo giusto."

Da soli, dedusse Leela.

A Balthazar piaceva giocare con gli altri, evocare orge e godere del sesso di gruppo, ma per quella sera aveva finito di condividere Leela. Lei poteva percepirlo dal modo in cui il corpo di lui la copriva, dall'energia protettiva che irradiava il suo spirito mentre le rivendicava l'anima.

Lo capiva, perché lui era altrettanto suo.

Avevano condiviso abbastanza con il mondo. Avevano dato agli spettatori il dono del piacere e dell'eccitazione.

Da quel momento in poi avrebbero continuato il loro ballo in privato.

Nella stessa stanza in cui B l'aveva portata mesi prima.

Proprio lì, in Brasile.

CAPITOLO 26

BALTHAZAR

LE LABBRA E LA LINGUA DI LEELA ERANO CREAZIONI DIVINE che meritavano di essere adorate. Il modo in cui accarezzava l'asta di Balthazar, in lunghi e lenti movimenti, gli faceva contrarre addome in frenetica attesa del rilascio.

E quegli occhi...

Merda.

B amava quella scintilla peccaminosa nelle iridi graziose della Seraphim. Lo stava facendo impazzire, e il sorriso nello sguardo della donna diceva che ne era consapevole.

Movimenti lenti e languidi.

Suzione divina.

Un colpo di quella lingua talentuosa.

Lui gemette, le dita tra i capelli di lei mentre cedeva al ritmo e la lasciava guidarli verso l'estasi.

Si erano sbarazzati dei vestiti ore prima, godendosi la sensazione della pelle sulla pelle, delle rispettive bocche che si tracciavano a vicenda.

Il tempo intorno a loro aveva cessato di esistere.

Le preoccupazioni erano sparite.

Tutto ciò che contava erano l'intima connessione tra i due e la caccia ai ricordi del loro passato.

Balthazar non riusciva ancora a ricordare nulla del Brasile, ma si fidava della guida di Leela, che avrebbe condiviso i momenti che lui desiderava conoscere.

Allora gli mostrò quello che al tempo gli aveva fatto con la bocca. Tuttavia, non lo persuase all'orgasmo nel modo in cui B sapeva lei fosse capace. Al contrario, gli procurò piacere attraverso le sole abilità sensuali.

Balthazar avrebbe sperimentato i poteri di Leela successivamente, avrebbe imparato di più sulla stirpe genealogica da cui provenivano. Probabilmente dal lato di Adonis, un dettaglio su Leela che aveva saputo da Patreel.

O forse i poteri della donna erano un misto di entrambe le stirpi.

"Leela," mormorò Balthazar a denti stretti mentre la punta dell'uccello le spingeva nella parte posteriore della gola. Leela pretendeva attenzione, la sua bocca richiedeva una devota concentrazione da parte di lui ai movimenti della propria lingua.

Quella donna era all'altezza della personalità da furbetta, lo portava al limite con l'abilità di un essere superiore. B le strinse la presa nei capelli, gli si contrasse l'addome mentre le guance di lei lo accoglievano, chiedendogli di venire con forza dentro di lei.

Balthazar non era solito deludere i propri amanti, e di certo non si sarebbe trattenuto con Leela.

Lei gli conficcò le unghie nelle cosce e strinse le gambe a causa di un bisogno che B poteva assaporare nell'aria. Succhiarglielo l'aveva eccitata.

E voleva che lui le esplodesse in gola.

"Ingoia, Lee," le disse, la voce burbera e resa grave dal sesso. "Ingoia e ti ricompenserò."

Lo sguardo della Seraphim danzò, pieno di sfida, la sua

eccitazione era come un bacio erotico nell'aria che lo spedì oltre il limite, nell'oblio più decadente.

L'uccello gli pulsava nella bocca di Leela, l'orgasmo gli scorreva nelle vene come fuoco liquido. Era intenso, stupendo e dannatamente eccitante.

Leela lo accolse splendidamente, la lingua gli accarezzò la parte inferiore dell'asta mentre la gola si stringeva intorno alla punta, ingoiando ogni goccia man mano lui si svuotava dentro di lei.

La Seraphim aveva perfezionato l'arte del sesso orale, fissando l'asticella talmente in alto che B dubitava che chiunque altro, nella sua vita, l'avrebbe mai raggiunta.

E aveva tutte le intenzioni di ricambiare il favore.

"Ti divorerò," le promise, la voce un basso ringhio di approvazione.

Lei rispose con un'altra succhiata che gli fece vedere le stelle; il potere di Leela si accese mentre costringeva l'addome di lui a darle di più.

B imprecò, la testa gli ricadde sui cuscini in un gemito di piacere mescolato al dolore. Era troppo presto per venire di nuovo, eppure... "*Merda...*"

Lei glielo tirò fuori, mentre l'estasi gli scorreva dentro e lo lasciava senza forze sotto di lei. La presa tra i capelli di Leela era tutto ciò che lo manteneva sano di mente, il mondo era una miriade di colori sensuali e ferite da carboni ardenti.

A Balthazar si fermò il respiro, il cuore gli batteva forte nel petto mentre lottava per avere il controllo della propria mente.

La bocca di Leela era magica sulla sua pelle.

Succhiava. Mordicchiava. Ingoiava.

Prolungava l'intensità e lo lasciava privo di sensi sotto di lei.

Un piccolo guizzo di luce attirò la sua attenzione, e

Balthazar si aggrappò ad esso, stringendo le dita mentre le faceva allontanare le labbra dall'uccello e l'attirava verso l'alto, fino alla propria bocca.

Lei mugolò in segno di approvazione, confermando ciò che lui sapeva già della propria Seraphim: in camera da letto le piaceva l'uomo dominante.

"Mani sopra la testa," le ordinò, voltandola sulla schiena mentre si rotolava sopra di lei. "E non muoverti."

"Te l'ho detto io, quando eravamo sullo sgabello," mormorò lei, obbedendo al comando, sollevando le braccia per posarle tra i cuscini che le circondavano la testa. "Appena prima di cavalcarti."

"È stato un bel giretto?" le chiese, già consapevole della risposta. B aveva preso il controllo anche allora, dettando il ritmo anche mentre lei era sopra. Davanti a quel ricordo, nella mente di Leela si palesarono versi di approvazione, dicevano a B che lui era stato più che all'altezza delle aspettative, anche senza avere accesso ai suoi pensieri.

"È sempre un giro fantastico, quando sono con te," gli rispose lei, con le iridi verde-azzurre che luccicavano di promesse.

"Mmmh," mormorò in risposta lui, la sensazione era del tutto reciproca.

La sua piccola furbetta aveva creato un nuovo parco giochi di opportunità, fornendogli una ventata di novità e una sfida diversa da tutte le altre. Non c'erano limiti, tutto era possibile, e al solo pensiero di ciò, B si sentiva drogato dall'ardore e la prospettiva.

Avrebbe potuto scoparla come lui voleva.

Metterla alla prova in modi che per tanti altri sarebbero stati impossibili.

E lei si sarebbe crogiolata tra essi ogni minuto. Se la sarebbe persino goduta.

B non amava infliggere dolore. Niente sangue o lesioni fisiche, ma a volte il piacere poteva far male.

Come aveva appena dimostrato Leela con la bocca.

Le baciò un sentiero verso i seni, mostrò loro amore con la bocca e le mani, stuzzicando le dolci piccole cime rosee. Gli occhi di Leela rimasero su di lui, delle fiamme blu le danzavano intorno ai bordi delle iridi, mentre ammirava il panorama quale era B.

I denti le sfiorarono un capezzolo, testando la sua reazione.

Leela allargò le narici e tese le gambe intorno a quelle di B.

Così lui la morse quanto bastava per pizzicarla.

Lei gemette e si contorse in un bisogno sfrenato.

B ripeté il gesto sull'altro seno, calmò il dolore con la lingua prima di proseguire verso il basso, lungo le costole, fino al fianco. Le tracciò l'osso con la lingua, facendo sì che le si diffondessero tanti brividi lungo la pelle.

"Adoro il modo in cui il tuo corpo mi parla, Lee," le disse, con il naso che le sfiorava la parte inferiore del ventre, mentre le labbra si avvicinavano alla pelle liscia del monticello. "Ti radi sempre?" le chiese, un ricordo di peli curati gli stuzzicarono l'anticamera della mente. "Oppure ogni tanto cambi abitudini?"

"Faccio tutto ciò che si addice al mio umore," mormorò lei, con la voce che faceva quasi le fusa. "Ultimamente, preferisco senza peli, ma di solito mi adatto alle mode. Perché? Tu hai preferenze?"

"Qualunque cosa ti metta a tuo agio," le rispose lui, sincero. B non si rasava del tutto, si limitava a tenersi curato, perché preferiva così. "L'essere a proprio agio porta a essere sicuri di sé."

E una donna sicura di sé era estremamente sexy.

Come aveva dimostrato splendidamente Leela, con

quel sorriso seducente e lo sguardo consapevole. Distesa su quel letto assomigliava a una dea, il suo carisma sensuale era un faro che attirava la parte più deviata dentro B.

Tutto di lei lo incantava.

La mente.

Le abilità.

Le gambe lunghe.

La pelle impeccabile, pallida come la porcellana e incredibilmente morbida.

Le labbra carnose.

Quella lingua peccaminosa.

Quello sguardo ammiccante nelle iridi multicolore.

Il dolce aroma della sua eccitazione.

B voleva divorarla. Venerarla. Rivivere tutti i loro ricordi perduti. Crearne di nuovi. Esplorare ogni potenziale posizione e scopare in tutto il mondo, mentre evocavano scene erotiche sulla loro scia.

Una vita perfetta. Una storia d'amore turbinosa. Un viaggio esotico intorno alla Terra.

"Dov'è la mia ricompensa?" chiese lei con voce roca. "Ho ingoiato, no?"

"Furbetta," mormorò B, divertito dal suo tentativo di prendere il controllo. Entrambi sapevano che preferiva essere dominata. Non si trattava di una perversione violenta o sadica. Solo un pizzico di potere e forza.

Che Balthazar le diede in quel momento, mentre le palpeggiava le cosce e la costringeva ad allargarle.

Era flessibile e snodata. B lo sapeva già, ma vederla di nuovo lo incuriosì come la prima volta. Perché permetteva loro di poter provare ancora più posizioni.

La lista sarebbe bastata un secolo.

Probabilmente di più.

Alcune delle attività richiedevano più partecipanti, ma la maggior parte erano solo per Leela.

Era un modo di pensare nuovo, per lui, poiché di solito non assecondava l'idea di limitare le proprie esperienze solo a lui e a un'altra persona.

Tuttavia, gli piaceva l'idea di tenere Leela per sé, perché era quasi una sfida. Essere il suo unico amante significava dover essere abbastanza bravo per una dea.

Il che voleva dire che avrebbe dovuto soddisfarla sessualmente da ogni punto di vista, per mantenere vivo l'interesse.

Niente errori. Niente spazio per la pigrizia. Niente distrazioni.

Una situazione stimolante destinata a mettere alla prova l'abilità sensuale di Balthazar.

Lui sarebbe stato abbastanza per lei?

Sì. Sì, lo sarò, decise mentre si chinava per sfregarle la lingua tra le pieghe lisce. "Sai di sesso, Leela," le disse dolcemente, amava il sapore dei loro piaceri mischiati. "Gustoso. Delizioso. Perfetto."

Leela strinse le cosce sotto i palmi di lui, e si lasciò a un sospiro tremolante.

B l'accarezzò con la lingua come avrebbe dovuto fare un uomo, con colpi precisi e una leggera pressione. Era una danza che richiedeva pazienza e la capacità di leggere le reazioni del corpo.

Con un po' di tensione e un prolungato stuzzicamento si poteva davvero compiacere adeguatamente una donna. Leela era un capolavoro che meritava l'impegno e la dedizione dell'Hydraiano.

Lei si contorse e gemette, le dita gli scivolarono tra i capelli per tenerlo proprio dove aveva più bisogno di lui. B le concesse il ruolo di regista giusto il tempo di spingerla quasi oltre il limite, prima di ritirarsi per poi ricominciare.

"Balthazar," ringhiò lei, quando lo fece una seconda volta.

"Fidati di me," rispose lui contro l'umidità della Seraphim.

Procedette a prolungare il suo piacere per la terza volta.

Appena si fermò di nuovo, Leela lasciò andare un sospiro frustrato, un bel suono che comunicava a Balthazar che stavano raggiungendo la destinazione finale di quella sessione.

Ancora due volte.

Le circondò il clitoride, le massaggiò il canale con le dita e sorrise quando dalla bocca le sfuggì un'imprecazione colorita.

"Smettila di provocarmi e scopami," gli ordinò Leela.

"Presto," le promise, aveva ancora il membro mezzo duro dall'estasi che lei gli aveva provocato con la quella bocca stupenda.

Leela lo chiamò di nuovo per nome, la protesta che le caratterizzava il tono gli fece arricciare le labbra in un sorriso.

La mente di Leela gli disse che la maggior parte dei suoi precedenti amanti si precipitava al traguardo, ma lui non era così, e nemmeno a Leela piaceva particolarmente. Un dettaglio che lui aveva appreso di più grazie al corpo, che alla mente della Seraphim.

Lei è davvero la mia pari, si meravigliò B, ascoltandola mentre analizzava ogni mossa di lui, apprezzandone la pazienza e la capacità di protrarre il momento.

Leela sapeva cosa stava per succedere.

Avrebbe potuto protestare, ma avrebbe assolutamente apprezzato il risultato finale.

La verità le era rimasta tra i pensieri, affinché lui la sentisse. Tuttavia, erano i brividi e la pelle d'oca a dirgli che era vicina al punto di non ritorno.

Sarebbe venuta.

Intensamente.

Lui le passò la lingua sulla fessura, godendosi il dolce gusto dell'edonismo tra le cosce della donna. Aveva il sapore di ore passate a scopare nel modo giusto, il suo corpo era un tempio venerato correttamente dall'uccello di lui, e aveva un bisogno profondo di *ottenere di più*.

Lui glielo concesse arricciando le dita dentro di lei, accarezzandole quel punto che faceva sciogliere tutte le donne. Leela non era diversa, schiuse le labbra in un gemito che le vibrò fino al midollo. Lui lo sentì contro la lingua e il riverbero lo fece mugolare in risposta.

Non gli sarebbe dispiaciuto vedere quella dimostrazione di erotismo a ripetizione per giorni o anni.

Forse anche per sempre, pensò, riflettendo sul loro mezzo legame. *L'ho amata per tutta la vita senza saperlo?* Leela era certamente perfetta tra le sue mani, il suo piacere era un afrodisiaco che prolungava il momento e lo rendeva quasi pronto a ripartire.

E poi ancora.

E ancora.

B non aveva mai sperimentato una grazia così sensuale con un altro essere.

Anzi, l'aveva già fatto, ma non riusciva a ricordarlo, e poi c'era Nythos...

Quanti di quei ricordi riguardavano in realtà lui e Leela?

Se l'avesse morsa in quel momento, l'avrebbe scoperto? Avrebbe cominciato a ricordare? Avrebbe smantellato tutti i blocchi mentali che sentiva?

Tuttavia, un legame di sangue richiedeva fedeltà. Balthazar non avrebbe mai desiderato nessun altro.

Valeva il costo dei ricordi? Avrebbe avuto importanza, se avesse avuto Leela?

La amo? Si sentiva come se fosse stato in grado di farlo.

Era una sua pari, in tutti i sensi. Cosa c'era da non amare? Eppure, solo lei? Ci sarebbe riuscito?

"Balthazar," gemette lei, stringendogli la presa tra i capelli mentre chiedeva di essere lasciata andare nell'oblio. "Ti prego..."

Le labbra di B si incurvarono in un sorriso contro la carne di Leela. "Strisceresti sicuramente in questo momento, non è vero?"

"Sì," ammise lei in un sibilo, con la mente in rivolta al pensiero di doversi muovere. Tuttavia, le gambe iniziarono a farlo, come se volesse dimostrare la volontà di fare qualsiasi cosa lui le chiedesse.

B le premette il palmo della mano sulla pancia, tenendola ferma sul letto. "Non ti voglio in ginocchio, Lee. Voglio il tuo piacere nella mia bocca." Lo dimostrò mentre le sigillava di nuovo le labbra intorno al clitoride.

La lingua avvolse la tenera protuberanza, le dita la spinsero verso l'oblio, mentre il suo sguardo si alzava per incontrare quello di lei.

Due pozze di verde e blu lo fissavano, le iridi cambiavano continuamente colore. A volte erano verdi, in preda alla passione. A volte blu. Oppure un mix di entrambi, come in quel momento. Balthazar si chiese cosa significasse, se Leela avesse un colore che preferiva, o se quella miscela mutevole di verde e blu fosse semplicemente lei.

"Ti voglio dentro di me," gli sussurrò Leela. "Voglio che tu mi senta venire su di te. Per favore, B. Ho bisogno..."

Lui le mordicchiò la carne sensibile, provocandole un gemito che la distrasse abbastanza a lungo da permettergli di muoversi e sistemarsi tra le sue cosce. Poi le scivolò dentro, con una sola spinta che la fece inarcare contro di lui con un sibilo di dolore indotto dal piacere.

I loro corpi cominciarono a muoversi in una danza frenetica.

Non si trattenne, le diede tutto ciò che aveva con il movimento dei fianchi, assicurandosi di strofinarle il clitoride a ogni spinta.

Lei gemette in risposta, contraendo il ventre intorno a lui mentre barcollava sull'orlo estasiato tra l'orgasmo e la trepidazione. Gli conficcò le unghie nella nuca, la mano opposta gli cinse la schiena mentre le loro bocche si fondevano in un bacio che avrebbe ucciso una persona comune.

Pieno di calore, necessità, e grazia erotica.

Balthazar le afferrò l'anca, inclinandola perfettamente, con l'altro palmo le accarezzò la guancia mentre le loro lingue sussurravano segreti sul loro passato condiviso.

Era intenso, bello e inebriante. In quel momento quasi dimenticò tutto il resto, Leela era l'unico centro dei suoi pensieri.

Il potere della donna gli risuonava attraverso, quell'energia sensuale attirava la sua essenza affinché si lasciassero andare insieme nell'oblio. Uniti. Le loro anime legate in maniera diversa da qualsiasi altra.

Il loro bacio rallentò, la tenerezza si irradiava tra di loro mentre i fianchi di lui si muovevano al ritmo delle loro bocche.

Non in modo gentile, ma meticoloso. Potente. Languido. *Stavano facendo l'amore.*

Un tremore gli percorse la schiena, lasciandolo disorientato sopra di lei, eppure si sentì *pieno*. Sopraffatto. Ubriaco. *Appagato.*

Lei gli passò le unghie tra i capelli, attirandolo di nuovo verso di sé mentre gli avvolgeva le gambe intorno alla vita e sollevava la parte inferiore del bacino per incontrare quello di lui, in un movimento lento che lo fece tremare fin nel profondo.

Il piacere si era accumulato così lentamente, con impatto, che B aveva dimenticato come respirare.

Leela divenne la sua ancora di salvezza, la sua bocca era l'unico collegamento con l'aria e l'ossigeno al mondo, mentre entrambi si lasciarono andare insieme l'uno con l'altra.

Una beatitudine pura e incontaminata pulsò attraverso di loro, sposando i loro corpi in una passione senza tempo, che superava gli anni e l'esistenza.

Gli rubò la vista, facendolo precipitare in un mare di oscuro rapimento che gli attraversò gli arti e il busto, facendogli svuotare l'essenza nel corpo di lei, nella fessura liscia tra le cosce, nella sua stessa anima.

Leela gli accarezzò la lingua con la propria, fungendo da ancora di salvezza che lo tenesse legato alla realtà. O forse era il contrario, perché B riusciva a percepire la stessa esperienza nella mente di lei, quella perdita di ogni concetto di esistenza all'interno dei suoi pensieri.

Si baciarono in quella nuvola appassionata, i loro corpi connessi si muovevano a un ritmo graduale che prolungava la follia.

Finché il mondo ricominciò finalmente a formarsi tutt'intorno.

Lentamente, con solo gli sguardi e i suoni della stanza, la sensazione dei baci e l'essere saturi di sesso.

Un edonistico sogno proibito.

Arte erotica.

Un'esistenza perfetta.

Questa è una vita che vale la pena di essere vissuta, si meravigliò Balthazar, aprendo gli occhi per incontrare lo sguardo di Leela. *E lei è una creatura che vale la pena amare.*

La baciò, con l'emozione che gli cresceva dentro, la

consapevolezza di ciò che probabilmente si erano persi in tutti quei millenni che gli turbinavano nella mente.

Forse era per quello che aveva scelto l'approccio 'amore per tutti', invece della monogamia.

Perché l'unica donna con cui era destinato a stare gli era stata rubata tremila anni prima.

Non poteva dirlo con certezza.

Così le divorò la bocca.

E il loro gioco ricominciò da capo, i loro corpi recuperarono il tempo perduto mentre tornavano a conoscersi nel modo più intimo.

Attraverso il sesso.

La passione animalesca.

Ignorando tutto il resto.

Esistendo solo in quel felice momento di armonia sensuale.

Creando nuovi ricordi destinati a durare una vita.

Capitolo 27

Issac

Astasiya aveva trascorso buona parte della notte e della mattina presto a lavorare alle barriere, mentre Issac l'aveva osservata attraverso il legame mentale. La maggior parte delle rune eteree erano pronte; mancava solo l'esterno.

Vera aveva dato loro una mano dopo aver ripristinato i ricordi di Lucian, un compito che l'aveva chiaramente stancata. Tuttavia, poco dopo era arrivato Gabriel dicendo: "Puoi raccontarmi dove sei stata mentre lavoriamo."

La manipolatrice di ricordi aveva sospirato, evidentemente esausta, ma poi lo aveva seguito in cielo, per spiegare tutto su Osiris e Patreel.

Lucian aveva aggiornato Alik e Jayson su Balthazar e Leela, oltre che su Osiris, lasciando Issac a parlare con Tristan, mentre teneva d'occhio Astasiya in cielo.

"Cosa intendi fare con Mateo?" gli chiese piano Tristan nella zona giorno di casa di Balthazar. Issac aveva appena finito di preparare il caffè per Aya, ma se ne versò una tazza per sé e una per il protegé.

Gliela porse prima di sistemarsi su una sedia accanto al divano. "Lucian sta ancora parlando con lui."

"Sì, ma dopo?"

"Non lo so," ammise Issac. "Ha tradito tutti, ma le sue intenzioni..."

"Erano per lo più a nostro favore," concluse Tristan per lui. "Sì."

Si lasciarono a un silenzio pensieroso, sorseggiando il caffè mentre migliaia di parole inespresse scorrevano tra loro. La loro amicizia risaliva a due secoli prima e gli permetteva di conoscersi in tutto e per tutto, rendendo così inutile quella conversazione.

Tristan conosceva la battaglia interna di Issac su come rispondere a quella situazione, visto che Mateo faceva parte della loro famiglia. Non solo per via del suo sangue, ma per scelta. Issac *aveva scelto* Mateo.

E Mateo li aveva traditi tutti.

Il che significava che Issac era parzialmente responsabile, per averlo portato da loro.

Tristan non gliene avrebbe mai fatta una colpa. Nemmeno gli altri, in realtà, ma Issac si riteneva responsabile. Sarebbe stato lui quello incaricato di punire la propria progenie.

Rimaneva da chiedersi in cosa sarebbe consistita la punizione.

Il fatto che Lucian non avesse messo Mateo nelle segrete era un dettaglio interessante. Forse aveva percepito che Osiris l'avesse soggiogato. Issac si pose la stessa domanda, ma Mateo era stato piuttosto chiaro riguardo al fatto di essere stato volontariamente coinvolto nella questione.

Per proteggerli.

"Tu ci credi?" si chiese Issac ad alta voce. "Al fatto che abbia collaborato con Osiris per tenerci al sicuro?"

Tristan sorseggiò il caffè, la sua espressione non lasciava trapelare nulla. "Penso che Mateo non ci farebbe mai del male. È stato costretto, oppure le sue azioni volontarie ci hanno in qualche modo aiutati, giustificando così la collaborazione."

Issac acconsentì con un cenno del capo: anche lui la pensava in quel modo.

"Non credo che sapesse di Amelia," continuò Tristan. "Del fatto che Jonathan la tenesse prigioniera, intendo. Non credo che sapesse che lei è stata al FAC tutto quel tempo."

Un brivido percorse la spina dorsale di Issac. "Gliel'hai chiesto?"

"No," gli rispose Tristan. "E tu?"

"No." Avrebbe dovuto farlo Issac, ma era stato più concentrato sul coinvolgimento di Mateo nella morte di Aidan. "Glielo chiederò." Oppure avrebbe domandato a Lucian, dal momento che probabilmente glielo aveva già chiesto. "Mateo ha detto di aver parlato principalmente con Osiris, e solo occasionalmente si è rivolto a Jonathan. Quindi dubito che sapesse di Amelia."

"Osiris, invece?" gli chiese Tristan.

A Issac scrocchiò la mascella. "Probabilmente sì."

"Le hai detto niente di tutto questo?"

"Non ancora." Issac aveva dato la priorità a Tristan, mentre Lucian agli Anziani. "Come minimo." Quando parlava con il migliore amico, il suo accento risultava sempre più marcato. Un'abitudine legata al loro lungo passato.

"Oppure potrei farlo io," si offrì Tristan. "Stas ha bisogno di te, in questo momento. Puoi concentrarti su di lei, mentre io parlo con Tom e Amelia."

Issac prese in considerazione l'idea per un momento.

"Mi hai davvero appena suggerito un modo per dare priorità alla cura di Aya?"

Gli occhi verdi di Tristan non rivelarono nulla. "È la tua compagna di legame, quindi una responsabilità primaria."

Issac inarcò un sopracciglio. "È questa l'unica ragione?"

Tristan strizzò gli occhi. "A che gioco stai giocando?"

"Mi chiedevo solo se avessi cambiato idea, tutto qui."

Tristan ridacchiò. "Sta imparando a essere utile. Questo posso ammetterlo."

"Mmmh," mormorò Issac, divertito dalla risposta. "Penso che lei ti piaccia."

"E io penso che tu stia di nuovo fantasticando, amico," gli rispose Tristan. Un barlume di umorismo gli colorò i lineamenti e gli incurvò le labbra leggermente all'insù.

Aveva notoriamente disapprovato il rapporto di Issac e Aya, a causa di ciò che aveva rappresentato: morte.

In quel momento Stas non era una minaccia.

Anzi, aveva reso Issac più forte.

"Mmmh," ripeté Issac, mettendo da parte il caffè. "Beh, sarà qui a momenti, quindi cerca di essere gentile."

"Sono sempre gentile," ribatté Tristan, posando la propria tazza sul tavolo, insieme a quella di Issac. Invece di correre verso la porta, si passò le dita tra i capelli scuri, facendo finta di rilassarsi sulla sedia.

Issac scosse la testa, consapevole della propensione birichina del migliore amico. Tristan era fortunato che Aya non l'avesse ancora messo al suo posto. Era troppo consumata dalla rabbia verso il fratello per rivolgere l'attenzione a Tristan, ma prima o poi le cose sarebbero cambiate...

"Non ti ho mai visto così felice," disse piano Tristan a Issac, interrompendo le riflessioni dell'amico. "Lei ti fa bene, Issac. Prima mi preoccupavo, ma ora..." Si interruppe, schiarendosi la voce. "Sono felice che vi siate trovati."

Issac spalancò gli occhi davanti a quell'ammissione. "Stai cercando di farmi sentire meglio riguardo a Mateo?" Era una domanda onesta, poiché il migliore amico non aveva *mai* parlato con affetto di Aya, o del rapporto di Issac con la ragazza.

Tristan grugnì. "Non mi è permesso dire qualcosa di gentile?"

"Certo che sì, ma non lo fai mai."

"Non è vero," ribatté Tristan. "Ho sempre parole gentili per Amelia."

Issac sbuffò sarcastico. "Mia sorella è una questione completamente diversa."

Tristan si limitò a sorridere in risposta.

Aya apparve subito dopo, i capelli biondi le svolazzavano nel vento che l'aveva accompagnata, mentre le ali le si risistemavano sulla schiena. Lanciò un'occhiata a Tristan e sospirò: chiaramente non era entusiasta di vederlo nella zona giorno, ma si trasformò comunque in stato corporeo, in modo che lui sapesse che era arrivata.

Altrimenti, non sarebbe stato in grado di vederla o sentirla.

"Ciao, Stas," la salutò Tristan con finto entusiasmo. "Com'è andato l'allenamento, stamattina? Bene?"

Issac alzò gli occhi al cielo al tentativo forzato del migliore amico di essere 'gentile'.

Aya sbatté le palpebre, aggrottando la fronte. "Ti senti bene?"

"Certo," le rispose Tristan. "Alla grande, a dire il vero. Tu?"

Cosa diavolo ha che non va? chiese Aya.

Sta cercando di essere gentile.

Beh, digli di smetterla. Mi sta spaventando.

Issac ridacchiò e scosse di nuovo la testa. "C'è del caffè appena fatto che ti aspetta, in cucina. Ho già aggiunto un cucchiaino di zucchero di canna."

Quelle parole attirarono immediatamente l'attenzione di Aya, allontanandola dallo strano comportamento di Tristan. "Grazie." Si nebulizzò dalla stanza in un putiferio di bellissime sfumature color opale.

Stupenda, le sussurrò Issac. *Assolutamente stupenda.*

Stai solo cercando di farmi sentire meglio riguardo le piume rosa.

Per niente, tesoro. Non sono mai stato un tipo da false banalità.

A meno che non si trattasse di sedurre una donna per portartela a letto, ribatté Stas.

Abbiamo già fatto questo discorso, una volta, le ricordò Issac. *Ed è finita con le tue belle guanciotte rosse su tutti i tabloid.*

Astasiya ridacchiò, apparendo di nuovo con la tazza di caffè alla bocca. *Sei un demone!*

Sono il tuo demone, ribatté lui.

"Va bene," disse Tristan, alzandosi dalla sedia. "Questo è il mio segnale per andarmene, allora."

Aya iniziò a sorridere, gli occhi verdi le brillavano di calore e umorismo, mentre si portava di nuovo la tazza alla bocca per un altro sorso. Solo, si fermò a metà, aggrottando la fronte.

"Che c'è?" le chiese Issac, facendo sì che Tristan si fermasse proprio accanto a lui, mentre si dirigeva verso la porta.

"Sai benissimo che c'è," ribatté l'altro. "Tutte quelle chiacchiere mentali porteranno a una sessione di pomiciate che non ho..." Lasciò cadere la frase, la sua voce scomparve nella stanza mentre Issac era ancora concentrato su Aya. Il migliore amico doveva aver capito che la domanda non era per lui, ma per la ragazza.

Stas si era immobilizzata completamente, portando

l'attenzione verso il soffitto. *Sta arrivando qualcosa*, sussurrò, il brivido che la percorse visibile anche dall'altra parte della stanza. *Qualcosa di potente.*

Issac diffuse il proprio potere attraverso l'isola, cercando nelle visioni di tutti un qualsiasi indizio di ciò che Aya stesse percependo.

Lucian stava parlando con Jayson e Alik, a casa sua. Mateo era in piedi insieme a loro. L'immagine diede a Issac una pausa momentanea mentre si chiedeva di cosa stessero parlando.

Il disagio di Aya gli attraversò la mente, rimettendolo di nuovo in carreggiata, mentre perquisiva i pensieri di Elizabeth. *Sta sognando*, confermò prima di passare alla sorella e a Thomas.

Il che fu un errore gravissimo, che lo fece sussultare, perché non avrebbe mai più voluto vedere *quella scena*. Ringhiò mentalmente, scuotendo con violenza la testa per liberarsi di quella particolare immagine della sorella a letto.

Cazzo, pensò, cercando di costruire un muro mentale tra lui e Thomas.

Ma un sussulto della sua Aya lo riportò da lei, e alla coppia che era appena apparsa al centro della stanza.

"Skye ha appena avuto una visione," disse rapidamente Sethios. "Continua a ripetere 'loro sanno', continuamente, ma non vuole dirci di più. Quindi non sappiamo se si riferisca ai Destinati, al Consiglio o ai Seraphim guerrieri. Puoi attingere alla sua visione?"

La domanda era per Issac. Tuttavia, lui lo stava già facendo, da prima che Sethios smettesse di parlare.

La visuale che lo aspettava gli tolse il fiato.

Morte. Distruzione. Sangue e violenza.

Su tutta Hydria.

Occhi senza vita.

Una raffica di ali, spade ed energia eterea.

Un bambino urlante.

Una luce intensa al centro di tutto.

L'espressione furiosa di Aya.

L'espressione vacua di Aya.

L'urlo angosciato di Aya.

Lo sguardo assente di Aya.

Issac si accigliò. "Sta vedendo diversi destini contemporaneamente," disse, traducendo l'immagine ad alta voce. "Aya è al centro di tutto, qui a Hydria, ed è circondata dalla morte."

"Ovviamente," mormorò lei. "Perché sono destinata a ucciderci tutti."

"Scegliamo noi il nostro destino," affermò la madre di Stas apparendo in una raffica di piume azzurre, appena prima di diventare corporea. "Gabriel e Vera stanno cercando di finire le barriere esterne, poiché è chiaro che non abbiamo molto tempo."

"I guerrieri stanno sicuramente arrivando," concordò Issac, continuando a guardare le immagini nella mente di Skye. "Penso che stia dicendo che il Consiglio lo sa, ma potrebbe anche essere una proiezione condivisa dai Destinati. È difficile dirlo con certezza, perché è tutto piuttosto caotico." Gli stava facendo venire anche un dannato mal di testa.

Cercò di distinguere un ordine di qualche tipo nelle visioni, ma sembravano arrivare a Skye in sequenza casuale, raffiguranti eventi che sarebbero potuti accadere dopo pochi minuti o secoli.

Issac si allontanò dalla mente della veggente, incapace di sopportare un altro minuto.

Poi sbatté le palpebre appena vide Lucian sulla soglia.

A quanto pareva, il tempo gli era sfuggito di mano, mentre danzava tra le complessità della mente di Skye.

"È ora che B torni a casa," dichiarò Lucian. "Abbiamo bisogno di lui. È la chiave della morale Hydraiana."

Issac acconsentì con un cenno del capo.

Luc aveva ragione.

Tutti gli Anziani avevano un certo ruolo in quanto leader della loro specie. Lucian era la mente strategica. Jayson dimostrava la propria forza attraverso l'azione. Alik si assumeva i compiti che nessun altro aveva il coraggio di portare a termine.

E Balthazar era il cuore di Hydria.

A volte Issac non era d'accordo con il telepatico, ma ne riconosceva lo scopo e il potere sull'isola.

Balthazar era il collante emotivo che teneva insieme gli Hydraiani, il leader che tutti seguivano volentieri, perché si fidavano ciecamente di lui.

Se stavano per essere attaccati da un esercito di Seraphim, avevano bisogno dell'Anziano che ricordava loro la speranza e l'amore.

Avevano bisogno di Balthazar.

"La prossima volta che chiamerà per un aggiornamento, gli dirò che è ora," disse Lucian, leggendo l'accordo nel cenno del capo di Issac, e probabilmente anche attraverso la sua espressione. "Fino ad allora, dobbiamo preparare l'isola per un attacco diverso da qualsiasi altro mai subito."

Issac inclinò la testa. "Dimmi di cosa hai bisogno e mi assicurerò che sia fatto."

CAPITOLO 28

BALTHAZAR

LEELA SI STIRACCHIÒ, LE CURVE SFREGARONO CONTRO IL busto e l'inguine di Balthazar grazie a un movimento ben eseguito.

Quella donna trasudava sesso.

Si riversava fuori di lei, chiedendogli di divorarla fino all'apice del piacere, incoraggiandolo a crogiolarsi in ogni centimetro della sua forma impeccabile e inchinarsi a lei in adorazione.

"Sei una succuba," rifletté lui, le labbra che le sfioravano la gola mentre la tirava indietro per spingerle il petto sulla schiena. "Mi succhi via tutta l'energia dalle vene."

"Dall'uccello," lo corresse lei.

Lui sorrise contro il collo della donna, mordicchiandole la pelle dolce e chiedendosi che sapore avrebbe avuto il suo sangue sulla lingua. Era un desiderio bizzarro, che non aveva mai provato con un'altra donna.

A causa del legame, si rese conto.

Cosa l'aveva portata a morderlo? Un accordo reciproco? Il desiderio di stare insieme? Da allora Leela era comunque stata in grado di sedurre altre persone, il che significava che il loro non era un legame monogamo. La sera prima, B le aveva anche chiesto informazioni, curioso di sapere come funzionava.

Lei gli aveva risposto che il legame parziale li aveva lasciati entrambi liberi di divertirsi con gli altri. O forse era lo spirito sensuale della donna a richiederlo. Leela non ne era del tutto sicura.

Sarebbe cambiato qualcosa se lui l'avesse morsa? O il legame tra di loro sarebbe rimasto lo stesso?

Erano entrambi creature passionali.

Anche se, l'idea di condividerla non attraeva necessariamente Balthazar. Probabilmente gli sarebbe piaciuto lo spettacolo a livello sessuale, soprattutto perché nessun altro poteva soddisfarla meglio di lui.

E se, per caso, Leela avesse trovato qualcuno, allora quella persona era degna di adorare il suo corpo, perché le avrebbe procurato piacere.

Un uomo o una donna comuni non sarebbero bastati.

Lui e Leela erano troppo potenti, insieme, per invitare davvero una terza persona nel loro letto.

Quanti dei ricordi con Nythos erano in realtà con Leela? Perché a Nythos piaceva giocare con gli altri. Quei ricordi erano infusi da momenti che aveva condiviso con Leela? L'aveva guardata portarsi a letto altri uomini e donne? Oppure si era trattato sempre di Nythos?

L'unico modo per saperlo davvero era mordere Leela.

Persino allora, niente era garantito. Patreel aveva suggerito che li avrebbe aiutati a spezzare le catene nelle loro menti.

Come Caro e Sethios.

Ma Caro era stata sottoposta a una sola riforma, per meno di due decenni, mentre Leela aveva dovuto subirla per un secolo.

E se l'avessero beccata di nuovo? Avrebbero cancellato B dalla sua mente? Avrebbero smantellato anche i ricordi di lui riguardanti Leela?

Quanto avrebbero impiegato prima di ritrovarsi ancora una volta?

Il mio passato con lei è il motivo per cui non ho mai bramato la monogamia con nessun altro?

C'erano tante domande e non abbastanza risposte.

Tuttavia, quando il fondoschiena di Leela gli strusciò contro l'inguine, Balthazar si ritrovò distratto dalle nuove esperienze che avevano appena condiviso in quel letto e dal fresco ricordo di averla presa da dietro solo poche ore prima.

L'aveva assecondata in ogni modo immaginabile, i limiti tra loro non esistevano.

Perché alla sua furbetta piaceva il sesso in ogni maniera, proprio come a lui, ed entrambi sapevano come giocare a letto per ore, giorni o settimane.

Era altrettanto possibile che la sessualità di B fosse stata influenzata dal suo legame con Leela: l'aveva capito nel bel mezzo della notte, quando Leela aveva commentato la sua insaziabilità.

"La maggior parte degli uomini non riesce a tenere il passo con il mio ritmo," gli aveva confidato ansimando, mentre lui le penetrava il sedere per la prima volta. "Ma tu me la stai facendo sudare." Poco dopo aveva gemuto, poi si era lasciata cadere sui cuscini appena lui si era avvicinato per accarezzarle il clitoride e l'aveva mandata oltre i confini dell'oblio.

Si era stretta così forte intorno a lui che B l'aveva seguita fino all'orgasmo.

Dopodiché si erano fatti la doccia, per poi ricominciare da capo.

In seguito, fecero un pisolino, mentre in Brasile sorgeva

il sole.

Balthazar doveva chiamare Luc per un altro aggiornamento, ma non era riuscito a smettere di adorare la sua sirena. Aveva un sapore fantastico e i suoi gemiti davano assuefazione.

Leela si girò tra le braccia di lui, quella mattina il verde nelle iridi aveva scacciato l'azzurro. Premette le loro labbra insieme, coinvolgendolo in un bacio pigro mentre gli avvolgeva la gamba intorno al fianco.

Lui l'assecondò, la mano sulla guancia prima di farla scivolare di nuovo tra i capelli setosi.

Sembrava quasi ambrosia, dolce, saporita e inebriante.

La mente di lei ronzava di approvazione, i suoi pensieri pieni di un misto tra meraviglia e contentezza.

"L'ho sognato così tante volte," gli sussurrò lei contro la bocca. "Noi che ci svegliamo in Brasile e il nostro tempo insieme che non finisce mai."

"Chi dice che non stai sognando, adesso?" la stuzzicò B dolcemente.

"Forse è così." Lei gli leccò il labbro inferiore. "Forse tutto questo è un sogno."

"Uno bello, spero," rispose lui, con l'inguine che premeva contro il calore tra le cosce di lei. La punta della sua eccitazione spinse la carne di Leela senza entrarle dentro, quel tanto che bastava per provocarla e sedurla.

Lei si inarcò su di lui, i seni pieni e perfetti contro i muscoli piatti del petto di B. "Ogni sogno dove ci sei tu è bello."

Lui sorrise. "La realtà è all'altezza delle fantasie?"

"È anche meglio," ammise Leela, ritrovando ancora una volta le labbra di lui.

Il loro abbraccio divenne sensuale, un accenno di emozione calda alla base di ogni tocco. Balthazar avrebbe assolutamente potuto abituarsi a svegliarsi accanto a Leela ogni giorno. Lei era perfetta per lui, il suo corpo era un'entità divina degna di una preghiera costante, ma non si trattava solo dell'aspetto fisico e dell'abilità in camera da letto.

Era proprio *lei*.

La sua dolce Seraphim.

La sua sirena civettuola.

La sua furbetta spiritosa.

Trasudava sicurezza e sensualità, e possedeva una visione positiva della vita che si adattava alla prospettiva di lui.

Dai suoi occhi si irradiava una felicità che attirava l'anima di Balthazar.

In quel momento, quelle splendide iridi gli sorrisero. Leela incurvò le labbra contro quelle di B mentre lo spostava sulla schiena e gli si metteva a cavalcioni sui fianchi. I loro corpi si connessero automaticamente e l'uccello scivolò nel canale caldo e bagnato di lei.

Leela gli graffiò i pettorali con le unghie mentre iniziava a muoversi, i seni ondeggiavano a ogni bellissimo movimento della metà inferiore del corpo. B si tirò su per incontrare le movenze di lei, adattandosi al suo ritmo senza provocarla.

Era una cadenza lenta, non affrettata.

Paziente. Coinvolgente. Sensuale.

B si sforzò di mettersi seduto per baciarla, poi le avvolse il palmo della mano intorno alla nuca per trascinarla su di lui e mantenere la connessione tra i loro torsi e i fianchi.

Lei glielo permise, la piccola furbetta preferiva che avesse lui il controllo.

Così B la girò e la penetrò profondamente, strappandole un dolce sussulto dalla bocca.

"Più forte," ansimò Leela.

"No." B voleva mantenere un ritmo tenero, persuadere la passione che si annidava nel profondo dell'anima di Leela a uscire.

Più tardi, l'avrebbe portata a fare colazione da qualche parte.

Lei gli affondò i denti nel labbro inferiore per protesta.

Lui le afferrò i polsi e le tirò le braccia sopra la testa, bloccandole le mani con una delle sue. Poi le prese i seni, quasi come a sgridarla, stuzzicando i capezzoli mentre continuava a riempirla lentamente fino alla base, per poi tirarsi fuori di nuovo.

Leela ringhiò.

Balthazar sorrise.

Poi il potere di lei lo avvolse, aumentandogli il battito e facendogli contrarre i testicoli. "Cazzo, Lee."

"Il tuo? Lo adoro," ribatté lei, con le caviglie che si attorcigliavano dietro il fondoschiena di lui. "Adesso muoviti."

B ridacchiò, incapace di farne a meno. Quella piccola sirena esigente si era dimostrata potente in ogni momento.

Quindi cedette al suo comando e prese il controllo attraverso il solo potere, mostrandole di cosa fosse in grado il proprio corpo e conducendoli entrambi all'orgasmo in una serie di gemiti e urla che li portarono ad ansimare di piacere.

Dopodiché la baciò, a lungo e appassionatamente, poi la portò alla cabina doccia lì vicino e continuò il loro abbraccio appassionato contro il muro di pietra.

Leela venne di nuovo, tremava per via dell'attacco d'estasi, socchiudendo gli occhi come se si stesse preparando a dormire ancora una volta, ma Balthazar non lo avrebbe permesso. Scelse invece di lavarla, massaggiandole i muscoli e pulendole i capelli, prima di concentrarsi su se stesso. Poi l'avvolse in una vestaglia soffice e la portò in cucina, all'interno della loro suite.

Il frigo era vuoto, poiché in realtà non avevano prenotato la stanza, ci si erano semplicemente nebulizzati, così non avevano altra scelta che andare a mangiare fuori.

Leela li nebulizzò in un negozio per trovare dei vestiti. Non era ancora aperto, quindi Balthazar lasciò dei soldi sul bancone. Non che i proprietari avrebbero avuto idea di cosa fosse successo o perché. Avrebbero anche dovuto convertire il denaro in valuta locale, ma alla fine ci avrebbero guadagnato.

Balthazar scelse dei jeans e una T-shirt aderente, con un paio di calzini e stivali nuovi.

Leela optò per un vestito estivo carino, selezionò un paio di sandali alla moda che avvolgevano i polpacci, più adatti all'antica Grecia che all'attuale Brasile, poi trovò una spazzola per i capelli.

Con un sorriso, disse a Balthazar di conoscere il posto giusto per godersi un brunch.

Buenos Aires.

In un piccolo caffè che serviva un mix di cucina internazionale.

Balthazar ordinò i pancake, il cibo migliore, per quanto riguardava la colazione. Leela lo seguì a ruota, poi si sdraiarono sulle sedute del patio, in attesa del loro pasto.

"Questo posto è davvero come una piccola Europa," rifletté Leela, dando un'occhiata all'architettura colorata e alla mancanza di grattacieli. "Mi ricorda Roma, ma anche la costa della Francia, con un pizzico di Barcellona e una spruzzata di Madrid."

Balthazar curvò le labbra verso l'alto. "Non è la mia prima scelta per i pancake, ma vedremo come se la caveranno."

"La tua prima scelta sarebbe la tua cucina. Con te nudo e me ricoperta di sciroppo sul bancone."

"È una fantasia o è successo davvero?"

"Una fantasia ispirata a ciò che è successo in Brasile, dopo avermi preparato i pancake, una mattina," rispose lei, con lo sguardo scintillante di un intento perverso. "Una cosa che potremo assolutamente mettere in pratica, una volta tornati a Hydria."

"Il che mi ricorda che devo chiamare Luc."

Lei fece un cenno con il mento verso il ristorante. "Sono sicura che puoi prendere in prestito un telefono da qualcuno, lì dentro."

Balthazar sorrise. "Mi stai chiedendo di sedurre un cliente in cambio di un telefono?"

Lei considerò l'idea per un momento, poi guardò i camerieri, prima di osservare i diversi clienti. "Mmmh, solo se mi è permesso scegliere."

"Che succederà, quando vincerò?"

"Lascerò che sia tu a decidere se lui o lei possono unirsi a noi per il dessert."

B sapeva già che non avrebbe invitato nessuno a letto con lui, tranne Leela. "Che ne dici se vincessi la scelta delle posizioni per il dessert?"

Leela arricciò le labbra. "Non sei dell'umore giusto per un terzo?"

"Sei l'unica che voglio per dessert, furbetta." Quelle parole gli scivolarono per la lingua, una dichiarazione che non aveva mai fatto a nessuno, prima.

L'espressione di Leela si ammorbidì, e i suoi occhi persero un po' del luccichio provocatorio. "Continua a dire cose del genere e non avrai bisogno di vincere una partita, per scegliere una posizione."

B le prese la mano e se la portò alle labbra. "Ma i giochi sono ciò che facciamo meglio."

"Quelli sensuali."

"Quelli sensuali," le fece eco lui, mantenendo lo sguardo mentre le girava la mano per darle un bacio sul palmo. "Hai scelto un cliente?" le chiese a contatto con la pelle.

"No," sussurrò lei. "Perché l'unica portata appetitosa sul menù sei tu."

Lui sorrise per come Leela stava manipolando quelle parole per ritorcergliele contro. "Mmmh." Le labbra di B si aprirono attorno al dito di lei, poi le leccò la punta con un lesto movimento di lingua. Le pupille di Leela si dilatarono in risposta, e un respiro leggero si infiltrò nell'aria.

"Mi stai facendo venire voglia di passare direttamente a..." La Seraphim lasciò cadere la frase, aggrottando la fronte mentre un ronzio di elettricità stuzzicava l'atmosfera intorno a loro. "*Merda*."

Leela si allungò verso B, ma la vibrazione la fece ricadere sulla sedia. Lui balzò in avanti, portandole le mani sulle spalle. "Nebulizzaci."

"Non posso," disse lei. Con la mente comunicò a B che una specie di rete eterea le aveva vincolato la capacità di farsi spuntare le ali.

"Come faccio a rimuoverla?" Balthazar le fece scorrere le mani sulle braccia, ma non percepiva altro che la pelle morbida. "Come faccio a liberarti?"

"Non puoi," disse una voce familiare alla sua sinistra, mentre una donna dai capelli ramati e gli occhi color ebano si avvicinava. Era il ritratto di un sogno. Un ricordo a cui una volta Balthazar avrebbe pensato con un misto di nostalgia e malinconia.

Si era incolpato per la sua morte.

Perché era stato il suo sangue che lei aveva assorbito.

Eppure eccola lì, sorridente, come se lei e B fossero amanti perduti da tempo.

L'Hydraiano allungò lentamente la spina dorsale e si mise dietro Leela, dandole le spalle per rivolgersi alla donna che si avvicinava.

"Balthazar," lo chiamò Nythos, la voce era esattamente come lui la ricordava. Ardente sensualità, che B aveva capito provenire dalla stirpe del padre.

Proprio come Leela.

Tuttavia, le due non avevano altro in comune.

Una era un angelo dalla pelle cremosa, lo sguardo sincero e una mente che Balthazar ammirava sempre di più, ogni secondo che passava.

L'altra era una tentatrice con il broncio, un sorriso subdolo e i capelli ramati, che assomigliavano a una nube minacciosa intorno alle spalle snelle.

"Sono passati dei secoli," continuò la donna, con quella voce bassa che alludeva al sesso. "Mi sei mancato."

"Dei secoli?" ripeté B, mentre osservava ogni mossa della donna. Era a pochi metri da loro, Leela era ancora incapace di muoversi a causa di quella specie di rete in cui la sorellastra l'aveva intrappolata. B aveva le braccia lungo i fianchi, la schiena quasi toccava la sedia di Leela. Voleva essere in grado di prenderla, in caso ce ne fosse stato bisogno.

Il che era probabile, vista la situazione.

Tuttavia, quella rete invisibile intorno a lei rappresentava certamente un problema.

Leela non aveva menzionato la possibilità di un evento del genere, e i suoi pensieri dissero a B che nemmeno lei l'aveva previsto.

L'hanno mai usata prima, su di me? si chiese la Seraphim. *Posso in qualche modo sfuggirgli?*

I ricordi le si insinuavano ai confini della mente, le

dicevano che si era già trovata in una situazione molto simile. Forse più di una volta.

Con Balthazar al proprio fianco.

B seguì il filo del pensiero di Leela, continuando a monitorare Nythos.

Un senso di dejà vu lo colpì dritto al petto, mentre Nythos gettava i lunghi capelli su una spalla, lo sguardo pieno di trionfo, che lui conosceva bene. Non solo a letto, ma in una situazione simile a quella che stavano vivendo.

Con Leela intrappolata da una magia che non capiva.

Perché gliel'avevano cancellata dalla mente.

Balthazar strinse le mani in pugni, e sentì un'ondata di calore invadergli le vene.

La mente di Leela era stata così profondamente violentata dalla sua stessa specie, che non sapeva nemmeno come proteggersi adeguatamente. Aveva provato a modo suo, investendo nelle proprietà e imparando a creare barriere, ma i Seraphim erano sempre stati un passo avanti, assicurandosi che non ricordasse come l'avevano annientata.

E, peggio ancora, avevano fatto lo stesso con lui.

Perché si erano sicuramente trovati in una situazione simile a quella, e Nythos lo dimostrò tubando: "Beh, suppongo che nella tua mente siano passati più o meno tre millenni, no?"

Inclinò la testa di lato, osservando B in un modo che gli fece accapponare la pelle. Era lo sguardo di una donna interessata, un dettaglio che l'Hydraiano adorava vedere sul viso di una donna.

Ma non quella.

Non voleva avere niente a che fare con quella stronza.

"Mi sei mancato," gli disse lei, con quella voce acidamente dolce.

"Il sentimento non è reciproco," le rispose Balthazar in tono piatto.

Nythos inarcò le sopracciglia, un po' di quel bagliore sensuale scomparve, lasciando il posto a un'espressione scioccata. "Cosa?"

"Hai sentito bene, il sentimento non è reciproco." B incrociò le braccia al petto. Lei gli aveva incasinato la mente. Non l'avrebbe mai perdonata per quello, o per tutti i ricordi che gli aveva rubato, e certamente non l'avrebbe perdonata per il dolore che in quel momento si irradiava dentro Leela, per l'abietto terrore di essere nuovamente catturata e per la realizzazione di ciò che stava per accadere.

Appena si era resa conto che la rete le sembrava troppo stranamente familiare, confermando così che le era già successo prima, Leela era entrata in un vortice d'ansia e prospettive disperate.

Me lo faranno dimenticare di nuovo.

Dimenticare noi.

Dimenticare tutto quello che abbiamo appena scoperto. Tutto quello che abbiamo passato insieme.

Non si ricorderà affatto di me. Perderò tutti i miei ricordi del Brasile, e non potrò aiutare a proteggere Lizzie o la piccola Aidyn.

Ho deluso tutti.

Io… Ho deluso lui.

Balthazar per poco non si spostò all'indietro per afferrarle il collo, per confortarla ancora una volta, ma non poteva rischiare di distrarsi.

Ci serve un piano, pensò. Perché probabilmente Melanythos non era lì da sola.

"Di solito sei piuttosto scioccato di vedermi," disse la donna, facendo un passo avanti. Lo sguardo confuso ancora le deturpava i lineamenti. "A volte ne sei persino felice. Mi hai anche baciata, un dettaglio che uccide sempre la povera Leela." Nythos inclinò di nuovo la testa. "Cosa c'è di diverso questa volta? Non sei nemmeno sorpreso che io sia qui."

Un picco di dolore trapanò il cuore di Balthazar, il commento sul bacio strappò Leela ai propri pensieri abbastanza a lungo da reagire alla dolorosa idea di lui che scambiava effusioni con un'altra donna.

Non una donna qualunque, ma la sua sorellastra.

Presto seguì la rabbia, l'emozione sembrò radicare Leela nel presente e aiutarla a tirarsi fuori dalla preoccupante spirale nella sua mente.

I pensieri si trasformarono da delusi a furiosi.

Avrebbe voluto uccidere la sorellastra, anche se non era possibile, dato che era una Seraphim, ma questo non impedì a Leela di fantasticare.

Tante bugie.

Tanti inganni.

Tutto per controllare un Seraphim e tenerla lontana dal compagno di legame.

Dian è nelle vicinanze? Si chiese Balthazar. *Sta guardando per garantire la sacralità della sua millenaria vendetta?*

Perché era chiaro che il Seraphim fosse ossessionato da Leela e si nutrisse del suo dolore.

Era perché lei gli aveva negato un figlio?

Non era un comportamento molto affine a quello di un Seraphim.

Ma Balthazar sospettava che ci fosse molto di più di questo attacco di vendetta desiderata. Il popolo Seraphim era controllato da pochi eletti e, teoricamente, la loro società era fondata sui valori dello stoicismo. Tuttavia, i responsabili provavano assolutamente dei sentimenti.

Era una dinamica malvagia.

E Dian ne era pesantemente coinvolto.

La dolce Leela era solo una vittima.

Forse aveva saputo di quella dinamica all'inizio, ma aveva scelto una vita con Balthazar al posto di essere fedele al Consiglio?

Nythos l'aveva sostituita, in quanto cocca di qualcuno? Quella stronza sadica non sembrava poi tanto stoica, mentre continuava a studiare Balthazar con gli occhi socchiusi.

Stark era stato il ritratto dell'insensibilità, almeno fino a poco tempo prima.

Nythos, al contrario, incarnava in tutto e per tutto l'emozione.

"Stai iniziando a ricordare?" Tirò a indovinare Nythos, quando B non rispose immediatamente. Leela si accigliò. "No, è impossibile. A meno che tu..."

A meno che non l'abbia morsa, finì Balthazar per lei, consapevole di ciò che aveva intenzione di dire.

Era un'affermazione significativa, che indicava che Patreel aveva probabilmente ragione: se Balthazar avesse concluso il legame, lui e Leela sarebbero stati in grado di svelare tutto il resto.

Nythos fece un altro passo avanti, arrivando a portata di mano.

"Non toccarmi," le intimò Balthazar, la sua voce aveva un sottotono letale che raramente usava. Tuttavia, non avrebbe lasciato che quella donna gli entrasse di nuovo in testa.

Le parole dell'Hydraiano la fecero solo sorridere. "Tesoro, ti toccherò sicuramente. Con o senza il tuo consenso."

Quella dichiarazione mandò un'altra ondata di fuoco liquido nelle vene di B, la mancanza di obbedienza in quella situazione lo stava facendo infuriare.

Balthazar era solito tollerare molte situazioni nella vita.

Avanzare i propri intenti su una persona riluttante non era tra quelle.

Nythos si allungò verso di lui, facendogli fare un passo intorno a Leela.

Corri, B! gli urlò lei mentalmente. *Corri, subito! Ci sono altri...*

Uno squarcio nell'aria attirò l'attenzione di lui per una frazione di secondo, quando due Seraphim apparvero nelle vicinanze. Uno di loro alzò una mano verso i clienti del ristorante (i quali avevano ascoltato e osservato gli eventi svolgersi intorno a loro con la bocca spalancata) e li immobilizzò sul posto. Letteralmente.

"Dian non sarà contento, Melanythos," disse l'uomo, la voce priva di emozioni e molto simile a quella di un Seraphim. "Dovremo occuparci di questi mortali."

"Cancellerò i loro ricordi," gli rispose lei con leggerezza. "Una volta che avrò finito con Balthazar."

Lui inarcò le sopracciglia. "Sembri piuttosto sicura riguardo qualcosa che non ho intenzione di lasciare accadere."

Lei sorrise. "Non avrai scelta, tesoro."

Apparvero altri due Seraphim: in quel momento erano cinque contro due.

Beh, tecnicamente uno, visto che Leela non poteva muoversi.

Non riusciva nemmeno a parlare, il corpo congelato sotto un incantesimo che quella rete aveva intessuto su di lei. La sua mente piangeva, la sensazione le ricordava la riforma, dove sarebbe andata per morire e dimenticare tutto ciò a cui teneva in vita.

Incluso Balthazar.

Caro era stata in grado di combattere grazie a Sethios, la sua mente si era ribellata in ogni momento.

Ma Leela aveva stabilito solo metà del loro legame.

Senza il morso di Balthazar, si sarebbe persa nella follia della riforma, e anche la mente di Balthazar sarebbe stata manipolata.

Forse anche in maniera peggiore, dato che Nythos avrebbe dovuto cancellare anche se stessa dalla mente di lui.

Vera gli avrebbe detto la verità?

O sarebbe stata la prossima a cui dare la caccia?

Nythos avrebbe visto tutti i loro collegamenti, avrebbe scoperto i veri legami di Stark e Vera con Osiris.

Avrebbe anche sentito la verità sul passato di Osiris.

Avrebbe reagito come aveva fatto Patreel? Oppure lo sapeva già?

Ogni segreto nella testa di Balthazar sarebbe stato a rischio. Ogni relazione che avesse mai creato o desiderato, potenzialmente distrutta, e il suo legame con Leela sarebbe stato smantellato ancora una volta.

Perché quello che avevano non era permanente. Non ancora.

Ma avrebbe potuto esserlo.

Con un morso.

Un modo per proteggerli entrambi. Un modo per proteggere quella connessione. Un modo per assicurarsi che entrambi ricordassero.

Forse Leela lo aveva morso una volta per stabilire un'ancora, una persona alla quale avrebbe potuto sempre aggrapparsi per sapere la verità.

Forse l'aveva morso perché erano innamorati.

Magari perché sapeva che era quello giusto per lei.

O forse perché lui voleva che lo facesse.

Oppure l'aveva fatto per salvarsi.

Qualunque fosse stata la causa, non aveva più importanza.

Perché l'anima di B conosceva già la verità. La

motivazione passata era servita al solo scopo di farli arrivare a quel giorno, a quel momento, a quella realtà.

Affinché Balthazar prendesse una decisione.

Solidificare quella connessione e consolidarli insieme per l'eternità.

Oppure rinunciare a Leela per sempre.

Quella volta non ci sarebbe stato modo di tornare indietro, non con tutto quello che sapevano entrambi. Stava per scoppiare una guerra. Era ora di scegliere da che parte stare.

E Balthazar scelse Leela.

Scelse loro come coppia.

Scelse il loro futuro, il loro mondo, la vita in cui avrebbero affrontato la specie di lei come un'unità, con tutta la forza di Hydria alle spalle.

Scelse *il destino*.

B sorrise, facendo fermare Nythos per un attimo. Per un breve momento la donna apparve sollevata, come se si fosse aspettata quell'espressione da lui nel momento in cui era apparsa.

Ma quel sorriso non era per lei.

Era per Leela.

"A quanto pare, una scelta ce l'ho," disse a Nythos, avvolgendo il palmo della mano intorno alla nuca di Leela mentre incontrava il suo sguardo. "E io scelgo *questo*."

Leela sbatté le palpebre, l'unica parte di lei che sembrava in grado di muoversi. *Sarai legato a me per sempre*, gli sussurrò, dopo aver compreso quello che stava dicendo tramite la scelta.

Scelgo questo. Scelgo noi. Scelgo il nostro legame. Perché era l'unico modo per garantire il loro futuro.

Era anche l'unica cosa che sembrasse *giusta*.

Nella mente di Leela echeggiò di nuovo la frase: *sarai legato a me per sempre*, assicurandosi che lui la sentisse.

Gli stava dicendo che avrebbe potuto non essere più in grado di sperimentare intimità con un'altra anima, il che era un enorme sacrificio per lui. Anche per lei, poiché le piaceva giocare tanto quanto a lui.

Tuttavia, il fatto che B sarebbe stato legato a lei per sempre non importava, perché...

"Tesoro, lo sono già," le rispose lui, chinandosi per affondarle i denti nel collo.

Leela sussultò in risposta, la mente le esplose per la sorpresa e l'euforia.

Dopodiché, il nettare dolce del sangue di lei gli sfiorò la lingua.

E Balthazar lo inghiottì.

CAPITOLO 29

LEELA

NELLE VENE DI LEELA PRESE A RONZARE UNA CERTA elettricità, il cuore le martellava rapidamente nel petto.

Le si offuscò la vista, come se fosse persa in un sogno e la realtà stesse precipitando in un mare di follia, dove il tempo cessava di esistere.

Poteva sentire la mente di Balthazar, i suoi pensieri, la sua rassicurazione che quello era ciò che voleva, ciò di cui avevano bisogno, ciò che avrebbe salvato entrambi.

Ma andava più in profondità di così.

Lui l'aveva morsa per i ricordi. Perché aveva sentito che era la cosa giusta da fare. Per la consapevolezza che erano destinati a stare insieme.

Erano due metà dello stesso essere.

Una coppia destinata a governare insieme, le loro sensualità combinate erano una minaccia per tutta l'umanità. O forse un regalo.

Oh, quanto ci divertiremo, lo sentì riflettere Leela.

Il che li spinse oltre il limite, in un mondo di esperienze che dimostrò immediatamente che quel pensiero era già vero.

Avevano provocato esperienze sessuali in tutto il mondo, proprio come la sera prima, sulla spiaggia.

Insieme erano come dinamite, un duo destinato a sedurre chiunque si mettesse sul loro cammino.

Ma quelli non erano i ricordi che Leela cercava. Voleva quelli che raccontavano come si fossero incontrati per la prima volta, per capire perché lo aveva morso, per confermare ciò che il cuore già sapeva.

Lo amo.

Non al passato.

Perché i suoi sentimenti per Balthazar non avevano fatto che intensificarsi, nel corso dei millenni, ogni incontro aveva definito ulteriormente il legame tra le loro anime.

Un forte schiaffo sulla guancia la strappò quello che sembrava un vero e proprio parco giochi mentale per un momento, poi vide Mel in piedi davanti a sé, con un'espressione furiosa. La bocca della sorellastra si muoveva, ma Leela non riusciva a sentire nulla di ciò che diceva, scelse invece di tornare nella propria mente, con Balthazar come guida.

Erano connessi, le loro psiche erano sulla stessa lunghezza d'onda e si intrecciavano in un modo che li avrebbe tenuti insieme per l'eternità.

Leela avrebbe voluto che fossero i soli a concedersi quel momento, in privato. Tuttavia, Mel era già a conoscenza di tutti i ricordi nella mente di Leela, quindi uno in più non avrebbe fatto male.

Perché Mel non aveva più importanza.

Contava solo Balthazar.

La loro connessione.

Ad assicurare le loro anime insieme in un legame irrevocabile, c'era solo quella calda esistenza.

La riforma avrebbe potuto affogare Leela in un mare di nulla, ma quel legame con Balthazar sarebbe rimasto per sempre. Anche se l'avessero costretta a dimenticarlo, lei lo avrebbe trovato e lo avrebbe ricordato di nuovo.

Non solo per il legame, ma anche per il potere che c'era tra loro.

Poteva sentire l'Hydraiano nella propria mente, mentre smantellava i blocchi con la capacità di lettura del pensiero, distruggendo gli ostacoli per trovare i ricordi che desiderava.

O forse lo stava facendo nella propria mente.

Leela non riusciva a capirlo, la loro psiche era talmente intrecciata che tutto sembrava intimamente connesso.

La frustrazione di lui era quella di lei.

Il bisogno di lui era quello di lei.

La determinazione di lui era quella di lei.

B voleva sbloccare i loro ricordi, annullare la manipolazione di Nythos e liberarli entrambi da quell'incantesimo crudele. Trovare un modo per impedire ai Seraphim di farlo di nuovo. Lavorare insieme per sfuggire alla loro crudeltà.

Hanno violato le nostre menti e manomesso il destino, pensò rabbioso B.

Un altro schiaffo sulla guancia di Leela quasi la strappò alla connessione, ma Balthazar l'attirò di nuovo nella propria psiche, le loro anime si fusero mentre combattevano un nemico invisibile nelle loro menti.

Blocchi.

Curve.

Strade che portavano a infinite spirali e falsi muri.

Leela era stordita, mentre cercava di trovare la via d'uscita, di capire il percorso da seguire, di decifrare la verità dalla finzione.

La gola le funzionava.

Il cuore le batteva forte.

I polmoni urlavano.

No, *lei* stava urlando.

Faceva male, ma era anche molto liberatorio, era bello tornare a *sentire*.

La rete intorno a lei bruciava. Poteva sentirla intrappolarla nella forma corporea, rifiutandosi di permettere a qualsiasi energia eterea di uscirle dal corpo.

Niente ali.

Niente emozioni.

Intrappolata.

L'oscurità si insinuò dentro di lei, un letto freddo e duro alle spalle, un'esistenza priva di rumore, di finestre e di *anima* la circondò.

Una capsula.

Clinica.

Riforma.

Ogni parte di lei si rivoltò, implorava che qualcuno la liberasse.

Ma era imprigionata, annegata in quel freddo contenitore di metallo, la sua anima intrappolata per sempre... Persa per sempre...

Tuttavia, un calore le stuzzicò la psiche, tirandola, una presenza maschile familiare la riportò a uno stato esistente dell'essere, costringendola a sentire, a respirare, a *ricordare*.

Quello era un ricordo.

Una realtà malvagia, oscura e da incubo che una volta aveva sopportato.

Ma in quel momento non era realtà.

No, Leela era ancora a Buenos Aires, intrappolata sotto una rete intrusiva di energia altrui.

Avrebbe voluto fare a pezzi quei fili. Gridare ai Seraphim intorno a loro di liberarla. Pretendere un vero processo.

Non mi è mai stato concesso, si rese conto, mentre il ricordo di quel giorno fatale le tornava in mente.

Lei e Balthazar avevano camminato per i boschi, mano nella mano, godendosi la giornata. Lui aveva avuto l'intenzione di scoparla contro un albero. Erano sempre impegnati a giocare. A ridere. A *vivere*.

Davanti alla splendida natura della loro esistenza, a Leela sfuggì una lacrima.

Era spensierata e *felice*.

L'amore, pensò con un sospiro. *Eravamo innamorati*.

E le loro anime lo erano ancora.

Si erano inseguiti per un'eternità, cercando di raggiungere quel momento di unione tra i loro spiriti, per esistere finalmente come una cosa sola.

Ma i Seraphim le avevano rubato tutto.

Quel giorno era arrivato Patreel, l'aveva sottratta a Balthazar e portata direttamente da Dian.

Lui era furioso per via del legame parziale tra lei e l'Hydraiano, sancito solo pochi giorni prima, mentre stavano facendo l'amore. Balthazar non aveva ricambiato il morso perché stavano ancora scoprendo cosa significasse tutto ciò. Leela lo aveva morso perché le era sembrato giusto farlo. Per nessun altro motivo, se non quello di godersi un momento di beatitudine.

Leela aveva appreso l'importanza di quella propensione dopo essere stata presa in custodia.

"Hai avviato un legame illegale," aveva ruggito Dian. "Con un *abominio*."

Leela era rimasta immobile, intrappolata dalla magia e confusa dalle parole di Dian. L'idea di un legame di sangue non aveva senso per lei. Perché nessuno le aveva spiegato quella possibilità.

I Seraphim parlavano raramente dei legami di sangue e di come venivano stabiliti. I legami erano antichi e proibiti, perché venivano seguiti dalle emozioni, oppure erano ciò che aveva portato all'accordo.

E i Seraphim non dovevano provare sentimenti.

I legami di sangue richiedevano anche la monogamia, le anime si rifiutavano di intrecciarsi con altri, rendendo così impossibile la gravidanza.

Dian avrebbe potuto usare Leela, anche se impegnata in un legame parziale, ma aveva scelto di non farlo. Aveva scelto di sottoporla a quel tormento, di cancellarle gli eventi dalla mente durante la riforma.

Tuttavia, l'aveva fatta guardare mentre Balthazar perdeva i ricordi per primo.

A pensarci, le si strinse il cuore e le si fermò il respiro nei polmoni.

Balthazar costretto a dimenticare, le sue esperienze sostituite da visioni di Melanythos.

Il processo aveva richiesto che i due si incontrassero davvero e che la sorellastra di Leela lo seducesse, un atto che la Seraphim era stata costretta a osservare.

All'orribile ricordo Leela sentì un singhiozzo in gola, il dolore che ne era seguito, l'agonia assoluta di vedere la propria anima a brandelli davanti a sé.

"Vivrà una vita di dissolutezza, non incontrerà mai la vera compagna e troverà piacere in tutti, tranne che in te," aveva detto Dian. "Bramerà il tocco, il sesso, la carnalità e l'erotismo, tutto a causa dei suoi legami con te e della tua sensualità infida. Così profanerà il vostro legame ogni giorno, per il resto della tua patetica esistenza."

Leela non era stata in grado di rispondere, il suo corpo era immobilizzato da quella dannata rete.

La stessa che ho addosso ora.

Dian l'aveva stregata.

Tante volte, nel corso dei millenni.

Perché lei aveva continuato a tornare da Balthazar, l'aveva sempre ritrovato, era andata a letto con lui, godendo di un legame che nessuno dei due capiva.

Solo per essere catturata e rispedita da Dian.

I ricordi cancellati ogni singola volta.

In passato, Leela aveva visto la riforma altre due volte, le cause erano legate a Balthazar e al fatto che i sentimenti della donna prevalessero sulle manipolazioni della mente. Lo aveva trovato troppo in fretta, e ciò aveva causato il secondo passaggio alla riforma. Il terzo, che aveva avuto luogo solo tre secoli prima, era stato il risultato dell'impazienza di Dian al rifiuto di Leela di arrendersi.

Dian aspettava che Leela tornasse strisciando, che andasse da lui e lo pregasse di copulare. Per esaudire il desiderio dei Destinati. Essere la madre del suo futuro figlio.

Non sarebbe mai successo. L'anima di Balthazar era legata a quella di lei, l'immortalità dell'Hydraiano completa. Dian non avrebbe mai potuto separarli con la morte.

Il corpo di Leela non apparteneva più alle previsioni dei Destinati.

Il suo corpo apparteneva a Balthazar, a se stessa, al destino comune che avevano *scelto*.

Uno squarcio rumoroso la riportò alla realtà, un'energia eterea sfrigolava nell'aria.

Gabe, pensò Leela, vedendo le piume rosse dell'angelo.

Un fruscio di ali blu scuro gli danzò vicino, e Leela si sentì immediatamente sollevata. *Vera.*

Erano in cielo, a combattere contro i Seraphim guerrieri.

È un sogno? si chiese Leela, sbattendo le palpebre davanti alle tracce magiche che sferzavano il cielo blu brillante. *Da dove sono sbucati?*

Patreel, rispose Balthazar, spaventandola. *È arrivato insieme a loro.*

Leela cercò la fonte di quel tono rassicurante, e trovò

Balthazar inginocchiato davanti a lei, gli occhi marroni pieni di vita.

Cercò di raggiungerlo, ma la rete la bruciò, trattenendola contro la sedia.

Sei nella mia testa, si meravigliò lei, amava il modo in cui la voce di lui le risuonava dentro. Tuttavia, qualcosa le sembrava ancora incompleto. Come se gli mancasse un dettaglio chiave del loro legame.

Leela andò alla ricerca della causa, i ricordi le sfuggivano e si ripalesavano in un ordine sparso che non riusciva a organizzare completamente.

Balthazar le avvolse il palmo della mano dietro il collo, poi le si avvicinò alle labbra e sussurrò: "Mordimi."

Realtà o ricordo? Leela non riusciva a capirlo, perché le ricordava la notte in cui lo aveva morso per la prima volta. Si erano uniti intimamente, la bocca dell'Hydraiano era stata un'ossessione che Leela aveva adorato con la lingua. Lui le si era messo sopra, l'aveva penetrata lentamente con la grossa erezione e l'aveva portata oltre l'oblio.

Lei avrebbe voluto morderlo.

Lo aveva ammesso ad alta voce.

E lui le aveva dato il permesso con una parola dolce.

"Mordimi," ripeté Balthazar in quel momento, riportandola da lui.

Leela stava sognando? Sembrava tutto sfocato, l'aria intorno sfrigolava con l'elettricità statica del combattimento sopra le loro teste.

Vera e Gabe.

Melanythos.

Seraphim guerrieri.

A Leela girava la testa, quella sensazione vertiginosa minacciava di inghiottirla tutta.

Aveva bisogno della propria ancora. Del suo Balthazar. La sua realtà. La sua *scelta*.

Lui le portò le labbra al collo, Leela era tenuta prigioniera dalla rete. Lottò per aprire le labbra, per costringere il viso a muoversi.

Faceva male.

Bruciava.

Le reti le si conficcavano nella pelle come filo spinato, squarciando la fibra del suo essere, ma Balthazar contava di più.

L'amore vale il sacrificio, pensò, quelle parole erano l'eco di qualcosa che aveva detto a Dian molto tempo prima. Lui le aveva chiesto di scegliere tra i propri ricordi o la vita di Balthazar.

Leela aveva sacrificato la propria mente per lui.

Leela si sforzò di immortalare la scena nella sua interezza, per ricordare come era stata portata a quel punto, ma i muri nella testa le bloccarono l'ingresso.

Lei li attaccò, cercando di smantellarli mattone dopo mattone.

Fallì.

Era troppo.

Troppo difficile.

Mordimi, Leela, le fece eco Balthazar nella mente.

Lei fece per esaudire quel desiderio, ne cercò lo scopo e lo trovò meno di un secondo più tardi, dopo aver scoperto la causa attraverso la propria logica.

Per accelerare il legame, pensò. Il morso originale risaliva a più di tremila anni prima. B ricambiava finalmente il sentimento, suggellando il loro legame, ma il tempo aveva deteriorato il morso iniziale di lei.

I legami di sangue non si estinguevano mai.

Ma potevano essere costantemente rafforzati attraverso la condivisione del sangue.

Perché tutto, nel mondo di Leela, ruotava intorno all'essenza serafica (l'anima) ed essa era collegata alla forma corporea dal *sangue*.

La realizzazione le inviò una nuova ondata di determinazione, costringendola a combattere contro il dolore della rete, per aprire la bocca. Le lacrime le bruciavano gli occhi, la sensazione acuta di lame che le graffiavano la pelle era abbastanza da farla precipitare in uno stato d'incoscienza.

Sono più forte di così, disse a se stessa. *Posso vincere. Posso sconfiggerli. Posso annientare questo destino.*

Scelgo io la mia sorte.

Scelgo Balthazar.

Gli sfiorò la pelle con i denti, la rete le scavava nelle gengive, facendola a pezzi all'interno.

Voi. Iniziò a stringere il morso.

Non. La pelle di B cominciò a cedere sotto la pressione.

Mi. Balthazar le affondò le dita nel collo, prestandole le proprie forze per portare a compimento il morso.

Sconfiggerete. L'agonia le fece aprire la bocca, le distorse il viso, tutto il suo essere, mentre finalmente apriva un varco nella pelle di B e anche nella rete intorno alla propria mascella.

Mai. Il sangue le sfiorò la lingua, le diffuse euforia nelle vene e scacciò i dolori acuti intorno alla bocca.

Mio, pensò Leela, sospirando mentre deglutiva. *Balthazar è mio.*

Capitolo 30

Issac

Diversi minuti prima

"Balthazar avrebbe già dovuto chiamare per un aggiornamento," disse Lucian, avvicinandosi rapidamente a Issac, sulla spiaggia di sabbia nera. "C'è qualcosa che non va."

Issac lanciò un'occhiata al sole che stava tramontando, poi spostò lo sguardo fino a dove Aya stava volando insieme a Gabriel e Vera. Quel senso di angoscia aveva continuato ad aumentare, la mente di Stas passava dalla preoccupazione alla preparazione in un battibaleno.

Non sono pronta, continuava a dire.

Nessuno di noi lo è, le fece eco Issac.

Almeno le rune di barriera erano praticamente pronte. Vera, Gabriel, Caro, Sethios e Aya avevano lavorato tutto il giorno per prepararsi, assicurandosi che gli incantesimi protettivi esterni fossero a posto.

Tuttavia, Aya pensava che non sarebbero bastati.

Issac era d'accordo.

Stava per succedere qualcosa; persino lui poteva sentire una presenza minacciosa crescere ogni secondo che passava.

Inoltre, Balthazar era sparito.

Issac riferì il messaggio ad Aya, dicendole che Balthazar aveva mancato l'appuntamento per l'aggiornamento.

Un secondo dopo Aya si nebulizzò accanto a Issac e Luc. Atterrò facilmente, le ali ripiegate sulle spalle, poi diventò corporea per far sì che Lucian la vedesse.

"Le barriere sono pronte, ma non saranno sufficienti." Aya parlò chiaramente, sapeva che Lucian avrebbe apprezzato la franchezza. "Ci faranno solo guadagnare tempo per valutare l'attacco e stabilire una strategia."

Lucian annuì. "Me ne occuperò io una volta che avrò visto con cosa abbiamo a che fare."

"I Seraphim non muoiono," sottolineò Aya.

"Forse no, ma possono essere incapacitati," ribatté Luc. "Momentaneamente."

Lucian la studiò per un istante prima di spostare l'attenzione su Issac. "L'ultima posizione conosciuta di Balthazar era in Bulgaria. Dubito che sia ancora lì, ma sto mandando Jacque a vedere se riesce a raccogliere qualche informazione su dove lui e Leela si siano nascosti."

"Probabilmente non hanno lasciato indizi perché stanno cercando di nascondersi," sottolineò Issac.

"Sono d'accordo, ma è la nostra unica pista, e abbiamo bisogno di lui," gli rispose Lucian.

"Hai considerato dei protocolli di evacuazione?" domandò Sethios dopo essere apparso accanto a loro, il tono e l'espressione privi della solita arroganza. Anche lui percepiva una minaccia in avvicinamento e come gli altri Seraphim, dubitava della loro capacità di vincere il combattimento imminente.

"Abbiamo dei protocolli in atto, ma non ne avremo bisogno." Il tono sicuro di Lucian fece accigliare Issac.

"Come puoi esserne sicuro?" si chiese ad alta voce,

incuriosito da ciò che Lucian sembrava sapere e di cui gli altri non erano a conoscenza.

"Perché mi fido del processo," rispose vagamente. "Ma i protocolli entreranno in vigore in caso le nostre misure di protezione dovessero fallire." Spostò l'attenzione su Vera, mentre lei si materializzava accanto a Sethios. "Balthazar ha mancato l'aggiornamento. C'è qualcosa che non va."

Vera iniziò a rispondere, ma subito dopo qualcosa in cielo le catturò l'attenzione.

Issac lo percepì nel respiro successivo, il barlume sottile di energia che gli attraversava la pelle. I suoi pensieri e quelli di Aya erano simili, tuttavia, lei espresse ad alta voce le domande reciproche. "Che cos'è?"

"È come bussano i Seraphim," le rispose Vera, con gli occhi socchiusi. Poi svanì di nuovo, lasciando gli altri a fissare lo spazio vuoto che aveva lasciato.

Issac cercò di scorgere cosa l'aspettasse in cielo, ma non riusciva ad accedere alla mente di lei o di chiunque altro si trovasse in cielo.

Il che significava che chiunque stesse 'bussando' aveva una runa come quella di Vera, che gli impediva di accedere alle menti.

Quando si trattava dei Seraphim, la capacità di Issac di manipolare la vista sembrava dipendere dalla fortuna. Il dono era ancora in via di sviluppo. Caro aveva già spiegato loro che i Seraphim erano naturalmente immuni ai doni Hydraiani e Ichoriani. Le rune venivano usate anche per bloccare i poteri Seraphim, ma dovevano essere costantemente riscritte per continuare a funzionare.

Issac sospettava che non si trattasse solo di rune. Dal momento che Sethios gli rimaneva ancora inaccessibile, l'ex Ichoriano era convinto che c'entrasse anche l'istituzione del potere come nuovo Seraphim. Era una notizia positiva, davvero. Forse si trattava di un dono del destino per garantire che entrambi gli uomini sopravvivessero al loro primo anno insieme come 'famiglia'.

Caro si unì a loro sulla spiaggia, le ali blu scomparvero appena prese forma corporea. "Patreel è qui," esordì. "Sta parlando con Gabriel e Vera."

"Il tracciatore?" le chiese Sethios.

Lei annuì. "Quello da cui Vera ha imparato la verità su Balthazar e Leela."

"Cosa sta dicendo?" domandò Lucian, la cui calma apparente stava marginalmente cedendo. Issac poteva capire la preoccupazione, dato tutto ciò che il Re Hydraiano aveva appena sopportato, con la perdita di Aidan. Li aveva lasciati tutti in uno stato di allerta, ma Lucian ancora di più.

"Non lo so, non ero abbastanza vicina per sentirlo." Caro alzò gli occhi azzurri verso il cielo. "Ma la mancanza di energia tra le nuvole mi dice che è venuto da solo e non è qui per combattere."

Calò il silenzio, mentre gli altri aspettavano il ritorno di Vera o Gabriel.

Aya rabbrividì di nuovo, un'altra ondata di quell'energia oscura sembrò cominciare a vorticare intorno a loro.

Non mi piace, comunicò a Issac. *C'è qualcosa di strano qui.*

Lo so. Issac cercò di vedere di nuovo oltre l'isola, ma nulla attirò la sua attenzione. Solo le solite menti.

Skye continuava a vorticare insieme alle visioni del futuro, le sue immagini volteggiavano rapidamente e cambiavano ogni pochi secondi.

Sangue.

Aya.

Luce accecante.

Aya.

Piume distrutte.

Aya.

Elizabeth che urla.

Aya.

Issac deglutì, le espressioni mutevoli negli occhi di Aya non gli stavano piacendo. Era passata dalla rabbia omicida all'allegria, dall'amore alla furia. Nonostante ciò, la peggiore era l'espressione funerea, come se non le importasse più nulla della vita o del significato delle cose.

Issac sperò che quella visione non si sarebbe mai portata a compimento.

Allontanò quelle immagini inquietanti dalla mente e indagò se ci fosse qualcosa fuori dall'ordinario nel resto dell'isola. Non si imbatté in altro che un senso di preparazione e determinazione incrollabile, gli Hydraiani erano pronti per la battaglia.

"Balthazar è a Buenos Aires." La voce di Vera la precedette, le ali blu scuro scomparvero in un lampo. "Melanythos li ha trovati. Insieme a parecchi Seraphim guerrieri. Hanno bisogno di noi."

Gabriel si nebulizzò, le piume rosse svanirono appena tornò allo stato corporeo. "È un rischio," le disse. "Se lo facciamo, capiranno dove risiede la nostra lealtà."

"Lo sapranno comunque, non appena Melanythos tenterà di alterare di nuovo i loro ricordi," intervenne Lucian, incrociando le braccia. "Balthazar e Leela valgono più di qualsiasi rischio. Prendi tutte le risorse di cui hai bisogno. Tutti gli Hydraiani che pensi possano essere d'aiuto, a ogni costo. Abbiamo bisogno di loro qui, adesso."

"Le tue risorse non ci aiuteranno," ribatté Gabriel, concentrandosi su Vera. "Andiamo noi. Sethios, Caro e Stas rimarranno qui per proteggere i confini. Forse ci farà guadagnare trenta minuti."

Vera annuì. "Sembra che non potrò farmi quel pisolino."

Gabriel sbatté le palpebre. "Sei immortale. Non ti viene richiesto di dormire."

Vera si lasciò a un sospiro lungo e sonoro. "Proprio quando pensavo che Clara stesse influenzando la tua sensibilità, dici una cosa del *genere*." La Seraphim scosse la testa.

Gabe la studiò per un momento. "Stai sprecando tempo." Detto ciò svanì, lasciando Vera a un'imprecazione.

"Trenta minuti," ripeté la donna guardando Sethios. "Se per allora non saremo tornati, presumi il peggio."

Scomparve prima che qualcuno potesse rispondere, lasciandoli tutti a fissare lo spazio vacante.

"Fallire non è un'opzione," disse Lucian nel silenzio. "Devo andare a preparare gli altri. Avvisatemi se..."

"Wakefield," sbottò Ezekiel, dopo essere apparso sulla spiaggia in un mantello nero d'aria. "Ho bisogno che tu sottometta Skye. Urla: 'Stanno arrivando!' e non riesco a farla calmare abbastanza da dirmi quello che dobbiamo sapere."

Issac diede un'occhiata a Lucian, poi ad Aya.

Stas distolse subito lo sguardo, alzando le belle sfere verdi verso il cielo un istante successivo. "Merda," imprecò mentre il rumore di uno squarcio risuonò nell'atmosfera.

Subito dopo le apparvero le piume color opale e la ragazza si lanciò verso il cielo.

"Trenta minuti a partire da ora," annunciò Sethios, decollando dietro la figlia.

L'espressione di Caro si fece cupa, mentre assottigliava le labbra. "Beh, allora sbrighiamoci."

CAPITOLO 31

BALTHAZAR

GLI ANGELI DANZAVANO IN CIELO FACENDO PIOVERE scintille elettriche sugli umani ai loro piedi.

Uno spettacolo sorprendente, che Balthazar poteva finalmente *vedere*.

Eppure, ad attirare la sua attenzione era la donna che gli stava davanti.

Intorno a lei sfrigolava energia, la rete che la costringeva era una barriera che li separava fisicamente. Nonostante ciò, le loro menti erano del tutto connesse, così come le loro anime.

Lei aveva morso B attraverso i legami magici, il dolore era stato come un urlo nella mente, che si era rapidamente trasformato in un gemito mentre Leela deglutiva.

Balthazar le tenne una mano sulla nuca, assorbendo lo spasmo che gli assaliva il braccio e la cui fonte proveniva dall'energia eterea che intrappolava la sua furbetta.

Bruciava.

Ma B lo sopportò, per lei. Aveva bisogno di toccarla, stringerla, superare il dolore provocato dalle costrizioni.

Leela, sospirò lui, mentre con il potere pienamente in

azione allontanava i blocchi rimanenti nelle loro menti, bisognoso di conoscere ogni dettaglio del loro passato.

Amore.

Vita.

Risate.

Quanto erano stati intrecciati, una volta. La sua Leela, la donna che per prima gli aveva fatto conoscere il vero piacere. Colei che gli aveva insegnato tutto quello che sapeva. Proprio come lui le aveva restituito il favore.

Ce n'erano stati un paio, prima di lei.

Proprio come lei si era divertita prima di incontrare lui.

Ma non avevano mai trovato la vera chimica finché non si erano incontrati.

Tanta passione e tanto ardore, una storia d'amore vorticosa caratterizzata da un guizzo del destino.

Erano fatti l'uno per l'altra, i loro corpi si incastravano alla perfezione, non c'era da meravigliarsi che continuassero ad aggirare le manipolazioni delle loro menti.

L'anima di Leela apparteneva a Balthazar.

E quella di lui apparteneva a lei.

Il legame era parzialmente completo solo perché nessuno dei due aveva capito le ramificazioni di quel morso. In ogni caso, non gli sarebbe importato.

Poiché avevano occhi solo l'uno per l'altra, una sensazione che Balthazar non aveva mai pensato fosse possibile, ma di cui in quel momento ricordava ogni secondo.

Lei lo aveva tentato in maniera talmente totalizzante che l'Hydraiano non aveva avuto interesse a guardare nessun altro.

Finché non era stato costretto a dimenticarla. Nonostante ciò, i loro spiriti erano stati collegati, il desiderio di Balthazar di trovare Leela era stato travolgente e inebriante, e aveva guidato le azioni dell'uomo nel corso dei millenni.

È sempre stata fatta per me, si meravigliò lui mentre faceva toccare le loro fronti. Il brivido che ne risultò gli ricordò della rete, ma lui la ignorò, aveva bisogno della sua furbetta e dei ricordi di entrambi.

Vorticarono insieme in un passato fatto di sesso e intrighi, le loro vite si incrociavano costantemente ogni volta che si ritrovavano.

Per poi avere i propri ricordi strappati dalla psiche.

Melanythos aveva incasinato la testa di Balthazar. Si era presenta lì, gli aveva messo in confusione ciò che ricordava del passato, lo aveva sedotto e gli aveva fottuto il cervello.

Il cuore dell'Hydraiano soffriva all'idea di quelle esperienze rubate, ricordi contorti e trasgressioni che Leela era stata costretta a guardare prima che ripulissero anche la sua, di memoria.

Dian l'aveva costretta a scegliere: la vita di Balthazar o i momenti che avevano condiviso.

Aveva scelto Balthazar, implorando Dian di lasciarlo vivere.

Senza il legame in atto, B avrebbe potuto essere ucciso.

Ma da quel momento in poi sarebbero stati legati per sempre, i loro spiriti avrebbero prosperato insieme, come un tutt'uno.

La guerra infuriava intorno a loro, i Seraphim combattevano nel cielo, mentre Balthazar si aggrappava a Leela, rivivendo una dozzina di ricordi contemporaneamente.

Si erano incontrati nel corso dei secoli, giocando e fornicando, e spesso avvicinandosi alla verità, ma quella era la prima volta che avevano effettivamente appreso la loro storia, che erano stati davvero in grado di sperimentarla insieme, perché era la prima volta che Balthazar si era legato ai pensieri di Leela.

Le regole erano state ridefinite.

La situazione si era ribaltata.

E da lì in poi, il loro futuro sarebbe rimasto intrecciato all'infinito.

Leela avrebbe potuto subire delle riforme, ma i legami con Balthazar non sarebbero mai venuti meno.

Anche lui avrebbe potuto subire un trattamento simile, ma la sua anima sarebbe sempre appartenuta a Leela.

L'Hydraiano sorrise in trionfo, le emozioni della giovinezza gli accarezzarono il cuore per approfondire ciò che già provava per Leela.

La sua dolce Seraphim.

La sua vivacissima furbetta.

La sua audace perversa.

Accidenti, voleva baciarla. Divorarla. Per consumare quel legame nel modo più sincero possibile.

Ma quella dannata rete la teneva prigioniera.

In cielo si aggiunse altra energia eterea, la spada di Stark era un lampo di luce che catturò l'attenzione di Balthazar. Si scontrò contro un altro guerriero, la loro rabbia era come una corda di fuoco che lambiva i sensi di Balthazar e sollecitava il suo potere.

A quel punto era in grado di influenzare i Seraphim. Percepirli. *Sentirli*.

Tuttavia, le sue abilità non riuscivano a manipolarne l'essenza.

Le rune protettive, si rese conto B. La mente di Vera era una tela bianca per Balthazar, mentre quella di Stark vantava pensieri frammentati.

Come funzionano le rune di protezione? chiese a Leela. *Intendo quelle che impediscono ai Seraphim di usare i propri poteri l'uno sull'altro.*

Leela mormorò qualcosa in risposta, la mente persa tra i ricordi mentre riportava a sé un fatto accaduto in Scandinavia, circa trecento anni prima. Si erano incontrati per caso, per strada, quasi scontrati, e avevano finito per passare un fine settimana a letto.

Quella era stata l'ultima volta che Melanythos aveva alterato le loro menti.

Poco dopo, Leela era andata in riforma, ricominciando il processo da capo.

Balthazar non lo sapeva, la sua presa sulla realtà era stata completamente alterata dall'arrivo di Nythos. La donna lo aveva ingannato perfettamente, era apparsa come un fantasma del passato e aveva distrutto il momento che B aveva condiviso con Leela.

Una parte di lui aveva sentito quanto fosse sbagliato, una sensazione che gli si era irradiata nello stomaco, ma poi si era perso a causa della manipolazione.

Il legame con la psiche di Leela aveva sventato ogni tentativo di smantellare i suoi ricordi.

Non attraverso il legame di sangue che avevano appena formato, ma per il fatto che conoscesse la mente della donna.

Uno sviluppo affascinante, dal momento che era sempre stata l'incapacità di sentire i pensieri di Leela che lo aveva attirato a lei, ogni volta che si erano 'incontrati' nel corso dei millenni. Ciò di cui B aveva davvero bisogno era che quella connessione mentale rompesse il loro ciclo di tormenti.

Forse lo aveva sospettato, in qualche modo, il che lo aveva spinto a corteggiarla.

O forse era stato semplicemente il destino.

Un altro boato acuto attirò la sua attenzione verso l'alto, e vide un Seraphim piombare a terra, senza vita. La massa voluminosa si schiantò su uno dei tavoli, facendo urlare alcuni mortali, mentre l'angelo diventava corporeo.

Stark non perse tempo, attaccò un altro Seraphim con un lampo di luce simile che lo fece vorticare verso il basso.

Tuttavia, un accenno di preoccupazione offuscò l'aura di Stark. Sparì in un lampo. Balthazar ne cercò la causa, dal momento che il guerriero sembrava uccidere i fratelli con facilità.

Distrazione, pensò Stark. *È una... distrazione.*

Balthazar si accigliò e osservò di nuovo la scena.

Melanythos e Vera erano coinvolte in una battaglia di energia mistica, mentre Stark si occupava dei guerrieri. Erano quattro contro uno, e al momento rimanevano solo due Seraphim da sottomettere. Uno dei quali non aveva una spada come gli altri.

È stato lui a immobilizzare gli umani, inizialmente, ricordò Balthazar, studiando il fisico longilineo dell'uomo. Sembrava più clinico e riflessivo nell'approccio, stava creando una sorta di runa che intendeva chiaramente sferrare a Stark.

Tuttavia, il Seraphim guerriero la catturò con la spada, sbriciolando l'energia in polvere prima di lanciare una sfera di magia ardente sull'altro. La schivò. Tuttavia, la palla ruotò ed esplose alle sue spalle, incendiandogli le pallide piume e facendolo volare verso terra.

Atterrò tra i mortali che aveva originariamente congelato, i loro corpi già liberi da qualsiasi presa mistica avesse gettato su di loro.

Molti stavano scattando foto e video, invece di correre per salvarsi la vita.

Ecco il genere umano oggi, pensò Balthazar, disgustato. Nessuno voleva aiutare. Nessuno voleva proteggere gli altri. Erano troppo occupati a godersi lo spettacolo attraverso i loro dannati telefoni per fare altro.

Distrazione. La parola catturò di nuovo l'attenzione di Balthazar, proveniva dalle labbra di Leela.

B incrociò lo sguardo vigile di lei, aveva messo da parte il viaggio lungo il viale dei ricordi per concentrarsi sull'ambiente circostante.

Leek e Kital sono scomparsi, continuò, i suoi occhi guizzarono verso i tre Seraphim ormai KO, prima di alzarsi verso il cielo. *C'è qualcosa che non va, B. Questi guerrieri sono troppo giovani per la missione. Significa che i membri dell'élite... sono da qualche altra parte.*

B guardò Vera e Stark, ancora una volta, e notò i Seraphim scomparsi nel cielo.

Patreel è sparito. Eppure Balthazar aveva visto arrivare il tracciatore insieme agli altri due.

Il che poteva significare solo una cosa.

Il Consiglio sa di Vera e Stark, disse ringhiando a bassa voce. Forse gliel'aveva detto Patreel, oppure avevano trovato un altro modo, ma il resto era chiaro. *Il Consiglio aveva attirato Vera e Stark lì, per lasciare Hydria priva di protezione.*

Fatta eccezione per Leela, che sapeva come funzionavano il Consiglio e i guerrieri, erano loro i principali alleati di Hydria.

Caro sapeva qualcosa, ma il recente passaggio in riforma l'aveva lasciata all'oscuro di tante altre.

Quindi il Consiglio aveva creato una situazione che sapevano avrebbe attirato l'attenzione di Vera e Stark, mettendo a rischio la vita di Balthazar e Leela.

Era stato Patreel a condurli lì?

O si erano nebulizzati in una trappola?

Balthazar scosse la testa: ormai era fatta. Stark e Vera erano lì.

E i Seraphim guerrieri stavano probabilmente approfittando della loro assenza a Hydria. In quel preciso istante. In quel momento.

Merda, mormorò Leela.

Balthazar condivideva quel sentimento, ma non aveva intenzione di lasciare che quella battuta d'arresto lo scoraggiasse. I suoi Hydraiani avevano bisogno di lui, e non sarebbe caduto in quella trappola preparata dai Seraphim.

La famiglia contava di più.

Le emozioni erano al primo posto.

Non avrebbe mai rinunciato a combattere per coloro che amava, un dettaglio che quei Seraphim stronzi e stoici stavano per imparare.

"Dobbiamo rimuovere questa rete," disse a Leela, la determinazione al comando delle decisioni. "Mi dispiace, tesoro, ma farà male."

CAPITOLO 32

STAS

Un SERAPHIM CON LE PIUME COLOR RUBINO ALEGGIAVA appena oltre le barriere, i suoi occhi verde chiaro e i lineamenti cesellati erano simili a quelli di Stark.

"Tu devi essere Adriel," tirò a indovinare Stas, facendo caso alle spalle muscolose e ai folti capelli dorati dell'uomo. Il colore non era chiaro come quello di Stark, ma abbastanza simile da corrispondere alla somiglianza generale con il figlio. *Sì, era sicuramente il padre di Stark.*

Fai attenzione, Aya, l'avvertì Issac, la preoccupazione che si irradiava attraverso il loro legame di sangue.

"E tu devi essere Astasiya," rispose piatto il capo dei Seraphim guerrieri. "Il Consiglio vorrebbe parlarti."

"Sì, ho sentito," gli rispose lei.

"Gabriel avrebbe dovuto portarti da noi per una chiacchierata. Temo che le sue intenzioni siano... cambiate."

"Mmmh, sì, è stato impegnato a farmi il culo," rispose Stas onestamente. "Ma vedremo cosa prevede la prossima settimana e ti faremo sapere."

Adriel aggrottò la fronte, l'unico segno che provasse

che sentiva qualcosa. *Confusione*. "Non puoi ignorare una convocazione, bambina. Gli editti esistono per un motivo."

"Per controllare tutti i Seraphim," rispose il padre di Astasiya, apparendo accanto a lei. "Già, trovo che l'Alto Consiglio di Seraph sia piuttosto affascinante. Te ne stai seduto sotto una cupola, a ribadire i destini di cui ti piacerebbe discutere e assegnando editti a cui tutti obbediscono magicamente. Deve essere piuttosto noioso per te."

Adriel sbatté le palpebre verso Sethios prima di tornare a concentrarsi su Stas. "La tua formazione è stata viziata dall'influenza degli abomini. La correggeremo noi per te."

"Potrei scommetterci," ribatté Sethios biascicando. "Non ha funzionato molto bene con Caro, vero?"

"Possiamo aiutarti a capire lo scopo della nostra specie e come prosperiamo." Adriel continuò a parlare come se Sethios non avesse detto una parola.

"Lo scopo è seguire ciecamente gli ordini del Consiglio senza alcun riguardo per la scelta o il desiderio personale," intervenne di nuovo il padre di Stas. "Rifiutiamo l'offerta, grazie."

Stas era d'accordo sul fatto che non voleva avere nulla a che fare con quegli esseri, ma era anche disposta a negoziare, se ciò significava permettere a Lizzie e Aidyn di vivere. "Se accettassi di venire con te per incontrare il Consiglio, risparmiereste Lizzie e la figlia?"

Adriel la fissò. "Gli abomini?"

Stas incrociò le braccia al petto, le ali le battevano dolcemente sulla schiena per tenerla in aria. "Non sono abomini. Hanno dei nomi. Lizzie e Aidyn."

Adriel sbatté di nuovo le palpebre, la sua espressione non lasciava trapelare nulla. "Gli abomini non possono vivere."

"Allora immagino che non verrò a trovare il Consiglio."

Il Seraphim inclinò la testa su un lato, ricordando a Stas un uccello perplesso. "Scegli loro al posto della tua stessa specie?"

"Scelgo la mia famiglia, invece che un Consiglio che uccide senza pietà o una giusta causa," ribatté la ragazza inarcando un sopracciglio. "Se fossero propensi a negoziare, sarei disposta a incontrarli." Stas lasciò che quella frase si mettesse tra di loro, ma gli occhi verdi di lui la fissarono, assenti.

Passò un secondo.

Seguito da un altro.

E un altro ancora.

Poi finalmente Adriel parlò: "Se non verrai di tua spontanea volontà, allora ti scorteremo noi dopo aver terminato il nostro compito qui." Alzò una mano, facendo apparire altri sei Seraphim tra le nuvole. "A meno che tu non voglia consegnare gli abomini ora. Poi lasceremo l'isola insieme a loro e a te, per tornare al Consiglio. In quel caso vivrebbero. Almeno fino a quando non avremo finito di studiarli."

"Sottomettere la mia migliore amica e sua figlia a una sperimentazione ed eventuale morte e incontrare il Consiglio che ha ordinato tutto ciò," ribadì Stas con voce sarcastica e fintamente pensierosa.

Un dettaglio che chiaramente Adriel non colse, perché rispose: "Esatto."

"Mmmh," mormorò lei, inclinando la testa. "No, grazie."

"Allora sottoponi quest'isola alle conseguenze della distruzione," le rispose Adriel.

"In che misura?" intervenne la madre di Astasiya, dopo essere apparsa all'altro lato della figlia.

La   sua   presenza   fece   immobilizzare

momentaneamente Adriel, i cui occhi verdi tremolarono di un'emozione che scomparve in un lampo. "Caro."

"Adriel."

Il padre di Stas ridacchiò. "Che riunione toccante."

"Il Consiglio ha ordinato lo sterminio degli abomini?" insistette Caro, concentrandosi su Adriel.

"Siamo qui per la Seraphim creata in laboratorio e la bambina illegittima," le rispose. "Stermineremo tutti coloro che ci ostacoleranno."

"Me compresa?" domandò la madre di Stas.

"Tornerai in riforma."

"Non succederà," s'intromise Sethios con tono gelido. "*Mai.*"

"La sua programmazione è difettosa," rispose Adriel, rivolgendosi finalmente all'uomo. "Così come la tua."

"Quindi volete mettere anche me in una scatola?" grugnì Sethios. "Di recente mio padre mi ha costretto ad annegarmi in un blocco di cemento. Quindi, per ribadire ciò che ha detto mia figlia, penso che *rinuncerò* alla tua opportunità claustrofobica. Grazie, comunque."

Adriel lanciò un'occhiata a Stas. "Il tuo destino potrebbe essere salvato, se permettessi al Consiglio di aiutarti nella guida. Sei ancora una bambina, ai nostri occhi. I tuoi peccati non sono davvero tuoi."

"Il mio destino è direttamente legato a una profezia di distruzione," gli rispose Stas impassibile. "Penso che correrò il rischio con le persone che amo."

"Che ami," ripeté Adriel, inarcando le sopracciglia. "Non è pratico."

Lei lo studiò. "L'amore è molto più potente di quanto voi vi rendiate conto."

"Adriel," intervenne di nuovo la madre della ragazza. "Ci sono tante cose che non capisci, tante cose che non *sai.*"

"Osi dire ciò a un Anziano?" ribatté lui, il tono non proprio offeso, ma quasi sconvolto.

Emozione, pensò Stas. *Adriel mostra segni di emozione.*

Era il primo candidato di Osiris per la riforma, le disse Issac. *Forse è per questo.*

"Osiris..."

"Questa conversazione è finita, Caro," rispose Adriel. "Sarai ricondotta in riforma, seguita dal tuo compagno e tua figlia. Verrà anche Gabriel, visto che ora abbiamo le prove delle sue intenzioni. Ci ha traditi, e non ho dubbi sul fatto che sia tu, la causa di quel tradimento."

Tirò fuori la spada e i sei dietro di lui seguirono l'esempio.

"Ultima possibilità di unirvi a noi volontariamente," minacciò.

"È questo che ti ha detto mio padre quando ti ha invitato nelle camera della riforma?" gli chiese Sethios in tono colloquiale.

Adriel aggrottò la fronte. "Io non ho subito alcuna riforma."

"Osiris..."

"Signore, stanno perdendo tempo," intervenne uno dei Seraphim guerrieri. "Dobbiamo colpire ora, prima che torni Gabriel."

Stas si acciglio. *Sanno che Stark non è qui.*

Come? le chiese Issac. *Riescono a percepirlo?*

No. Sanno che se n'è andato e che tornerà. Un senso di disagio percorse le vene di Stas, provocandole un brivido che le attraversò la spina dorsale. *Devono aver creato un diversivo.*

Con Balthazar e Leela come esca, aggiunse Issac. *Merda.*

Dillo a Luc.

Ci sto già lavorando, le rispose.

Ciò significava che Patreel doveva averli traditi, ma in quel momento non era lì. Stas aveva identificato solo vagamente l'angelo che aveva parlato. Doveva trattarsi di Leek o Kital. Erano presenti entrambi. Li aveva riconosciuti dall'Islanda, ma non sapeva ricongiungere il nome all'aspetto fisico.

C'era anche l'altro tracciatore. *Arvane.*

Ma non Patreel.

Abbiamo davanti almeno tre Seraphim guerrieri, uno dei quali è il più vecchio e il più forte, e un tracciatore. Gli altri tre sono sconosciuti, ma hanno tutti la spada. Quindi immagino che siano guerrieri, o qualcosa del genere.

Trasmetto i dettagli a Lucian, rispose Issac.

Adriel sembra non essere al corrente della propria riforma, e il guerriero accanto a lui non gli lascia fare domande a riguardo. Caro aveva cercato di spiegare due volte, mentre Stas parlava con Isaac. Tuttavia, il guerriero aveva continuato a interrompere, dicendo che stavano temporeggiando.

Il vuoto nei lineamenti di Adriel suggeriva che era d'accordo con il guerriero accanto a lui.

Dovremmo usarlo a nostro favore, mormorò Issac, le parole suonavano come se fossero uscite dalla bocca di Luc, ma forse ne stava solo trasmettendo il sentimento.

Non credo che sia in vena di ascoltare, ribatté Stas, mentre Adriel abbatteva la spada su una delle barriere.

L'energia sfrigolò nell'aria, come un fulmine, mentre la magia dietro la runa si sbriciolava in polvere.

Uh, arriva... sussurrò Stas mentre gli altri iniziavano ad agitare le spade verso le barriere davanti a loro. "Merda."

Si accucciò fino al secondo livello di sicurezza, e i genitori la seguirono.

"Non dureremo trenta minuti," commentò Sethios.

No, è già tanto se resisteremo per cinque, pensò Stas mentre i Seraphim finivano di sfondare la loro prima linea di difesa.

"Ha portato con sé i tre membri più importanti della

sua stirpe, dopo Gabriel," rispose la madre di Stas. "Un tracciatore, un telepatico e un crittografo."

"Un crittografo?" ripeté Stas. "Qualcuno specializzato in motivi ricorrenti?"

"In questo caso sono specializzati in rune," le rispose la madre cupa. "Sapevano delle barriere."

"Patreel?" tirò a indovinare Sethios.

"Oppure l'hanno sempre saputo," replicò Caro, sussultando mentre i Seraphim iniziavano a scagliarsi sulla seconda linea di difesa. "Dobbiamo andare a terra."

Che succede, tesoro? le chiese Issac.

Stas lo aggiornò sulla loro discesa, atterrando accanto a lui mentre finiva di parlare.

Luc era in piedi in mezzo a loro, con lo sguardo rivolto al cielo. Alik era accanto a lui, ed erano tutti circondati da un'orda di Hydraiani, la maggior parte Guardiani, alcuni dei quali erano immortali più forti con capacità difensive.

"Adriel è la chiave," annunciò Luc, senza alcun preambolo. "Abbiamo bisogno che lui comprenda cos'è la riforma e tutto ciò che sappiamo. È lui il leader, la sua confusione si riverserà sugli altri."

"Leek non mi lasciava finire di parlare," disse Caro, riferendosi al guerriero dai capelli scuri che aveva continuato a interromperla.

"Lui sa la verità?" le domandò Luc.

"È impossibile dirlo, ma ha convinto facilmente Adriel che stiamo cercando di temporeggiare," rispose lei. "È una strategia pratica, quindi capisco perché è saltato a quella conclusione."

"Oppure era un astuto stratagemma per impedirti di rivelare la verità ad Adriel," mormorò il padre di Stas, concentrandosi sul cielo. "Abbiamo bisogno di una nuova strategia."

"La nostra strategia è convincere Adriel della verità," ribadì Luc.

"E come pensi di farlo?" Il tono di Issac aveva una nota di serietà, non voleva ridicolizzare Luc, la sua curiosità era genuina. La mente confermò quel sentimento, concordava con l'idea di Luc ma voleva sapere come realizzarla.

"Abbiamo bisogno di Osiris," spiegò Luc, mettendo tutti a tacere. "Senza il talento di Vera per l'alterazione della mente e la capacità di Stark di fare potenzialmente appello all'istinto paterno di Adriel, sempre che ce l'abbia, non abbiamo più opzioni. Osiris è l'unico che può convincerlo della verità."

"Ci deve essere un modo migliore," sostenne immediatamente Sethios. "Inoltre, non è che possiamo semplicemente chiamare mio padre. Ha passato una vita a palesarsi alle proprie condizioni, non a quelle degli altri."

"Può chiamarlo Mateo," sottolineò Luc.

"Fallo," intervenne Issac prima che il padre di Stas potesse parlare.

"Siete impazziti, cazzo?" sbraitò Sethios, ovviamente non era d'accordo con l'idea. Nemmeno Stas era sicura di esserlo.

La madre si allungò verso Sethios, mentre lui cercava di entrare nello spazio personale di Issac. "Sethios..."

"Il piano non mi piace, e nemmeno il fatto che stiamo per fare affidamento sulla stessa persona a cui cerchiamo di nascondere i nostri legami da centinaia di anni, ma abbiamo bisogno della sua esperienza," ribatté Issac, incontrando lo sguardo letale di Sethios con uno gelido. "Non vorrà perdere le sue risorse Hydraiane a causa di una manciata di Seraphim. Ci aiuterà."

"A quale costo?" domandò il padre di Aya. "Un accordo da parte di Stas per lavorare con lui?"

"Se è quello che serve per tenere tutti al sicuro,

pagherò quel prezzo," s'intromise Stas, prima che Issac potesse parlare per lei. Non che l'avrebbe fatto, ma conosceva la mente della ragazza e la sua determinazione. Issac avrebbe capito le sue intenzioni prima ancora che lei le esprimesse, e lo sguardo che le rivolse lo dimostrò.

"Non abbiamo tempo per continuare a parlarne," continuò Astasiya. "Luc, prova con Osiris. Fino ad allora, abbiamo bisogno di un piano secondario su come convincere Adriel della verità." Era d'accordo che quello fosse il loro piano migliore. Se fossero riusciti a convincerlo della sua storia, avrebbe potuto vacillare abbastanza da indurre l'altro Seraphim a fermarsi insieme a lui.

Certo, Patreel aveva vacillato.

E dopo aver chiaramente attirato Vera e Stark in una trappola era sparito nel nulla.

A meno che non fosse stato in qualche modo convinto a farlo.

La stirpe di Osiris poteva soggiogare grazie al controllo che esercitava sulla resurrezione e sulla vita, ma esisteva forse un'altra stirpe in grado di fare lo stesso?

Quella era una domanda che Stas avrebbe dovuto porre *dopo* aver affrontato il caos nel cielo.

"Blake!" esclamò improvvisamente Caro.

"Che cosa?" ribatterono in molti all'unisono, tra cui Stas.

"Sì," rispose Luc con un cenno del capo. "La sua condizione attuale potrebbe essere sufficiente per stuzzicare la loro curiosità."

La Seraphim annuì. "Mi nebulizzerò e andrò a prenderlo." Scomparve, lasciando il padre di Stas accigliato. Non parlò ad alta voce, il che suggeriva che stava comunicando con Caro attraverso il loro legame.

Ciò non aiutava Stas a capire il punto del discorso. "Perché Blake?"

"Perché è un essere umano che ha subito una sorta di riforma, qualcosa che dimostra che Osiris ha almeno conoscenza operativa del processo. L'uso poco pratico di applicare un processo del genere su un essere umano può essere la distrazione di cui abbiamo bisogno per tenere a bada i Seraphim."

"E se non lo fosse?" insistette Issac mentre un'altra ondata di potere tuonava nell'aria.

Rimane solo una barriera, pensò cupamente Stas.

"Allora speriamo che la nostra controffensiva duri abbastanza a lungo affinché arrivino Osiris o gli altri," rispose Luc, poi tese la mano a Jacque. "Teletrasportami da Mateo. Abbiamo un piano di cui discutere. Lo spettacolo è nelle tue mani, Alik."

Il telepatico sorrise. "Era ora, cazzo."

"Dove sono Jay e Lizzie?" chiese Stas.

"Al sicuro," le rispose Alik vagamente, concentrandosi sul cielo. "Va bene, ecco cosa faremo." Cominciò a dare ordini agli Hydraiani, li fece entrare in azione con un'efficienza che faceva capire che negli ultimi secoli si fossero preparati per un momento proprio come quello.

Solo che avevano previsto di combattere contro gli Ichoriani.

Non i Seraphim.

Qualcosa che divenne evidente quasi immediatamente appena gli angeli raggiunsero la spiaggia. Sembravano quasi annoiati, avevano messo da parte le spade in un gesto che dimostrava arroganza e che fece contorcere le interiora di Stas.

"Ultima possibilità di obbedire, bambina," le disse Adriel, guardandola.

Merda. Non avrebbero avuto tempo per una distrazione. Anche se sua madre fosse stata in grado di portare lì Blake per una chiacchierata, quei Seraphim erano dell'umore giusto per uccidere. Stas poteva percepirlo nelle loro posizioni, vedeva il bisogno di sangue nei loro occhi.

Disprezzavano gli abomini.

Erano lì per uccidere senza pietà coloro che non ritenevano fossero destinati a quel mondo.

Ciò lasciava loro una sola scelta.

Combattiamo.

Combattiamo, ripeté Issac. *Sempre.*

Sempre, concordò Astasiya, le labbra all'insù per la fiducia nel tono dell'ex Ichoriano e per il modo in cui quella parola agiva da carezza sui suoi sensi.

"Scelgo la vita," ammise onestamente la bionda. "Scelgo l'amore. Scelgo la famiglia."

Iniziò a disegnare una runa che Gabriel le aveva insegnato, consapevole che non avrebbe provocato quasi nulla a un essere del calibro di Adriel, ma le servì come messaggio.

Non mi piegherò.

Scagliò la runa.

Adriel la deviò.

E la battaglia ebbe inizio.

CAPITOLO 33

LEELA

LEELA SENTÌ QUALCOSA AGGRAPPARSI ALLA PROPRIA coscienza, facendola sussultare. Era direttamente legata alla runa sulla parte bassa della schiena, il legame di fedeltà l'avvertiva del disagio di Stas.

Trasmise la sensazione a Balthazar, spiegandogli cosa significasse.

Avevano ragione sul fatto che fosse una distrazione, un modo per attirare Vera e Gabe lontano da Hydria.

Difenderanno l'isola, la rassicurò Balthazar.

I tuoi Hydraiani non sono pronti a combattere i Seraphim.

Siamo più capaci di quanto tu creda.

Stanno combattendo un nemico invisibile che non usa armi comuni in battaglia, ma il potere etereo, sottolineò lei.

Troveranno un modo. La sicurezza di B aiutò Leela a contrastare la propria apprensione, ma quella sensazione di fastidio che le strisciava lungo la parte bassa della schiena non se ne andò.

B le strappò via un filo della rete lungo la gola, provocandole un sibilo.

Sai, sono sempre stato un fan del bondage, commentò in tono colloquiale. *Ma questo alza di molto l'asticella.*

Solo un sadico godrebbe di un livello tale di tormento in camera da letto, ribatté Leela a denti stretti, sussultando mentre lui rompeva un altro pezzo di rete, avvolto intorno alla spalla. *Sethios lo adorerebbe,* grugnì Balthazar.

Mi vengono in mente anche alcuni Hydraiani ai quali non dispiacerebbe.

Alik? tirò a indovinare Leela.

In una vita passata, rispose Balthazar con tono apparentemente triste. *Con Jenika.*

Leela si ricordò della donna bionda. *Ci siamo incontrate, una volta.* Riportò alla mente una festa, e una donna che ballava con un fuoco che le lambiva la punta delle dita. *Cosa le è successo?*

Lucinda l'ha uccisa, rispose B in tono aspro. *Su ordine di Osiris.*

Leela si accigliò. *Uccidere un essere potente come Jenika sembra controintuitivo.* Leela ricordava quanto facilmente manipolasse le fiamme, la seguivano ovunque, mentre si spostava lungo la spiaggia.

Balthazar tacque, ma la sua mente confermò che era d'accordo.

L'Hydraiano continuò a separare le bande eteree, il dolore ridotto a un'eco nella mente. Tuttavia, lo sopportò per Leela, la determinazione a liberarla era la priorità numero uno e l'unico pensiero.

L'ultima corda intorno al collo cadde, lasciandole la testa completamente libera.

Balthazar non perse tempo, la baciò appassionatamente mentre continuava a muovere le mani sul corpo della donna. Erano nel bel mezzo del caos; gli angeli che danzavano in cielo, gli umani urlavano sulla terra, il corpo di Leela era legato da fili di fuoco, eppure la donna non aveva mai desiderato tanto un bacio in tutta la sua vita.

Lei aveva bisogno di lui.

Di loro.

Del loro legame.

Tutto ciò che avevano da offrire, i loro corpi desiderosi l'uno dell'altro, mentre le loro anime si agitavano in una dimensione che nessuno dei due poteva vedere, solo percepire.

La lingua di B incontrò la sua, il bacio potente, poderoso e inebriante.

Leela non sentiva più il fuoco bruciare intorno a sé, la rete si era dissolta sullo sfondo dei pensieri, mentre lei si concedeva a quell'abbraccio necessario.

L'attenzione di Balthazar rimase ferma, le sfiorò la pelle con le dita, mentre continuava a strappare il materiale intrappolante.

Finché finalmente Leela fu libera e in grado di lanciarsi contro di lui.

Gli avvolse le braccia intorno al collo, il corpo si fuse nella forza di lui, la sensazione di *casa* le colpì i sensi e la travolse completamente.

Mio, sospirò Leela, perdendosi per un momento. *Tu sei mio.*

Lui le sorrise sulle labbra. *Mmmh, mi piace come suona quella frase.*

Ah, sì? chiese Leela onestamente. *Perché so cosa pensi della monogamia.* Spesso lei aveva provato lo stesso, ma Balthazar era diverso. Le faceva desiderare il nulla. Quando erano insieme, lui esaudiva ogni desiderio della Seraphim. Nessun altro poteva essergli paragonato.

Non ho mai favorito la monogamia perché la mia anima non era mai soddisfatta con nessuno, le sussurrò lui, aprendo gli occhi per catturare lo sguardo di lei mentre le prendeva il viso tra i palmi delle mani. "Stavo aspettando te."

Per completare il nostro legame, si rese conto Leela.

Lui annuì, con una mano che le scivolava dietro il collo per stringerla a sé, mentre con l'altra le premeva il palmo sul cuore. "Anche tu sei mia."

Le prese le labbra prima che lei potesse rispondere.

Non che avesse molto da dire.

Erano finalmente completi, due anime sposate in una cerimonia che superava il tempo e lo spazio, con l'inferno che danzava sopra e tutt'intorno a loro.

Mel aveva privato Leela di tutto ciò. Anche Dian. L'avevano sottoposta a tremila anni di solitudine, sperimentazione e *riforma* senza fine.

Non c'era da sorprendersi che avesse provato forti emozioni per tutta la vita. Aveva combattuto una punizione che non meritava. Alla ricerca dell'amore della sua vita. Il suo cuore. L'altra metà della sua anima.

Tutti quegli amanti non significavano più niente, per lei. Contava solo Balthazar. Solo i sentimenti e le sensazioni che lui riusciva a risvegliare. Leela sapeva che anche lui provava lo stesso.

Gli incontri fatti in precedenza impallidivano in confronto a quello. Al loro amore. Al loro *destino*.

Eppure le era stato nascosto.

Dalla sua stessa carne e il suo stesso sangue.

Leela spostò l'attenzione verso l'alto, dove la sorella, quella stronza, stava combattendo con Vera, le due irradiavano potere mentre facevano scontrare, più di ogni altra cosa, le loro abilità.

Probabilmente avevano usato una runa per smantellare i blocchi l'una dell'altra.

Poi si erano tuffate nelle rispettive menti, nel tentativo di rovinarsi.

Leela restrinse lo sguardo. Lei era il sesso in persona: grazie alle stirpi della fertilità e della sensualità, era la perfetta Afrodite, una dea che, in passato, Mel aveva cercato regolarmente di incarnare.

Tuttavia, era Leela la vera dea della bellezza, dell'amore e del sesso. Il che significava che le sue abilità psichiche non erano poi così potenti in battaglia.

Però aveva imparato alcuni trucchi.

Ed era in grado di sferrare un bel sinistro.

L'ultimo guerriero morì sotto il peso della spada di Gabe, e la testa ricadde su un tavolo.

Leela non sentì nemmeno le urla, si concentrò interamente su Mel.

Gabe era già diretto verso di lei, per gestirla a modo proprio, il che fece reagire Leela d'istinto. Si nebulizzò vicino a Vera, lasciando Balthazar a osservare dal basso, e colpì Mel dritta in faccia.

"*Stronza*," sibilò, poi la prese per i capelli e la tirò così forte da strapparle diverse ciocche. Prima di creare la propria runa per avvolgere la donna in un filo di braci ardenti, la colpì di nuovo.

La fece precipitare a terra in un volo a spirale, durante il quale tornò corporea per poi atterrare sulla testa, in mezzo alla strada, con scricchiolante soddisfazione.

Il sangue schizzò ovunque.

Il corpo di Mel era distrutto.

Si sarebbe risanato in pochi minuti.

Oppure no, pensò Leela, mentre Gabe appariva accanto a Mel e le mozzava il collo. *Ok, ci vorrà qualche giorno, allora.*

Non sarebbe guarita come i guerrieri. Loro possedevano poteri rigeneranti che acceleravano il processo. Alcuni Seraphim avrebbero potuto impiegare fino a un mese, per riprendersi da una decapitazione. La sua sorellastra ci avrebbe probabilmente impiegato qualche giorno. Forse persino una settimana.

Magari per allora gli umani l'avrebbero seppellita.

Ciò avrebbe intrappolato Mel a tempo indeterminato.

Un pensiero che, in quel momento, piacque molto a Leela.

In realtà... Si precipitò a terra, per raccogliere i resti della sorellastra, poi si nebulizzò verso l'oceano, a circa cento chilometri al largo, e lasciò cadere la testa in acqua.

In seguito, andò nella direzione opposta per altri cento chilometri, per depositare il corpo.

Quella mossa l'avrebbe rallentata un bel po'.

Soprattutto se il corpo o la testa fossero sprofondati o ingeriti da una creatura marina.

"Buona fortuna per la guarigione," disse Leela, consapevole che l'anima della sorella potesse trovarsi nelle vicinanze. Ovviamente non riusciva a sentirla. Gli spiriti non si nascondevano nella dimensione esistenziale come fantasmi, scomparivano temporaneamente prima di tentare di rimettere insieme la loro forma corporea.

Soddisfatta, Leela tornò da Balthazar, Gabe e Vera. Stavano osservando gli umani con espressioni cupe, mentre con i telefoni scattavano foto e video ovunque.

"Non c'è tempo, Vera," esordì Gabe. "Dovranno tenersi i ricordi."

Balthazar sembrava cupo. "I video sono già online. Anche se manipolassi le loro menti..." Lasciò cadere la frase, gli altri si capirono a vicenda.

"Li hanno già visti in troppi," terminò Leela ad alta voce.

"Si era già verificata una situazione simile, ed è stata contenuta," iniziò Vera, con gli occhi che assumevano un bagliore stregato.

"Non così," rispose Balthazar. "L'era della tecnologia

consente alle notizie di diffondersi istantaneamente in tutto il mondo."

"Troveranno una sorta di scusa," insistette Gabe. "Non abbiamo tempo per preoccuparci di loro. Le barriere di Hydria sono cadute. Riesco a *sentire* l'energia della battaglia nelle vene."

"Questa era una distrazione," commentò Vera, dopodiché la sua espressione si fece scura. "Ho provato a manipolare la mente di Leek, ma la sua genetica da guerriero lo faceva guarire troppo in fretta affinché potessi lavorare. Da quello che mi ha detto Melanythos, Leek sapeva che c'era qualcosa che non andava, ed è andato al Consiglio. Lì gli hanno ripristinato i ricordi, e ora conoscono la nostra vera lealtà."

Gabe rimase in silenzio per un momento prima di annuire. "Non abbiamo nulla da nascondere."

"Concordo." Vera non sembrava sorpresa o rattristata, semplicemente accettava la realtà dei fatti.

"Dobbiamo andare." Un accenno di urgenza sottolineava il tono di Gabe, le sue iridi verde pallido tremolavano di preoccupazione.

Aveva legato con Clara, il che significava che lei gli aveva appena detto qualcosa.

Leela per poco glielo chiese, ma un brivido di terrore le danzò lungo la spina dorsale, la runa della fedeltà le pulsava di potere e *agonia. C'è qualcosa che non va.*

"Dobbiamo andare subito," ribadì Gabe, poi scomparve.

Vera lo seguì senza dire una parola.

Alcuni sussulti echeggiarono tra la folla, facendo trasalire Balthazar. Poteva sentire tutti i loro pensieri e la confusione che si irradiava dalle loro aure.

Leela lo abbracciò. "Ci penso io a te," gli sussurrò all'orecchio, attivando la capacità di nebulizzazione.

Li portò dritti a Hydria, dove atterrarono sulla spiaggia, sotto la luna.

Ma non era un posto romantico o dolce.

Era angoscioso e crudele.

L'olezzo acre di carne bruciata infestava l'aria.

Si sentivano dei lamenti soffusi.

Pianti.

Un oscuro senso di potere.

E una devastazione totale.

Hydria...

Hydria somigliava a *un inferno mortale*.

CAPITOLO 34

STAS

MEZZ'ORA PRIMA

SETTE CONTRO CENTO NON ERA UNO SCONTRO EQUO.

Tuttavia, i Seraphim erano completamente immuni ai doni Hydraiani.

E invisibili, nei loro stati eterei.

Gli unici in grado di vederli erano Stas, Issac e Sethios.

Caro non era ancora tornata.

In compenso era arrivata Eliza, insieme ad Amelia, Tom, Tristan e Nadia.

Un sibilo echeggiò attraverso la spiaggia, lo sguardo di Tristan si concentrò sui Seraphim, che presero la forma di una 'V' protettiva, con Adriel in testa.

Il Seraphim fece un passo avanti e la terra tuonò in segno di protesta, la vibrazione tradì i suoi passi.

"Fantastico," disse Issac sorridendo, quando un secondo riverbero rivelò la posizione di Leek.

Come fa Tristan a fare ciò? si domandò Stas. Non dovrebbe essere in grado di... La bionda spalancò gli occhi. *Gli stai mostrando dove sono i Seraphim.*

Io sto mostrando a tutti dove sono i Seraphim, la corresse Issac. *Tristan sta solo amplificando la vista con il suono.*

Una squadra di Hydraiani balzò in avanti, su ordine di Alik, sparando con le pistole e lanciando coltelli contro i Seraphim.

Le armi, però, attraversarono le loro forme eteree.

Poi Leek scagliò una runa verso gli Hydraiani, che il padre di Stas riuscì a catturare e dirottare verso l'oceano. Un'esplosione infernale agitò le onde, l'energia eterea era come una specie di granata.

I Seraphim guerrieri ne spararono altre. Stas ne riuscì a catturare e allontanare due, come aveva fatto il padre, ma la terza colpì le forze Hydraiane, scatenando un incendio che fece urlare molti di loro.

Le fiamme morirono nell'istante successivo, uno degli Hydraiani aveva usato il dono di controllare l'acqua per soffocare l'incendio.

Arrivarono altre rune, troppo in fretta perché Stas le prendesse tutte. Anche Sethios provò a contrastarle, loro erano gli unici in grado di volare abbastanza veloci da combattere la potenza di fuoco etereo.

Stas si ritrovò improvvisamente ad apprezzare i giochetti a cui Stark l'aveva sottoposta in aria.

Ci era andato davvero piano con lei.

Merda.

La formazione a V si divise, Adriel salì in cielo con Arvane e Kital su entrambi i lati, lasciando Leek a guidare il raid sulla spiaggia.

"Io penso ad Adriel," annunciò Sethios. "Caro mi troverà, appena avrà finito di stimolare Blake."

Stimolare Blake? pensò Stas.

Non ebbe tempo per chiedere cosa significasse, perché Leek aveva sparato una serie di quelle rune simili a granate.

Stas si librò in aria, catturandone la maggioranza e gettandole nell'oceano. Alcune le sfuggirono, causando un'altra esplosione, ma gli Hydraiani si occuparono delle conseguenze.

Abbiamo bisogno di un modo per abbatterli, disse Stas a denti stretti, mentre continuava a giocare a intercettare rune. *I doni Hydraiani sono inutili contro di loro.*

Il fuoco funzionerebbe, se fossero corporei, rispose Issac.

Come facciamo a farli...

Una rete si librò verso di lei, ronzando di potere. Stas si abbassò, il bordo del tessuto etereo le sfiorò l'ala e le provocò un sussulto in gola.

Stark non le aveva mai mostrato *quel* trucco.

L'urlo di un Hydraiano sulla spiaggia le disse che funzionava su tutto ciò che si muoveva, non solo su un Seraphim in stato angelico.

Me ne occupo io, disse Issac mentre Stas iniziava a voltarsi verso il povero immortale intrappolato sotto l'energia. Probabilmente per lui era come un fuoco invisibile.

London, riportò alla mente Stas, l'Hydraiano aveva solo poche centinaia di anni e la capacità di controllare l'aria. *Puoi mostrargli i fili della rete?*

Lo sto già facendo, amore, rispose Issac, la voce mentale esausta. *Concentrati sulle sfere.*

Stas guardò ancora Leek, notò la potenza di fuoco in arrivo e balzò di nuovo verso il cielo per afferrare le sfere.

Solo che quelle erano diverse.

Non aspettavano di esplodere, si attivavano nel momento in cui ne toccava una, facendola precipitare a terra. Si nebulizzò sull'oceano prima che un altro potesse toccarla, con le parole preoccupate di Issac nella mente.

Sto bene, sibilò la bionda, l'impatto della prima sfera le aveva dato fuoco.

L'acqua la raffreddò immediatamente, alleviando la

bruciatura mentre l'immortalità entrava in azione per guarirla.

Stark ci è andato troppo piano con me, mormorò tra sé, cercando di sistemarsi le piume mentre un'altra palla luminosa si dirigeva verso di lei.

Spalancò gli occhi e si nebulizzò appena in tempo perché la mancasse.

Leek volò sopra di lei, l'espressione annoiata. "Avresti dovuto accettare l'offerta di Adriel." Una dichiarazione piatta, seguita da un'altra rete di energia a cui Stas riuscì a malapena a sfuggire.

Almeno lui era concentrato su di lei e non sugli Hydraiani sulla spiaggia. Ne rimanevano tre da gestire, tramite l'assistenza visiva di Issac, e un guerriero molto abile con cui Stas avrebbe potuto giocare a nascondino.

Si nebulizzò sopra di lui, tra le nuvole. Poi scomparve, per riapparire alla destra dell'uomo.

Dove una sfera la stava già aspettando.

La colpì all'addome, facendola precipitare nell'oceano in un sussulto di dolore. La palla energetica si trasformò in un masso che la spinse verso la sabbia, sotto la superficie, e la intrappolò sotto l'acqua.

Di schiena.

Il cuore le batteva all'impazzata, la paura di venire incatenata sotto le onde le si infranse nella mente.

Urlare di agonia.

Morire più e più volte.

Impossibilitata a evadere.

A muoversi.

A *respirare.*

La voce di Issac le risuonò nella testa, ma non riuscì a sentirlo per il fragore dell'acqua nelle orecchie. Stas serrò la mascella, non voleva inspirare.

Non riusciva a nebulizzarsi.

Non riusciva a *muoversi*.

La magia la teneva prigioniera, ricordandole di essere sepolta sotto terra.

Santo cielo…

Spinse la palla con tutte le proprie forze, incapace di muoversi.

Nella testa le risuonarono delle urla. Forse erano le sue. Forse di Issac, forse degli Hydraiani sulla spiaggia. *Forse di Lizzie.*

Stas strinse i denti. *Non morirò qui. Non mi faccio sottomettere così facilmente. Non accetto queste stronzate!*

Tuttavia, il masso non si muoveva. Somigliava a delle catene, la avvolgeva, la teneva sotto l'acqua, assicurandosi che annegasse… proprio come sua madre… proprio come gli incubi… proprio come il destino che Stas aveva sempre temuto davvero.

Le tremavano le braccia.

Le gambe cessarono di funzionarle.

I polmoni le bruciavano.

Così come gli occhi.

No, no, no!

Pensa!

Doveva esserci una via d'uscita. Un modo per contrastare l'energia eterea.

Il fatto che la tenesse prigioniera significava che non era ancora davvero sotto il livello del mare… giusto? I Seraphim non potevano nebulizzarsi quando erano sotto terra.

Però… Stark non aveva disegnato una runa, nelle segrete di Osiris?

Il che significava che avrebbe potuto disegnarne una anche lei. *Forse.*

Rilasciò l'ammasso di energia simile a una catena e chiuse gli occhi, concentrandosi sulla magia che la circondava, cercando di percepire un modo per contrastare quell'incantesimo.

Nei giorni precedenti, Stark le aveva mostrato diverse rune, la maggior parte delle quali erano difensive. Aveva dichiarato che non c'era tempo perché imparasse quelle offensive. Prima di tutto, aveva bisogno di sapere come difendersi.

Ecco perché le aveva impartito quelle lezioni su come catturare e lanciare sfere magiche.

Stas non era riuscita a prendere quella.

L'aveva già colpita.

E ora? La voce di Stark le echeggiò nella mente, ricordandole di quando l'aveva intrappolata su un tappetino da allenamento, durante l'addestramento da Sentinella.

Stas si era infuriata. Era stato davvero uno stronzo, ma in quel momento quella lezione assunse un nuovo significato.

Sposta l'ostacolo. Spostami, le aveva detto.

Allora Stas se l'era tolto di dosso.

Tuttavia, non poteva fare lo stesso con il masso.

Però avrebbe potuto provare a farlo esplodere.

Concentrati, concentrati, concentrati, si disse mentre le proprie interiora la pregavano di inspirare.

La voce di Issac era di nuovo nella sua testa, il tono frenetico le afferrava la mente.

Aiuta gli altri, gli disse.

Aya...

Troverò una soluzione, gli promise. *Tu... Tu aiuta gli altri.*

Accidenti, aveva bisogno di respirare.

Era stata sott'acqua troppo a lungo.

Stava per affogare.

Morire.

Tornerò, pensò delirante. *Tornerò... e avrò altri due o tre minuti...*

L'aveva già fatto prima. Poteva farlo di nuovo.

Solo che quella volta sapeva cosa stava succedendo, sapeva che poteva scappare, che c'era una via d'*uscita*.

Gli incubi la minacciarono di nuovo, portandola sotto, in profondità tra le onde, nell'oscurità del mare, a una forma deteriorata... La madre che moriva all'infinito... più e più volte...

Stas rabbrividì, la freddezza dell'acqua le affogava i polmoni e le bruciava dentro.

Accolse il dolore. La faceva sentire viva, nonostante la verità che dimostrava.

Torno subito, disse a Issac. *Continua a combattere.*

La rabbia di lui le sferzò i sensi, seguendola nelle profondità della morte.

E rinnovandola di vendetta mentre si svegliava di nuovo.

Aya! gridò Issac.

Lei schiuse le labbra, e l'istinto di inspirare la colpì forte al petto. Lo scacciò ingoiandolo, sussurrò a Issac di essere tornata e iniziò a pensare alle rune che Stark le aveva insegnato.

Issac minacciò di andare da lei, di tirarla fuori lui stesso.

Non farlo, gli rispose. *Sei l'unico che può aiutare quelli sulla spiaggia.*

È un massacro, Aya, ringhiò l'ex Ichoriano, la frustrazione e la paura palpabili.

Sto arrivando, gli promise lei.

Tuttavia, la bocca la fece inalare di nuovo, incamerando più acqua, e spedendola di nuovo nelle tenebre.

Tornò ancora una volta, la mente più concentrata che

mai mentre iniziava a tessere energia eterea sopra la superficie, a pochi metri sopra la sua testa.

Non sono sottoterra.

Riesco ancora a vedere la luna.

Posso farcela.

Ma non c'era abbastanza tempo. Due minuti passarono veloci, la trascinarono sotto, affogandola... facendole bruciare i polmoni.

Tornò furiosa, maledicendo Leek e quel dannato masso. *Lo distruggerò, e poi distruggerò anche te!*

Un urlo penetrante afflisse l'aria sopra di lei, abbastanza forte da raggiungerla sotto le onde.

Gli Hydraiani stavano morendo.

L'isola stava perdendo la battaglia.

Ce ne sono voluti solo sette, pensò intorpidita. *Merda, merda, merda!*

Iniziò ad aggrapparsi all'energia, facendola roteare il più velocemente possibile, affilandola in una di quelle maledette granate, mentre la mente ricordava la magia che Stas aveva catturato più e più volte.

Passarono due minuti.

Stas se ne andò.

Poi tornò, con uno scopo rinnovato.

Il panico di Issac continuava a filtrarle nei pensieri.

Non posso morire, continuava a ricordargli. *E nemmeno tu.*

Stas avrebbe vinto quella battaglia personale.

Ci sono quasi.

Percepì una sensazione di trionfo nelle vene, la runa era completa. Stas aveva solo bisogno di convincerla ad andare da lei. Ci volle concentrazione, moderazione, attingendo a un potere che non capiva appieno mentre tirava il filo sotto le onde.

Troppo tardi, pensò intorpidita, la bocca che si apriva di nuovo.

Annego, annego, e annego.

Buio.

Galleggio. Galleggio. Galleggio.

Mmmh... pensò intontita, aprendo gli occhi e la bocca all'aria fresca proveniente da sopra. Borbottò e tossì, poi si rese conto che la runa aveva funzionato, poiché l'esplosione si era verificata mentre lei era priva di sensi.

Sì. Stas balzò nella notte, spalancò le labbra alla vista delle fiamme che lambivano la spiaggia, illuminando il sangue scuro che macchiava la sabbia nera. *Issac!*

Si precipitò in avanti, nebulizzandosi dove l'aveva visto l'ultima volta.

Intorno a lei, un massacro di corpi. Alcuni erano completamente morti. Altri erano incapacitati, ma sarebbero guariti.

Proprio come quando le Sentinelle avevano preso d'assalto il ricevimento dopo il matrimonio di Lizzie e Jayson.

Lizzie, pensò mentre la mente le annaspava. Quanto tempo aveva perso tra le onde? Abbastanza perché i Seraphim si fossero mossi verso l'interno dell'isola.

Li stiamo trattenendo, le disse Issac, con voce affaticata. *A malapena. Però stiamo resistendo.*

Dove sei? La risposta le arrivò dopo un secondo, una scintilla che volava nel cielo mentre London usava la propria capacità di manipolare l'aria per creare una sorta di scudo vorticoso contro le rune.

Sono invisibili, ma hanno bisogno di un flusso d'aria costante per colpirci, le spiegò Issac.

Al muro d'aria di London si aggiunse l'acqua, che creò una sorta di scudo elementale che, per il momento, sembrava deviare i Seraphim.

Non sarebbe durato a lungo.

Presto avrebbero trovato un modo per aggirarlo.

Stas si avviò verso di loro, la mente lavorava freneticamente mentre cercava di pensare a un'alternativa, a un modo per distruggerli.

Non aveva una spada.

La sua conoscenza delle rune chiaramente non bastava.

Appena si era messo in testa di farlo, Leek l'aveva sottomessa troppo facilmente, e senza dubbio sarebbe successo di nuovo. Tuttavia, il Seraphim non si vedeva da nessuna parte. Solo due di loro sembravano ancora combattere contro gli Hydraiani.

Dov'è Leek? È andato nell'entroterra con uno degli altri? Ce n'erano quattro sulla spiaggia, mentre gli altri tre erano andati in cielo, con il padre di Stas alle calcagna.

Ezekiel ed Eliza li hanno in qualche modo attirati verso il limitare degli alberi. Skye ha detto qualcosa, un messaggio che ci ha trasmesso Ezekiel. Non l'ho sentito tutto.

Stas iniziò ad annuire, ma i Seraphim lanciarono un'altra spirale di energia allo scudo, provocando uno schianto clamoroso che fece sobbalzare diversi Hydraiani.

Le loro rune si stavano rafforzando.

Deve esserci un modo...

Un urlo acuto le colpì di nuovo la mente. No. Non la mente. Le *orecchie*.

Guardò verso l'alto, cercandone la fonte. Era la stessa che aveva sentito sott'acqua.

Lizzie, si rese conto Stas. *È Lizzie.*

Issac...

Vai! le disse lui prima che la bionda potesse finire. *Sto bene.*

Stas si lanciò in aria, nebulizzandosi verso la migliore amica e il caos che circondava la casa di Luc.

Sul terreno erano sparpagliate decine di corpi.

Compresi quelli di suo padre e di Blake... Immobili... Morti.

Stas ricadde nel campo accanto a loro, gli occhi fuori dalle orbite alla vista dello sguardo senza vita del padre. "Papà?" sussurrò, mentre i ricordi di quando lo aveva perso tanti anni prima la aggredivano.

Ma era sopravvissuto.

Non era morto. Era solo stato rapito. Lei lo aveva *salvato*.

Era un Seraphim. Immortale. Tornerà.

Blake... Blake no, era ancora umano. Un mortale. Aveva il petto dilaniato dalla lama di un Seraphim.

Un altro strillo squarciò l'aria, attirando l'attenzione di Stas sulla madre... in ginocchio... con una lama alla gola.

Kital teneva in mano l'elsa del pugnale.

Adriel parlò senza emozione, le parole perse nel vento. O forse semplicemente la mente di Stas non le stava registrando, perché il Seraphim stava tenendo una spada al collo della sua migliore amica. Jayson era a terra, accanto a lei, e non respirava.

Non è stato decapitato. Non è morto, pensò automaticamente Stas, la cui voce mentale assunse un tono strano, come di valutazione. Di natura stoica. Pratico. *Seraphim.*

Aidyn era tra le braccia di Lizzie, aggrappata ai capelli rossi della madre con i piccoli pugni stretti.

Entrambe tremavano.

Entrambe erano terrorizzate.

Nonostante ciò, Adriel parlò.

Stas non riusciva a sentirlo, vedeva soltanto la lama puntata alla gola bianca di Lizzie.

Il metallo cominciò a muoversi.

Si alzò.

Si inarcò.

Formò un angolo che poteva significare solo una cosa.

"Se questa è la tua scelta," disse Adriel, le cui parole finalmente penetrarono la mente di Stas. "Allora ti consegnerò al tuo destino."

Stas sbatté le palpebre.

Schiuse le labbra.

La spada cominciò a tagliare l'aria.

E Stas si lasciò sfuggire un urlo. Forte. Autoritario. *Furioso.*

Quei Seraphim avevano attaccato la sua famiglia. I suoi cari, e il capo dei Seraphim guerrieri aveva la maledetta audacia di *decapitare* la sua migliore amica *di fronte a lei?*

Sentì il potere scorrerle nelle vene e scatenarsi nel vento mentre Stas raggiungeva Adriel, come se avesse intenzione di strangolarlo.

Ma lui era troppo lontano perché lei potesse arrivarci.

Troppo vicino alla sua migliore amica.

Con quella dannata spada in aria.

Stava per decapitare una donna che *teneva in braccio una bambina.*

"Fermo!" gridò Stas, con una voce più imponente di come l'avesse mai sentita. Forte. Risuonò attraverso la terra, aumentando l'energia che le germogliava dalle punte delle dita e colpiva a bruciapelo l'aria intorno a loro.

Astasiya vociò, gridando al cielo, chiedendo vendetta per l'ingiustizia che stavano subendo.

I Seraphim avevano attaccato gli Hydraiani.

L'avevano affogata.

Avevano incapacitato suo padre. Jayson.

Avevano un coltello puntato su Caro.

Avevano ucciso Blake.

Grace e Ash, aggiunse mentalmente, osservando le loro forme senza testa. *Morti.*

Dentro di lei crebbe più rabbia, si riversò attraverso la

punta delle dita sotto forma di archi elettrici che colpirono Adriel, Kital e Arvane direttamente nel petto.

Loro caddero a terra, in ginocchio, mentre lei si scatenava di più. Molto. Molto. Di più.

Non faranno del male a nessun altro.

Non prenderanno Lizzie.

Non prenderanno Aidyn.

La voce mentale di Issac irradiava nuovamente preoccupazione nella mente della bionda, le chiedeva cosa stesse facendo, ma Stas non riusciva a rispondere. Stava *scatenando la propria furia*.

Quei mostri avevano attaccato la sua famiglia.

Volevano il suo rispetto? Al diavolo.

Al contrario, avrebbero potuto sentire l'ira della sua disobbedienza.

Le si formò un altro grido in gola, che fece vibrare l'aria mentre il suo potere aumentava e le sprizzava dalla punta delle dita, facendo tremare il terreno sotto la sua furia.

Un odio diverso da qualsiasi cosa Astasiya avesse mai provato le infuocò le vene, mentre le balenavano in testa immagini della spiaggia, il sangue, le vite perse, la raccapricciante battaglia in quel campo davanti a casa di Luc. Stas non sapeva nemmeno se fosse ancora vivo. Jacque l'aveva teletrasportato fuori di lì in tempo? Mateo? E gli altri Guardiani?

Le uniche teste che aveva visto appartenevano a Grace e Ash, ma dovevano essercene altre. Jay aveva un'intera squadra di guardie, così come Luc. Erano tutti morti? O solo incapacitati? Si sarebbero svegliati di nuovo?

Le lacrime le scorrevano lungo il viso, il senso di fallimento le colpiva la pancia producendo più energia.

Calore.

Lava.

Elettricità.

Le facevano male le unghie, il terreno roccioso sotto di lei le si conficcava nella pelle, ma Stas lo ignorò, mentre il dolore, l'angoscia e la rabbia inondavano l'atmosfera.

Quei maledetti Seraphim avevano bisogno di *sentire*, per *capire*. Erano strumenti. Armi. Gusci privi di significato, senza emozioni. Non comprendevano il senso della vita. Non comprendevano il significato della famiglia. Non comprendevano il significato dell'*amore*.

Astasiya spinse l'energia contro di loro, costringendoli a sperimentare ogni grammo di quell'esistenza, esigendo che si *conformassero* allo scopo di *vivere*.

Perché esistere, senza emozioni?

Perché esistere, senza relazioni?

Perché esistere, senza *sentimenti*?

Le si spezzò il cuore, davanti alla loro inutile esistenza, la sua anima urlava a causa di quell'ingiustizia.

Anche tutti quelli intorno a lei piansero.

Lizzie. Aidyn. La madre di Stas.

Astasiya sentì il loro dolore e lo incanalò nella rete dell'esistenza che aveva intessuto intorno all'isola.

Perché vivere? Perché esistere? Perché respirare?

Quegli esseri erano crudeli. Non avevano uno scopo. Vivevano una vita che non valeva niente.

Ma lei li avrebbe fatti *sentire*.

Li avrebbe costretti a comprendere il motivo dell'esistenza.

Avrebbe costretto le loro anime a provare sensazioni, a *esistere*.

Voi. Sperimenterete. Il. Dolore.

Il dolore della perdita. Della perdita di Issac. Della perdita di Luc. Della perdita in generale. Della potenziale perdita di altre vite, amici, persone care, esseri che *contavano qualcosa*.

L'elettricità le ronzò intorno, facendole alzare i peli lungo le braccia e le gambe. Stas non aveva più freddo. Non era più bagnata dalle onde. Non era più un essere corporeo.

Ma una Seraphim di grande potere.

Un'essenza eterea che esigeva che quegli angeli *si inchinassero* a un nuovo scopo.

Alla sensazione.

Alla vita.

Al sentimento.

All'emozione.

Il fuoco la sferzò, riversandosi nelle vene di Stas in un colpo invisibile di potere che le scese ancora una volta lungo le braccia, verso terra. Era uno spirito posseduto dal dolore, dalla rabbia e dalla determinazione.

Le lacrime le offuscavano la vista.

La notte le accarezzava i sensi.

Tutto era bellezza personificata, le anime danzavano intorno a lei al suo comando, inchinandosi sotto la sua energia.

L'intensità *faceva male*.

Astasiya non riusciva a respirare. Non riusciva a muoversi. Era schiava della sensazione di quella purificazione.

Finché finalmente le sue orecchie sentirono silenzio.

Un silenzio osannato.

Un sussurro di accettazione.

Un barlume di *luce*.

Deglutì, la testa china mentre si studiava le mani. Sembravano normali, ancora pallide, le unghie sporche del sudiciume delle rocce, ma per il resto esattamente come erano sempre state. Eppure sentiva un ronzio di energia statica sfiorarle la pelle e rafforzarle lo spirito.

Tanto potere, si meravigliò, fissandosi i palmi, come se avessero tutte le risposte.

Aya, le sospirò Issac nella mente. *Stai bene?*

Non lo so, ammise lei. *Io... Mi sento come se fossi... implosa?*

Hai messo in ginocchio tutti i Seraphim, le disse. *Stanno... piangendo.*

Stas aggrottò la fronte, poi si concentrò su Adriel, Kital e Arvane e scoprì che stavano davvero piangendo.

C-Come? Deglutì di nuovo. Alla vista di quegli esseri potenti in ginocchio, che la guardavano con riverenza e timore negli occhi, le si serrò lo stomaco.

L'espressione di sua madre Caro ricordava lo stesso tipo di adorazione, così come quella di Lizzie.

Stas scosse la testa. "Io... Io non..."

Dalla sua sinistra si levò un lento applauso, il suono disturbava il silenzio intorno a loro.

Stas sbatté le palpebre, il cuore le batteva rapidamente nel petto. Poi seguì lentamente il suono.

E trovò Osiris appoggiato a un albero, le caviglie incrociate, come se solo pochi minuti prima non ci fosse stata un'esplosione di potere.

"Ben fatto, nipotina," si complimentò. "Ora, saresti in grado di ricreare quel potere e usarlo su un'intera isola di Seraphim?"

CAPITOLO 35

BALTHAZAR

FINALMENTE, CAZZO, ESORDÌ ALIK, INGAGGIANDO LA propria telepatia per parlare direttamente con Balthazar. *Wakefield ci sta aiutando a vedere i Seraphim, ma non possiamo ferir...*

Lasciò andare la frase.

Balthazar si accigliò, mentre un ronzio statico gli danzava sulla pelle.

Il potere aleggiò intorno a loro, raffreddando l'aria come un minaccioso bacio della morte.

Leela rabbrividì, stringendo la presa intorno al collo di B.

La mente di Balthazar toccò rapidamente le persone più vicine a lui, cercando una spiegazione, un aggiornamento, *qualsiasi* cosa gli dicesse ciò che stava succedendo.

La voce mentale di Jay era sparita, e ciò gli fece battere forte il cuore, ansioso.

Tuttavia, i pensieri di Lizzie confermavano che il suo migliore amico fosse ancora vivo.

Luc stava osservando la fonte dell'energia, il dono strategico analizzava la scena davanti a lui.

Stas, sospirò Balthazar. *Ecco cosa stiamo provando.*

Lo so, sussurrò Leela. *Io... Riesco a percepirlo attraverso il legame di fedeltà.*

Che cosa sta facendo? chiese il re Hydraiano.

Nel secondo successivo, ebbe la risposta che cercava, poiché in tutta l'isola sbocciarono le menti dei Seraphim, permettendo loro non solo di percepire le reazioni, ma anche di *sentire* le loro emozioni.

Balthazar rimase a bocca aperta per via di tutta la confusione, il terrore atroce e la tristezza che lo colpirono immediatamente. Perse quasi l'equilibrio, ma la presenza di Leela lo stabilizzò, dandogli un punto fermo a cui aggrapparsi mentre assorbiva il caos che si scatenava a Hydria.

I Seraphim erano caduti in ginocchio, le loro menti erano completamente sotto il comando di Stas.

Ma Leela sembrava stare bene.

Stark o Vera erano stati colpiti? Sethios e Caro?

La mente di Issac era piena di pensieri che Balthazar poteva ufficialmente sentire di nuovo: gli disse che stava bene, ma che era leggermente preoccupato per Stas, perché non gli rispondeva.

Era annegata diverse volte, prima di dirigersi verso casa di Luc.

In quel momento, sembrava che stesse abbracciando pienamente il proprio potere, rendendo tutti sull'isola consapevoli della sua forza e della sua potenza.

Stava obbligando i Seraphim a... a...

Li sta costringendo a sentire? Balthazar non era sicuro di come spiegare la sensazione che stava provando, ma voleva condividerla con Leela. *È come se gli stesse facendo capire lo scopo della vita.*

449

Lei proviene dalla stirpe di Osiris. Lui è il Seraphim originale della vita e della risurrezione. Sta facendo appello a qualcosa... un potere... alla sua stirpe, rispose Leela, la cui espressione corrispondeva al tono sbalordito. *Non ho mai visto o sentito niente di simile.*

Riesci a percepirlo?

Solo attraverso di te, ammise lei. *E il freddo nell'aria. Fatta eccezione per ciò, non sento niente. Astasiya non mi sta affatto soggiogando.*

B annuì, la mente alla ricerca di Stark. Oltre a essere lievemente sorpreso, sembrava stare per lo più bene. Almeno dai piccoli scorci che Balthazar raccolse dai suoi pensieri.

Clara era in piedi accanto a lui; appena arrivato, il Seraphim guerriero era andato dritto da lei, un dettaglio che B aveva colto nei pensieri di Clara.

Perché, grazie al legame con Leela, poteva sentirla come prima.

E Clara aveva sicuramente legato con Stark.

Balthazar non l'aveva scoperto ficcando il naso nella mente della donna, ma dai sentimenti che emanava.

Sollievo.

Confusione.

Un pizzico di paura.

E una sana dose di fiducia.

Le emozioni sull'isola l'avevano sopraffatta, ma sembrava che la presenza di Stark l'avesse aiutata a calmare la mente.

B approvava anche solo per quel motivo. Avrebbe rivisto il come e il perché di quel legame successivamente.

Andò alla ricerca di Sethios o Caro, e trovò il primo silenzioso come Jayson, mentre sentiva Caro forte e chiaro. Irradiava orgoglio, contaminato da un pizzico di paura.

Che significa? si domandò Leela. *Cosa le farà il Consiglio quando lo scopriranno?*

Domanda eccellente.

Balthazar tornò dal più vecchio amico, curioso di sentire cosa ne pensasse, e si accigliò quando sentì nei suoi pensieri che non era sorpreso.

Dobbiamo andare da Luc, disse B lentamente. *Puoi nebulizzarci a casa sua?*

Leela non chiese perché, si limitò a sfruttare la capacità di volare e li portò nel soggiorno di Luc.

Il vecchio amico di B era in piedi davanti alla finestra, stava osservando Stas e i tre Seraphim inginocchiati sull'erba. Mateo e Jacque lo affiancavano su entrambi i lati, con lo sguardo rivolto agli eventi all'esterno.

Dal chiacchericcio mentale degli Hydraiani, c'erano altri due Seraphim inginocchiati sulla spiaggia, in una posa simile, completamente rapiti da qualsiasi trance Stas avesse intessuto nell'aria.

Mateo e Luc non sembravano preoccupati, le loro posture erano rilassate. Jacque era il più vigile tra il gruppo, i suoi occhi argentati si posarono su Balthazar appena arrivò. Sorrise, i lineamenti illuminati dal sollievo.

Balthazar gli fece l'occhiolino, contento di vedere che anche lui stesse bene. I pensieri di Owen erano vicini, suggerendo che era anche lui si trovasse in casa.

Niente di strano.

I due avevano chiaramente portato la loro amicizia a un nuovo livello. Erano ancora nelle prime fasi della relazione, quindi B non voleva insistere, ma approvava assolutamente. Quei due Hydraiani si giravano intorno da decenni, prima della presunta morte di Owen.

Jacque chiaramente non apprezzava di essere tenuto all'oscuro, ma non avrebbe lasciato che l'opportunità gli sfuggisse di nuovo.

Anche se, nella sua aura era rimasta una certa rabbia residua, che suggeriva che i due uomini stessero ancora lavorando su alcuni dettagli.

"È bello averti a casa, B," disse Luc senza voltarsi. "E anche giusto in tempo..."

"Qualcuno direbbe che sono in ritardo," rispose Balthazar.

Luc annuì. "Sì, ma sei sano e salvo, è questo ciò che importa."

"Mi sorprende che tu sia ancora qui," disse Balthazar, consapevole che il vecchio amico avesse alcuni segreti, in quella sua testolina.

Uno era il fatto che aveva anticipato quella risposta da parte di Stas.

Perché Osiris aveva menzionato che ne fosse capace.

Un fatto che spaventò Balthazar più di quanto volesse ammettere.

Da quando parli apertamente con Osiris? avrebbe voluto chiedere, ma aveva passato più di tremila anni a fidarsi di Luc. Se stava parlando con Osiris, aveva una buona ragione per farlo.

"Non lascerei mai Hydria in queste condizioni," rispose Luc, voltandosi verso di lui. "Avevano bisogno di un leader."

"Un re," lo corresse Balthazar.

Il vecchio amico sospirò, scuotendo la testa bionda. "Sappiamo entrambi che non sarei in grado di governare in questo momento, B." I suoi occhi color smeraldo vorticavano, pieni di verità. "Ho troppi pensieri in testa per prendere decisioni appropriate e logiche, ora come ora."

"Forse hai tanti pensieri in testa," concordò Balthazar, percependo la furia nell'aura di Luc. "Ma la tua logica è sempre valida."

Luc lo osservò per un momento. "Sì, forse. Tuttavia,

continuo a dubitare di me stesso e delle mie decisioni. Ho bisogno... di una mente lucida."

Balthazar tacque, consapevole di ciò che desiderava l'amico. Era proprio lì, sulla punta dei pensieri: la richiesta di una tregua. Ciononostante, sapeva che quello era probabilmente il momento peggiore per scappare e ricaricarsi.

Quindi, era rimasto.

Ma ogni momento, la sua psiche peggiorava sempre di più, la rabbia superava la capacità di essere paziente.

Luc aveva bisogno di una pausa temporanea dal prendere decisioni. Un momento per sé, per processare il lutto. Per infuriarsi. Per odiare il mondo.

Un rinnovo mentale.

E aveva bisogno che Balthazar guidasse l'isola in sua assenza.

Jay era troppo occupato con la paternità, per prendere il trono.

Alik era troppo amareggiato per farlo.

Quindi l'unica vera opzione rimasta era Balthazar.

Per quanto tempo? avrebbe voluto chiedere B, ma sapeva che il vecchio amico non sarebbe stato in grado di rispondere. Se ne sarebbe andato per tutto il tempo necessario a riprendere il controllo delle emozioni e della mente logica.

B, sussurrò Leela, l'attenzione ancora rivolta sulle finestre. *Osiris si è appena nebulizzato.*

Balthazar seguì immediatamente lo sguardo di lei, e notò il Seraphim applaudire appoggiato all'albero. Anche l'attenzione di Luc si spostò, ma non sembrò sorpreso dall'arrivo.

Perché lo aveva immaginato, un fatto che Balthazar aveva appreso dalla sua mente e da quella di Mateo.

Lo avevano contattato, volevano che spiegasse la

riforma ad Adriel. Un buon piano, tranne per il fatto che il Seraphim originale della vita e della risurrezione non si era presentato in tempo per essere di grande aiuto. Sua nipote aveva svolto il lavoro per lui.

Lavoro di cui Osiris sembrava essere piuttosto orgoglioso.

I toni olivastri della sua testa calva brillavano al chiaro di luna, il luccichio creava un falso alone attorno al cuoio capelluto.

Un dettaglio ornamentale adatto a un Seraphim.

Ma non c'era niente di angelico in quel maschio, e nemmeno nella sua anima.

Balthazar andò alla porta, voleva sentire la loro conversazione.

Gli altri lo seguirono, raggiungendolo fuori mentre Osiris diceva: "Ora, saresti in grado di ricreare quel potere e usarlo su un'intera isola di Seraphim?"

Stas sbatté le palpebre, troppo sbalordita dalla presenza dell'antico, o forse da ciò che lei stessa aveva appena compiuto, per parlare. La mente della bionda vibrava in confusione, il suo potere era indescrivibile. Sapeva di aver portato i Seraphim a inginocchiarsi attraverso una forma di rinascita, costringendoli a sentire. Non aveva idea di come avesse fatto.

In preda alla rabbia.

Alla disperazione.

Alla stanchezza.

Per lei erano tutte cause possibili, nella sua mente, ma Balthazar sospettava che fosse una combinazione di tutte e tre, caratterizzata dall'amore.

Stas aveva sfruttato le proprie vere capacità per salvare la migliore amica. Un'impresa ammirevole, che sicuramente meritava di essere lodata, ma Balthazar dubitava che lei volesse quell'elogio da Osiris.

"Mmmh, pensavo di no," continuò l'antico Seraphim, riferendosi alla domanda sulla capacità di Stas di ricreare il potere per usarlo contro un'intera isola di Seraphim. "Sono pronto a iniziare il tuo allenamento, quando vorrai, Astasiya."

Lei aggrottò la fronte, una parte della confusione si sciolse sotto un'ondata calda di emozione intensa.

Furia.

Ispessì l'aria intorno a loro, soffocando tutte le altre emozioni nella radura.

Leela premette il palmo della mano sulla parte bassa della schiena di Balthazar, sentendo chiaramente la sensazione attraverso il loro legame.

Assomigliava a una profonda fiamma rossa, che brillava con rabbia e bruciava più di ogni altra cosa. Tuttavia era invisibile, e nessuno sembrava notarla, tranne Balthazar.

Perché percepiva le emozioni instabili di Stas.

Proprio come poteva sentire la rabbia riversarlesi nei pensieri.

Astasiya aveva messo insieme qualcosa che gli altri non avevano ancora capito, ma nel momento in cui lei lo pensò, Balthazar capì che aveva ragione.

"Sei rimasto a guardare mentre accadeva tutto," disse, con parole ingannevolmente silenziose. "Ti abbiamo chiamato per chiedere aiuto, e invece di venire in nostro soccorso, sei rimasto a guardare e hai lasciato che succedesse."

Osiris la fissò, gli occhi verdi erano dello stesso colore di quelli della nipote, e non lasciavano trapelare nulla. "Avevi bisogno di un campo di addestramento. Io te ne ho fornito uno."

Stas inarcò le sopracciglia.

Ma fu Caro a parlare, la sua ira paragonabile alla furia della figlia. "Se stato tu a orchestrare tutto questo?"

Osiris la guardò. "Non direttamente. Leek conosceva già la verità, grazie alla manipolazione affrettata da parte di Vera. Ho semplicemente accelerato l'inevitabile, dando loro un agente da manipolare."

"Patreel," disse Leela, sorprendendo Balthazar. Non per via della risposta, che anche lui sospettava, ma per il fatto che lo avesse detto ad alta voce.

"Aveva servito il suo scopo e non era più utile a nessuno di noi," riprese Osiris, le parole una conferma indiretta del suo coinvolgimento negli eventi di quella sera. "Meritava il suo destino... Immagino possiate apprezzare, dato il ruolo che ha svolto nelle vostre riforme."

Leela strinse i denti, la sua mente ripensò a un accordo con le parole di Osiris, alle quali seguì una replica immediata. *Patreel non lo sapeva*, pensò. *Era solo un burattino.*

Balthazar si appoggiò a lei, dicendole senza parole che non era sola, in quel conflitto mentale. Perché era d'accordo che Patreel dovesse essere punito per quello che aveva fatto, ma sentiva anche che non era stata colpa del Seraphim.

L'Alto Consiglio di Seraph era più colpevole di chiunque altro. O almeno i membri originali.

"Patreel potrà anche essersi guadagnato il proprio destino, qualsiasi esso sia," disse Stas. "Ma Grace non meritava di morire. Nemmeno Ash. Neanche gli Hydraiani sulla spiaggia meritavano di essere feriti o uccisi. Mio padre, Jay, Lizzie e la *piccola Aidyn* non meritavano niente di tutto questo."

Stas si fece avanti con ogni affermazione, fino a quando non fu a pochi metri da Osiris.

"Spesso sono necessari dei sacrifici, quando si addestra una persona potente come te," le rispose, imperturbabile alla vicinanza o alla furia tranquilla che Stas sembrava emanare.

"*Sacrifici?*" ripeté lei. "Hai messo tutti in pericolo. Hai lasciato morire delle persone innocenti. Solo per *addestrarmi?!*" Astasiya sferrò un pugno sulla mascella di Osiris, facendo rimanere a bocca aperta tutti quelli che la circondavano.

Caro fece un passo avanti, ma Osiris alzò la mano, fermandola. Era bastato quel semplice gesto, oppure l'antico aveva liberato il proprio potere persuasivo. Balthazar non riusciva a leggere nulla nella mente dell'antico immortale: Osiris la teneva tutta per sé, insieme alle emozioni. Senza dubbio era grazie a una runa di qualche tipo. O forse solo per via del suo potere.

Tuttavia, ciò non sembrava intimidire Stas.

Gli si piazzò davanti e disse: "Non mi allenerò *mai* con te. Non ora. Non dopo tutto quello che hai fatto. Sei un mostro."

"Non sono stato io a mandare qui i Seraphim per distruggere Elizabeth e la sua progenie," le fece notare lui con una voce che mancava di emozione. "È stato l'Alto Consiglio di Seraph."

"Eppure tu sei rimasto a guardare mentre quasi trionfavano," sbottò lei. "Questo ti rende altrettanto complice."

"Mi rende paziente," ribatté Osiris. "Significa che ho fiducia nelle tue capacità, e avevo ragione, come si è dimostrato."

Fece un gesto verso Adriel, Arvane e Kital, tutti in ginocchio. Le loro espressioni si riempirono di meraviglia mentre continuavano a fissare Stas, come se fosse una dea degna di adorazione.

"E se ti fossi sbagliato?" gli domandò lei. "Avresti lasciato che uccidessero Lizzie? Aidyn? Jayson?"

"Sbaglio raramente, forse mai," rispose Osiris.

"Non sono disposta a mettere in pericolo altre persone," dichiarò Stas a denti stretti. "Io non sono come te."

"Ed è proprio per questo che hai *bisogno di* me," la informò l'antico. "Io ero qui. Se la situazione si fosse rivelata inutile, mi sarei intromesso. Ahimè, non c'era bisogno di me. Eri *tu* la soluzione, ma avevi bisogno di quella spinta per fidarti del tuo potere, per sapere di cosa sei capace senza fare affidamento sui tuoi mentori."

Intende Gabe e Vera, pensò Leela, con le braccia conserte. *Ecco com'è coinvolto. Deve aver costretto Patreel a dire a Mel o Dian dove trovarci, poi ha convinto Patreel a chiedere aiuto a Vera e Gabe. Voleva che venissero estromessi dalla situazione per testare Stas.*

Quindi non c'era il Consiglio dietro la distrazione.

Forse sì, mormorò Leela. *Ma era il risultato dell'influenza indiretta di Osiris attraverso Patreel. Ha organizzato lui il piano di gioco.*

I pensieri di Luc erano concordi con quelli di Leela, la sua mente rifletteva sulla strategia e la trovava logica, addirittura rispettabile. Ciò con cui non era d'accordo, tuttavia, era l'approccio sacrificale di Osiris.

Nemmeno a Balthazar piaceva.

Quella notte avevano perso delle vite valide. Hydraiani di cui avrebbero avuto un disperato bisogno per la battaglia futura.

Hydraiani come Ash e Grace, pensò B, poi posò lo sguardo sulle loro forme senza vita a terra. *Non se lo meritavano.*

Leela gli poggiò il palmo di una mano contro la spina dorsale, e gli posò la testa su una spalla offrendogli supporto. Balthazar avrebbe dovuto sopportare il peso di quel costo emotivo, soprattutto se Luc lo avesse lasciato al comando.

Chi altro abbiamo perso? si chiese Balthazar. *Quanti sono morti, stanotte?*

"Ci sei costato diverse vite importanti, stasera," disse Luc in tono piatto, i pensieri sulla stessa lunghezza d'onda di quelli di Balthazar.

Ecco perché i erano un duo perfetto per governare. Luc aveva un notevole talento strategico, mentre Balthazar conosceva le menti e i cuori del loro popolo.

"Ash era la nostra pirocinetica migliore," continuò Luc. "Grace era giovane, ma molto abile nell'arte di leggere la storia dagli oggetti, oltre che a combattere."

"Non sono d'accordo sulla prima, e per quanto riguarda la seconda, hai ancora Owen," gli rispose Osiris.

Luc si accigliò. "Non abbiamo altri pirocinetici sull'isola."

"Forse no, ma ci sono delle alternative. Ovvero quello che ho preso in considerazione, pensando agli eventi di stasera." Strinse le mani davanti a sé. "La potenza complessiva di Hydria rimane più forte che mai. Semmai, si è dimostrata abbastanza autorevole contro i Seraphim, un dettaglio che so li scioccherà, poiché il Consiglio ne ha inviati solo sette, dal momento che non si aspettavano un gran combattimento."

"Quindi questo era solo un esercizio di allenamento e un test," commentò Stas, stringendo i pugni lungo i fianchi, come se volesse di nuovo colpire Osiris.

Balthazar dubitava che l'antico avrebbe permesso un altro colpo.

Quindi sperava, per il bene di Stas, che lei si trattenesse, anche se lui era assolutamente d'accordo con la sua rabbia.

"Nella vita non conta solo il potere," mormorò Balthazar a bassa voce. "Siamo una famiglia. La perdita ha un impatto sul morale, che può deteriorare notevolmente la nostra capacità di combattere come unità coesa."

Luc ne era la prova, la perdita di Aidan aveva avuto un impatto sulle sue capacità di leadership.

Osiris osservò Balthazar per un momento, prima di guardare Lizzie e Aidyn, poi riportò lo sguardo su Stas.

"Forse ci sono cose che potresti insegnarmi anche tu," offrì alla bionda. "L'umanità è considerata un tratto debole, ma oggi mi hai dimostrato che può anche avere dei punti di forza."

"Non mi allenerò con te," ripeté Stas, con tono risoluto, ma le emozioni che la circondavano suggerivano che avesse parlato per rabbia.

Balthazar non poteva biasimarla.

Tuttavia, nella mente di Luc c'era un po' di delusione. Perché anche se non era d'accordo con i metodi di Osiris, poteva riconoscere la praticità di lavorare insieme a lui.

Balthazar lanciò un'occhiata all'amico, sorpreso da quei pensieri.

Luc lo ignorò, lo sguardo fisso sull'antico Seraphim.

Osiris sospirò. "Lo farai, bambina. Non avrai scelta." Si allontanò da Stas. "Rimarrò nei paraggi." Lanciò un'occhiata al figlio a terra, e strizzò le labbra. "Guariscilo, Caro. Guariscili tutti."

Invece di nebulizzarsi, si limitò a camminare verso gli alberi.

Poi sparì lungo un sentiero nella notte.

"Lo lasciamo andare in giro per Hydria?" chiese Stas, mentre Caro si inginocchiava accanto a Sethios.

Persuasione, si rese conto Balthazar. *Osiris ha appena persuaso Caro a guarire.*

Ovviamente, mormorò Leela.

"Penso che Osiris abbia vagato per Hydria per secoli," disse Luc piano, stringendo gli occhi sul sentiero che il

Seraphim aveva appena imboccato. "Quante vittime abbiamo..."

"Luc?" La voce di Eliza proveniva dal buio. Un accenno di paura precedette l'arrivo della donna, la cui aura era annebbiata da un misto di shock e terrore.

Balthazar si accigliò, il suo potere si attivò immediatamente mentre cercava di scoprire cosa avesse causato quella reazione in lei.

Aveva passato gli ultimi mesi a monitorare le emozioni della Neonata, aiutandola a guarire dagli orrori del passato.

Tuttavia, nel momento in cui era entrata nella radura e aveva visto tutti in piedi, si era bloccata.

O forse era stato lo sguardo gelido di Luc a congelarla. "Non ho tempo per te, in questo momento," le disse a denti stretti. "Torna più tardi."

"Luc," intervenne Balthazar, facendosi avanti.

Il re gli lanciò un'occhiata. "Non. Adesso." *Se mi parlasse ora, direi o farei qualcosa di cui mi pentirei.* L'ammissione riecheggiò tra i due Hydraiani, la serietà di essa fece riflettere Balthazar.

Nei mesi precedenti, il vecchio amico di B aveva continuato a negare la propria attrazione per la giovane Hydraiana, affermando che fosse troppo giovane per lui, troppo inesperta, ma ciò non gli aveva impedito di volerla segretamente.

In quel momento sembrò ammettere apertamente l'attrazione, almeno a Balthazar, e stava dicendo di non essere pronto ad affrontarla, visto l'umore attuale.

Non voleva rischiare di distruggerne il potenziale con poche parole.

Che sviluppo interessante.

O forse era solo una confessione stanca.

Indipendentemente da ciò, Balthazar annuì, facendogli sapere di aver capito.

"Ma devo davvero..."

"Eliza, ho questioni più importanti da gestire in questo momento, incluso ripulire l'isola dai cadaveri," dichiarò Luc con fermezza. "A meno che la tua dichiarazione non preveda il numero di vittime Hydraiane, può aspettare."

La donna dai capelli scuri deglutì, e le iridi color mezzanotte si velarono di determinazione. Abbassò il mento in segno di comprensione e mentre tornava nell'ombra, senza dire una parola, la sua mente divenne stranamente vuota.

Balthazar sospirò. Non era affatto il modo giusto di gestire la situazione, ma sarebbe stato peggio se Luc si fosse scagliato verbalmente contro di lei.

A ogni modo, B si chiese cosa avesse voluto dire. Sembrava che stesse bloccando il pensiero nella mente, forse perché aveva notato Balthazar, in piedi nelle vicinanze, il che lo incuriosiva ancora di più.

Per poco si avvicinò a lei, per parlarle da solo, ma Sethios tornò in vita imprecando furiosamente e distraendo tutti.

Caro si mise subito al lavoro su Jay, senza dare a Sethios nemmeno un bacio o un abbraccio. Non fece neanche un commento sulla sua guarigione.

Sethios aggrottò le sopracciglia e si guardò intorno.

"Il *nonnino* l'ha soggiogata a guarire tutti," spiegò Stas a denti stretti.

Sethios aggrottò la fronte, ignorò tutti gli altri e si inginocchiò accanto a Caro, premendole il palmo di una mano su una spalla. Tra di loro scorse dell'energia, la connessione palpabile e forte.

Non parlò nemmeno, andò dritto al sodo, cercando di aiutarla attraverso il loro legame.

Sta cercando di spezzare la persuasione? si chiese Balthazar.

Sì, oppure le sta offrendo la propria energia per mantenerla stabile, rispose Leela. *Il dono della guarigione è nuovo per lei, e probabilmente la stanca.*

Il che significava che aveva bisogno di aiuto.

Balthazar cercò la mente dell'Hydraiana che avrebbe potuto aiutarla e la trovò sulla spiaggia. "Lara sta guarendo London," disse, le parole rivolte a Luc. "Da quello che posso sentire nei suoi pensieri, non ci sono molte morti permanenti, solo ferite gravi o Hydraiani ai quali potrebbero servire diversi giorni per rimettersi."

Gli Hydraiani potevano morire solo dopo essere stati decapitati, o dissanguati completamente, cosa che accadeva quando un proiettile incendiario entrava nel flusso sanguigno.

Tuttavia, i Seraphim non avevano usato alcuna arma, fatta eccezione per le loro spade eteree. Almeno, quello era tutto ciò che B era riuscito a capire dalla mente dei suoi Hydraiani.

"Aya," sospirò Issac, sbucando fuori dal limitare degli alberi dove Eliza era ferma in piedi.

Balthazar si accigliò, rendendosi conto che era scomparsa senza dire una parola.

Cercò di trovare la mente della donna, ma le emozioni di Issac gli attraversarono i sensi, attirando la sua attenzione sulla coppia abbracciata in mezzo al campo.

Issac emanava amore, adorazione, rispetto e preoccupazione, mentre stringeva Stas con una ferocia che Balthazar percepiva fino all'anima.

Vederli abbracciarsi proprio vicino a Sethios e Caro creava una realtà strana sul campo. Un nuovo modo di vivere. Un destino che Balthazar non sapeva di desiderare, ma che si trovava a volere più dell'aria stessa.

Perché ce l'aveva anche lui.

Aveva Leela.

L'altra metà del suo spirito.

La donna che era sempre stato destinato a reclamare, eppure aveva trascorso tre millenni a trovarla, perderla e ritrovarla.

B la guardò nelle iridi verde-azzurro, i loro sguardi si capirono al volo.

Questi siamo noi, pensò B, diretto a lei.

Quello che il nostro passato ci ha negato, sussurrò Leela.

Quello che il nostro futuro ci promette, ribatté lui, portandole una mano sulla guancia.

Lei si appoggiò a quel tocco, con gli occhi chiusi. *Quello che è già il nostro presente*, mormorò dolcemente.

B premette delicatamente le labbra su quelle di Leela. *Ti devo ancora dei pancake.*

È vero, concordò lei.

Una volta che avremo finito qui te li preparerò. Tanto, probabilmente, sarebbe già stata mattina, quando avrebbe mantenuto la promessa.

Leela alzò le lunghe ciglia bionde, un accenno di malizia le scintillò nelle iridi. *Solo dopo che mi avrai lasciato leccare lo sciroppo dai tuoi addominali.*

Stai dicendo che preferisci me ai pancake?

Sto dicendo che i tuoi addominali mi ricordano i waffle, e preferisco i waffle ai pancake, mormorò la Seraphim.

Bugiarda, ribatté B, strizzando gli occhi. *Posso leggerti nel pensiero, Lee.*

È vero, puoi farlo, rispose lei, sorridendo. *Quindi sai che sto dicendo la verità, sul fatto che preferisco te per colazione, cosparso di sciroppo.*

La baciò di nuovo prima di sfiorarle la guancia e premerle la bocca sull'orecchio. "Per me è lo stesso." Per Balthazar quella era più o meno una dichiarazione d'amore. Perché, nella vita, i pancake erano la sua passione.

Ma Leela aveva superato l'amore che provava per quel delizioso cibo da colazione.

Ed era diventata il pasto preferito, quello che adorava concedersi.

Le sfiorò la guancia con le labbra, poi si raddrizzò e si concentrò sulla notte davanti a loro.

Leela sarebbe stata il suo dessert.

Più tardi.

Dopo che B avrebbe finito di consolare i suoi Hydraiani.

E discutere dei passi successivi con i colleghi Anziani.

CAPITOLO 36

BALTHAZAR

"Quattro morti, incluso Blake. Tredici feriti, ma si tratta per lo più di immortali guariti, e sei Seraphim emotivi." Jay incrociò le braccia, i piedi divaricati mentre si preparava. "Questi ultimi sono stati messi nelle segrete, per ora. Non che ciò possa trattenerli."

"Sì, ma non sembrano poi tanto interessati ad andarsene," rispose Luc.

"È come se fossero in uno strano tipo di riforma," commentò Caro, con la testa sulla spalla di Sethios. Lui la circondava con un braccio, sul divano, offrendole ancora un po' della propria forza.

L'effetto persuasivo era svanito, o forse era stato rimosso, permettendole di riprendersi dalla frenesia dettata dalle guarigioni.

Entrambe le opzioni suggerivano che Osiris fosse ancora nelle vicinanze, ma che fosse rimasto nascosto sull'isola. Un dettaglio che anche Issac aveva confermato, perché non riusciva a vedere l'antico nella visione di nessuno.

Certo, avrebbe potuto usare i propri poteri per costringerli a non vederlo.

Ma era una supposizione piuttosto vaga.

Era chiaro che se Osiris avesse voluto vagare per Hydria, l'avrebbe fatto. Con o senza permesso.

E Balthazar era troppo esausto per lasciare che ciò lo preoccupasse, oltre a tutto il resto.

"Sono coscienti, ma arrendevoli," continuò Caro. "E invece di non sentire nulla, sentono tutto."

"Adriel sembra aver riacquisito i propri ricordi," esordì Stark, incrociando le caviglie mentre si appoggiava al muro del soggiorno di Luc. "Continua a menzionare qualcuno di nome Dapharia."

Caro aggrottò la fronte. "Non conosco nessuno con quel nome."

"Neanch'io," ribatté Stark. "Ma continua a chiedere di lei."

"Neanch'io conosco quel nome," aggiunse Leela.

"Forse ne svelerò l'identità quando cercherò nella sua mente," si offrì Vera, mentre si accasciava sulla poltrona più vicina al divano dove erano seduti Sethios e Caro.

Balthazar e Leela avevano preso posto sull'altra poltrona nella stanza, lei appollaiata sul bracciolo, il braccio di lui intorno alle spalle. Avrebbe voluto mettersela in grembo, ma si trattenne, concentrandosi invece sulla conversazione.

"Cos'è successo al settimo Seraphim?" chiese Sethios. "È scappato?"

"Non ho percepito Leek da nessuna parte, sull'isola," rispose Stark. "E Stas ha detto che non poteva sentirlo, come invece faceva con gli altri."

"Sì, ha stabilito una sorta di connessione," aggiunse Caro. "Immagino che sia simile al modo in cui Osiris si connette agli Ichoriani."

Stas e Issac erano rimasti con Lizzie e Aidyn per la serata, Stas sentiva il bisogno di stare vicino alla migliore amica, nel caso in cui i Seraphim avessero deciso di tornare.

Jay era quasi rimasto con loro, ma non voleva perdersi l'incontro con gli Anziani. Soprattutto perché conosceva le intenzioni di Luc di annunciare un necessario cambiamento nella leadership.

Il che significava che avrebbero dovuto essere tutti sulla stessa lunghezza d'onda, per fornire un fronte unito agli Hydraiani.

Sarebbe stata una situazione temporanea. Giusto il tempo che serviva a Luc per riacquistare fiducia nella propria mente.

Balthazar lo rispettava per aver riconosciuto la necessità di prendere il controllo delle proprie emozioni, ma desiderava che il vecchio amico si lasciasse aiutare.

Tuttavia, non era così che Luc operava.

Doveva sopportare il dolore per poterne guarire veramente.

"Quindi è legittimo presumere che Leek sia tornato al Consiglio," osservò Luc, posizionato in cima alla stanza, vicino al camino. Era intenzionale, gli dava una vista su tutti e sulla porta. "Pensi che manderanno altri Seraphim ad attaccarci?"

"Non finché non capiranno cosa è successo qui," rispose Vera. "Potrebbe volerglici un po'."

Stark abbassò il mento in segno di consenso. "Il tempo funziona in modo diverso per i Seraphim. Un paio di settimane equivalgono a un paio di mesi, o addirittura anni, per loro. Il che rende difficile prevedere il loro ritorno."

"Skye potrà aiutare su questo fronte," mormorò Caro. "E da quello che ha detto Ezekiel, ora è finalmente calma."

"Lui non aveva accennato qualcosa sull'arrivo della morte?" esordì Alik. "Sul fatto che lei continuasse a mormorarlo, proprio prima che Stas implodesse?"

"Forse intendeva dire che i Seraphim stavano per morire e rinascere?" suggerì Sethios. "Oppure stava prevedendo la morte degli Hydraiani."

"O ancora, intendeva letteralmente il Seraphim della morte e della distruzione," ribatté Alik. "Dal momento che lui è chiaramente ossessionato dalla..." Sbatté le palpebre, poi lanciò un'occhiata a Balthazar. "Devo chiamarla compagna? Fidanzata? Moglie? Sono onestamente curioso di sapere come rivolgermi a questa tua nuova aggiunta, poiché la parola *conquista* si applica a troppi altre."

"Lei non è come le altre," rispose Balthazar. "Lei è Leela, una Seraphim della fertilità, e la donna più sensuale che esista. Lei è una persona a sé, apparterrà sempre a se stessa."

Leela arricciò le labbra all'insù. "Una persona che sceglie di essere accoppiata con Balthazar."

"Esatto." B sorrise. "Una sfida che devo vincere e venerare per l'eternità."

"Un lavoro molto difficile," aggiunse Leela.

"Se fosse stato facile, non lo avrei voluto," ribatté seriamente lui.

Leela si sporse per baciarlo, la mente piena di pensieri bollenti, mentre la lingua tracciava il labbro inferiore di lui. *Non vedo l'ora di fare colazione, B.*

Anch'io, tesoro. Lui ricambiò l'abbraccio, le loro lingue si intrecciarono in una dolce carezza che avrebbe dovuto essere una provocazione per la mattina successiva. Era quasi l'alba e B dubitava fortemente che avrebbero dormito presto.

Che fortuna che non abbiamo bisogno di dormire, pensò.

Sì, concordò Leela. *Possiamo stare giorni senza.*

Giorni, ripeté B. *Una sfida che...*

"Mi pento della domanda," disse Alik in tono piatto, interrompendo i pensieri di Balthazar. "Il punto era che la profezia di Skye potrebbe riguardare il Seraphim ossessionato da *Leela*. Il che rende le tempistiche della tua uscita mal calcolate." Le parole erano per Luc. "Tuttavia, capisco il tuo bisogno."

"Non starò via a lungo," promise loro Luc. "Ho solo bisogno... di demolire il mio dolore."

"Devi accettarlo," ribatté Balthazar, allontanandosi dalla bocca di Leela per lanciare un'occhiata al vecchio amico. "Il dolore e la perdita sono fatti per essere accolti, non allontanati."

Luc sbatté le palpebre, la sua mente non si impegnò in quel compito e spostò invece l'attenzione sui giorni successivi. "Gli Hydraiani dovranno sapere la verità sulla mia assenza. Mentire o insabbiare tutto ispirerà solo sfiducia e confusione, due emozioni che non possiamo permetterci, in questo momento."

Balthazar annuì, d'accordo.

"Non hanno bisogno di sapere i dettagli. Diteg li solo che sono andato a processare il lutto e a cercare un nuovo scopo." Il re si schiarì la voce. "Avranno bisogno di voi tre come supporto emotivo."

Alik ridacchiò. "Non è esattamente il mio forte."

"Ma ci lavorerà," aggiunse Balthazar, prima che Luc potesse rispondere. "Avranno anche me e Jay. Persino Stas." Era importante includerla. Aveva sconfitto i Seraphim: ciò le avrebbe concesso un certo status tra gli Hydraiani, che avrebbero potuto usare per calmarli.

"Siamo tutti una famiglia," aggiunse Jay. "Qui ci pensiamo noi, e rispetteremo la tua assenza, Luc. Nessuno metterà in dubbio il tuo bisogno di trovare pace." Si mosse in avanti, e con una mano afferrò la spalla dell'altro uomo.

"Semmai, ti rispettiamo tutti per aver riconosciuto quel bisogno."

Abbracciò Luc, battendogli la mano sulla schiena mentre gli premeva la tempia sulla testa.

"Sei ancora il nostro re," disse piano Jay. "Questo riassetto è solo temporaneo."

"Non ho mai voluto essere re," mormorò Luc, ricambiando l'abbraccio dell'amico.

"No, ma tu sei il miglior candidato, e questa ne è la prova," rispose Jay, afferrandolo per la nuca per spingere la propria fronte verso quella di Luc. "Cerca di non allontanarti troppo, va bene?"

Luc mantenne lo sguardo di Jay per un momento, non era né d'accordo né in disaccordo. "Jacque saprà come trovarmi," disse invece.

"Mi basta," concordò Jay, poi lo lasciò andare. "Gestiremo il popolo e il potenziale impatto dei video virali online. Tu preoccupati della tua mente."

"Mateo sta cercando di cancellarli tutti da Internet," disse Luc, riferendosi ai video online. "Ma temo che il danno sia già stato fatto."

Jay scrollò le spalle. "Non tocca a te preoccupartene. Ci penseremo noi." Il tono era disinvolto, il migliore amico di B cercava chiaramente di far finta che non fosse un grosso problema, ma tutti sapevano che lo era.

I volti di Balthazar e Leela erano ovunque.

Così come quelli di Gabriel, Vera e tutti i Seraphim morti.

Erano appena entrati in una nuova fase della vita, che avrebbe potuto svolgersi in modo simile a quando i greci e i romani avevano pensato di essere degli dèi.

Oppure avrebbero potuto seguire la strada del FAC.

Indipendentemente da ciò, si sarebbero preparati e avrebbero ricominciato da lì.

"Nel frattempo, Vera e io lavoreremo su Adriel, e anche sugli altri," disse Stark, allontanandosi dal muro. "Ti faremo sapere se scopriamo qualcosa di utile."

Luc annuì, accettando i termini di quell'accordo.

"Staremo con Ezekiel e Skye, nei pressi dell'isola." Le parole di Sethios non erano un suggerimento o un'offerta, ma una dichiarazione. "Anche Stas e Issac rimarranno con noi."

Balthazar si acciglià. "Non hanno più intenzione di stare nella mia stanza degli ospiti?"

"Ezekiel ha chiesto a Issac di gestire il sonno di Skye. Sta avendo difficoltà con gli incubi. Sarà più facile, se sono nelle vicinanze," gli spiegò il padre di Stas. "Almeno per ora."

Luc annuì di nuovo. "Inoltre, sarà in grado di aiutarci a decifrare anche le sue visioni. Una mossa strategica."

Sethios e Caro si alzarono, entrambi facendo eco all'accordo con quel commento. "Così mio padre avrà anche un punto di appoggio, se mai decidesse di farci di nuovo visita, poiché dubito che i tuoi Hydraiani apprezzeranno il suo vagare apertamente sull'isola."

"Non possiamo controllarlo," rispose Luc.

"No, ma possiamo dirigere la sua attenzione altrove." Sethios sorrise. "Fidati, ho qualche millennio di esperienza con i suoi trucchetti. So come pensa."

Detto ciò, lui e Caro se ne andarono.

Vera e Stark li seguirono, lasciando Jay, Alik, Luc, Balthazar e Leela da soli nella stanza.

Tra loro cadde un breve silenzio, gli Anziani accolsero il momento decisivo del loro futuro, e le necessità che ne derivavano.

"Lo diremo agli Hydraiani più tardi," disse infine Balthazar. "Dopo la cerimonia di sepoltura."

Luc annuì. "Sarò lì con lo spirito." Il re aveva già detto

addio, a modo suo, benedicendo le loro anime in un rituale antico. Non attraverso la tristezza esteriore o piangendone la perdita, ma augurando loro pace e felicità nell'aldilà.

Parte della guarigione di Luc avrebbe comportato accettare la loro morte, insieme a tutte le altre.

Aidan sarebbe stato quello che avrebbe pianto di più.

Suo padre. La sua stessa carne e il suo stesso sangue. L'altra metà della sua mente.

"Andrà tutto bene," promise Luc, con lo sguardo rivolto a Balthazar.

"Lo so," commentò B, in piedi per abbracciare il suo più vecchio amico. "E al tuo ritorno ti aspetteremo a braccia aperte." Gli sospirò quelle parole contro l'orecchio, a bassa voce.

Poi diede una pacca sulla spalla all'uomo, proprio come aveva fatto Jay, e fece un passo indietro.

"Non ti abbraccerò," dichiarò Alik. "Ma in tua assenza ristrutturerò attivamente le nostre barriere protettive."

"Mi aspetto un rapporto completo, al mio ritorno," gli disse Luc.

Alik sorrise. "Al contrario, ti darò una dimostrazione."

I due uomini condivisero un momento di comprensione, entrambi avevano sperimentato una grande perdita. Tuttavia, Alik permetteva ancora alla rabbia residua di guidare la sua volontà di vivere, mentre Luc desiderava un percorso diverso. Non voleva essere motivato da un bisogno di vendetta. Voleva che la strategia e la logica fossero di nuovo al centro della sua mente.

E ci sarebbe riuscito.

Con il tempo.

I quattro uomini condivisero un altro potente silenzio, poi ognuno di loro se ne andò, tenendo a mente i propri compiti.

Balthazar si sarebbe rivolto all'isola quella sera, dopo aver guidato le cerimonie funebri.

Poi avrebbe annunciato la partenza temporanea di Luc.

Si sarebbe unito agli Hydraiani nel loro lutto e avrebbe offerto loro la propria capacità di calmare le loro emozioni abbracciando i loro pensieri e commenti.

Fare cameratismo e tirare su il morale erano le sue specialità.

Il che significava che quella notte e nel vicino futuro, i suoi poteri sarebbero stati necessari.

Fortunatamente, aveva qualcuno che lo aiutava a sopportare tutto.

Leela.

La sua sfida sensuale. La sua compagna perfetta. L'altra metà.

Lei gli sorrise, mentre lui la portava via da casa di Luc, isolata in cima alla collina al centro dell'isola, e giù per il sentiero verso casa sua.

"Suppongo che il fatto che Stas e Issac stiano con i genitori di lei sia una buona cosa, per ora," disse Leela in tono colloquiale mentre camminavano.

"Ah sì? E perché?" chiese B, già consapevole della risposta, ma voleva che la sua furbetta la dicesse ad alta voce.

"Perché non sono dell'umore giusto per condividerti, oggi," gli rispose lei.

"Niente orge di gruppo sulla spiaggia?"

"Mmmh, no," mormorò lei, le iridi verde-azzurro piene di energia salace. "Sono troppo insaziabile per accontentarmi di ciò."

Lui annuì, con il braccio che le scivolava intorno alla parte bassa della schiena. "E comunque ho abbastanza sciroppo solo per due."

Lei ridacchiò per la battuta, emettendo un suono che a Balthazar piaceva parecchio. "Non ti ho mai mostrato cos'è successo la mattina in cui mi hai fatto i pancake in Brasile."

Dal momento che i blocchi tra loro erano stati demoliti, la mente di B ricordava con facilità, ma l'Hydraiano stette comunque al gioco. "Spero che includa te che mi lecchi lo sciroppo dall'addome."

"E dall'uccello," rispose lei senza perdere un colpo. "Anche dai testicoli."

"Solo se mi è permesso restituire il favore," la provocò lui.

"Oh, no. Sarò io a ricambiare il favore, B." Si mise davanti a lui e iniziò a camminare all'indietro, negli occhi un bagliore che sembrava attirarlo. "Perché sarai tu quello che mi divorerà per primo."

Capitolo 37

Leela

Il marmo sotto le cosce nude di Leela era freddo, la sua pelle calda era in diretto contrasto con il bancone della cucina sotto di lei.

Ma la vista la distraeva dalla pelle d'oca che le sfiorava le gambe.

Balthazar.

Nudo.

Sotto un grembiule.

B girò un pancake in padella, lo sguardo marrone turbinava di promesse maliziose.

Avevano già giocato con lo sciroppo, leccandosi a vicenda più di una volta, prima di lavare via quella dolcezza appiccicosa.

In quel momento lui era intento a darle da mangiare.

Ma tutto ciò che Leela avrebbe voluto fare era mettersi in ginocchio e adorarlo di nuovo con la bocca.

Quella potente sensualità tra di loro la lasciava insaziabile. L'erezione sotto il grembiule diceva che anche lui provava lo stesso.

"Quello è un pericolo," disse Leela in tono colloquiale,

guardando l'impressionante eccitazione di B. "Non ti bruciare, per favore."

Oppure sì, pensò lei. Ti bacerò e ti curerò.

B arricciò le labbra all'insù, mostrando delle deliziose fossette sulle guance. "Non preoccuparti, tesoro. Sono un professionista, in cucina."

"E in camera da letto," mormorò Leela.

"Io sono bravo ovunque, quando si tratta di sesso, furbetta."

Lei inarcò un sopracciglio. "Anche tra le nuvole?"

B si fermò mentre girava un altro pancake e la guardò. "Possiamo scopare in cielo?"

Lei gli rivolse un sorriso stanco. "Io ho le ali."

Balthazar rifletté per un momento su quelle parole. "Un'esperienza nuova."

"Per entrambi," ammise lei. Non aveva mai ballato in quel modo con un Seraphim, né con nessun altro.

"Dopo la colazione," decise B ad alta voce, mentre finiva di girare il pancake.

"Non vuoi aspettare di avere le tue ali?"

Lui scosse la testa. "Non mi lascerai cadere."

"Potrei, se fai bene il tuo lavoro."

Balthazar posò la spatola e si avvicinò al punto in cui era seduta Leela, sull'isola della cucina. Le trovò i fianchi con le mani e la spinse in avanti per mettersi tra le sue cosce divaricate.

"Tesoro," le disse dolcemente, sfiorandole le labbra. "*Quando* farò bene il mio lavoro, sarai troppo occupata ad aggrapparti a me per lasciarmi andare."

Leela gli avvolse le braccia attorno al collo. "Così?"

B le fece scendere le mani lungo le gambe, fino alle ginocchia e ai polpacci, avvolgendoseli intorno alla vita e tirandola ancora più vicino a sé, finché furono intimamente l'uno a contatto con l'altra. Il grembiule era l'unica barriera tra di loro, una provocazione che Leela voleva disperatamente rimuovere.

"Così," sussurrò lui, con la bocca che catturava quella di lei.

Leela gemette, assecondando il bacio e la dolcezza nella bocca di B. Sapeva di sesso, sciroppo e carnalità.

La sua marca di cioccolato perfetta.

Un dessert che avrebbe sempre desiderato.

Il petto di B vibrava di approvazione, con un ringhio basso che gli usciva dal profondo dell'anima e che ispirava lo spirito di Leela a uscire a giocare.

Eppure, il minuto successivo, B si allontanò lentamente, tornando a concentrarsi sui pancake.

Le aveva promesso un pasto.

E sembrava che fosse determinato ad andare fino in fondo.

Lei glielo permise, godendosi il modo in cui il fondoschiena di lui si contraeva mentre si muoveva.

Era muscoloso e perfetto, non c'era da meravigliarsi che fossero state erette diverse statue in suo onore. Anche se, il fatto che non avessero modellato la parte anteriore ispirandosi a quella di B era una vera tragedia.

"Erano intimiditi," disse lui, sorridendo mentre ascoltava spudoratamente la schietta recensione del suo fisico da parte di Leela. "Non volevano rischiare di evirare nessuno, quindi hanno scelto di dare una rimpicciolita sul davanti."

"E il tuo ego l'ha permesso perché sai già di essere stupendo."

"Esatto," mormorò lui, con un sorriso che gli si allargava sempre di più in volto. "Proprio come tu sai di essere stupenda."

Era vero. Leela conosceva il proprio fascino e la propria capacità di esibirsi a letto. Era ciò che li rendeva perfetti l'uno per l'altra: la loro fiducia condivisa nella sfera sensuale.

E il loro bisogno comune di vivere la vita al massimo.

"E il nostro amore per i pancake," aggiunse Balthazar, che stava ancora ascoltando i pensieri di Leela.

"Te l'ho detto, preferisco i waffle."

"Continua a mentirmi e non ti scoperò per dessert."

"Cosa farai, invece?" gli chiese, domandandosi quale subdola perversione avrebbe potuto esplorare come alternativa. "Mi sculacci? Mi fustighi? Mi prendi a bastonate?"

B ridacchiò. "Non sono un sadico, furbetta."

"Non significa che non accetteresti di interpretarne il ruolo."

"Vero," ammise lui. "Ma solo quando il partner lo preferisce, e tu non vuoi essere dominata."

Gettò uno dei pancake su un piatto. Seguito da un secondo. Poi ne mise due su un altro piatto e si voltò verso il frigorifero.

"Che cos'è che voglio?" chiese Leela, incuriosita da ciò che avrebbe risposto lui.

Balthazar tirò fuori della frutta e un po' di panna, mettendole accanto ai piatti, prima di andare a prendere lo sciroppo.

La guardò solo dopo aver finalmente sistemato tutto.

"Ti piace il dominio, ma solo quando ti fa sentire al sicuro." Prese i piatti di pancake guarniti. "Ti piace anche provocare, per testare i confini, ma non ti piacerebbe essere punita per questo."

Posò i piatti accanto a lei, poi le afferrò i fianchi, per spostarla verso il centro dell'isola. Le gambe di Leela si aprirono automaticamente per lui, ma B gliele chiuse e le mise un piatto sopra le cosce.

Lei prese la forchetta, ma lui le allontanò la mano.

"Ti do da mangiare io," le disse. "E dopo ogni boccone, mi dirai quanto sono deliziosi questi pancake."

Leela prese in considerazione il gioco. "Cosa vinco, se mento?"

"Vinci più pancake per aver detto la verità," le rispose B. "E se sei davvero entusiasta, mangerò il mio pancake dalla tua pelle nuda prima di leccarti per dessert."

"Quindi niente volo?"

"Sarà un antipasto prima di volare," le promise, mentre con la forchetta già affettava la delizia sul piatto. "Ora apri la bocca."

Leela schiuse le labbra mentre lo guardava con un'espressione che aveva lo scopo di sedurlo. Non che ne avesse bisogno. B era già duro sotto il grembiule.

Una miscela di sapori succulenti le colpì la lingua, fornendole la combinazione perfetta di sciroppo, frutta, panna e pancake soffice. Leela gemette, una risposta automatica e non forzata, e permise ai sensi di sperimentare la dolcezza della creazione di Balthazar.

Lui sorrise mentre le dava un altro morso, non lasciandole la possibilità di parlare e aumentando così il suono che le proveniva dalla gola.

Buonissimi, pensò Leela verso di lui. *Quasi quanto il sesso.*

Non c'è niente di meglio del sesso, tra di noi, rispose B.

Ecco perché ho usato il termine 'quasi'.

Arrivò il pezzo successivo, i sapori in qualche modo si intensificavano a ogni morso. Le ricordavano un orgasmo crescente, ogni passo la portava sempre più in alto, in uno stato euforico che la faceva implorare per averne di più.

Più sensazioni.

Più gusto.

Più *B*.

A Leela tremavano le cosce per l'eccitazione, le si contrasse lo stomaco di approvazione, mentre con la lingua lavorava sulla forchetta. Lo sguardo scuro di Balthazar si trasformò in cioccolato liquido, il suo interesse era un tocco palpabile nell'aria che marchiò la pelle della Seraphim, mandandola in fiamme.

Leela avrebbe voluto che lui la spingesse verso il basso e la scopasse sul bancone.

Ma stava vincendo la pazienza.

Continuò a nutrirla con una mano, mentre quella opposta le tracciava delicatamente l'esterno della coscia.

La provocazione perfetta.

Una tentazione intesa a rafforzare la sua eccitazione e a farla impazzire.

Era troppo bravo in quel gioco, e lei lo amava per quel motivo.

Quando arrivò l'ultimo morso, non era sulla forchetta, ma sulle dita di B. Lei le succhiò fino a pulirle, passandogli la lingua intorno alla punta e guardandolo mentre il cioccolato liquido nei suoi occhi diventava fuso.

"Sdraiati," le sussurrò mentre toglieva di mezzo il piatto.

Lei obbedì, il calore di lui la lasciò temporaneamente sola, mentre B andava a depositare il piatto nel lavandino.

Tornò quasi altrettanto rapidamente, le passò le dita lungo la parte superiore delle cosce, separandole per creare spazio per il proprio corpo. La sensazione del contatto con la pelle attirò lo sguardo di Leela sul torso di lui.

Si era tolto il grembiule.

E accidenti, era bellissimo.

Tutte linee sensuali e valli muscolose.

Leela si leccò le labbra, di nuovo affamata.

"Tocca a me fare colazione," mormorò Balthazar, sporgendosi in avanti per prenderle un capezzolo in bocca. Lei gli infilò le dita tra i capelli, inarcandosi su di lui, entusiasta del modo in cui le faceva roteare la lingua sulla pelle.

Nell'istante successivo B le prese i polsi tra le mani, li portò sopra la testa e disse: "Non ti muovere."

Quello era il tipo di dominio che piaceva a Leela, B lo sapeva e piaceva anche a lui.

Nello sguardo dell'Hydraiano era visibile una certa malizia, mentre si allontanava da lei per prendere in mano il proprio piatto. Glielo appoggiò sullo stomaco, assicurandosi che non potesse muoversi, altrimenti la colazione sarebbe scivolata via.

Affondò la forchetta nella delizia, portandosi un po' di pancake alla bocca. La gola di B la ipnotizzò. Leela voleva tracciargli le linee maschili con la bocca, sentirlo deglutire contro la propria lingua.

Lui la distrasse passando la punta della forchetta lungo la collinetta, e poi giù, a sfiorarle le pieghe umide.

L'estremità metallica appuntita le procurò una minaccia sufficiente a mozzarle il respiro, eppure il cuore le batteva all'impazzata.

Balthazar non la penetrò; la accarezzò a malapena, poi prese un altro morso.

Leela rabbrividì, la natura erotica dei movimenti la teneva prigioniera sotto di lui.

Seguirono altre carezze provocanti, alcune più impegnative, altre più intime, mentre B si assicurava che la passera di Leela toccasse il metallo; poi altre carezze leggere, seguite da promesse oscure provenienti dalla mente di lui.

Si complimentò con lei per essere rimasta ferma.

La ringraziò per aver reso il cibo ancora più dolce.

Pensò anche di farle raggiungere l'orgasmo con la sola forchetta.

Tutto quel da farsi l'aveva lasciata ansante sull'isola, il

corpo ancora immobile sotto il comando di lui e il piatto sull'addome. Lasciarla lì, talmente accaldata che pensava di sciogliersi, prolungava l'eccitazione del momento.

Mentre B finiva l'ultimo morso, lei gemette, il corpo preparato e pronto per qualsiasi cosa sarebbe successa, tanto da non riuscire a contenere il proprio bisogno per un altro secondo.

B rimosse delicatamente il piatto, depositandolo nel lavandino con un tintinnio dolce.

Lei non si mosse, sapeva che lui avrebbe voluto vederla del tutto sottomessa.

Il tempo sembrava essersi congelato, il desiderio di Leela raggiunse un picco così vicino all'orgasmo da farle tremare le interiora. Balthazar non la toccò, ma lei sentì i suoi occhi su di lei, che l'accarezzavano in ogni centimetro, mentre pensava alla mossa successiva.

Una parte di lei avrebbe voluto portarlo in cielo, fargli scivolare l'uccello dentro di lei e cavalcarlo verso l'alto.

Ma una parte più profonda voleva rimanere lì, scivolargli tra le braccia e crogiolarsi nell'emozione crescente tra di loro.

Il loro legame si era completamente stabilito, le loro anime si erano intrecciate per sempre, e ciò doveva essere celebrato. Accolto. Adorato. *Venerato*.

Le labbra di Balthazar le accarezzarono l'interno del ginocchio, il resto di lui ancora non la toccava. Solo la bocca e la lingua, stuzzicandola e facendole venire la pelle d'oca.

Lei gemette, aveva bisogno di altro.

Ma Leela conosceva bene Balthazar.

Sapeva che si sarebbe preso il suo tempo, leccando e mordicchiando ogni parte di lei fino a quando avesse deciso che era pronta per qualcosa di più.

Leela glielo permise, cadde nel suo tocco consapevole,

la bocca una carezza seducente contro la pelle, la lingua un tocco familiare e i denti un morso stuzzicante.

"B," gemette, vicina all'orgasmo nonostante lui non l'avesse nemmeno toccata dove lei desiderava. Le lasciò stare il seno, così come lo spazio sensibile tra le cosce.

Invece, si concentrò su ogni altro punto del suo corpo, esplorando zone che pochi uomini conoscevano, portandola sull'orlo della follia.

"Mmmh, sei quasi pronta," le sussurrò, con la lingua che le tracciava la piega della coscia, fino al fianco.

"Più che pronta," rispose lei, con lo stomaco che si contraeva forte per rimanere ferma per lui.

"No, tesoro." Le morse l'osso dell'anca. "Voglio farti volare. Diventare eterea. Voglio vedere quelle bellissime ali viola."

Al desiderio nel tono di lui, il cuore di Leela prese a battere forte. Era cupo e sensuale. "Vuoi scopare in cielo?"

"Solo dopo che ti avrò fatta venire così forte da farti vedere le stelle, furbetta. Voglio farti perdere la testa e la presa sulla realtà. Allora ti prenderò così duramente che non avrai altra scelta che volare."

I capezzoli le si indurirono fino a dolere, sentiva il corpo così incredibilmente pronto che si sarebbe potuta mettere a piangere.

Ma B continuò la sua missione sensuale, spingendola al limite della sanità mentale, minacciando di fare esattamente ciò che aveva dichiarato.

Leela vibrava, le vene le ronzavano di fuoco liquido. "*Balthazar.*" Non si era mai sentita così stuzzicata in tutta l'esistenza, nemmeno durante i loro incontri precedenti.

Il tempo passato a giocare con lo sciroppo impallidiva in confronto a ciò. In quel frangente, si erano rilassati e preparati per la mattina successiva.

In quel momento, invece, Balthazar si assicurò che

Leela sapesse di chi aveva reclamato l'anima, chi l'aveva posseduta in natura, a chi era legata per l'eternità.

A lei non dispiaceva affatto.

Il suo corpo si rallegrava in presenza di lui, il suo spirito danzava, perso in un sollievo sbalorditivo.

Perché quell'uomo era suo.

E lei apparteneva a lui.

Erano legati per sempre.

Con il sangue.

Destinati a vivere una vita piena di piacere e amore.

La baciò, la mente e il cuore dell'Hydraiano irradiavano la stessa eccitazione, un fatto che B sottolineò con un colpo di lingua contro quella di lei.

Leela spalancò le gambe, mentre lui la tirava verso il bordo dell'isola e le scivolava dentro.

Non era quello che Leela si aspettava, pensava che l'avrebbe presa con la bocca, invece l'aveva riempita fino in fondo con l'uccello, mentre le divorava le labbra.

Lei grugnì, il suono una vibrazione attraverso il busto che incontrò il ringhio che cresceva nel petto di lui.

Una combinazione di passione.

Una frenesia di bisogno e un piacere strepitoso.

Leela sollevò i fianchi per incontrare quelli di B, mentre gli avvolgeva le gambe intorno.

Le braccia gli cingevano il collo.

Lui la sollevò finché fu in posizione eretta, i corpi arrossati l'uno contro l'altro, mentre si spingeva in profondità nel calore di lei.

"B," sussurrò Leela, persa tra le braccia di lui.

"Vola per me," ribatté lui, con la parte inferiore del corpo che la colpiva in modo tale che lei non avesse altra scelta che obbedire.

Leela urlò e venne per lui mentre attraversava l'orlo

della follia, perdendo la testa proprio come lui le aveva chiesto.

B continuò a muoversi dentro di lei, prolungando gli spasmi, assicurandosi che Leela si arrampicasse in alto solo per cadere una seconda volta, dopo pochi minuti.

Era un atto di perfezione.

Un uomo che conosceva la sua compagna.

Un uomo che scopava come un re.

Leela gli conficcò le unghie su e giù per la schiena, mordendogli la pelle mentre si teneva stretta.

Improvvisamente stavano volando, salivano tra le nuvole proprio come aveva suggerito Leela.

B non si aggrappò più forte. Non si irrigidì. Mantenne il proprio ritmo, spingendola a un terzo orgasmo, senza rompere l'incantesimo.

Si fidava del fatto che lei non l'avrebbe lasciato andare.

B lasciò che l'esperienza li travolgesse entrambi, mise la propria anima e la vita interamente nelle mani di Leela, senza alcuna preoccupazione.

Ciò non fece altro che farla innamorare più di lui.

La fiducia era la chiave di tutto, per loro, per la loro relazione, per il legame che avevano finalmente formato, e B le dimostrò che si fidava irrevocabilmente di lei tramite le proprie azioni.

Lei ricambiò l'abbraccio e la sensazione, le membra lo tenevano stretto mentre danzavano nel cielo, i loro corpi si accoppiavano in un modo che pochi avevano mai sperimentato.

Un nuovo divertimento per entrambi.

Un modo per segnare l'inizio dell'eternità insieme.

Una relazione appassionata destinata alle stelle.

Leela gli strinse le braccia attorno, sussurrandogli contro le labbra. *Voglio sentire il tuo seme dentro di me, B*, gli sussurrò nella mente. *Ho bisogno di sentirti.*

Lui le sorrise sulla bocca. "Sappiamo entrambi che potresti costringermi."

"Potrei," concordò lei. "Ma vorrei che fossimo solo noi. Solo il tuo piacere e il mio."

Lui la baciò di nuovo, intensificando i movimenti mentre dettava il ritmo tra di loro, facendoli volare come un unico corpo sopra le nuvole.

Le ali di Leela le si spalancarono sulla schiena, permettendo loro di librarsi, fornendogli un proverbiale letto di piume su cui fare l'amore.

Il pollice di B le trovò il clitoride, lo massaggiò e lo premette, costringendola a raggiungerlo nell'oblio mentre spingeva verso l'alto per svuotarsi dentro di lei.

Lei urlò, il suono perso nel cielo blu intorno a loro.

Leela tremava senza sosta, le sue interiora erano in preda agli spasmi, mentre lottava per aggrapparsi alla propria capacità di volare.

Prolungava il momento, rafforzava l'intensità e metteva la loro vita nelle mani della Seraphim in un modo che la fece sentire forte e all'altezza delle prodezze di Balthazar.

Non vedo l'ora che tu abbia le ali, pensò vertiginosamente. *Le cose che faremo...*

Lui ridacchiò, le labbra contro la gola di lei, mentre i loro corpi continuavano a muoversi. *Non vedo l'ora di assaggiarti sotto le stelle*, sussurrò lui. *Spingere la lingua dentro di te mentre uso le mie ali per assicurarmi che nessuno dei due cada.*

Leela rabbrividì, la sola immagine la fece quasi venire di nuovo.

Ma i loro movimenti stavano rallentando, i loro cuori avevano bisogno di qualcosa di più morbido, di più tenero.

Leela li nebulizzò nella camera da letto di B a Hydria, con le gambe a cavalcioni sulle cosce di lui, che ricadde sulla schiena. Lei si mise a sedere e iniziò a muoversi, con le ali in bella vista mentre lui la osservava a occhi socchiusi.

"Sei stupenda," le disse, le mani che vagavano per le curve e la memorizzavano sotto i palmi.

Leela stese le piume intorno a sé, permettendogli di studiare ogni piuma.

Poi lo portò di nuovo nell'oblio, il potere della donna li avvolse entrambi e trasse il piacere dalle loro vene.

In seguito ansimarono, cadendo rannicchiati l'uno accanto all'altra, con le lingue che danzavano pigramente mentre si baciavano godendosi le ultime vestigia della loro estasi congiunta.

"Hai ragione," sussurrò lei, strofinandogli il collo e allungandogli un'ala sul busto, per rivendicarlo. "Preferisco i pancake."

Balthazar curvò le labbra verso l'alto. "Sono il cibo migliore per la colazione."

Lei annuì, e le labbra di lui gli sfiorarono il polso. "Puoi prepararmeli quando vuoi."

"Che ne dici di ogni mattina per l'eternità?"

"Sarebbe una sfida che piacerebbe a entrambi," ammise lei onestamente. Perché ciò avrebbe richiesto che fossero abbastanza concentrati per fare colazione ogni giorno.

"Meno male che mi piacciono le sfide," sussurrò B, con il palmo che le premeva sulla guancia, mentre il pollice le tracciava la mascella. "Sarai la mia preferita. Da compiacere. Da abbracciare. Da scopare in eternità." B le sorrise sulle labbra. "Non ti permetterò mai di annoiarti."

"Non credo che una tale sensazione sia possibile, in tua compagnia, B."

"Cercherò di assicurarmi che tu non lo prenda mai in considerazione, Lee," mormorò lui, con la bocca che catturava quella di lei in un bacio ardente, che li sigillava insieme per sempre.

Per l'eternità.

Finché sarebbero vissuti entrambi.

Ovvero, fino alla fine dei tempi.

Perché i Seraphim non potevano morire.

Quindi, le loro anime erano destinate a danzare insieme.

"Allarga le gambe, dolce furbetta," le mormorò lui contro le labbra. "Ho una promessa da fare tra le tue cosce, e ho intenzione di assicurarla con la lingua."

EPILOGO

ELIZA

Poche ore prima

GLI ANZIANI AVEVANO LASCIATO LA CASA DI LUC CIRCA un'ora prima. Eliza camminava avanti e indietro, aspettando il momento giusto per bussare alla porta.

Sapeva che Luc aveva molte cose per la testa, tra l'attacco, i video dei corpi che cadevano dal cielo diventati virali su Internet e tutto ciò che era appena successo con Stas, ma Eliza aveva *davvero* bisogno di parlargli.

Il fatto che la odiasse non era un problema.

Ma lui avrebbe di sicuro voluto sapere ciò che lei aveva da dire.

Accidenti, avrebbe potuto persino convincerlo a apprezzarla un po'. Perché di certo la rendeva utile.

Eliza abbassò lo sguardo sulla punta delle dita, strizzando le labbra di lato.

Forse era stato un caso.

Tuttavia, anche Ezekiel l'aveva visto.

Accidenti, se l'*aspettava*.

La morte sta arrivando, aveva detto Skye. *La morte sta arrivando.*

Stava parlando di Eliza, e della capacità letale che aveva preso vita dalle sue stesse mani.

Quel Seraphim era proprio sopra di lei, stava per ucciderla con la sua spada, una scena che Eliza non avrebbe dovuto vedere, ma che le si era improvvisamente palesata davanti.

La donna rabbrividì, immaginando i lineamenti stoici dell'uomo, la mancanza di emozione negli occhi, mentre le rivolgeva contro quel metallo fiammeggiante.

Ma lei aveva *catturato* la magia.

Aveva semplicemente aperto il palmo, l'aveva assorbita e gliel'aveva tirata indietro.

Una risposta del tutto istintiva.

Che aveva dato fuoco al Seraphim guerriero, disintegrandolo in un istante.

Skye era uscita dal limitare degli alberi nell'attimo successivo, annuendo. "È fatta," aveva dichiarato. "I legami nella tua mente sono fratturati. Il tuo potere può finalmente respirare di nuovo, incontrollato."

Poi era caduta sulla sabbia con un sussulto, perdendo immediatamente conoscenza.

Ezekiel era corso da lei, raccogliendo la donna fragile tra le braccia. "Hai il tocco della morte," aveva detto a Eliza, prima di scomparire con Skye.

Eliza aveva sbattuto le palpebre guardando il punto dove poco prima era stato Ezekiel, poi spostò lo sguardo sulla cenere nella sabbia e di nuovo sul punto in cui Ezekiel era svanito con Skye. "Ma che diavolo?!" aveva sospirato.

Da allora non faceva che ripetere quella frase.

Aveva ucciso un Seraphim, anche se in teoria non sarebbe dovuto essere possibile.

A ogni modo, quel bastardo dai capelli scuri di certo

non era tornato, e lei aveva sentito gli altri dire che uno dei Seraphim era scappato.

Non è scappato, no. È morto. Nel senso che l'ho ucciso io.

Doveva dirlo a Luc, ci aveva provato, ma lui le aveva più o meno detto di andare a farsi fottere.

Il che andava anche bene, visto che aveva bisogno di qualche minuto in più per ragionare. O qualche ora. Forse giorni.

Si passò le dita tra i capelli, terrorizzata e sbalordita da ciò che aveva fatto.

Il potere era stato rinvigorente, aveva incoraggiato la sua stessa anima e le aveva permesso di sentirsi *viva*.

Significa che sono malvagia? si chiese, rabbrividendo. *Desiderare la morte deve rendermi cattiva, giusto?*

Non era nemmeno sicura di come avesse fatto. Quella sfera le aveva ronzato sulla pelle, l'energia ardente aveva attirato una parte nascosta di lei, mentre infondeva un po' di sé nell'incantesimo prima di rigettarlo indietro.

Il Seraphim aveva strabuzzato gli occhi per lo shock.

E poi si era... dissolto in cenere.

Forse sarebbe tornato, forse no. Eliza sospettava che non l'avrebbe fatto. Qualcosa, in quel gesto, le era sembrato definitivo.

Quella finalità era ciò che le aveva dato una sensazione di vita, come se in qualche modo lo avesse assorbito dentro di lei.

Solo l'idea le dava l'orticaria.

Perché *non* voleva un'anima Seraphim dentro di lei.

Devo urgentemente parlare con Luc.

Tuttavia, Eliza non sapeva come avvicinarsi a lui. Il loro rapporto era praticamente inesistente. Lui le urlava sempre contro, oppure le diceva severamente cosa fare.

Lei si ribellava.

Eliza aveva passato una vita a obbedire, e si era rifiutata di continuare a farlo.

Un dettaglio che Luc non riusciva a capire.

Era combattuta tra il volerlo uccidere (un pensiero che ora aveva un nuovo significato) e volerlo portare a letto. O portarlo a letto e poi ucciderlo.

Non poteva certo negare il suo sex appeal.

Quei folti capelli biondi e gli occhi verdi sorprendenti facevano di lui un premio che valeva la pena venerare.

Quella situazione scioccava Eliza non poco, perché aveva giurato che non avrebbe fatto più sesso, dopo tutto ciò che aveva passato.

Eppure, sentiva il corpo in fiamme ogni volta che lui le si avvicinava, le gambe le si stringevano come se desiderassero essere avvolte intorno ai fianchi muscolosi di lui.

Un desiderio che Eliza voleva ignorare.

Luc le perseguitava i sogni, dove la prendeva ripetutamente facendola svegliare con un gemito conficcato in gola. Solo per rendersi conto di essere sola, e che desiderava l'unico uomo su quell'isola che non l'avrebbe mai toccata.

Eliza digrignò i denti. Era l'ultima cosa a cui avrebbe dovuto pensare.

Perché ho appena ucciso un Seraphim.

La mascella le faceva male da quanto la stava stringendo, ma mollò il colpo appena la porta di casa di Luc si aprì.

Eliza si aspettava che fosse Mateo, visto che nei giorni precedenti aveva soggiornato lì.

I capelli biondi corrispondevano alle aspettative.

Tuttavia, la corporatura alta e muscolosa era tipica di Luc.

Le spalle larghe si estesero per tutta la larghezza della

porta mentre l'attraversava. Poi la chiuse con uno scatto rumoroso.

Eliza deglutì, la vista del re le aveva fatto seccare la bocca.

C'era qualcosa di oscuro e misterioso nell'uomo, la cui presenza le faceva costantemente venire voglia di inginocchiarsi. Ed era per quello che si ribellava a lui così duramente. Si rifiutava di inchinarsi di nuovo, davanti a chiunque. Re degli Hydraiani incluso.

Giusto, pensò Eliza. *Devo solo avvicinarmi e chiedere di poter parlare con lui.*

Solo che lui si stava già muovendo e stava prendendo la direzione opposta a quella in cui si trovava lei.

Eliza sospirò, poi iniziò a seguirlo.

Si sarebbe semplicemente assicurata che non stesse andando a fare qualcosa di importante, come consolare gli amici di coloro che piangevano le vite perse quel giorno: Grace, Ash e Jordy erano tutti molto amati dai loro compagni Hydraiani, il che rendeva molto probabile che Luc stesse andando da qualcuno che aveva più bisogno di lui in quel momento.

Nessun problema.

Avrebbe continuato ad aspettare finché non avesse avuto un minuto libero. Forse l'avrebbe rispettata per quel gesto.

Più probabilmente no, però.

Sembrava che Luc non la rispettasse affatto.

Il che le dava sui nervi, perché aveva eseguito quasi tutto quello che lui le aveva chiesto. Tuttavia, continuava a trattarla come una bambina, non permettendole di allenarsi o imparare nulla riguardo il proprio posto sull'isola. Era stato molto chiaro sul fatto che non la volesse lì.

Quando scoprirai cosa ho combinato a quel Seraphim, la penserai diversamente, pensò l'Hydraiana.

Quel pensiero la eccitò quasi, sapere che avrebbe potuto finalmente impressionarlo.

Luc, però, avrebbe anche potuto odiare il suo potere.

Era pericoloso.

E probabilmente avrebbe detto qualcosa riguardo al fatto che non ne fosse degna, su come Eliza non sarebbe stata in grado di gestire un dono del genere, su come fosse troppo una bambina per farlo.

La donna strizzò gli occhi al pensiero di tutti gli insulti che il re le avrebbe lanciato.

Forse sarebbe potuta andare a dirlo ad Alik.

Esitò per un istante, poi scosse la testa.

No. Luc deve saperlo.

Probabilmente si sarebbe arrabbiato, se lei fosse andata a dirlo a qualcun altro. Era un miracolo che Ezekiel non avesse ancora rivelato nulla. Probabilmente era troppo occupato a consolare Skye.

Eliza deglutì. *Questa è una mia responsabilità. Me ne occuperò io.*

I passi di Luc le dissero che era in una sorta di missione, così lei rimase indietro, dandogli spazio mentre aspettava il momento giusto per parlargli.

Il che si rivelò una buona mossa, perché lui si fermò improvvisamente, e se fosse stata un po' più vicina, Luc si sarebbe accorto della sua presenza dietro di lui.

Eliza si mise dietro un albero, osservando il re con un'espressione accigliata. *Che stai facendo?*

Si era immobilizzato a metà strada, sul sentiero.

Mi hai sentita, qui dietro?

Forse avrebbe dovuto annunciarsi e...

"Ciao, Lucian," disse una voce profonda, abbastanza familiare da farle venire un brivido lungo la schiena.

Osiris.

L'assalì un ricordo della prima volta in cui lei e l'antico si erano incontrati.

Il corpo vestito di catene.

Un'asta su chi avrebbe avuto il diritto di possederla.

Il sadico divertimento da parte dell'uomo per i giochi che ne sarebbero conseguiti.

Lei aveva avuto molto freddo. Si era sentita terrorizzata. *Distrutta.*

Eppure furiosa allo stesso tempo.

Avrebbe voluti uccidere tutti gli stronzi in quella stanza.

Poi Osiris ha usato un rasoio per raschiare via la pelle di quella donna, pensò Eliza, con il cuore nello stomaco all'odore e alla vista di lei che veniva immersa nell'alcol prima di essere data alle fiamme.

Santo cielo... Si sentiva male solo a pensarci.

Eppure eccolo lì, Osiris era a diversi metri di distanza, a parlare con Luc. Eliza cercò di concentrarsi su ciò che stava dicendo l'antico, ma il martellare nelle orecchie le rendeva impossibile l'ascolto.

Lui che ci fa qui? Come fa a essere qui? Cosa succede?

Luc aveva iniziato a camminare insieme a lui.

I piedi di Eliza si mossero di loro spontanea volontà, seguendoli, mentre il panico aumentava di secondo in secondo.

Perché cammini con lui?

Dove ti sta portando?

Oh cielo, ti ha soggiogato?

Rifletté se correre da qualcuno per chiedere aiuto, ma si stavano avvicinando al bordo dell'acqua. Non c'era nessuno nei paraggi. Solo Eliza.

E lo yacht ancorato davanti al molo.

Uno yacht verso cui Osiris sembrava guidare Luc con disinvoltura.

Eliza fece per aprire le labbra e un urlo le si accumulò in gola, ma cosa avrebbe potuto fare? Urlare? Qualcuno sarebbe stato in grado di arrivare in tempo?

Avrebbe potuto cercare di usare il proprio potere per uccidere l'essere terrificante davanti a lei, e se invece l'avesse mancato, colpendo Luc?

E se non avesse funzionato?

E se si fosse sbagliata per tutto il tempo?

Luc salì a bordo, Osiris proprio dietro di lui.

Eliza spalancò gli occhi.

No. No. No.

Non poteva permettere che accadesse. Doveva fare qualcosa.

Aprì le labbra e quando si avviò il motore un urlo quasi le sfiorò la punta della lingua.

Tutto, intorno a lei, si spostò al rallentatore.

Non c'era tempo.

Luc era salito volontariamente sullo yacht, senza dubbio soggiogato dal mostro accanto a lui.

Non posso lasciare che accada, decise Eliza, sfrecciando in avanti. *Non posso lasciare che spariscano e basta.*

Tuttavia, la barca era già in movimento.

Così la donna fece l'unica cosa che le venne in mente...

Si precipitò lungo il molo e saltò verso il retro dello yacht.

Non riuscirò a pren...

Tutto intorno a lei cominciò a cambiare.

Il mondo sembrava fluttuare.

No, sono io che sto fluttuando.

Poi i piedi toccarono il ponte della barca.

L'aria sembrava brillare intorno a lei.

Con delle piume.

Che diavolo è appena successo? pensò, sconcertata, poi perse l'equilibrio, mentre lo yacht prendeva velocità.

Deglutì un gemito di aiuto e saltò verso il retro dello yacht, accovacciandosi dietro un sedile.

Dove si nascose.

Mentre Hydria scompariva dietro di lei.

RE DI SANGUE

Due anime spezzate possono trovare conforto l'una nell'altra?
Oppure sono destinate a combattere per l'eternità?

Un pericoloso atto di fede conduce a un mondo di segreti e verità che minacciano di distruggere tutto ciò che Luc ha di più caro.

Lui è il Re Hydraiano. Un immortale dalla nascita. Il più vecchio della sua specie. Un'anima onnisciente destinata a guidare i popoli.

Alla conoscenza segue il potere, ma nel caso di Luc, potrebbe essere troppo.

La sua gente è in pericolo.

La posta in gioco non è mai stata così alta.

Tuttavia, la donna al suo fianco potrebbe essere l'arma più forte di tutte.

Sempre che lui riesca a domarla.

Eliza è una clandestina. Una donna che ha seguito il cuore,
rischiando l'anima.
Lei voleva solo proteggere lui. Salvarlo. Per dimostrare il
proprio valore.
A ogni modo, ora si ritrova intrappolata in un gioco fatto
di magia e di morte.
In una guerra che non capisce fino in fondo.
E la sua obbedienza potrebbe essere la chiave per la loro
salvezza.

Peccato che lei si rifiuti di cedere.
Sottomettersi non è un'opzione.
Nemmeno al Re di Sangue.

L'Alto Consiglio di Seraph ha emesso un nuovo editto.
Unisciti a noi e governa, oppure rimani e servi.
Da che parte sceglierà di stare Eliza?